風流才子紀曉嵐

下冊

四庫英華

易照峰◎著

紀曉嵐

目錄

參拾壹 情姦何罪假充軍

紀曉嵐按試泉州。將以死相拼的情夫情婦顧家歡、夏雨花假判充軍新疆。

福建泉州，在福州以南三百餘里處，是晉江的出海口。晉江是福建本省的一條小河，兩個源頭均發源於本省：安溪和永春，兩水都不遠，才二三百里路。但是水質清悠，流量充沛，出海處平緩，最適合於出海啓航，於是建城極早，甚至早過福州的建城時期，至少已有二千二百年的歷史。而且一開始建城，便作爲船舶出口海港建設，多的是可以停靠大船的深水碼頭，更建有許多提吊貨物上船下船的古老槓桿裝置。這樣，泉州幾乎從建城一開始，便已成爲我國主要對外商港，在宋、元、明時期，泉州長期保持著第一大港的位置。

泉州北面有清源山，有乳泉從石間流出，甘甜清澈，泉州之名因此而來。又因其古城選址宛如鯉魚形狀，故又稱爲鯉城。還因築城之初即於四周種滿當地人喜愛的刺桐樹，所以又叫桐城。名字多端變化，而商貿進口出口第一大港的位置始終未改。明朝三保太監鄭和七下西洋，幾乎全在泉州出發。

商貿繁榮，人就發達，宗教隨之而來。由於長期對外通商，形形色色的外國商人、水手、航海家在泉州出入，不少人在此定居，最多時候外商曾達數萬之眾。其中主要是阿拉伯人，亦即信奉伊斯蘭教的人。西方的宗教也隨這些人不斷湧入。宋元時期泉州有句土話：「市井十洲人，信教各歸各。」

佛教、道教、伊斯蘭教、基督教、印度教，乃至只曇花一現的摩尼教，都在泉州留下了歷史的印跡。泉州向來就有世界宗教展覽館的美稱。

紀曉嵐想到泉州一遊已經不只一兩年了。他生就一顆愛好新奇事物的心，凡是聽到過的新事總想前去看看。對於宗教的問題，他雖不信奉任何一種宗教，卻幾乎對任何宗教都希望有較透徹的瞭解。那麼，傳說中的世界宗教展覽館泉州，便是最值得嚮往的了，能不前去看看嗎？

這次出任福建學政，紀曉嵐滿以爲最少三年，到泉州仔細看看的機會絕不會少。誰知偏是這裏有事那裏有事，把自己牽得這裏跑那裏跑，可就是沒有機會去泉州。

不知道是一種什麼心理反應，紀曉嵐這一陣子總覺得耳邊有一個聲音在叫喚自己：泉州、泉州、泉州……究竟是泉州要出什麼事？還是告誡自己不去泉州便會再也沒有機會去泉州？反正自己非去泉州一趟不可。

三月季春，紀曉嵐一行人動身到泉州去。這次沒有李文藻與朱孝純先行，而是幾師生一路同行。

紀曉嵐四次主考和同考，所錄取的舉人進士已有好幾十個，住在京城之時，幾乎隔不了幾天便有所取之才士前來與他暢敘，師生之情溢於言表，紀曉嵐很看重這種親情。他常常拿自己的心思推想而去，自己中進士之後，對自己過去的老師，從啓蒙老師到科考座師，總懷著一層深深的敬意，包括自己的塾師，那個被自己「淘氣的夜眼」氣走的老秀才石敬祖，自己都覺得受益不淺，不是他給自己讀書啓蒙，自己怎麼會有今天的進士及第？當初眞不該淘氣把他氣走，實際那是攆走。紀曉嵐中進士後想到去回敬他，可惜他早已病故作古了。

緊接隨後的老師李若龍（又聃）先生，他後來中舉入仕了，在外地做官，見面的機會都沒有，更別說去謝師恩。

記憶最深的還是董邦達東山公了，這位文才超卓的老師更精繪畫，最初是因雍正朝遺臣張廷玉倚老賣老，阻礙科考選才，也耽誤了董東山公的入仕……後來張廷玉被劉統勛彈劾致仕還鄉了，董邦達才得以入第登科。

種種這些都使紀曉嵐對所有的老師倍感親切，眞眞是屋檐水滴現處，現在輪到自己錄取的諸多才士對自己感恩戴德了。紀曉嵐當然感到特別欣慰。目前只有李文藻與朱孝純兩個門人待在身邊，紀曉嵐便對他二人格外愛護，還時不時對他們加以教誨提攜。所以這麼遠的行程中紀曉嵐都把兩個門人叫坐在自己一輛車裏，讓三人的妻室們另擠二輛車子去嬉嬉哈哈。

紀曉嵐趁這行車的閒空，將自己以「情」字鬥贏博聞「法」字的詳細經過講出來，末尾大而化之地說：「我至今還不知道被我救到西禪寺去做和尚的那個終生奴子是誰，我也懶得去打聽。我相信要是眞有緣分的話，我和他定有見面的一天。」

李文藻悄然一笑說：「嗨，師尊，怪學生們好奇心太重了吧，我和子穎已把這事打聽得清清楚楚了。被恩師救到西禪寺去的那個孩子叫文盼華，他到西禪寺也沒削髮，博聞大師叫他藏在廚房裏舂米打柴。前不久，聽說還被博聞大師攆出了寺院，現在倒不知這文盼華跑到哪裡去了。」

朱孝純接著說：「反正文盼華再不會上當，不會把自己再賣爲『終生家奴』！聽說這文盼華聰明得很，我看他這一輩子終將有大出息。」

紀曉嵐說：「但願如此。」

馬車突然停了下來，簾子外趕車人喊：「老爺！前邊有東西擋道。」

紀曉嵐率先跳下車來，一見是路兩邊各栽了一棵竹子，兩根竹子之間拴著一根繩子，繩子正中吊著一首詩：

「幽篁獨坐豈彷徨，松濤竹韻正欲狂。寄語蒼生勤拭目，巡天遙看論短長。」

這不是當年尊師董邦達爲自己題《幽篁獨坐圖》之詩麼？紀曉嵐分明記得，這首七絕題在一幅畫上，那畫是比自己小許多歲的「錢塘沈生」沈初（雲椒）給自己畫的一幅小肖像……紀曉嵐會過意來，高喊：

「雲椒！雲椒！一定是你，只有你知道這一首詩的來龍去脈！你你你！你別再躲著捉弄我，快出來！快出來！」

可是四處沒有人回答，到處是季春開放的百花。這裏是南海暖熱地帶，一年四季沒有眞正的冬天，季春的花朵當然格外茂盛，到處是萬紫千紅。

分別到路兩邊的竹林子去尋找的兩個門人出來了，爭相訴說：

「尊師，人沒找到，奇事倒有……這兩邊的竹子都呈方形，包括這路兩邊吊繩子的兩棵也一樣，這是被人臨時挖來栽下的……這方竹可不是一奇？……」

紀曉嵐聞聲到路旁一一察看，果不：竹莖成方！

出於對新奇事物的特別愛好，紀曉嵐滔滔地說起來：「奇景，奇景！世間萬種植物都渾圓，偏就也有這種變異。我記得京都燕山有一種柿子，形狀略方；山東益都有方柏，但只偶見一株矣，其餘皆不方。記起來了，在我八九歲時，見外祖父（張雪峰）家裏介祉堂中有菊四簇，係用大陶缽栽著，開的花皆是正方，瓣瓣整齊如同裁剪。說是得自天津查氏，名曰『黃金印』，名貴得不得了。家父姚安公向外祖父討得幾枝菊根歸來栽培，也是用陶缽盛養。不料次歲開花漸圓，再過二年便全圓了，與常菊無分別。我就揣想：世間萬物本圓，要其呈方自有其栽培之方法。比如說：用藍靛浸蓮子，則蓮花帶青；用墨揉白玉蘭根部，則花變黑……我聽說了這些，也就不再太多注意方形植物，以爲只是觀賞栽培而已。萬萬沒有想到，這裏倒有不小一片自然長成之方竹，這是哪裏？」

李文藻說：「這兒已是惠安縣，前邊不遠便是惠安縣城。惠安已屬泉州府管轄，這兒到泉州才幾十里路了！」

紀曉嵐斬釘截鐵說：「走！直去惠安縣衙，定能打聽到雲椒的下落！這小子他給我玩什麼捉迷藏？」

於是李文藻、朱孝純二人小心翼翼把方竹上解下的繩子詩篇收好，馬車直奔惠安縣衙而去。

遠遠地便見衙門前排著夾道歡迎的隊伍，爲首的正是沈初，老遠就拱手施禮說：

「下官惠安縣令沈初，謹此恭候翰林學政紀公到訪！未及遠迎，當面贖罪！」

紀曉嵐揮手亮亮手中的《幽篁獨坐圖》詩篇，高聲大笑起來：「哈哈哈哈！詩迎三里開外，還說未及遠迎？雲椒你幾時跑到這麼遠當縣令來了？」

沈初說：「遠不遠，朝廷選。聖上選了不才來管領惠安，我就半點不覺遠了。何況我老家就在鄰省浙江錢塘？何如紀大兄長，老家河間獻縣，任官朝廷翰林，不是也迢迢數千里來到了東南海邊岸上。哈哈，諸事一言難盡，進屋細細聊吧！」

於是主客一大群，足有一百多人眾，排成分不清是多少行的隊形，魚貫而入惠安縣署。

原來沈初後來不僅繼續向董邦達學畫，還聽從董邦達的教誨認眞研習詩文，鐵心科考，終於得以進士及第，被派回離家較近的福建惠安當縣令來了。

紀曉嵐說：「雲椒！我不問你那些七彎八拐的經歷，誰的一生仔細看來也盡是風波。你身爲父母官縣令，理應知道境內方竹之何以成形！」

沈初說：「此可是大有來歷，且聽我慢慢從頭說起……」

春秋時期，楚國苦縣（今河南省鹿邑縣）厲鄉曲仁里有個人，姓李名耳，字伯陽，別號老聃，聃字本意是耳朵又長又大，李老耽的耳朵正是如此，故這別號「老聃」比本名李耳更有名，他曾作過周朝「守藏室之吏」一類圖書的管理小官。但是極其有學問。他與孔子是同時代人，孔子自己都說過，他到周國（即為後來的周朝）時曾經「問禮於老聃」，可見孔子還承認老聃曾經是自己的師長。

李耳老聃漸漸參透了天地間至大無邊的道理，便棄官西遊而去。行至幽谷關，恰巧此時幽谷關的關吏尹喜，字公度，也是參天地之氣的奇人。尹喜這天觀天察地辨其氣，覺得奇異無比，知有眞人過關，便四處尋訪，果然訪得李耳老聃，兩人相見恨晚。尹喜即尊老聃為師，誠懇地說：

「吾師豈無有遺我教我？」

老聃不說話，揮毫落紙，書《道德經》五千言，付與尹喜。

尹喜笑說：「吾師此乃授予弟子之教言麼？非也。此乃吾師傳給後世之無價之寶，必當以《老子》之名永誌流傳。弟子其實將隨師西遊去也！」

尹喜於是將五千言《道德經》置於幽谷關口，自己隨李耳老聃西去，自此，莫知所終。

然世界從此有了文化瑰寶《老子》。「老」者李耳別號老聃，「子」者先生之意也，合起來又成書名，永傳後世。

《老子》傳到東漢張道陵及其兒子張衡、其孫張魯手裏，全都喜不自勝，認為其中所闡釋的道理已將大千世界剖析個淋漓盡致，必將為世人所膺服。其時張氏一門三代以符篆禁咒之法行於世，驅鬼、祛邪，門徒雖眾，終難推廣。張魯乃決定創立宗教，最初取名「鬼道教」用以教化下民。後來他悟出《道德經》的「道」字和其祖父張道陵的「道」字絕非巧合，便取來作了自己宗教的教名，將「鬼道教」的「鬼」字去掉，直以「道教」名之，尊奉李耳老聃爲教祖，追謚祖父張道陵爲大宗。從此道教逐漸大行於天下。老聃被道教祀爲太上老君。《道德經》成了道教至高無上的經典。

其時李耳老聃早已升天爲仙座，他身旁自然是尹喜隨從。

尹喜說：「吾師《老子》所傳皆經邦濟世之學問，張道陵之流貶其爲道教之教綱，何其偏狹惡毒，吾師不問其罪乎？」

老聃說：「予之《老子》簡而言之爲二句話八個字：『道法自然，無爲而治。』張道陵等借作『驅鬼祛邪，抑惡揚善』，殊何謬哉？」

尹喜說：「門子竊聞，舉凡宗教者，人漸爲眾，日漸爲久，難免魚目混珠，終於演利爲害。吾師將何以匡扶？」

老聃說：「人者既眾，良莠自分；時日漸久，淘沙揀金；歷史永恒的抑惡揚善，何勞外力匡扶？此正『道法自然』，『無爲而治』者也，爾何忘卻耶？」

尹喜恍然大悟說：「吾師醍醐灌頂，門子茅塞頓開，然則何以行事？」

老聃說：「張氏尊吾爲太上老君者，殊非惡謚。人眾服其膺，吾何不順勢推廣教化……」

轉眼到了宋代，一日太上老君神遊至清源山，發現這裏水秀山青，民風淳樸，山下之泉州已有儒、佛兩家的強大陣容，儒者自不待說，孔孟之學說已統治政壇，儒家不是宗教而勝過宗教；佛教已極盛行，泉州甚至已被稱為「泉南佛國」，開元寺、承天寺、崇福寺已是這泉州佛國的「三大崇林」……唯有道教此時還沒在泉州立足。

太上老君決定對民眾進行開導。他來到一處地方，雖然是竹林茅舍，卻是地氣有靈，民眾向善。他看見一個年輕男子正在編織竹籃竹箱，編織得又快又好，便走過去遞給他一頁書紙，平靜地說：

「年輕人，讀讀看。」

年輕篾工放下了手裏的活，抬頭一看是一位年老無比的老人，只見他頭髮、鬍子、眉毛等等全都飄白，眉毛超過一尺，鬍鬚下吊過腰，白髮纏繞頸脖，誰知那是多長，眉稜高如削壁，大眼好似鯽魚，眼珠青得發亮，面上卻無皺紋，只是既高又寬的額頭上，三豎三横，皺溝猶如「山」「川」交錯現形，態度慈祥像老仙翁對待一個孩子。

老人眼裏傳過聖潔的目光。年輕竹工虔誠地接過書頁便讀：

上士聞道，勤而行之；中士聞道，若存若亡；下士聞道，大笑之。不笑不足以爲道。故建言有之：

明道若昧；

進道若退；

夷道若纇。

上德若谷；

廣德若不足；

建德若偷；
質眞若諭。
大白若辱；
大方若隅；
大器晚成；
大音希聲；
大象無形；
道隱無名。
夫唯道，善貸且成。

年輕篋工說：「老人家，你的學問太深，這麼古的文字我讀不懂。」這話說完，年輕人把書頁遞還去。

太上老君不接：「你收好，我再給你一張字，你兩下對照著讀，剛好是一句古文一句今文。」說完手指一彈，明明是空蕩蕩的手上飛出一張書紙，飄落在年輕篋工的手上。

上等士人聽說「道」的宣講，就趕忙去實施；中等士人聽見「道」的宣講，仿佛若記若忘；下等士人聽見「道」的宣講，就大加嘲笑起來。

不被嘲笑的宣講不足以成爲眞正的「道」。所以有以下的建樹立言：
明正的「道」看著暗昧；
前進的「道」有如後退；
平坦的「道」好似蠶絲紐結不解。
崇高上「德」偏像低下山谷；
廣大盛「德」總有種種不足；
剛健之「德」好像偷閑；
眞摯之「德」似常改變。
最潔白者偏像污黑；
最方正者似無稜角；
最重器物總是最後完成；
最美音樂偏似沒有聲響；
最大物象總似看無定形；
「道」總隱微而不追求名位。
只有「道」，善於幫助萬物以促萬物有成。
年輕箴工這下高興了，歡快地說：「這下我看懂了，老先生的『道』無所不包，無所不在，無所不能，又不能對它太執著古板。」

太上老君說：「你信不信呢？」

蔑匠說：「我信不信都不打緊，老先生的學問更適合朝廷官員。我只知道我不編籃子、簍子去賣就要餓飯。哦，老先生說『大方若隅』，『最方正者似無稜角』……」說著一指前前後後的竹林：「老先生能讓這些圓竹變方，我就信了。」

太上老君二話沒說，抬手往四周圍的竹子一指劃，圓竹林馬上變了方竹林……

轉瞬不見了老人的身影。年輕篾匠再也無心編簍織籃。起身去四周察看竹子的變異，走到外邊去宣講自己遇到了神仙。

剛好那時傳播道教的道徒已到本地，便拿出太上老君的畫像問他說：「是不是這位老神仙？」

篾匠一蹦老高說：「半點不錯，正是他！」

「他是太上老君，我們道教的始祖……」

於是道教迅速在此地紮根。由一塊天然岩石雕鑿成了天下第一老君像……

聽完沈初活靈活現的宣講，紀曉嵐說：「雲椒已成了泉州通。這裏，人們巧妙地把方竹與《老子》第四十一章編織到一起了。生動有趣，具體可感。其他事先不說，你陪我看遍泉州宗教博物館。」

沈初說：「翰林大人有令，下官敢不依從？唯有一條翰林大人可能自己都不明白，你不知不覺成了《老子》『道』的施行者。」

紀曉嵐大惑不解：「雲椒此話何來？」

沈初說：「請聽剛才講的《老子》第四十一章末尾一句話：『夫唯道，善貸且成。』『只有「道」，善於幫助萬物以促萬物有成。』翰林大人在福州靠著唇槍舌劍，以『情』字鬥『法』字，說服了西禪寺博聞大師，救出了一個『終生爲奴』的孩子，不正是你『幫助萬物以促萬物有成』的一個範例嗎？你豈不成了不自覺的太上老君派了？哈哈！」

紀曉嵐說：「雲椒善辯，我的一件區區小事被你扯上了太上老君。只可惜文盼華那孩子不知爲何又與西禪寺弄僵，聽說被博聞大師趕出來了。」

沈初不再說話，只是重重地咳了三聲：「卡！卡！卡！」

便有一個年輕英俊的小夥子迅速奔出，跪倒在紀曉嵐面前說：「翰林老爺在上，奴才文盼華叩頭謝恩！」

紀曉嵐驚詫地說：「盼華！你又什麼事得罪了博聞大師？」

文盼華說：「老爺容稟，此是博聞大師的恩惠安排，他說奴才與寺院的緣分淺，奴才與老爺的緣分深，特意叫奴才先到這裏，說我被攆出去則是別人的訛傳。是博聞大師叫我來，一邊跟縣令沈老爺學畫畫，一邊等今天的機會叩拜翰林老爺。奴才須待翰林老爺還朝之日，再跟隨鞍前馬後，服侍者爺，趁閑讀書識字，萬求翰林老爺恩准！」

紀曉嵐一邊叫文盼華起來，一邊問沈初說：「雲椒，這到底是怎麼回事？弄得我丈二金剛摸不著頭腦！」

沈初說：「紀大人有所不知，博聞大師說盼華這孩子有文運，無佛緣。因他在福州不好露面，以免引起富商讒言，便叫盼華先到惠安這裏同我學畫，以待今天和你見面說清情由。現在盼華還不能隨你走，要待你還京之日，他才去當你的長隨，順便讀書識字。」

紀曉嵐深有感觸地說：「難怪我這次到泉州來之前總有一種非來不可的感覺，原來是有你雲椒和盼華在這裏等著我。這麼說博聞大師對所有這些都未卜先知、瞭如指掌。」

沈初說：「看來你所說不差。其實我至今仍不認識博聞大師，可是他好像事事都瞭解我，還瞭解我和你紀大人的關係非同尋常。想起來眞有點不可思議。」

紀曉嵐說：「這只能充分說明，得道高僧修煉可開天眼慧眼是確有其事，而博聞大師便恰好是這種高僧。那麼，他現在就要盼華到這裏來等候我離開福州返回朝廷的機緣，是不是說明我離閩返朝已爲期不遠了呢？」

沈初說：「那還不好嗎？能夠重返朝廷那是多麼幸運的好事。」

紀曉嵐說；「不，我的三年之期遠遠未到，聖上不可能突然想到調我回去，那一定是我有什麼非回京不可的私事了。」

沈初說：「管它公事私事，你能提前返朝總不可能是壞事情。」

紀曉嵐說：「恰恰就是壞事情，莫非我父親身體有何不妥……」他默默算了一下，那年父親在崔爾莊與自己夜觀景城故影，曾唉嘆自己可能再難活五年，這期限果眞會要到了；但這是家庭私事，眼下也不便明說。紀曉嵐便把其餘的話呑回去了。

沈初說：「別想那麼多了，還是快到泉州去要緊。明天我陪你早點啓程，多半天就到。我保證給你當好參觀泉州宗教建築的嚮導。」

紀曉嵐說：「那我先謝謝你了。」

誰知第二天根本沒走成，惠安縣令沈初遇到了一個複雜煩人的大案……

惠安縣鄉間有個叫夏雨花的小姑娘，一年多以前正要出嫁時先死，未嫁先死算夭亡，家裏草草地將她埋葬了，埋一個十四五歲小姑娘，送葬的人也沒有。

前不久的一天，一個鄰居崔壯苗到相鄰的仙遊縣去辦事，偶然看見一個很像是夏雨花的人，他當初吃一驚：「喲！她怎麼這樣像雨花妹子？」自言自語過後也沒當回事，心想天底下長得相像的人本就多。

走著走著崔壯苗又回頭去看，怎麼這女人連背影也像是夏雨花？對，對，就連那走路抬腿動步都完全相同。世界上果眞能有兩個人如此完全相像？那可就眞是奇事了。

崔壯苗越想越好奇。該用個什麼法子試試看到底怎麼回事？不一會還眞讓崔壯苗想出主意來了：叫小名！夏雨花出生時他父親夏良楚正在田裏做事淋了點小雨，「小雨點，小雨點……」當時他就隨口這麼歡叫，於是成了新生女兒的小名。後來她長大了，夏良楚才給她改個正式的名字夏雨花。眼下崔壯苗想，叫叫她小名看她有沒有反應，於是高聲大叫：

「小雨點，小雨點……」

果然那女人應聲回頭，似乎正要答應，一看崔壯苗，馬上縮了口，扭頭裝不知道，急急地就跑走了。

這事其實已明明白白，那女人就是夏雨花，可是叫崔壯苗十分奇怪，明明一年多前看見夏雨花死了，埋上了山，怎麼又活了？莫非見著了夏雨花的鬼魂？

崔壯苗被嚇得再也辦不成事，急急地趕回了惠安。仙遊、惠安兩個鄰縣相距不遠。

崔壯苗回家就病了，怕是嚇得自己魂魄出了竅，睡在床上，蓋上被窩，蒙頭捂腦，還是不停地喊叫：「有鬼，有鬼，有鬼……」

他老婆也被嚇得不行，連忙去請個道士。道士口唸咒語在門窗各處畫符貼篆忙完了才說：「崔壯苗魂魄聽令：鬼怪已進不來，不能再害你了，你快說看見了誰的鬼魂把你嚇得都掉了魂！」

崔壯苗如實以告。

於是事情迅速傳到了夏良楚耳裏，夏良楚馬上去挖開女兒的墳，竟然已成爲一口空棺，事情一下翻了天！這還了得？夏雨花原先欲嫁的丈夫狄萬強咽不下這口氣，要告夏雨花詐死賴婚，於是派了多路人馬到仙遊縣去。幾乎把仙遊縣地皮翻轉來，卻再不見夏雨花的影子。

狄萬強知道夏雨花畏罪潛逃了，便又擴大搜尋範圍。

一個月以後，終於在莆田找到了夏雨花和姦夫顧家歡。這才完全弄清根底。

原來惠安鄉下山中有一種茉莉花根，以酒磨汁飲下，一寸可屍厥一天，磨飲六寸死六天還能復活，服用七寸死七天才是眞死。

夏雨花十四歲要嫁狄萬強時已經晚了，她十三歲便與一個十五歲的男孩顧家歡勾搭成姦，只是瞞著父母等等。父母要將夏雨花出嫁，她與少年姦夫顧家歡又難捨難分，便冒險用了這飲用茉莉花根汁假死的方法，瞞天過海，詐死埋墳。然後顧家歡趁夜掘墓，救出夏雨花，又將那墳修復。姦夫姦婦雙雙潛逃仙遊，兩人靠打短工度日，晃眼一年有餘。

也是命該受挫，夏雨花被鄰居崔壯苗無意中發覺，最後穿了幫。

狄萬強將未娶到的妻子夏雨花及其姦夫顧家歡扭送惠安縣衙，狀告二人兩條大罪：一曰開棺見屍；二曰藥迷女子。

眞是天下奇聞的怪案。沈初覺得委實斷不下來，他便苦留紀曉嵐參與共斷。

沈初說：「此案太過蹊蹺。說是『開棺見屍』麼？夏雨花本就沒死，開棺見她何爲見屍？開棺見屍案件多爲掘墓謀財，此案與之搭不上邊界。說是『藥迷女子』吧？夏雨花正是同謀，或者說是她自己毒『死』自己。『藥迷女子』多是劫色強姦，可偏偏夏雨花是自己死心塌地要與顧家歡好。這這這，這個案子我眞是傷透腦筋了。故爾特請翰林兄長紀大人幫我拿個主意。」

紀曉嵐早已陷入深沈的哀痛之中：這又是一個與「十三歲」女孩有關的案件！從內心深處想來，紀曉嵐不僅不認爲這二人有罪，相反還認爲夏雨花愛得眞誠，寧願以死相搏，終於達到了與情夫顧家歡同床共枕的目的。這這這，這需要多大的勇氣才行？萬一吃了茉莉花根眞正死了，豈不冤沒九泉？

也許是紀曉嵐本人好色心重，也許是與自己的親身經歷有關，紀曉嵐在看過夏雨花與顧家歡之後，甚至爲夏雨花的美色所傾倒，心裏暗自說：「這個夏雨花就比我的一群美豔妻妾，也相差不多！她她她，她或許正是當年文鸞那種女子。文鸞被父親文久荒逼死之後，發誓再變女人還要與我相好，這夏雨花不正是又一種類型的文鸞嗎？『詐死』之術，可惜自己早先並不知道，要是早知此法，說不定自己也會和文鸞密謀以此法瞞天過海，鴛夢長溫……」

全面權衡判斷，夏雨花與顧家歡有何罪行？不僅毫無罪過，而且是可歌可敬的一對情人，說他們的情愛驚天地，泣鬼神，實在是毫不爲過。

但是，在當今禮儀朝制之下豈能如此判斷是非？女子無才便是德，出嫁者父母之命，媒妁之言，其他皆不爲據。夏雨花既已許嫁狄萬強，就非一嫁而終不可，怎可再與他人同謀詐死而後成姦？……不管怎麼說也得判個什麼罪，不然上上下下都交不得差。上對朝廷結不了案，下對原告堵不住口。倘若判夏雨花、顧家歡二人無罪釋放，說不定狄萬強再上告到州府乃至省衙刑部，那就連惠安縣令沈初都要大受牽連了。

但紀曉嵐實在不想拆散這一對人間的鴛鴦。有沒有什麼法子既能遮掩了上上下下的耳目，而又使夏雨花、顧家歡這一對情人永偕和好呢？

紀曉嵐只好反覆不斷地對沈初說：「讓我想想……仔細想想……想想……」

好！終於想出來了。紀曉嵐對沈初說：「雲椒！此事天知、地知、你知、我知，判他二人有罪是假，圓他二人的好夢是眞。我看以『姦拐本律』來判，『姦』者夏雨花、顧家歡兩人勾搭成姦，『拐』者互爲彼此，而男女二人共『拐』的目的，乃是欺騙狄萬強而賴婚，於是罪名成立。判決：把姦夫姦婦押解充軍新疆，永世不得回原籍，以免他們敗壞本地民風！這樣對上對下都交代過去了。實際上呢，你派人把夏雨花、顧家歡二人儘量押解得遠些，能到新疆搭界更好，到那裏再把他們放了，他們只怕還眞的謝你知縣大人的救命救情之恩！遠走高飛之後，他二人豈不生活得越更自在嗎？呵呵呵呵！雲椒你以爲怎樣？」

沈初說：「翰林兄長所說，正中弟之下懷。只是我不如兄長體驗深切，兄長不是與『十三好女』最爲有緣嗎？呵呵呵呵……」

於是照此結案，眞是皆大歡喜。

紀曉嵐一到泉州便對沈初說：「雲椒！不看佛寺，有關佛教的淵博等等，我在五臺山就深刻領教過了，其他什麼教的建築勝地全都去看。」

沈初說：「好！道教、伊斯蘭教、基督教、印度教、摩尼教，乃至媽祖廟等，盡你看個齊全……」

當然，首先是去看道教始祖太上老君的那座大石刻。

那是在泉州西北角的清源山。於宋代由一塊天然岩石雕鑿而成的老君像，形象生動逼真，果然頗有仙氣。

遊客絡繹不絕，不少人去摸老君的鼻子。

紀曉嵐說：「雲椒！這是怎麼回事？我還在心裏說此像老而彌真，仙氣撲面。可偏偏那麼多人親近它的鼻子。」

沈初說：「這可是個老傳統，此地有民謠：『摸得老君鼻，長壽一百一』。誰不想長壽呢？」

這老君石刻位於清源山南麓，圍繞石刻周邊，道教宮觀多座，果然這裏是道教徒聚集中膜拜的地方。

來到通淮街的清淨寺，紀曉嵐頓感建築風格殊異，幾乎沒有一點中國建築的傳統，完全是一派清眞古風。

紀曉嵐問：

「雲椒！這座清眞古寺來歷定然獨特吧？」

沈初說：「可不嘛，它和那座老君像都是宋代遺留，它是完全仿照敘利亞大馬士革伊斯蘭教寺院所建立，據傳在我全中國都絕無僅有。像這一類的伊斯蘭教清眞寺，在泉州其他地方還有五處，不過那些規模較小些，也參照中國建築風格稍有改動。」

紀曉嵐說：「一座中國沿海城市，清眞寺竟有六處之多，可見從古以來這裏便有許多阿拉伯人出入。」

沈初說：「那當然，最多的時候，泉州有外國人數萬之眾。其中阿拉伯人居多。伊斯蘭教的先知穆罕默德曾經說過：『學問雖遠在中國，亦當求之。』穆罕默德對此帶頭實踐，他派門徒大賢四人，於唐朝武德年間即到中國來傳教。其中一賢傳教廣東，二賢傳教揚州，三賢、四賢傳教泉州，而且一賢、二賢也是先在泉州登陸再去內地，可見泉州當時已是我國對外交通的總樞紐。三賢、四賢後來並卒於泉州，在城東郊區仁風門外靈山半山腰上，那裏的伊斯蘭聖墓便埋著這兩位大賢徒。」

紀曉嵐興趣盎然：「那快去看看。」

聖墓依山而築，有半圓形的回廊，有稜形的石柱，都是唐代留傳的遺跡。來到回廊西側，忽然發現一座高三尺、寬一尺餘的石碑，紀曉嵐饒有興趣讀上面的文字：

欽差總兵太監鄭和，前往西洋忽魯謨廝（今波斯灣的霍爾木茲）等國公幹。永樂十五年五月十六日於此行香，望靈聖庇佑。鎮撫蒲和日記立。

紀曉嵐問：「這個蒲和日是誰？」

沈初說：「當時泉州的衛鎮撫，他本人即信奉伊斯蘭教，曾隨鄭和出使西洋。相傳鄭和七次下西洋都在泉州下海，但歷史上所記載的也不盡同。然而這第五次下西洋的時間卻是準確無誤。」

紀曉嵐說：「所以說古代遺存，均屬瑰寶，其史料價值不可取代。」

聖墓前偏西不過三十餘丈，一塊獨特的巨石聳立眼前。沈初領著紀曉嵐一行人趕去觀看，那形狀煞像一個荷葉形的大石盤，上面還托著一塊巨石，石上有明代泉州知府周道光的題刻：「碧玉球」。紀曉嵐饒有興趣說：「這眞是奇趣橫生啊！」

沈初說：「當然！這叫『寶盤托金印』，上面那『金印』、巨石便有十多萬斤，土俗名字『風動石』，是說那十多萬斤重的『金印』能手推風動呢！」

時有陣風吹過，紀曉嵐學著以雙手推推，果然那巨石有節奏地隨風晃動。

隨行的李文藻和朱孝純都歡叫起來：「哈，哈哈！恩師乃文曲星駕臨，金印石聞風起舞……」

紀曉嵐問：「泉州有沒有可說是土生土長又值得紀念參觀的宗教場所？」

沈初說：「有，到天后宮去。天后宮為國朝聖祖仁皇帝（康熙）賞賜的封號，所祭祀的是媽祖海神，雖然未成為一種宗教，卻是海事人員共同敬仰的神祇……」

來到天后宮，連紀曉嵐這位見多識廣的大文人也歎服其壯觀宏偉，香火鼎盛，前來祭祀媽祖海神的人們，簡直牽線不斷，而又流連忘返。

紀曉嵐說：「眞想不到海邊人對海神如此虔敬有加。」

沈初說：「那是海上風波險惡，出海的人幾乎九死一生，為捕魚、為航行又不能不出海，一出海家裏人掛肚牽腸，當然都到媽祖廟來祈禱。你不看到這裏來的幾乎沒一個男人嗎？全是婦女和孩子，他們為海上的丈夫與父親禱求平安。媽祖廟不僅是本地土生土長，就是其他各地乃至海外的媽祖廟，都把莆田湄州島上的媽祖廟當成它們的母廟呢！莆田也屬泉州管轄。……」

紀曉嵐到泉州照例是按拭童生，這些都是例行活動，早已有了定規，舉辦起來也極為容易，他不久便命門人李文藻、朱孝純等順利完成了。

而泉州的宗教遺跡遠遠沒能看完。

沈初是難得的參觀嚮導，他不僅已是泉州通，而且有很高的文化層次，他的解說很不一般，能從遺存古跡中開掘出豐富的歷史文化韻味。

紀曉嵐隨沈初參觀的宗教遺址，有基督教、印度婆羅門教等等。尤其新奇的是，這裏竟有摩尼教的遺跡。

紀曉嵐感慨萬端說：「摩尼教已在世界絕跡數百年，而其唯一的遺跡留存中國，又恰恰留在泉州，這意義已十分深遠。泉州被稱爲世界宗教展覽博物館，眞是名不虛傳……」

突然福州方面傳來快馬急信，紀容舒不日即抵福州，著兒子曉嵐迎候。

紀曉嵐心裏猛丁冷了下來，喃喃說：「應驗了，應驗了，父親若非自感時日無多，絕不會遠來福州晤面，他是怕臨死沒有愛子送終啊……難怪我來之前便有了某種預感：此次泉州之行，或是最後的一次機會，所以是非來不可，以後只怕不會再有這種機緣了……」

於是吩咐下人，著即啓程回返福州。

參拾貳　垂朽老翁東南行

紀曉嵐父親紀容舒已經七十八歲，身體日見其衰，又沒什麼明顯的病痛，自知此爲老朽，在京城虎坊橋私寓裏靜養怡年，直說便是等那死之將至。

紀曉嵐父親紀容舒爲《獻邑志》撰寫「軼聞趣事」，自知不保，藉故到福建投奔兒子。

紀容舒回顧此生，已沒有留下任何遺憾。自己的官運不佳，以舉人出身僅到雲南姚安知府爲止，本朝以舉人出身而官至六部侍郎者不只一、二位，但自己不行，命運使自己到知府就再也上不去。

只是有一則，成器的兒子曉嵐遠在福建，長子晴湖雖在身邊，但只布衣而已，且他素來只喜清淡淳樸，科考屢屢落第之後在學問上也無追求，與自己談不到一起……紀容舒納著指頭算時間，一年、二年，曉嵐督學閩中二年都還不到，按朝制他起碼三年才得回朝。自己可千萬不能就死，怎麼也得等到愛子曉嵐從福建回來爲自己送終。

紀容舒這天正躺在宅內東隅那太湖石旁邊閉目遐想。天已漸熱，老人更喜清涼，這太湖石旁配襯有假山假水，自然清涼更多，何況這裏的歷史淵源又是何等寓有深意……

紀容舒掐指算來，御書太湖石是雍正五年（西元一七二七年），眼下是乾隆二十九年（西元一七六四年），過去三十七年了。房子到自己手上也已三十來年；岳鍾琪已於早十年過世，沒事的紀容舒記得很清楚，那正是自己兒子進士及第，也就是他紀容舒從雲南姚安府告老還鄉那一年……突然紀容舒有點感到振奮：怪了！剛好岳鍾琪威信公過世便有自己愛子曉嵐登科，莫非老天有意讓兒子曉嵐有朝一日繼承岳鍾琪的威名勳業？

岳鍾琪一生從事兵戎，以殘酷屠殺漢人與邊疆少數民族而著稱於世，史稱鐵血劊子手實在公允。但從清朝的角度看來，他爲鞏固皇朝政權功勞顯赫。紀容舒作爲致仕老臣，當然也只看到岳鍾琪這勳業的一面。岳鍾琪死時已是加太子少保充兵部尙書，從一品大臣，死後更有崇高謚號：襄勤。這自然是表彰他一生勤勉匡扶朝廷。卓著功勳……

紀容舒只看重這一點，閉目遐想中，彷彿愛子曉嵐達到了已故十年的岳鍾琪的聲名地位。紀容舒心情一時大好，閉目中喃喃自語起來：「莫非曉嵐也能踏著威信公的足跡，登上加太子少保充兵部尙書的大爵地位嗎？」沒提防竟有人接話：「豈止？豈止？」

紀容舒聞聲抬頭一看，原是同鄉戈濤（芥舟）來了。戈濤便是紀昀同年進士戈源的大哥，他比紀昀大十八歲，更比他的小弟戈源大二十九歲，但他只比紀昀和戈源早三年才得登科，中進士時年紀已經四十五歲，到今年五十八歲也才官至刑部給事中。給事中只是個有職無權的官職，掌管抄發章疏、稽察違誤等等。簡直只是刑部等而下之的幕僚，因此他可謂極不得志，鬱鬱寡歡。

這是一個很奇特的年齡結構：戈濤比紀昀大十八歲，通常已是上一代人的年齡，所以紀昀總是稱戈濤爲「芥舟前輩」；但他又和戈濤（仙舟）是同父異母弟兄，分明與紀昀也是兄弟輩份，所以戈濤總把紀昀稱爲「賢弟曉嵐」。

眼下好了，戈濤比紀容舒小二十歲，紀容舒明明白白是上一輩人，兩人見面稱呼上沒有障礙。

戈濤自是先鞠躬致禮說：「姚安公大安！想起賢弟曉嵐來了？他的前途將超過威信公，威信公到死才是『從一品』，我看曉嵐定會到『正一品』頂級。」

紀容舒已經從躺椅上起來，平穩地說：「芥舟來了，請坐。你別把曉嵐太捧高了。」

戈濤已坐下來，極其認眞地說：「曉嵐才具極高，官運又好，前途不可限量。姚安公只管放心。」

紀容舒自己心裏又何嘗不是如此看待？一聽戈濤說到了自己的心坎中，自然舒服已極，卻是不露聲色。

隔了一會，紀容舒說：「芥舟今天來到寒舍，總是有點什麼事吧？」

戈濤說：「姚安公所料不差。我想趁早退居林下，編一部《獻邑志》刊行，或可將我獻縣的沿革傳統、文武精英、名優特產、趣事軼聞等等彙於一爐，讓其流傳久遠，我輩乃可藉此沾一絲榮光，以期不太愧對鄉親父老。姚安公以爲如何？」

紀容舒早已按捺不住心中的喜悅：「好好好，芥舟此舉前承古人，功垂後代，老朽十分贊成。」

戈濤說：「然一部《獻邑志》涉及彌廣，卷帙浩繁，將需要不菲的支出，無財力後盾我安敢動工？」

紀容舒終於摸透戈濤此來的目的，乃在於爲修《獻邑志》募捐。於是慨然說：「此事好說，芥舟，我帶頭捐銀五百兩，你再多走幾家，邀幾位殷實鄉紳縣賈出些銀兩，共同成立一個修志募捐委員會，事情就不難了。」

戈濤說：「有姚安公此種參與，在下便心中釋然。然我想不僅需要成立修志募捐委員會，還得邀請知名邑人組成採寫、謄錄、校勘、編審等諸多小組，以便實施。然決策者應是一個在獻縣具有權威性的編纂委員會，首先確定編纂範圍，比如說：沿革傳統從儘量早的二千年前漢朝獻王府寫起、文武精英人物錄選到舉人、趣事軼聞以有一定的社會教化意義作宗旨等等。不知姚安公以爲然否？」

戈濤這話當然有其特定的目的，把文武精英的錄入規定到「舉人」這一級，當然就把舉人出身的紀容舒包括其中，使他有更大的興趣參與其事。

果然紀容舒一聽便說：「芥舟慮事已很周全，果是成熟老到。」

戈濤說：「如此說來，我請姚安公進入《獻邑志》編纂委員會，姚安公不會拒絕吧？」

紀容舒說：「我已老朽，只怕有名無實。」

戈濤說：「那就更好，我還確實想請姚安公做一點實際的文字工作。首先，請將貴族世系考略整理一下，以期進入《獻邑志》的「獻邑望族」專欄；其次，請將姚安公素所掌握的獻縣趣聞軼事寫出初稿，以便將來彙集時編入志書。姚安公看看，這些趣聞軼事可否分門別類加以搜集整理，比如說：『忠孝類』、『善惡類』、『神鬼類』、『特異類』等。這樣在編纂閱讀時是否方便一些？」

紀容舒說：「很好很好。只怕我老朽不支，難以終局，我先試試吧……」

有了一個新的寄託，紀容舒陡然來了精神，開始了雖然緩慢卻是興致盎然的文字編寫工作。

《景城紀氏大系考略》很好寫，十年前自己從雲南姚安府回來，就已修訂了族譜，資料齊全，纂編整理並不費事，他沒用幾天便寫好了。

紀容舒很快便交給了戈濤。

戈濤看後讚不絕口：「不僅景城紀氏堪稱獻邑旺族楷模，就是姚安公撰寫的文稿亦是此類文獻資料的體例典範。我想姚安公該進行趣聞軼事資料的搜集整理了。」

紀容舒說：「那工作可不是短期內說完就完得了，老朽盡力而為……」

紀容舒寫下了許多獻縣的軼聞趣事，按「忠孝類」、「善惡類」、「神鬼類」等分組排列。這天寫到了「特異類」……

特異類：

南縣南村孝廉戈仲坊，聞其鄰家雞產一卵，入夜有光。他便隨眾莊客前往觀看，時已暮昏，燈下看卵，並不特異。

撤去燈光，果見卵吐光不絕，卵之四周如一盆盂。置諸暗室，立門外觀之，則一室照耀如晝。

有客人說：「是雞為蛟龍所感，故生卵有光。恐久生變怪，怪破殼出，則不利主人。誠如唐朝段成式《酉陽雜俎》說，嶺南有毒菌，夜能發光，殺人主速，蓋瘴癘積存，以溫熱發為陽焰……東南沿海亦多瘴癘也……」

紀容舒寫著寫著，突發昏眩，不能自制，心裏喃喃：「啊呀！我兒曉嵐正在東南沿海之福建，他會不會遭瘴癘傷害呢？……」

此念一上心頭，什麼《獻邑志》也不能再寫，紀容舒病臥倒床。

其實他這是自認為找到了到福建去的藉口，他想這事早已不是一、兩天，身體日見衰弱，再也走不很遠，愛子曉嵐不在身邊，自己斷氣亦不瞑目。可找一個什麼藉口到福建去呢？一直沒找到，硬撐著寫書。現在這藉口在寫《獻邑志．趣事軼聞》中找到了，他當然再也支撐不下去，臥床只喊：「去福州，去福州……」

長子紀晴湖爲他請來著名郎中看病，他只一個勁搖頭，喃喃說：「不看病，不看病……可看命，可看命……」

紀晴湖一聽：「看命」即是「算命」，便馬上派人去找諸葛先生。諸葛先生曾爲紀昀算出生辰八字，並用拆字方法準確測出紀曉嵐考中進士二甲四名並被委官庶吉士，紀家對他算的八字很信。但是他家離京城較遠，不常見著。

紀晴湖派人找到諸葛先生家裏時，才知道他已於十天前去世了。諸葛先生的兒子不是瞎子，諸葛說不是瞎子不能傳授「一掌經」，要傳授便違犯了算命領域的「瞎子規章」。所以他兒子不再算八字了。但他兒子說，父親在去世前曾口授一首詩，指定交給姚安公紀老爺，於是便交來人帶回紀家。

紀容舒接過那詩一看：

留贈姚安公

諸葛

行行複行行，
路盡或南東。
有命宜速去，
無病乃善終。

這還有什麼話說，長子紀晴湖立即派了得力家人，護送紀容舒乘車南下。

與此同時，派出快馬，先給異母兄弟紀曉嵐報信父親已南來。此信到福州時紀曉嵐已去泉州按試，於是快馬又急馳泉州。

紀曉嵐在泉州一接到大哥的來信，馬上斷定父親在世時日無多，也便急急地往福州回返。

參拾參 祖輩抑惡有善終

七十八歲紀容舒說：「鬼是已逝之人，人是未死之鬼，人品官品端正者豈畏鬼乎？」

偏巧，紀曉嵐回福州，剛給父親收拾了一間房子，第二天父親即已來到。紀曉嵐領一群妻妾兒女跪地迎接，老遠便喊：「不孝兒曉嵐向父親請安！」

紀容舒越往南走，越覺精神大安，這自然是馬上能與愛子相見的緣故。因此見到紀曉嵐領一群人跪地迎接時，已絲毫沒有了病態。七十八歲的老人健步如飛，邊走邊說：

「曉嵐起來，見到你們都好，爲父死而無憾……」話還沒說完，已潸然淚下，幾乎站不穩了。

紀曉嵐馬上站了起來，趕過去攙住父親說：「爹爹大好，講什麼死不死的……不吉利話呢？」也是哭得話都說不完整了。

紀容舒已擦乾眼淚說：「講得死不是命，怕什麼？我一路快到你學署時，一路聽人說你學署最喜鬧鬼，曉嵐！我偏不怕，你找一間鬧鬼的房子給我。」

紀曉嵐說：「不，爹！孩兒已經給你收拾好房子了，你何必以千金之軀與鬼爭鬥？」

紀容舒說：「你這是說哪兒話來？儒者說世間無鬼，迂腐之論，亦強詞奪理。鬼怎麼沒有呢？鬼是已逝之人，人是未死之鬼。然而鬼必畏人，乃陰不勝陽也；其陰侵陽，必陽不足以勝陰也。夫陽之盛也，豈恃血氣之壯與性情之悍也哉？人之心也，慈祥者爲陽，慘毒者爲陰，豈有謬誤？坦白者爲陽，險惡者爲陰，豈能悖理？公直者爲陽，私曲者爲陰，豈或變異？」

「故爾，《易》象以陽爲君子，陰爲小人。苟立心正大，則其氣純乎陽剛，雖有邪魅，如幽室之中，鼓洪爐而熾烈焰，凝凍自消。曉嵐，汝讀書亦頗多，曾記史傳中有端人碩士爲鬼所擊者耶？汝今不准我住鬼屋，是諷爲父人品之不正也！」說完已是怒氣沖沖。

嚇得紀曉嵐急急忙忙又跪下說：「孩兒不敢！父親息怒，立刻讓爹爹住西邊廂那一間鬧過鬼響的房子。」

但是，紀曉嵐能放心已頻垂朽的老父獨自住鬼屋嗎？他的心差不多跳到了口裏……

紀曉嵐爲老父親要睡鬧鬼房想了個簡便易行的主意：在門前和窗後各睡兩個會武術的青壯男人。這既能防止外邊的鬼魅進入，也大大增加陽氣以鎮懾屋內的陰魂，萬一裏邊眞有動靜，或是老人在裏邊有何需求，接應起來也很方便。

紀曉嵐只是給前後的守衛規定了一條，遲睡早起，不使屋裏老爺發覺。反正夏天睡覺簡單，一張大草席，鋪在地上就當床了。下人們都年輕力壯，行動利索得很，尤其是睡門前的兩人，紀曉嵐規定必是輪流守夜，一個睡一個醒，聽到老人要起夜出來，馬上拎起席子就走開了。

其實屋裏的紀容舒當晚就發覺了前前後後都有人。那是他睡到半夜之後，醒來突然感到屋裏陰森森，身上起疙瘩，他知道這是鬼魂在作怪了。

「人乘旺，鬼乘衰」。紀容舒想起不少古書中的記載，凡生魂都喜歡朝人氣旺盛的地方匯齊，凡死魄都只朝朽腐衰敗的老弱病殘者攻擊。

紀容舒想起來身邊發生過的一件眞事。

那是他在雲南姚安任知府時，從內地帶去一個膳夫，名叫楊乂，此人粗壯異常，高大古板，做出來的飯菜卻變化多端，十分可口。因其烹調技藝上乘，甚得主公知府喜愛，常在人前耍強。

就在紀容舒得知兒子紀曉嵐高中進士之前不久，楊乂忽然做夢，夢見兩鬼持拘票來拘，票上寫著：「拘楊义」，遞給楊乂看。

楊乂素來強橫，爭辯說：「我是楊乂，不是楊义，你們一定是要誤拘我魂！」

二鬼說：「乂上還有一點便是『义』，是義字的簡體字，怎麼不是你？」

楊乂說：「不對不對，哪本古書上是如此寫義字？你們這分明是乂字上誤滴墨一點，不算數。」

二鬼不能強拉其去，只得走了。

同室睡的人聞其囈語，明明白白。第二天問楊乂是怎麼一回事。楊乂便將自己驅逐拘鬼的事大講一番。

此事傳到紀容舒耳裏，他也甚覺有趣，便叫了楊乂來問。楊乂說之甚詳，所以紀容舒記得。

不久，見兒子紀曉嵐得中進士，紀容舒聞訊馬上告假歸京。楊乂隨行北返，到達仍屬雲南的平彝，又夢二鬼持票來拘殺，票上已是明明白白的楷書：拘楊乂。

楊乂又強橫爭執：「不！我不去！我已北歸，應屬直隸城隍管轄。爾屬雲南城隍，何能拘我？」喧詬良久，向寢者大呼，楊乂乃醒。

楊乂醒後說：「此拘我之二鬼大發脾氣，好像不得放棄拘我。」

此事又在一行北歸人眾中引起趣談。

第二天，楊乂隨行至滇南勝境坊，果然馬蹶墜地而死。

這事何等清楚地說明，即使強橫至於楊乂之輩，臨死便氣數竭衰，鬼可近體了。

紀容舒睡著睡著頓感室內陰森，自知日子不遠。但他清醒得很，再睡不著，便明明白白聽到，門前窗後有人翻身，並且還有鼾聲傳進。紀容舒知道這是兒子的安排。此時此刻，他才更深切體會到兒子的孝順、純眞、關懷與體貼。紀容舒不但不想揭破兒子，反而對兒子心存一片感激之情。雖說自己向來心正，殊不畏鬼，然已日漸衰微，再難持久，彼時眞有鬼來拘，如在夢中尙無畏懼，如在醒中，難免不顫竦……兒子早已預先猜到這一著了，還怎麼去揭破他呢？

紀容舒於是仍假裝全然不知，要起夜小解前會故意大咳幾聲，讓躲睡在前門的下人早點回避。

如此日子過得頗爲平安。

一日，大學士楊存正派人持柬來邀，要紀曉嵐去他的水口公館公幹。此時楊存正提督浙閩，是紀曉嵐堂堂正正的上司。紀曉嵐當然不得不去。

紀曉嵐臨出門去向父親辭行，巧妙地探問說：「孩兒請父親示下，設若楊公留宿，該不該拒絕而歸？」意思明明白白：怕老父夜晚歸天兒子不在身邊送終。

紀容舒卻相當直白地回答說：「不要緊！連膳夫楊乂都能挺過一、兩天，爲父要去也來得及叫你。」

關於楊乂在滇南勝境坊被拘墜馬而死的事情，紀容舒早給兒子講過不止一次了。

紀曉嵐來到水口公館，楊存正親自迎接，原是公幹中半帶私情。有個畫家要見紀曉嵐。

這個畫家叫王元啓，字宋賢，號惺齋，浙江嘉興人氏，比紀曉嵐大十歲稍多，但只比紀曉嵐早三年成爲進士，他起初在福建將樂縣當知縣，可也和當年陶淵明當彭澤縣令那樣只當三個月時間，便辭官作畫，開館教書，此時他正在延乎府轄內當閩北山長，也就是閩北學館的授業老師。

延平府即今福建之南平市，地處福建的北邊，離福州不遠也不近，也就是幾百里的距離。他與西陽山長是親密的畫友，西陽山長又曾是沈初去京師前的繪畫老師。如今沈初中進士後已成惠安知縣，當過老師的西陽山長自然很感自豪。沈初又是紀昀的朋友，並曾一起在董邦達面前讀書。所以，作爲畫家的閩北山長王元啓，早就熟知紀曉嵐了。

紀曉嵐一年多前督學閩中，王元啓便盼望在他按試延平州時與之見面。誰知紀曉嵐跑了福建的許多州，卻是還未輪著到延平去。

王元啓原來設想，作爲本省學政，紀曉嵐早晚會來延平，自己慢慢等著見面就行了。誰知近日有變，王元啓得知紀容舒急著南行福州與兒子見面的消息，已揣知紀容舒去日無多……倘他一死，紀曉嵐按朝制送父靈北歸，旋即丁憂守孝，一守便是三個年頭，到那時他閩中督學任職自然結束，肯定便沒時間再去延平了。

王元啓怎麼能放棄與紀曉嵐見面結交的時機呢？便親自來福州謀面。文人見面不能憑空而來，總該有一點與琴棋書畫有關的藉故，這樣才高雅而不唐突。

王元啓帶來了成堆成摞的畫稿，其中有一連十六幅成套的《福建將軍平海圖》，這圖並非專指保衛福建海防的某一將軍，乃是假託「將軍」之名歌頌一切保衛福建的高官大爵。

但這套圖有一個明顯的特點，便是畫中將軍形象乃取自於現實中的人，這便是浙閩總督楊存正。楊存正本人爲官清正廉明，又與王元啓有一點遠房親戚關係，按輩份上說，王元啓要叫楊存正爲表叔公。王元啓用他作了畫中模特兒，楊存正心知肚明。

王元啓心裏明白，此畫不能叫楊存正題款，那樣自己題詩歌頌自己會成爲笑談，但畫上又非有一個卓有名聲的人題款不可，如今來了大才子紀曉嵐，當然是再好不過了。

恰巧此時兩省提督楊存正也到福州來了，王元啓自然先來會晤楊存正，然後再由楊提督去邀請紀曉嵐，三相會面，順理成章。

這便是楊存正邀請紀曉嵐到水口公館來的緣起。自然楊存正要親自到門口迎接紀曉嵐。他和紀曉嵐早已相識，既是上級對下級，又是大輩子對晚生，所以楊存正叫紀曉嵐只叫其字：

「曉嵐！我來給你介紹我這位遠房親戚，表侄孫王元啓……」接著便說了他的字號籍貫等等詳情。

王元啓早已拱手致禮說：「翰林紀大人按說比在下小十歲，然紀公之文名官名，早已如雷貫耳，不知比在下一個小小閩北山長高出多少了！」

紀曉嵐搜索記憶，早已想起來，因而應對說：「惺齋公有意學晉朝先賢陶令淵明，其寄情山水田園詩書自不待說，紀某早從雲椒（沈初）繪畫老師酉陽山長處獲知，閩北山長惺齋公是丹青聖手。早說將在按試延平時專程拜謁，萬不想今天在楊公館先見面了。幸會！幸會！」

於是一大套彼此寒喧，氣氛十分熱烈。

茶、煙、飯都很現成。吃用過後，王元啓拿出了畫圖，請紀曉嵐題款。

紀曉嵐一看畫題《福建將軍平海圖》，再一看畫上將軍是楊存正，心裏什麼都明白了，王元啓要借古畫題意謳歌楊存正，楊存正當然喜歡，而楊存正的官階聲名，說是「福建將軍」也當之無愧。紀曉嵐左思右想，詩太短了肯定題不夠十六幅，於是用比蠅頭小楷大約一、二倍的中楷，在畫上寫下了一首氣勢磅礴的七言長詩，極盡歌頌楊存正之能事。

王元啓一看大喜。連連說：「難得！難得！紀翰林一題詩，山人這不起眼的土畫，陡然便價值連城。我奉呈表叔公提督大人匡正，望請笑納。」便把十六幅畫贈送給了楊存正。

楊正存好不喜歡，抖鬚大笑：「哈哈！曉嵐題詩至情至美，理當留宿。聊備以肉當餐，供曉嵐吃個痛快，惟不備鴨矣！嘻嘻嘻嘻！」他連紀曉嵐以肉當飯而不食鴨的習慣都摸透了，可謂親切之至。

不意臨到睡時，楊存正悄悄地對紀曉嵐說：「夜有所見，萬勿驚慌，不爲害也。」

紀曉嵐知屋內定有鬼魅蹤影。想起前不久才聽父親教誨：鬼邪怕正，自己身正心正志正人正官正，怕什麼鬼怪邪妖？自是大膽進屋獨睡，只把門窗閂好。因爲天熱，遂把床移至窗前。

睡一覺醒轉，紀曉嵐隔著紗窗看外邊是晴是陰。時雖月黑，而簷柱間六盞燈仍通明。便見院中有諸多黑影，略似人形，在階前或坐或臥，或立或行，而寂然無有聲響。心想這便是楊存正所說之「夜有所見」了。也不介意，仍然睡了。

睡到夜半，起而視之，黑影仍在，只是多已換了地方，換了姿態，看來鬼魅們並不安生一處一形，而是在走動變換，莫非它們也在休閒嗎？

直到雞鳴，再睡不著，紀曉嵐一直關注著窗外的黑影，看它們漸漸縮入地下。始想到這些倒好像成了自己的護衛隨從。

次日早晨，紀曉嵐對楊存正說：「楊公為封疆大吏，當有鬼神陰從。我乃小小學政，何來此等陰間護衛？」

楊存正說：「不然。仙霞關內，此地為水陸要衝，用兵者所必爭，明季唐王、國初鄭氏，戰鬥殺傷，不知凡幾。此其沈淪之魄，乘寒宇空虛竊據。有大官來，則避而不出耳。此亦足證無處無鬼之說。惟大官恃有天意，惟正人存有正氣，鬼魄不侵也。」

紀曉嵐對照一想，楊存正所說此地為水陸要衝不差。於是因應著說：「晚生是託庇楊公的洪福了。」

不多久，前庭已有人請老爺客官用早飯。不意學署紀府家人武師羅小忠急急趕來說：「太老爺夜來不適，今晨還發了火，著奴才來請老爺速歸。」

紀曉嵐拔腿便往外跑，哪里還有閒心吃早飯，騎著馬隨羅小忠快步奔回。一聽父親在房內大聲嘆氣，紀曉嵐走進去納頭便拜：

「爹爹息怒，孩兒不該外宿不歸！」

紀容舒怒氣沖沖說：「我哪是怪你外宿不歸？楊提督公館請你去住是你的榮幸。你只不該貼那些東西！」說著朝門框窗框上一指，那些地方都貼有黃紙畫的紅符咒。

這是紀曉嵐昨晚出去時的安排，他揣知到了水口楊公館可能要歇宿過夜，又擔心家裏衰弱的老父親出問題，當然主要是怕鬼魅夜間作祟。於是叫人請道士畫了符咒，趁夜間父親睡了之後粘貼門窗，當然還是怕父親看見了責怪，還交代守衛人員一天亮就揭下來。誰知父親還沒等到天亮，才剛雞叫便起了床，摸摸索索走到門窗兩處，發現了這些驅鬼符篆，馬上就發起了脾氣，命令下人一天明便去叫紀曉嵐回來。曉嵐一回來當然馬上就向父親請罪說：

「孩兒知罪，馬上叫人把符篆揭下來。」

紀容舒說：「快揭快揭，想不到曉嵐……也作蠢事，你以爲，以爲一貼這些符咒，符咒就能保得小鬼不來拘魂？就能保得爲父不死？你這只是，只是，只是癡心妄想，妄想！」

接著就開始昏昏迷迷，語無倫次，時東時西……大意聽出來了。

紀容舒昨晚夢見了自己的父親，曉嵐的祖父紀天申，還有祖母張老太夫人，還有生母張太夫人，總之是紀家已死的親人全夢見了。老話一句：要死的人就能夢見已死的親人一起來。昨晚上他們就到齊了……紀天申是來告訴紀容舒：京都城隍派小鬼來拘魂索命，全被紀曉嵐的符篆嚇了回去。城隍便要紀天申來告訴紀容舒：人之壽年，早已注定，紀曉嵐貼符阻礙，犯了天條，只怕要受懲罰。紀曉嵐自己官大位高陽氣足，一時罰不上身，但家人中自有陽衰之輩，說不定就要由他們來代替紀曉嵐受罰。有人受罰了照樣不能免了紀容舒的死，又何必再害人陪死呢？總之，事情似乎已到了很僵的地步……紀容舒似乎傷心透了，他迷昏中偶爾嚶嚶哭泣幾聲，自然那是不願意死了以後還拖累後輩……

紀曉嵐眞的慌急了，心裏嘀咕：老父親只怕難熬過今天……於是叫下人把門窗上的符篆撕了以後，便去準備棺木壽衣等等。好在這些早已辦齊，只需取出來就是。

然後，紀曉嵐便把妻妾兒女們全都叫來，跪在父親床前哭泣，等待最後一刻送終。

突然，妻妾中一個驟然倒地，口吐白沫，閉眼昏迷。

紀曉嵐一看，是在河北木蘭秋獮時乾隆賞給自己的四個侍妾中的一個，四人中以她最爲弱小。當時紀曉嵐死了侍妾桃豔，紀曉嵐自認桃豔是姨妹春桃轉世投胎，桃豔一死，紀曉嵐鬱鬱寡歡。乾隆一聽說，便賞賜四個宮女做了紀曉嵐的侍妾，分別被叫做「皇皇」，「恩恩」，「浩浩」，「蕩蕩」，連起來當然就是「皇恩浩蕩」四個字……莫非，莫非眞的閻羅地府要罰我一個侍妾抵罪嗎？眞沒想到在這個節骨眼上「蕩蕩」昏死，紀曉嵐趕快跑了過去叫道：「蕩蕩，蕩蕩，你挺住了，我馬上叫人去請郎中。」

誰知一聽這話，蕩蕩睜眼說了一句話：「老爺不必了，其實我早已病了呢，讓我安安心心去吧。」

紀曉嵐一看不妥，忙喊：「快抬回她房間！快抬回她房間！」隨又補充一句：「快去請郎中看病！」

家人們自然馬上把蕩蕩抬走。

這時候，隱士畫家王元啓來了，閩浙提督楊存正派兒子也來了，還有一大堆其他的客人，掂著各種吃食、果品、珍玩等等禮品，前來看病。雖然都曉得是來送終，但「送終」必須從「看病」以起，看病總要送點什麼東西，當然便都搶在紀容舒斷氣之前急急趕來了。

按照規矩，主人紀曉嵐要接待來給父親看病的高貴客人，比如說楊存正的兒子是代表他父親來的，閩浙提督，那是自己的頂頭上司，紀曉嵐理當迎接。但他只是出來打一個轉身，安頓客人在外邊坐下，便又要進房去守候自己的父親。

正在紀曉嵐出房接待客人的時候，一個機靈的少年低頭掩面擠進房去，就在一大班晚輩下人之中跪下來，像孝子、孝媳、孝妾、孝孫、孝家奴那樣低頭捂跟，等著爲紀容舒太老爺送終，誰也沒有去管他是哪一個，其實就算注意到了也是誰都不認識他，他正是趁著認識他的紀曉嵐出去了，才靈巧地擠進來跪下了……

忽然，紀容舒醒了過來，抖抖索索伸手要在身上摸索，當然伸不出去，口裏更嗷嗷嗷地說不成話了。

重又進房的紀曉嵐止住哭泣說：「爹！是不是身上有什麼東西讓孩兒取？」

紀容舒微微點點頭。

紀曉嵐伸手進了父親的胸兜裏，摸出來竟是一疊寫好的文章。

紀曉嵐一看標題：《獻邑志‧趣事軼聞》。再看內容，有「忠孝類」、「善惡類」、「神鬼類」、「特異類」。紀曉嵐有一目十行的本領，飛快看了一個大概，連說：

「好好好！爹！你應戈濤邀請所寫，這是你老人家的最後一部著作，以抑惡揚善為主題，眞是太好了，爹這文章對我的教誨很深，孩兒將來公務上有了空閒，一定也來接著爹爹寫這些教化抑惡揚善的文章。」

紀容舒又點了點頭。紀曉嵐便要把這些文章折起來收好。

紀容舒又狠狠地搖了兩下頭。

紀曉嵐問：「爹是不是說還有什麼文稿？」

紀容舒就指指那資料的下邊。

紀曉嵐把手中資料翻來覆去看幾遍，沒找著，便說：「沒有啊！」

紀容舒便朝胸內指指。

紀曉嵐這才又把手伸進父親的胸內，摸出來竟是一張紙寫的對聯：

當年始祖終遷地

此日玄孫再造家

紀曉嵐仔細一想，這不是指始遷祖椒坡公故宅那一塊地方嗎？可那一塊地方並不屬於自己，而是屬於年輕的遠房族叔木庵。

年紀小的族叔紀木庵，曾跟從年紀小的族侄紀曉嵐學習，那一塊椒坡遠祖屋場地本是木庵先定的宅基，可是木庵已於乾隆二十一年丙子歲次考中舉人入仕，在外作官去了，那個住宅基地也就閒了下來。可他不在近處，怎麼與他商量去？未必父親認定那裏便是好風水之地非葬那裏不可嗎？

紀曉嵐問：「爹的意思，是要葬在木庵叔留下的宅基地？」

紀容舒堅決地點點頭。

紀曉嵐說：「可是木庵叔遠在外省為官，一時找不著，換塊地行不行？」

紀容舒又堅決地搖了頭，口裏嗷嗷嗷嗷，終於嗷出了一個聲音：「侃，侃，侃……」

紀曉嵐記起來了，忙問：「爹是說『陶侃葬母』的故事？」

紀容舒又堅定地點點頭。

陶侃是晉朝的名將名臣，是陶淵明的曾祖父，陶佩正是葬母時有仙人指點，葬母牛眼穴，終於子孫多有大發達，大聲名。

紀曉嵐於是說：「爹！我學陶侃葬母，一定把你老人家葬到椒坡公的宅基地上。」

紀容舒這才安詳地閉上眼，臉上似乎還掛著一絲無限的滿足。

紀容舒，字遲叟，號竹崖，乾隆二十九年（西元一七六四年）八月二十五日，病逝於福州，享年七十八歲。

於是哭聲陡起，紀曉嵐率一大堆孝媳孝妾孝奴才，仆在地上大放悲聲。

突然，一個小少年高喉大嗓哭哭訴訴地說：「太老爺！小奴才護送你老人家靈柩進京！」
原來剛才這悄悄進來擠在人堆裏跪下送終的是文盼華，也就是西禪寺博聞大師救出來的那個終身奴僕。
紀曉嵐回頭驚問：「盼華你怎麼來了？你不是在惠安跟雲椒（沈初）學畫嗎？來福州有何事？」
文盼華說：「稟老爺！老爺自泉州返回福州時，我也悄悄跟回來了。我是遵照博聞大師的教誨行事！」
紀曉嵐問：「博聞大師不會無緣無故叫你送我先父靈柩進京吧？」
文盼華說：「博聞大師告訴我說，他在我身上做了一點什麼功夫，叫我扶柩而行便可保暑熱天屍身不臭！大師說：姚安公太老爺應得善終，屍身千萬臭不得……」

參拾肆　萬里扶靈歸葬父親

一則「牛馬有心」的神奇故事，使高官和百姓因抑惡揚善而息息相通。

獻縣崔爾莊紀家大宅院裏，有一處叫厂里的小書屋。「厂」是古字，意思便是石洞。

原來這三間房子大門之外並無題匾，只以「厂里」相稱。還是紀容舒讀書的時候，一時來了興致，便自書「厂里」二字貼在門楣，以提醒自己進去便是進石洞，不讀通書，不科舉入仕，便永遠只能死守洞中。

康熙癸巳年，紀容舒又在自書「厂里」的書屋攻讀，一時高興，折一枝杏花插於水中。奇怪，花落竟然結了二顆杏子，初時如豆，漸漸大來，乃至紅熟。家人僕役無不嘖嘖稱奇。

癸巳年本非科考的年限，恰適康熙皇帝特設萬壽恩科。紀容舒欣然前去順天鄉試應考，果然中得舉人，從此入仕。紀容舒成了紀家十餘代來第一個科舉入仕的子孫，別提全家是何等熱烈慶祝。

慶祝場面上來了紀家至交之文友王德安，他對紀容舒父親紀天申說：「寵予公！貴府書室已不再是『厂里岩洞』，而已經成了『瑞杏軒』，令郎因此而中舉入仕。如若不棄，某便題匾以贈。只怕我布衣題匾殊不值呢！」

紀天申笑笑說：「德安公說哪兒話來，你我本就彼此彼此，今蒙德安公抬愛，自是卻之不恭！」

於是王德安題了「瑞杏軒」三字，紀天申不久便叫人製匾高懸，以取代原先紀容舒自己所題的「厂里」二字。

……簡直已是老一輩以前的舊事，奇怪地突現眼前。紀曉嵐扶父靈從福州返歸故里，突然看見「瑞杏軒」三字牌匾脫落下來，底下「哎喲哎喲」大叫……紀曉嵐低頭一看，大匾正壓著父親紀容舒，父親壓在匾下動彈不得，哼哼不停。

紀曉嵐趕忙去掀那牌匾，才發現它重得出奇，掀之絲紋不動。

紀曉嵐急得大喊：「來人啊！」

旁邊果有人大聲答應：「奴才在！老爺有什麼事情嗎？」

紀曉嵐一驚醒轉，一看應聲的是文盼華，自福州以起他眞是半步不離靈柩，果然便不聞絲毫屍臭。紀曉嵐只覺夢景歷歷在目，揣想那「瑞杏軒」牌匾可能已出問題。想當年自己也在那「瑞杏軒」中苦苦攻讀，當然也想步先父之後塵，終於得償所願。然那個書室在分家時已分在四叔容恂名下，如今已歸堂弟東白（紀昐）所有，東白對攻讀功名不甚用心，或許那牌匾眞被遺棄了。

當下紀曉嵐也不好把夢境中的情景直說出來，倒對文盼華這個自己投身而來的奴子家丁甚感疼愛。文盼華不願在富商家裏爲奴，如今反自願投身我紀家爲奴，不正是想隨在我紀某身邊多受文化感染，努力學習詩文繪畫嗎？比起堂弟紀東白的厭惡讀書，紀曉嵐反覺得這個追求文化的外姓小子更親。

眼下當是吃睡坐臥都在父親靈柩旁邊，靈船在水中行走又慢，紀曉嵐便繞著彎子對文盼華尋開心，輕聲慢語地說：「盼華，博聞大師眞對你說過，你與佛的緣分淺，你與我的緣分深？」

文盼華說：「奴才不敢欺騙老爺。博聞大師說老爺家有文福！」

紀曉嵐猛又想起福州西禪寺的住持博聞是個開了天眼佛眼的高憎，很想打聽一下自家的究竟，便又順著話說：「博聞大師對你說了，我家的文福根源在什麼地方呢？」

文盼華說：「大師說了，紀老爺家的文福在一個石洞裏！」

紀曉嵐驚得坐了起來，不自禁脫口而出：「石洞裏？那不就是『厂里』嗎？」自知失言，馬上縮口，關於父親在「厂里」讀書，中了舉人改題匾額「瑞杏軒」等事，便再不提起了。重又躺下說：「是啊！我家裏那個『石洞』奇妙得很啊！」

文盼華說：「老爺，博聞大師告訴我，老爺家那個石洞大門好像壞了，石洞裏，也荒廢了，大師說你家的石門修好，文福文運會更好。」

紀曉嵐又騰地坐起：「哦？是這樣？博聞大師說了，那石洞門要找誰修嗎？」他已揣想著那「石門」壞了就可能是「瑞杏軒」牌匾丟了，所問「修石門」，實際是問該請誰來題「瑞杏軒」三個字。

文盼華當然不知道紀曉嵐心裏想些什麼，他只會按照原話回說：「老爺！博聞大師說，修石洞門，當然是石匠最好。一時找不到石匠，自己先修修總比不修強。」

紀曉嵐又頹然睡下了。他一時再沒法把「石匠修石門」的事情理清楚，明明「厂里」——「瑞杏軒」才是個書室，怎麼能和眞正的石洞扯到一起去呢？於是對文盼華說：「盼華快睡吧，閒事總也扯不完……」

古時把埋人叫做「厝」。

紀曉嵐不遠數千里將父親的靈柩從福州運回河北獻縣（今滄州）的老家，是眞正的「遷柩歸葬」，父親的安厝便不能苟且。

可是，紀曉嵐答應父親安葬的那塊椒坡祖公宅基地，並不在自家崔莊的範圍，而在崔莊與景城之間的遠處，離崔莊十里之遙。那塊地皮如今在族叔木庵手裏，木庵中了舉人之後，已被派到邊遠某省某縣當主簿去了，別說是一時找不到人，就是具體是什麼省什麼縣都無人知曉。木庵年紀幼小，人丁不多，自己一走，妻妾下人全走，他分到的那塊始祖椒坡公宅基地原本想蓋樓定居，如今一升官房子也不必蓋了，那地便還撂著荒。

撂荒之地有主，主人是中舉的縣太爺，鄉民弄不清官場上的事，以爲縣主簿和知縣那樣也是縣太爺，其實主簿只是知縣手下管文書簿記的僚屬，鄉民不懂，反正紀木庵那塊荒地沒人敢動。

紀曉嵐一回到家便打發武師羅小忠去看過那塊地，羅小忠回來說：「那塊地都撂荒兩年了，我問爲什麼不先開來種糧食，同是老爺本家的百姓們說：『縣太爺的地誰敢動？撂荒不打緊。』老爺，那木庵老爺眞是縣太爺？」

紀曉嵐說：「不不不，木庵叔他只是個縣主簿，離縣太爺遠著吶！」

羅小忠說：「那就好辦了，老爺如今是朝廷翰林學士大官，比木庵老爺大得多，他年紀又比老爺小得多，老爺還教過他的書吧，是他的老師，乾脆把太老爺的靈柩埋在那荒地裏去算了！」

紀曉嵐發怒了：「胡說，他年紀再小也是木庵叔，師生關係豈能亂了人倫？須知人倫者天倫也，師生者地綱也，天大於地，自古皆然，不可亂了方寸。縱使他木庵叔不是本家人，縱然那塊荒地在外家百姓手裏，我也絕不可以官壓民，以大欺小，以強凌弱，那是爲非作歹之惡行，強占墳地更不吉利，必然延禍後人，祈福反禍，快別提起。只先在我自家地裏挑一塊乾燥地方，先將姚安公暫厝，總能等到木庵叔回來。」

雖是暫厝，隆重異常，做道場法事，是爲超度亡魂。迎親友吊唁，是爲安慰後人，祭奠堂中所掛之輓聯祭幛，簡直難以數清。

這與紀曉嵐侍妾蕩蕩在福州死後，無處安埋的淒涼情景形成鮮明的對照，簡直不可同日而語。

蕩蕩便是當年乾隆在木蘭秋獮時賜給紀曉嵐四宮女侍妾中最小的一位，按照當時俗規，侍妾與家人奴僕無甚區別，死後當然不入祖墳，主人家都是隨便弄一塊地一葬了事。

但因紀曉嵐居官遠在福州，這裏不可能有紀家一寸土地。當然，作爲一省學政要買一塊地葬妾本無不可，但因廣有傳言：蕩蕩是鬼魅報復作祟處死。鬼魅報復什麼？乃因紀曉嵐將「筆捧樓」四周屏障去掉，改爲「浮青閣」，使前朝冤鬼無處安居，鬼魅輒思報復。加上紀曉嵐在他父親的門窗上貼了符篆，使鬼不能進去拘魂，閻王爺也要報復。但紀曉嵐本人官大威高，動彈不得，鬼魅拿他身邊的人來作抵。身邊最爲低下者當是侍妾，而蕩蕩又是侍妾中的最柔弱者，所以拿她開了刀。

對於鬼魅報復的死者哪家敢惹？於是都婉言拒絕賣給紀曉嵐埋妾之墳地，當然誰都不會說出眞正的拒絕原因。

紀曉嵐對此也莫可奈何。按當地風俗，只能當作孤魂野鬼拋之海裏，名曰天葬，實爲餵魚。但是紀曉嵐對女人向所鍾愛，蕩蕩生前事奉自己也很稱心，怎麼能忍心將其拋屍露骨？在有教養的高層文化人士看來，拋屍海裏餵魚也便不異於在陸地拋屍露骨餵狼狗。

正在紀曉嵐左右爲難之時，有人送信來了：岳父硯癡黃任病篤彌留，催女兒東籬陪夫婿紀曉嵐前去見最後一面。紀曉嵐當然攜小妾黃東籬急速前往。

誰知二人所坐車子未到城郊草廬，即已見那裏熊熊大火。秋日風高草燥，幾乎一轉眼便見茅屋已被完全燒光。

八十多歲的黃任與五十多歲的朱玉雙雙躺在床上，已被燒死。遠遠近近趕來的鄉親，無不唏噓啜泣。

黃東籬大哭大叫亦要撲上屍體，被鄉親們苦苦拽著說：「還是滾燙的火，你也不要命了？」

紀曉嵐甚爲蹊蹺，心想一對大活人被燒時絕不會沒有掙扎蹦跳，怎麼會好好地躺在一塊被燒至死呢？

不待火全熄盡冷卻之後，紀曉嵐著武師羅小忠領下人進屋搜尋，果在一大堆硯石之下蓋著一塊青碑石，上面雕鑿成文：

遺囑

吾與朱玉均得絕症，去日無多。今聞賢婿紀昀曉嵐爲小妾蕩蕩死無葬身之地甚爲憂急，余亦心焦如焚，乃雙雙服藥自焚早行超脱。

吾以宅基地爲墓地，著曉嵐掩埋我夫婦二人及諸多硯石於此。在其下方，爲蕩蕩置一墓穴；碑上標明吾之養女蕩蕩墓即可。只求他日吾女東籬歸葬紀家墓地矣，是所至囑。

八十四歲老翁黃任莘田書刻

紀曉嵐讀完潸然淚下，喃喃說：「久聞福建人好名尙義，今應驗在岳翁身上也。」

於是遵照遺言，紀曉嵐在草廬故地作墓，將三人妥善安埋，諸多硯台自然成了陪葬品。黃任自刻之遺囑立於墳旁，另立兩塊頗爲別致的碑石。

這與今日崔莊隆重安葬紀容舒，當然自有天壤之別。

父親暫厝安埋之後，紀曉嵐按朝制在家裏守孝三年。於是時間十分充足。

他這時才有閒空去找堂弟東白，一看瑞杏軒已破爛不堪，裏邊成了擺放柴草的雜屋。門口牌匾更早不知去向了。

紀曉嵐無不怒氣地說：「東白！你怎麼能夠這樣麼祖宗的書室怎麼放置柴草？那『瑞杏軒』的牌匾呢？」

紀東白說：「四哥，你們都在外邊講學的講學，當官的當官，都不要崔莊的書香世第，我能守得住嗎？『瑞杏軒』我說一聲不要，下人們早拿去劈做柴燒了！」

紀曉嵐連連跌足哀嘆：「唉！東白怎麼如此荒唐？你速將柴草雜什搬出去，我要將此三間房屋重新佈置爲我紀氏共同的書屋，除此三間之外，還要加蓋兩間以作住房、廚房，派專人看守書屋。占你的房子和地盤，我撥五間房子還你！」

紀東白說：「四哥別講外話，我又不是少了房子，要你還什麼？四哥來重整我紀氏書室，愚弟我也沾光了。」

騰房築屋都不是難事，文盼華一聽說便爭著要來當「守書屋家奴」，人便不缺。紀曉嵐倒作難這「瑞杏軒」牌匾請誰來題？一想有了：劉墉，劉石庵。嗨！他是自己的摯友，又是有名的書法家……啊，對！「石庵」不就是「石匠」嗎？福州西禪寺博聞大師叫文盼華捎有話來，要我請「石匠」修好「石洞」恐怕就是這一層意思了：要請「石庵石匠」題寫老「石洞厂里」的「瑞杏軒」匾牌。

紀曉嵐決定馬上到京城去一趟，除請劉墉題字之外，還要處置虎坊橋之舊居。幾年前自己去福州出任學政，當時那舊居由父親紀容舒去坐鎮，戴震還在教書，學館便辦得下去。後來戴震回安徽老家考取了舉人，虎坊橋學館便已形成荒廢。如今父親又去福州而至病死，虎坊橋幾乎已沒有紀家的人在那裏居住了。不過是派了原來那個老僕人施祥，帶了他的兒子一同住守罷了。

如今紀曉嵐想趁空去京城把這房子暫時出手，就是說先租給人家，等自己守孝三年之後返京再說。

去了京城之後，虎坊橋的房子是很快便租出去了。但請劉墉石庵題寫「瑞杏軒」之事卻沒有辦成，因為劉石庵外放當知府去了，還要兩年才得回京。「一時找不到『石匠』，自己先修修總比不修強。」紀曉嵐一下想到了文盼華轉達的博聞大師的這句話，就是說，博聞大師早已預知自己這一次請不到劉石庵題寫字了。那麼就自己先「修」，也就是自己先題匾以恢復書室。

紀曉嵐迅速返回獻縣崔莊，自己題寫了「瑞杏軒」三個字，製成匾牌。書室很快恢復，並修築了守護人居住的住室和廚房。

於是，紀家子弟，包括紀曉嵐已經二十二歲的長於汝佶，堂侄虞惇等，都到自己的家學讀書來了。

文盼華作了家學的雜役佣人。他在家學裏並沒有很多事做，紀曉嵐叫他來另有很明顯的意圖，那便是叫文盼華多抽空學習他最喜歡的繪畫。

家學的老師很現成，便是那個門生舉人朱子穎。朱子穎中了舉人以後即受紀曉嵐之聘去了福建，當學政的幕僚，如今紀曉嵐因回鄉守孝而返，他應聘當家學教師實在太合適了，等到一年以後才算學政幕僚到期，那時再受朝廷外放便正合適。

與此同時，紀曉嵐本人因守孝賦閒，他除了自己讀書做學問之外，也常常到家學裏來講課授書。「瑞杏軒」成了家學學堂，紀曉嵐自己另築一間房子作爲自己的書屋，這新屋取名「對云樓」。他甚爲高興，於是揮筆題詩：

自閩回里築對云樓偶題

紀昀

還鄉反似到天涯，築得書樓便作家。
偶睇郊原成野趣，擬從田老課桑麻。

題這詩暗自得意，紀曉嵐不自覺地有了不少居鄉親情，回味似地吟誦著：「……偶睇郊原成野趣，擬從田老課桑麻。」

忽聽門外傳來高聲大嗓說：「曉嵐之『桑麻』只恐有假，何如我邊狂子『野趣』成眞！哈哈！」

大步跨進的落魄老人自稱邊狂子，名叫邊連寶，字趙珍，號隨園。直隸省河間府任丘縣人。他比紀曉嵐大二十三歲，但在雍正年間只考到拔貢爲止。「拔貢」只是貢入國子監的一種生員，無官無職。乾隆元年，他又參加了一次博學鴻詞考試，落第而歸，於是放棄了功名角逐，躲在老家鄉下務耕桑麻，同時不放棄詩詞創作。在這期間，他曾被舉薦爲朝廷經學博士，即爲最起碼的儒學官員，當時全國共只舉薦三十九人，其餘都去赴任，獨有邊連寶已對功名灰心，以疾病爲由辭不赴任……所以至今仍是一個落魄文人，打扮如同一個桑麻老者，自稱「邊季狂生」。

紀曉嵐對這種落魄文人從不小瞧，總是認眞接待，所以二人成了要好的朋友。邊連寶不客氣地自認爲是上一輩的人，常以曉嵐其字直接呼叫。他也喜歡別人以字叫他。

紀曉嵐深知他的脾氣，也直呼他的綽號說：「邊季狂生！在你這眞正的『桑麻』面前，我自然是冒充『野趣』了，哈哈哈哈！今日狂生來此，必告我何謂眞的『野趣桑麻』！」

邊連寶說：「果然曉嵐聰穎，竟能猜破狂生之來意。狂生今日此來，只爲告曉嵐鄉居之野趣所在，乃在於牛馬有心！」

紀曉嵐頗感驚喜地說：「邊季狂生所言，當有鮮活例證。」

邊連寶說：「你且聽我一一道來。」

……任邱商莊有個名叫高山犁的莊稼漢，他家養有一頭黃牯牛。黃牯牛極其高大健壯，但是從不對主人家人耍橫。

高山犁有個十來歲的兒子，名叫小高仔。小高仔日夜與黃牯牛嬉戲，小高仔攀角捋尾逗牛玩，牛不僅不氣惱，反而嗅兒頭頂，舔兒手心，極其親熱。到小高仔十來歲時，黃牯牛自然由他放牧，早出晚歸，人與牛十分融洽。

忽一日，小高仔出去放牛，他父親高山犁也沒當一回事。反正天天如此。不料未到半上午時分，忽然黃牯牛急急跑回家來嘶聲吼叫，打板拱門，一片山響。

高山犁出來一看，黃牧牛頭上頸上角上一片鮮血淋漓。見主人已出門察看，黃牯牛掉頭就走，從來路跑回。

高山犁猜知事情有變，馬上跟著牛奔跑。

來到野外一瞧，兒子小高仔已被打破頭顱，血凝於地，躺著無一絲動彈。離小高仔不遠，是一個橫臥的男人，肚腹裂開，腸子流地，一根棗木棍子棄於身旁。早已斷氣而死。一看原是三果莊之盜牛賊，三果莊是河間府滄州的一個盜賊窩子。

高山犁什麼都明白了，盜牛賊爲盜牛而用棗棍打破了兒子小高仔的頭，但黃牯牛立即把盜牛賊觸死了。

慌急神傷，高山犁跑攏兒子一探，鼻孔裏有一絲氣息，便趕忙背著他去看郎中，將兒子救活了。

眞是無獨有偶，小高仔被治好以後，死死活活吵著要父親到牛馬集市去買一匹小馬駒。馬駒毛色純白，可愛極了。見著小高仔便歡蹦亂跳，高興不已，好像早已是親人。

高山犁不懂這究竟是怎麼一回事，便問兒子：「小高仔，它怎麼平白無故與你這麼相生？你怎麼會知道它一定在這裏？」

小高仔說：「在我被盜牛賊打暈死的時候，我夢見了一個好高好大的六畜大神，不停地在我耳邊說：『牛馬有心，牛馬有心……』要我叫爹爹來這裏買這頭小白馬。六畜大神說：『你別看它渾身雪白，它是一匹純黑母馬所生。不信你買了它回去，它極其馴良，必有一日會帶給你許多好處。』爹爹把它買了吧，買了吧。」

高山犁自然把小白馬買回來。這小白馬與黃牯牛便都由小高仔放牧。人、馬、牛三者之間親密得不得了。

小白馬路遇黑馬，必站立注視，點頭好像讓路敬禮；看見遠處有黑馬必追，追上去也是點頭敬禮。那時一黑一白，黑白分明，煞是好看，果然顯出白馬尋覓黑馬母親的一片深情。

小馬駒很快長大了，小高仔自己也漸漸成長起來，就不用說小高仔對這黃牛白馬是多麼愛護。

突然有一天早晨起來，已長成人的小高仔對高山犁說：「爹！我昨晚上又夢見六畜大神告訴我，說我前世是一個大商人，有好多好多的金銀財富，不料我後來被身邊長得一黃一白的兩個手下人害命謀財，死在做生意的路上。這兩個手下人今世被罰做一馬一牛，來給我還前世欠帳。」

高山犁說：「孩子，唯願這是眞的，不然這苦日子太難過。」

果然沒有多久，黃牯牛犁地時犁出來一罐黃金；大白馬不知在何處銜回來一袋白銀，從此高山犁一家成了巨富……

聽完邊連寶這一個曲折離奇的故事，紀曉嵐大笑起來：「呵呵！邊季狂生善編寓言，爲你這一生窮愁不遇的命運尋找開脫和安慰。」

邊連寶認眞地說：「曉嵐！事情還眞是怪了，這不是我所胡編，而是確確實實的事，當然我把事情編得更圓活了。」

紀曉嵐說：「果眞如此，那高山犁家現在的日子眞是好過得很啊！」

邊連寶連忙搖頭：「不不不！要眞是那樣，我今天就不來了。高山犁家裏發了富，可是黃牛白馬跑得無影無蹤，小高仔成天悶悶不樂，忽然一次失足跌下了懸岩，又是奄奄一息。他父親又趕忙請人抬他去看郎中。他掙扎著說了最後幾句話：『爹！這次不必治了。昨晚有菩薩在夢中告訴我說：這黃金白銀本是你上世的財產，我在上一世起了謀心，謀了你的財富，不意我又被我手下的人害死，財富歸了他們。他們這一世變牛變馬弄來金銀還了我的帳，我就正好拿來還了你的帳。從此我們之間不拖欠，黃牛白馬已先去轉世投胎，我還了帳也該走了……』

於是闔然而逝。曉嵐！我今天來的目的，是想邀你去我們那裏走一趟，當面訪談一下那個高山犁。如今他日子過得很不痛快，錢一多，要啥有啥，可他總在擔心：沒有兒子繼承財產，他便老是懷疑自己前世是否也有冤孽，當然就是擔心他的財富來得不正當。他好像有捐錢辦學的打算，總之是想保證自己活得更自在一些。曉嵐，你既然要守孝三個年頭至少二十七個月，總有許多空閒時間，我特來邀你到任丘去一趟。」

紀曉嵐說：「因果報應之事，說有便有，說無似無，沒有多少定準。我還是處在『信而不篤』的階段，直接去辦這一類事情總不甚好，說不定還會影響此生的文名官名，我暫時還不能採取這一類的行動，只怕要讓邊狂子有所失望了。」

忽然窗外有人接話說：「爹爹也太謹慎了。」一說話的原是紀曉嵐時年二十二歲的長子汝佶，他本來在「瑞杏軒」那邊跟隨朱子穎讀書，不知幾個時辰偷跑到這對云樓外邊偷聽來了。此時他雙手遞過一本厚書說：「爹！這本書你不會沒有聽說過吧？」

紀曉嵐一看：《聊齋志異》。他當然知道這本書，山東省淄州蒲松齡作。蒲松齡，字留仙，康熙年間拔貢，老是考不到舉入，因而不能入仕，於是乾脆再不參加科舉。他每天在屋門口擺一個小攤，免費招待往來人員茶水，有時還搭送一餐便飯。目的只有一個，請別人給自己談各種各樣稀奇古怪的故事。

蒲松齡將這些故事記錄整理出來，成爲筆記小說，分爲八卷，共計四百三十一篇，全是神仙狐鬼精魅故事，描寫曲折，敘次井然。不過在紀曉嵐中年時代尚未刻版付印，流行的都是手抄本。

紀曉嵐因而對兒子說：「我當然聽說過蒲留仙的這一本《聊齋志異》，不過還沒有刊行，沒機會讀到。御調你怎麼倒有了？」

紀汝佶說：「蒲老先生這本書肯定成爲傳世之作，刊行只是早晚的事情，你別看它完全寫的是鬼神精怪，六道輪迴，善惡報應，但其核心是教化民心善良。剛才邊老先生講的牛馬有心的報應故事我全聽了，爹你不去任丘我想去。訪問高山犁，記錄整理抑惡揚善的故事，有什麼不好呢？」

紀曉嵐嚴厲起來了：「御調莫胡來：你現在的頭大事情是把書讀好。明年順天鄉試，你二十多歲的童生理應參加。」回頭又一想，眼前邊連寶來講這一類「牛馬有心」的故事，他剛好也是「拔貢不舉」的生員，與寫《聊齋志異》的蒲松齡完全一樣，莫非他也有意步蒲松齡的後塵嗎？於是回頭試探著說：「邊狂生莫非有意也寫《聊齋》？」

邊連寶說：「我要有那個才分，我才不跑到崔莊來找你。《聊齋志異》我至少讀過了兩遍，蒲留仙才氣很高，我看只有曉嵐你寫才可以和他一比高下……」

這邊話還沒完，忽然門人高聲唱諾：

「山西按察使宋大人駕到！」

這位宋大人名叫宋弼，字仲良，號蒙泉，山東德州人。他比紀曉嵐大二十一歲，比紀曉嵐早九年成爲進士，是眞正的上一輩入仕文人。但他與紀曉嵐關係甚爲親密，常有詩詞唱和。他本在朝廷任贊善一職。贊善是太子系列的官屬，掌管規諷過失，贊相禮儀等事宜，類同於朝廷之諫議大夫之職。總之是朝廷的從屬官員。

忽然一下子，宋蒙泉得授山西按察使一職，情況大不相同。省級按察使相當於考核吏治的欽差大臣，名義上爲各省總督與巡撫的僚屬，但權力幾可通天，他如發現省內任何官員有不軌行動，均可彈劾檢舉，告而不發者可直報朝廷。於是這按察使出京便風光得很。

宋蒙泉按察山西，獻縣崔莊均非去程的當路。但他稍為繞道若干，順便到崔莊看望紀曉嵐來了。

紀汝佶一聽說父親這邊來了如此重要的客人，自是先已走了。宋蒙泉與邊連寶原先並不認識，紀曉嵐一一跟他們介紹過了。

邊連寶先說：「在下草民邊連寶邊狂生，只恐名字未曾污了宋大人耳鼓。莫怪狂人少禮了。」

宋蒙泉說：「邊季狂生早曾說過了，果然名不虛傳！」

邊連寶說：「豈止名不虛傳，只恐還有若干冒犯之事。未知宋大人對貴省大同鄉蒲留仙松齡公有否聽聞其名？」

宋蒙泉說：「哦？《聊齋志異》的作者，是我山東才子文人。雖落魄而不倒魂，著有洋洋大觀的《聊齋志異》，本官雖及與之見面，然豈能一無所知？怎麼邊先生想和蒲留仙作個同道？」

邊連寶說：「不敢！在下才分太差。不過想提醒一下，草民倒是與先令尊清遠大人有過數面之交，他老人家可是篤信善惡報應，未必他老人家從來沒有給宋大人提起過嗎？」

宋蒙泉說：「當然講過。先父是個善人，當然最篤信善惡報應。他老人家生前就講過很多這一類的事情，如果曉嵐和邊先生一樣有興趣，我倒願意講一講。」

紀曉嵐說：「眞是好不如巧。蒙泉，剛才邊狂老人正在講這方面的故事，還眞快說得我動了心呢？蒙泉你再來添添火吧。」

宋蒙泉說：「這可是先父親口對我所說，事情發生在離我家五里遠的地方……」

朱員外有個婢女叫小鄧，長得也像個凳子上下一般粗，人也不聰不慧，朱員外從來沒把她放在眼裏。

可是好奇怪，不二年，這小鄧越長越水靈，面目日見姣好，身體逐漸苗條，人都說像是變過一世人了。

小婢是沒有名分的小妾，主人要怎麼樣都行。朱員外覺得這還不夠，乾脆正式納了小鄧爲妾，漸漸還把她養在專房。

再進一步，小鄧儼然成了朱員外的內當家，出出進進，油鹽柴米，乃至田畝生意，朱員外都樂意交給這個小鄧去料理。她也眞是善於理財。

幾年一過，朱員外心裏有底，這小鄧爲自己最少也賺回了三、四千兩銀子。他心裏高興得不知怎麼說。

忽然有一天，小鄧對朱員外說：「你知道我是誰嗎？」

朱員外說：「你是癲了怎麼的？你不就是我原來的婢女，現在的愛妾小鄧嗎？」

「不是。你的婢女小鄧，那個和凳子上下一般粗的醜女人，早都被我嫁到外州外縣去了，她如今生的兒子都七、八歲了呢！」

朱員外一驚說：「啊！眞有這麼回事？難怪我這七、八年來跟你睡在一起覺得味道不一樣。那麼你是誰？」

「我是狐女，你不要怕。朱員外你自己不會知曉，你九世以前曾經是個巨商，我當時是你的管錢會計。你待我不薄，我貪戀更多，前前後後貪污鯨吞了你的銀子四千兩。於是便被貶爲狐身。煉形數百年才得成道。於是我決意自己贖身，便化變成小鄧的樣子，一來便把眞小鄧嫁到外州外府。我代替她，又使自己越變越美，終於姣豔如花，使你朱員外納我爲妾。這幾年來，我爲你拼命賺錢賠帳，到目前已還清了九世以前我貪占你的四千兩銀子。如今六道輪迴，我成正果，即將屍解而去，再次投入人間……」

朱員外聽著聽著心裏感動，又兼與她已有八、九年的夫妻之情，忍不住哭哭啼啼說：「小鄧，小鄧！我不管你是人是狐，你不要走，我們今生今世就百年偕老。」

狐女說：「不行。我今天的女身乃是狐仙所化。屬於六道輪迴的阿修羅……」

朱員外插斷話說：「你說的『阿修羅』是什麼意思？我一點也不懂。」

狐女說：「世間所說六道輪迴，一道地獄，二道餓鬼，三道畜牲，四道阿修羅，五道人間，六道天上。其他五道都好懂，只有第四道『阿修羅』是梵語譯音，其意思是『無端醜陋』，『無酒無食』與『似天非天』三者有一，我之狐仙就屬於『似天非天』這一種，這還是孽道。我一定要上升一道，投胎爲人。我必去也。這是天意，你沒法強留。」

朱員外知道再說無益，便說：「你去了我也會一輩子想念你。」

狐女說：「不行。你不但不能想念我，還要任人殘酷地對待我。我死之後，必回歸爲狐形。你要把我交給你的佣人楊四去埋葬。楊四會把我破屍剝皮。你不要責怪。那也是報應的因果。楊四在第四世以前，曾經成爲餓死鬼，我當時還沒有成道，就把他的屍體吞吃了。這次他破我屍剝我皮，就是天意叫他給我的報應。你千萬千萬不要干擾！」

狐女說完，化狐而逝，倒地而亡。這時朱員外也明瞭前因後果，不再被嚇，反而靜觀其變。忽然便看見狐狸屍體頭頂上出來一個姣好的女子，只有幾寸長，冉冉飛升而去，樣子已不再是小鄧，而是另外的什麼人了。

朱員外怕狐屍被楊四破開剝皮，便乾脆不把狐身交給楊四。沒其他法子，朱員外只好自己將狐屍埋了。

誰知偷偷埋也不行，偏被那個楊四暗中瞧見了。他一看主人朱員外偷偷埋掉一張那麼好的狐皮，覺得實在可惜。他也不做聲，只等朱員外一走開，他便把狐屍扒了出來，剝皮而去。

這才果眞完成了前前後後的因果報應輪迴……

宋蒙泉說完這故事自己就被感動了，他稍帶唏噓說：「唉！世間果是如此難辨是非，先父所說的這個朱員外我就認得，可我後來及第登科，很少回家去，誰知他後來與狐女這些事到底是眞是假。我也想不出先父有什？理由要編一個這樣的故事講給我聽，所以不信也得信了！」

紀曉嵐說：「蒙泉！世界上的事本就這樣詭秘莫測，寧可信其有，不可信其無，反正抑惡揚善是大多數世人的願望，我們照此行事吧。舉個未必是恰當的例子：先父去世前四年多的一個晚上，他有意帶我走出這崔莊到了外面，在一個地方親眼看見了我紀家故宅景城的黑影，那個我親眼所見不信也不行。先父跟我講了我紀氏一些祖傳的秘密，這就恕我不能直說了。先父說，這景城黑影被他看見，他已是壽命不長，五年之內必定逝去，將紀家的當家大權移交給我。當時我也是怎麼都不敢相信，這不，全應驗了。先父從那時起，才四年多的時間，他跑到福州去，可說是死在我的懷裏……我能不信嗎？」

宋蒙泉說：「信，信！信則有，不信則無。既然人人希望抑惡揚善，我們信了只會好，不會壞，何樂而不爲？」

邊連寶這時極其嚴肅認眞了，他朝宋蒙泉與紀曉嵐各施了一個長揖，而後單膝跪在宋蒙泉面前說：「宋大人別說草莽之夫無禮！我的禮只施給懂世間大理之人！你和曉嵐都當之無愧，老朽跪你們兩個了！跪謝天底下又多兩個懂得人間善惡報應大理的大官！」

宋蒙泉和紀曉嵐沒料著他會有這一著，趕忙跑攏來，屈膝扶他起來，爭相往下說：「邊公請起，邊公請起，誰說邊公癲狂？論年紀你比我們都大，你拜我們不是折殺我們了嗎？」

邊連寶不但不起來，反而把宋蒙泉和紀曉嵐拉跪到地上說：「既然我大，我是大哥，難免擺一點架子。你我三人一同跪謝吧，謝老天，謝皇天，天底下懂得抑惡揚善的大官越多，老百姓的日子才越好過！」

被拉跪在兩旁的宋蒙泉和紀曉嵐也喃喃說：「唯願天底下老百姓的日子都好過，都好過！……」

是「抑惡揚善」的人性本真，將高官與百姓連綴在一起來了。

參拾伍　論譜論壽議鬼神

城隍說：「淫乃人之常情，無淫不足延後。否則三宮六院七十二嬪妃的皇帝，不是至淫的罪魁禍首嗎？」

文人守孝，以文消遣。紀曉嵐於是認眞翻閱十多年前父親自雲南歸來後修印之紀氏族譜，竟發現還有許多殘缺遺漏，但一時打不定主意續修。

忽然發生了兩件大喜事，一件是大兒子汝佶在順天鄉試裏中了舉人。紀曉嵐深深感到這是重新修復「瑞杏軒」書屋的結果，他更感到福州西禪寺博聞大師是個神人，他暗示修復「石洞厂里」（瑞杏軒）學館會有好結果，果然一年多便出了成績。

紀曉嵐還對自己的門人朱子穎懷有感激之情，正是他的教學活動十分有力，使荒廢了學業幾這兩年的汝佶成了舉人。

恰在此時，朱子穎被詔命爲山東泰安縣知縣。他當然喜不自禁地走馬泰安上任去了。紀曉嵐及其一家隆重地歡送朱子穎離開了崔莊。

朱子穎臨走出了一點小小的紕漏，已經中舉的紀汝佶要隨這位恩師去泰安。他對紀曉嵐說：「爹！《聊齋志異》就出在山東，孩兒想做蒲松齡第二，你就讓我隨朱老師去泰安吧！」

紀曉嵐哪有半點心理準備？怒斥一聲：「別胡鬧，你古文還沒入門！」就這樣阻止了兒子的行動，但認爲他考中了舉人，乃値得續修族譜大書一筆。

第二件事情更値得修譜，那便是愛妾黃東籬爲紀曉嵐生了一個兒子。黃東籬即福州硯癡黃任與小夫人朱玉生的女兒。黃任與朱玉服藥自焚，以騰出宅基地爲墓地，安葬夫婦二人，也將紀曉嵐當時死無葬身之地的小妾蕩蕩收爲養女同葬，雖然黃任夫婦是身患絕症以求早死而自焚，但與蕩蕩死後無葬地不無關係，故紀曉嵐覺得欠了黃任一個天大的人情。黃任遺囑紀曉嵐他日將東籬歸葬紀氏祖墓，紀曉嵐不無擔心，擔心萬一黃東籬死於邊遠的外地，作爲侍妾便很難歸葬故里，紀曉嵐擔心的便是到時候違誤了岳翁黃任的遺願。

現在好了，東籬生了個兒子，兒子是繼承紀家香火的血脈，生了兒子的侍妾即可等同於元配夫人，無論死于何地，歸葬祖墳便是順理成章。

按留存下來的兒子排次序，東籬生的這個兒子已是第三子，比元配夫人馬氏所生的長子汝佶小二十四歲，比同是馬夫人所生次子汝佶小十九歲。紀曉嵐將這第三個兒子取名爲汝似，字象庭。此年紀曉嵐本人是四十二歲。他於是有了續修族譜的念頭，他自己設想，自己妻妾衆多，所生兒女不少，但存活下來的有限。萬一這個第三子汝似也非長命人，入了族譜便可享以香火，他的生母黃東籬的如夫人地位便鞏固下來。雖然族譜中並不一一載明某子某女是某妻某妾所生，但自己家藏的本家生庚八字必有載記。本家生庚八字猶如家裏的小譜，其生卒、進學、婚配等項比家族之大譜更爲詳盡。就是說，假若汝似幼時夭折，他生母東籬也在小譜之中列位於如夫人，准能達到歸葬祖墳的目的。

續修族譜，資料現成，文字工作更不複雜，紀曉嵐不久就已完成，其影響卻十分深遠。

首先是岳父馬永圖，字周籙。他早就有借女婿使本族揚名的打算。馬永圖是東光人，馬氏在東光也是望族，但都沒有顯宦，他馬永圖本人也才做到山東城武縣知縣。

二十一年前，二十一歲的紀曉嵐住在岳家就讀，當時岳父便說自己的兒子馬待奔身體太差，難得永壽，要等女婿功成名就之後主持續修馬氏族譜。如今事實果然，紀曉嵐妻兄馬待奔早已死去，岳父馬永圖也早從城武縣令退休回來，而馬家族譜資料也已由馬永圖收集完整，只要紀曉嵐參閱訂正，再寫一篇序言，他當然樂意答應，並且很快完成：

馬氏重修家乘序

紀昀

……今之族譜其始於漢晉以來乎？譜有歐陽永叔（歐陽修）、蘇明允（蘇洵），縱横二例……今士大夫家倒有譜，然其能一修再修，至於四五修而不已者，則必名門巨族始有之……

紀曉嵐在這裏抓住了《族譜》的核心，那便是「名門巨族」方可修譜，「寒門細族」絕不能修；而只有「富貴繁衍」，「子孫象賢」的望族，才可能將其族譜一修再修，乃至四修五修。一發而不可收，紀曉嵐又為好幾個望族的族譜寫了序。如《河間孔氏族譜序》、《汾陽曹氏族譜序》等等。

突然家丁報白：「渠陽王孝廉到」

這使紀曉嵐心裏猛地一冷丁：「莫非他也來要我爲族譜寫序？那可怎麼寫？」

這個王孝廉名字叫王錦堂。渠陽是灤陽縣的一個小地名，渠陽王氏更沒出過大官宦，現有的頭面人物就是這個孝廉王錦堂。孝廉不是官職，他只是一個盡孝有德的落魄文人而已。他的一個姑媽嫁給朝廷的原吏部侍郎張晴溪，這便是渠陽王氏最顯著的一條外脈。可如今張晴溪早死了，家道也早中落了，反靠王錦堂家的接濟生活。

就是這樣一個王家，紀曉嵐有幾個堂侄娶了他們的女子，自然也就成了姻親。早一陣子紀曉嵐已聽說了，他們王家也企望續修族譜。所以今天有點擔心王錦堂是來求序，要是那樣可眞不好怎麼寫。

果然，王錦堂一進來就開門見山說：「親翁大人，最近接連爲東光馬氏和汾陽曹氏等許多望族族譜作序，這許多大族口碑相傳，人心激動，眞是可喜可賀啊！」

紀曉嵐說：「錦堂說什麼客套，我那不過是些應景文章，剛好那些大家庭眞還有些大人物有些大事情好應景！」

王錦堂一聽就聽出了他不想爲渠陽王氏族譜作序的意思，馬上接口說：「親翁所見不差，親翁爲東光馬氏家乘寫的序言中就明白地寫了，只有大族望族才能修譜，只有族內後繼有人族譜才能一修再修。像我們渠陽王氏，離這個條件就太遠了，別說是請名人作序，就是鏤刻出版也顯得多餘。」

紀曉嵐不得不有所表示：「錦堂看事也無須如此偏激，我那些話也只能作爲參考。一些較小的家族譜不是沒有任何名人寫序也照樣付梓了嗎？」

王錦堂附和地說：「那是自然，那是自然。」

紀曉嵐說：「錦堂是來看望兩個堂妹吧？她們在紀家都很好，上孝公婆，下睦妯娌。你來了就多住幾天。」

王錦堂說：「感謝親翁大人誇她們一個『孝』字，我渠陽王氏就以這個『孝』字傳家。剛好我聽到了一個關於『孝順』的離奇故事，聽說親翁令公子新科舉人汝佶想做學寫《聊齋志異》的蒲松齡第二，所以想趁今天來尊府叨擾的機會，抽空給汝佶舉人好好講一講。」

紀曉嵐正擔心長子汝佶滑入專門搜集鬼怪妖魔故事的歧途，馬上反口說：「不，錦堂！汝佶他古文還沒入門上路，前邊的研習精進道路還長，你那離奇故事不要給他去講。你有興趣講來我聽聽，我想有那麼一天政閒下來了，真還有可能搜集記錄整理一些這方面的故事呢！」

王錦堂心裏好不高興，這正是他今天來會見紀曉嵐的謀略安排。他早已從兩個堂妹那裏瞭解到紀曉嵐不准許紀汝佶過多關注鬼怪故事的情由，剛才故意那樣說不過是使的激將法而已，目的正是要將那有關「孝順」的故事講給紀曉嵐聽。果然紀曉嵐自己先提出來了。

王錦堂於是順著話說：「好啊！我講講，這個故事是任丘縣衙役捕吏李茂華所講的親身見聞，應該沒有虛假……」

李茂華一次到張家口去辦事，出了居庸關，忽然迷失了道路，這晚上不得不歇息在山邊的神祠。李茂華已是老縣吏，見多識廣，膽大本事高，歇在神廟裏更不覺害怕。

睡到半夜時分，李茂華被吵醒。遙遙的看見燈火通明，車騎雜沓，朝神祠走來。李茂華待到近處一看，原是一群神靈。

李茂華趕緊躲在神殿暗處想看個究竟。

不一會兒神靈貴官們進來了，約略分得出上座是城隍菩薩，其餘的分辨不清楚。

就見幾個神吏抱一推簿籍冊子上來，擺在香案上一頁一頁的檢視。

甲神說：「趙婦事奉父母尚無失禮行為，但是她禮至而情不至，不過應付差事而已。錢婦也能得到公婆的歡欣，但她與她丈夫怨言不斷。不知這趙、錢二婦壽年該怎樣處理？」

乙神說：「風俗日差，神道亦與人為善。陰曹律條，孝婦年壽長一歲，此趙、錢二婦孝而不專，減一半延半歲吧。」

於是書記員說：「很好。我記下了。」

丙神說：「孫婦至孝至淫，該如何處理？」

丁神說：「陰間律條，犯淫罪止於杖責，而不孝者當誅。是不孝之罪，重於淫也。不孝之罪重，則重孝者福亦重，孝福重而淫罪輕，宜捨淫而論其孝。」

戊神說：「服勞奉養，孝之小者；虧行辱親，不孝之大者。小孝難贖大不孝，宜捨孝而科罰其淫。」

己神說：「孝，大德也，非他惡所能掩。淫，大罰也，非他善所能贖。只能罪、福各受其報應。」

乙神說：「神道與人為善，罪福相抵可也。」

甲神說：「不妥，以淫而削孝之福，是使人懷疑孝而無福；以孝而免淫之罪，是使人懷疑淫而無罪。怎麼好相抵呢？」

丁神說：「怎麼不可以相抵呢？以孝之故，雖至淫而不加罪，不是使人愈加孝嗎？以淫之故，雖至孝而不獲福，不是使人愈加戒淫嗎？兩下相抵正好。」

於是各抒己見，爭論起來，但始終各執一理，誰也說服不了誰。

這時外邊又進來兩個神吏，悄悄對城隍神說了些什麼。

於是城隍神說話了：「爭論到此爲止，我來判決，至孝重福且獎，孫婦增加二歲陽壽；淫乃人之常情，無淫不足延後，淫而未犯殺人越貨律條，何罪之有？否則，三宮六院七十二嬪妃的皇帝，不是至淫的罪魁禍首嗎？別處我管不著，在我城隍區內，獎至孝而不罰至淫！」

書記員說：「善哉！我已記下。」

躲在神殿下的李茂華心想：「原來說神無所不能也不全對，我在這裏偷聽他們談話，他們也不知道啊！不過他們討論的結果倒是很有點道理。」

忽聽城隍神說話了：「神殿下的李茂華聽著，你以爲我們不知道你躲在下邊是嗎？我們看你是個外地的生人，難分善惡，特地派神差出去調查瞭解。剛才兩個神差報告，說你是任丘縣的捕役衙頭，平常做事行爲不惡。這就好，剛才我們故意在這裏討論問題，得出了『孝大於淫』的結論，這是我們有意讓你聽見了。你要好自爲之。」

城隍說完，所有的神像神差轉瞬不見了蹤影。

李茂華這時反倒有了後悔：做人處事真的不可胡作非爲啊……

王錦堂從從容容把故事講完。

紀曉嵐歡歡快快接上說：「錦堂你好鬼！你大概聽許多人說了我成群妻妾只好淫，所以編了這麼個故事安慰我。」

王錦堂說：「親家翁別誤會，我這故事絕非杜撰胡編，確乎是聽任丘縣縣捕頭李茂華親口所說。不知道親家翁對故事中所說『孝大於淫』怎麼看法？」

紀曉嵐略一凝神，馬上十分歡快地說：「啊！對，你渠陽王家向重孝行，這正好可以作為貴族族譜序言的要點。錦堂你也算煞費苦心，想用這故事激發我為貴族族譜寫序。好！我應承了。」

於是，寫下了一篇十分別致的序言。

渠陽王氏世系考序

紀昀

余與王氏為姻家，錦堂孝廉以此譜求為序。余謂錦堂他事不見論，即如張吏部晴溪錦堂之姑，晴溪丁歿後，家中落……錦堂至今仍歲歲周恤，無改前轍……

這裏明明白白寫著，修族譜是為了弘揚「孝」德，表彰王錦堂至今周濟沒落姑媽家之善行。

無獨有偶，孝道大行天下。紀曉嵐這時又收到其門生幕僚李文藻為父母求取墓誌銘的來信。

李文藻是紀曉嵐早幾年在京都禮部會試時錄取的進士，李文藻當然對他執弟子之禮。紀曉嵐提督福建學政，又聘了李文藻，不料前年李母病危，李文藻先告假奔病去了，誰知奔病竟變成奔喪，李文藻於是寫信給恩師了，請紀曉嵐為他父母作墓誌銘。

紀曉嵐讀著李文藻洋洋千言的長信，深感其至孝至情，為其父母作一篇墓誌銘本無不可。但他再三讀信，竟至無從下筆，連李文藻父親名諱、年齡、經歷等一概不知，其母親姓氏年齡亦無表述，更別說他們的點滴事跡了，難道能憑空杜撰墓誌銘嗎？

紀曉嵐慨然嘆曰：「唉！文藻粗心，何至於此？叫爲師胡亂杜撰姓名事跡嗎？當馬上寫信叫他趕快補寫資料來……」

誰知他還沒有提筆寫回信，便有家丁進來報白：「老爺！不好，大公子舉人老爺不辭而別，去了山東泰安，追隨朱縣令大人去了！」

紀曉嵐只覺頭上嗡地一聲，手上握筆落地。不聽話的汝佶，追著去找朱子穎，做他的《聊齋志異》第二美夢去了，連舉人的功名都棄之不顧，眞是氣煞人也。

紀曉嵐還沒回過神來，結髮元配馬夫人哭哭啼啼跑進來說：「曉嵐，曉嵐！老爺！老爺！不能派人去把汝佶追回來嗎？」馬夫人爲失去這個長子甚感憂慮，隨又補充說：「他該不會出什麼事吧？」

紀曉嵐正沒好氣，喘著粗氣說：「不聽話的畜牲，不幸的逆子，他在父母面前都不辭而別，不就是怕我們苦留於他嗎？只有聽天由命了！」

屋外傳來紀汝佶的元配妻子張氏的哇哇哭聲，一邊哭一邊訴說：「天啊！汝佶偏生放得下，他這一溜孩子，最大的才七歲呢！哇哇哇哇！」

隨即便是六個孫兒孫女大呼大叫的哭泣。

紀曉嵐一聽孫兒們大哭大叫更來了火：「哭什麼？未必我紀家還養你們不起！」

大吵大鬧，大哭大叫，紀曉嵐壓根就忘記了給李文藻寫信的事情。這對師生從此有了很深的隔閡。

整個冬天，紀曉嵐思緒沒有好轉，年底懷念起一大串友人，其中最先出現的便是去山西當按察使的宋弼（仲良），還有那個狂生邊連寶……

鬱結於懷，寫爲詩句，紀曉嵐寫下了一串五言律詩。

年關將近，大雪紛飛，室內雖有大盆木炭火取暖，紀曉嵐仍覺得不勝淒涼。這是一種心靈的寂寞。自己素來以忠孝事親，以忠孝待友，以忠孝訓誨門生後人。可就偏偏是自己的長子汝佶，中舉之後不辭父母，遠遊泰安，此乃多大的不孝？雖膝下不無滿眼子孫，紀曉嵐仍然覺得孤寂。他覺得這是崇高孝德之家的最大悲哀，心想在這種情景之下過年是紀家的最大不幸，但是又有什麼法子呢？

歲末懷人，以排遣因自己兒子擅自離家的心中愁苦，紀曉嵐繼續寫那《歲末懷人各成一詠》的五言律詩，寫著寫著懷念起舅舅張拱乾了。

張拱乾，字健亭，是張雪峰的兒子，是紀曉嵐的母親張蓮子的哥哥。

如今外祖父家早已日漸式微，可舅舅張拱乾仍固守美德。紀曉嵐想著想著便又寫詩：

吾舅慕隱淪，心懷本澹蕩。
雖無蓋世名，雅意存清尚。
生計日以拙，彌覺襟期曠。
大雅逝已頹，相憶義皇上。

紀曉嵐剛把懷念舅父張拱乾的詩寫完，偏是張拱乾倒登門來了。張拱乾年已六十，身體開始顫顫巍巍。紀曉嵐一時慌了手腳，跑上前去連忙高喊：「舅父大人安好！愚甥禮應拜見。」就要跪下地去。

張拱乾一把抓住他說：「慢來慢來，曉嵐你看我把誰給，你送回來了。」順手朝門外一指。

紀曉嵐抬頭一看，竟是那出走幾個月的長子汝佶進了門。進門便撲通跪下說：「爹爹大安，不孝孩兒有罪，今天回來，接受爹爹的懲處。」

紀曉嵐雖說對兒子一肚子的氣，一見面倒全消了。正要罵他幾句叫他起來，卻見後面還有王錦堂跟著。

王錦堂一進門便拱手致禮說：「親家翁大人安好，安好！」

紀曉嵐這下子明白了：還是王錦堂善施妙計，請動了舅姥爺輩的張拱乾，去泰安把兒子汝佶叫回來了。

紀曉嵐淡淡一笑說：「錦堂到底有錦囊妙計，可勞累舅父大人實在不當。」回頭對兒子說：「御調你也起來吧，看在你舅姥爺和錦堂大哥的面子上，為父也不責罰你了。」

紀汝佶自是站起來站在一邊去了。

落座用茶之後，張拱乾倒說話了：「曉嵐，御調出走違事是作得不對，可你做父親的責任也不小。你想想看，御調迷戀《聊齋》式的故事，鬧出了不辭而別的不孝行為，你做父親的就不會既投其所好，又反其道而行之，用一些新奇曲折的『孝順』故事，去教誨御調回心轉意嗎？」

紀曉嵐聽出苗頭來了，他歡快地說：「聽舅父話裏的意思，舅父大人正是用這一類故事讓御調回心轉意？」

王錦堂說：「到底親家翁大人聰慧絕倫，一下就悟出了事情的眞諦。我就跟親家翁大人複述一下那一件『孝順』故事吧。」

有個李四寡婦年紀未及二十，有個兒子，才三、四歲，丈夫早死，家徒四壁，又沒有族間親友幫忙，李寡婦當然只好準備再嫁。她很有姿色，再嫁不難。

剛好她有個姑表親張三，暗地裏派一個老婦人來對李四寡婦說：「李四嫂，張三哥託我來給你傳個話，他已有老婆不能再娶你，但是他想你想得茶飯不思。最好是你託言守寡不嫁，保住李家門楣。而私下裏又與他相好。他每月給你銀兩若干，保證能養活你母子兩個。你們兩家雖然各在一條巷子，但在後面只隔著一堵牆，他每天用梯子到你這邊來與你相會，誰能夠發覺呢？」

李四寡婦聽信了這些話，果然就照此辦理，張三與李寡婦勾搭成奸。張三從自家這邊上了樓梯，把樓梯提到牆上，又放到李四寡婦那邊下來，兩人纏綿足夠，張三又依這法回過自家屋裏去了。

果然遮住了人們的耳目。人們雖然懷疑李四寡婦一個女人家什事都沒有做，怎麼能養活母子兩個人，但是抓不到任何把柄，便只猜李四寡婦過去積蓄很多，現在靠積蓄過日子。

張三偷情很好地防備了老婆，卻沒有防備好家裏的婢女，事情洩露了出去。但李四寡婦已不顧羞恥，還是迷戀張三，李四寡婦兒子漸漸長大，爲了防止他發覺，就把他送到外地的私塾去讀書，連食帶宿都不回家裏。

兒子終於長到了懂事的年齡，回來就跪在母親面前哭著說：「媽媽！以前的事就算了，爲了保住爹爹的李家門庭，也爲了保住媽媽的名節，從此斷了與張三的關係吧！」

偏偏李四寡婦再也聽不進去，她反而斥責兒子說：「天下無不是的父母，我們上一輩人的事你小輩子莫管閒事。」

碰巧張三還過來了，更給李四寡婦幫腔說：「是啊是啊，天下只聽說父母喊得動雷公打殺不孝的兒子，從來沒有兒子喊動雷公打自己的母親！」

一碰到這情況，李仔便知趣地跑出去了。一句話也不多說。

張三與李四寡婦兩人纏綿得更加開心，以爲從此把兒子的口堵嚴實了。

那曉得李仔是在苦苦尋思解決的辦法。

這一天，李仔暗藏尖刀，大白天衝到張三家裏。張三和眾人全都沒有提防，李仔衝近張三拔刀就刺，一刀刺在胸口，張三倒地身亡。

李仔並不逃匿，反而自己到縣衙去自首，說：「我向張三借錢。他不但不給，反而輕薄於我，所以我怒火制不住，拔刀殺了他。」

縣官早已聞知張三和李四寡婦偷情敗俗之事，想要爲李仔開脫一下罪名，便百般勸他說實話。一講實話，張三便成了該殺的惡人，李仔的罪名自然就輕了。

但是李仔死不改口，還是說借貸不遂以致殺人。根本不提母親偷人之事。

縣官沒法可想，便以「殺人償命」的律條，將李仔呈報處決了。

鄉鄰們其實早都知道是怎麼一回事，對李仔的抵命處死十分哀傷和同情，便自動湊錢要爲他立墓刻石，公佈事情的眞相以表彰他爲父報仇的孝心。鄉親們便向前輩朱梅崖去求寫贊頌李仔的碑文墓誌。

恰好朱梅崖先天晚上夢見了李仔。李仔神色淒慘，沮喪爲難，卻是對朱梅崖作揖打躬行禮說：「明天會有鄉親們來要你老人家爲我寫墓誌銘，請你老人家千萬不要寫。」

朱梅崖驚詫說：「卻是爲何？」

李仔說：「你若不寫其實際情況，則我純乎是一個兇惡的歹徒，你表彰我一些什麼事？你若照實寫來，雖表彰了我爲父報仇的孝子行狀，卻傷害了我顧全母親名節的孝子之行。父母養育了我便都有恩於我，發生了這種醜事我除了自己冤死以全孝節之外，還能有什麼其他辦法呢？所以你不寫我的墓誌銘反倒比寫了好！」

朱梅崖連連點頭說：「對對，曲中藏直，直中有曲，李仔你不愧是以死全孝的千古典型。」

當鄉親們向朱梅崖求文立碑的時候，朱梅崖如實說了夢中李仔的肺腑之言，於是立墓誌銘之事作罷。

當天晚上，朱梅崖又夢見李仔拜辭而別說：「謝謝朱老前輩，我已安心去轉世投胎，再修福德！」

李仔以滅自身而報父仇，又不洩露母親的過錯而不使父親受辱，如此保全父母親雙方的名節，豈非世上最委曲求全的孝行嗎？……

王錦堂想出的果然是高招。他以晚輩懇求的身分請動了張拱乾，兩人一同到山東泰安去。河北山東兩省相鄰，河北滄州與山東泰安相距並不遙遠，於是迅速找到了紀汝佶。

張拱乾作爲大兩輩的舅姥爺，當著泰安縣令朱子穎的面，向紀汝佶講了李仔捨死以報父母養育之恩的離奇孝行，反問紀汝佶說：「御調你不是要記錄整理世界上鬼靈精怪的故事嗎？這應該也算得一個吧？李仔能捨死以全孝節，你怎麼可以因爲父親不理解你支持你便不辭而別呢？讓父母在家裏過一個淒苦的年節，你豈不毀壞了紀氏祖祖輩輩以忠孝傳家的名聲？古人說：『父母在，不遠行。』你連這起碼的孝順都忘記了嗎？」

話音不高，言辭犀利，直刺紀汝佶的五臟六腑。他當時就爬倒在地痛哭流涕說：「舅姥爺教誨極是，外甥孫兒馬上回家，馬上回家向父母大人賠罪……」

回到崔莊，王錦堂向紀曉嵐如實敘述了上述經過，早已站起的紀汝佶又已眼淚長流，重又跪在紀曉嵐面前說：「不孝孩兒知罪。任由父親大人責罰！」

紀曉嵐本人也已淚眼婆娑，由衷地說：「起來起來，『養不教，父之過』也。爲父也有責任啊！果然，『孝義』通行天下，當得更育後人！」

王錦堂不失時機地接口說：「親翁大人，錦堂一世無用，唯乃略懂孝行。當然不能與舅姥爺所講李仔以死殉孝的事情相比。不知能否求親翁大人以此作一篇家庭小傳以啓後人？」隨即遞上了自己家世的翔實資料。

紀曉嵐接過資料連連說：「我寫我寫，錦堂之孝，孝及他人，値得寫，値得寫。」

於是紀曉嵐展紙揮毫，寫下了一篇少有的平民傳記：《王錦堂先生家傳》。

紀曉嵐以朝廷高官心態接近了平民百姓的現實：仕宦大官無事可書，何如平民百姓做幾件善事流傳於後？

王錦堂以自己的孝義言行，使紀曉嵐過年再無失子的淒苦。王錦堂也達到他自己的目的，那就是借紀曉嵐之文筆以於世留名。

參拾陸　喜事傳出了喪氣

紀曉嵐嫁女，滿屋哭得一蹋糊塗。瞎子說：「八字不合，盲目成親。上輩罪過，殃及兒孫。」

轉眼守孝期滿，紀曉嵐這天正準備還朝。

忽然王昶偕一年紀半老的生人來了。王昶與紀曉嵐是生也同年、進士及第也同年的老朋友，他不是在揚州兩淮鹽運使盧見曾家裏教書嗎？怎麼大老遠跑到獻縣崔莊來了？紀曉嵐於是老遠叫著他的字說：「德甫！你的信可眞準，我正準備走，你剛好就來了，你莫非有耳報神？遠在揚州就知道我今天要走？」

王昶未及說話，同來的半老生人倒先代爲回答了：「回親家翁大人的話，王大人已調回朝廷擔任刑部郎中了。」

紀曉嵐一聽他叫「親家翁」，頗爲驚詫，便問王昶：「德甫，這位是……」

王昶說：「曉嵐你是貴人多忘事吧？你家令嬡鳳文今年多大了？」

紀曉嵐脫口而出：「十四歲。」

王昶說：「對啊！你許諾鳳文十三歲嫁過去成親，因去年你在家守孝，辦不得出閣喜事。所以拖到今年。這位老人就是揚州兩淮鹽運使盧府的管家尙先生，盧大人已年老致仕，卸任歸里，回了山東德州，已是河北之鄰省。尚先生受主人之託，向你催親報日來了。」

紀曉嵐這才陡然想起，難怪他見了面就叫「親家翁」。於是一迭連聲說：「貴客，貴客，都是貴客！」

尚先生從身上摸出一封由盧謙親筆寫來的信札遞上，認真地說：「親家翁大人，我家老爺叫奴才送這封信來。請親家翁大人過目決定。」

紀曉嵐一邊接過一邊說：「貴客稍坐，我看看信就來。」一看盧謙信中也沒定日期，只說要紀曉嵐與大媒王昶德甫公商定，便轉身又對王昶說：「德甫，你既是大媒，我倆又馬上是朝中同事，你就說定個日子吧，大概親家翁也與你有個交代了。」

王昶說：「盧公早有囑託，如曉嵐你無異議，那就讓小兩口上元節成親。」

紀曉嵐說：「好！正月十五元宵佳節，月圓人圓……」

守孝完畢回朝復職，叫做「服闋赴補」。服闋赴補沒有嚴格的時間限制，早一天晚一天都行，於是紀曉嵐推到嫁了女再走。

轉眼到了元宵佳節的結婚喜期。新娘上轎前照例要「開臉」、「上頭」。開臉是一道很重要的程序，就是拔掉新娘臉上的汗毛。這工作要訓練有素的女人方可做到。

女孩子長到十多歲從來不刮汗毛，這出閣前的一拔，當然就有特殊的美容效果了。

拔完汗毛時已是臉皮光生，柔潤亮澤，再略施妝粉，塗點胭脂，當然更漂亮極了。

最後便是梳頭、挽髻、插頭飾，簡直就是要把新娘子打扮成最漂亮的公主。

女要離娘，當然少不了一場哭泣。但一般都只哭得一小會，各自便會抽抽嗒嗒地收場。因爲娘女心裏都明白，誰也不能在娘身邊一輩子做老女，女人生來是人家的人，晚嫁還不如早嫁。總哭有什麼意思呢？

今天怪了！三十餘歲的郭彩符抱著十四歲的女兒鳳文，哭得吼天動地不放手，達一個勁地數說：「哇哇！囡囡，娘捨不得你走啊！……鳳文，你一走娘就再看不到你啊！哇哇哇哇……！」眞是哭得昏頭昏腦。郭彩符把小名「囡囡」：都哭著數出來，眞是撕心裂肺。

女兒鳳文起初只是應酬地哭著，一聽娘的聲腔變了調，娘的動作更近瘋狂，又是拍又是打，又是搓又是揉，好像眞是一塊心頭肉要被割掉了，女兒一下便懵了頭筋，她起初被哭得傷心掉淚，也嗷嗷地哭個不停。一看樣子不對，反而停了哭勸解郭彩符說：

「娘！你怎麼了？娘！女兒會時常回來看你。娘！你怎麼說些沒頭沒腦的話呢？哇哇……！」

郭彩符越哭越停不住：「哇哇！鳳文！娘不是沒頭沒腦，囡囡！娘是自己命苦哇！囡囡鳳文！娘身體有病，活不了幾年了，再看不到你啊！哇哇哇哇！」

鳳文這就再不哭了，認認眞眞說：「娘！你怎麼說這些喪氣話？咱紀家什麼郎中請不來？什麼藥買不起？爹他什麼病不跟你治好來？」

郭彩符說：「傻女兒！郎中只治得病，治不得命，哇哇哇哇！」

平常嫁女迎親，娘女分別前的哭泣誰也不去管，知道她們哭不多久就會停。總是娘扶著女兒往外走。今天外邊的人們越聽越不對，做娘的哭個沒完沒了，做女兒的反而勸娘，這太不正常了。於是紀曉嵐幾個侍妾一起前來勸解。

進來勸解的便是乾隆當年在木蘭圍場賞賜給紀曉嵐的四個宮女中的三個：皇皇、恩恩、浩浩。最小的那個蕩蕩死在福州了。這幾個宮女在皇宮裏時間不長，但所受的性摧殘不少，她們都已喪失了生育能力，所以只能永遠地低人一等。她們也就常常在一起玩。現在當然一起來勸解郭彩符了。

皇皇說：「彩符姐不要再哭了，養女兒總要嫁人嘛！」

郭彩符說：「你不知道，我哪裏是捨不得嫁女啊？哇哇哇！」

恩恩說：「是啊！有女出嫁是好事，女兒早嫁出去早生兒，你也好早做外婆嘛！」

郭彩符說：「你不曉得，我是沒有享外婆福的命啦，哇哇哇！」

浩浩說：「彩符姐莫想太古板了，你還沒試過，怎麼就說沒有命做外婆呢？」

郭彩符心裏越聽越煩，覺得她們幾個的話一句也沒說到點子上，越勸解反而越上火。心裏一琢磨，對了，她們誰也沒有生育能力，怎麼能想像得到將永遠看不到親生兒女有多麼悲痛呢？於是乾脆不搭理，越是號啕喧天。可是皇皇、恩恩、浩浩她們幾個怎麼能揣透郭彩符的心理話呢？仍然你一句我一句地爭著說「養女總不能不嫁……不嫁那是害了她……害了她也就害了你自己……」

聽這些數說絮絮叨叨，郭彩符一下火起，高聲斥責地說：「你們知道什麼？沒養過兒女的人，哪知道失去兒女的痛苦？哇哇哇哇！」

三個侍妾猛然驚呆，臉色煞白，看看寡黃，慢慢竟渾身打顫了。郭彩符的話出口傷人，刺中了她們的心病……她們難道本來就不是女人？難道一生下來就喪失了生育能力？難道從來就沒有過做母親的尊嚴？

不，不不！她們是在宮廷裏受到了不應有的性摧殘，當然大多數時候是受到性的壓抑，但壓抑也是摧殘，甚至可能是最厲害的摧殘，不然你沒有辦法理解性壓抑後出現「花癲女」的現實……

總之她們是受害者，如今造成這受害的後果，倒成了別人嘲笑她們的依據，她們能受得住嗎？她們抿嘴不哭出聲，忍眼不流出淚……

可是沒能忍耐多久，首先是年齡最小的浩浩哇聲哭開了：「哇哇！我前世造了什麼孽？老天爺罰我養不出孩子？哇哇哇哇！」哭著衝出去了。

接著是恩恩大叫：「天啊！我今世還要受多少罪？閻王爺讓我做不成母親！哇哇哇哇！」也跟著哭走了。

最後是皇皇呼天搶地：「天老爺啊！地菩薩哪！收了我吧！收了我吧！我已不是一個眞眞正正的女人！哇哇哇哇！」抬起雙手在自己身上拍拍打打，一路號啕著往外走。

房裏的新娘子紀鳳文這下子眞的哭起來，她傷心已極，萬分悲哀：「今天本是自己的喜日，怎麼母親這麼不開通？自己哭得天昏地暗不打緊，還把三位來勸解的阿姨都得罪了，弄得滿屋子哭哭啼啼。這可怎麼收場？我的命眞是太苦！太苦……哇哇哇哇！」

裏裏外外這氣氛正適合郭彩符眼前的悲哀心情，她哭得更是百無禁忌。

嗚嗚嗚嗚……哇哇哇哇……崔莊紀家大宅到處充滿了眞正的哭泣，再不是女兒出閣，娘女分別前的短暫嗚咽。

前來迎親的盧蔭文首先就嚇了一大跳：糟了！怎麼辦喜事辦出來滿屋子的哭聲？這眞是太不吉利了。盧府老管家尙先生是迎親隊伍中的老者，當然也是主心骨。他也驚得心都跳到口裏：不好！這悲痛氣氛可千萬別帶到老爺家！不然老爺倒了楣，我老奴才也沒好下場！

尙先生畢竟老成得多，他只驚了一瞬便想出了主意。他不去找新郎盧蔭文，他知道這個十六歲的孩子早沒了主意。他也不去找紀家的管家和辦嫁女酒的管庫先生，他知道這事找他們都沒有絲毫作用。尚先生仍然不慌不忙，走路四平八穩，直接走進了紀曉嵐的書房裏。

有道是：男女授受不親。土話說：父親不理嫁女。嫁女只能是娘的份內之事。所以紀曉嵐一開始便躲在自己的書房裏，看書看不進，寫字寫不出，他只有躺在床上休息。

一聽外邊哭得越來越多，聲音越來越大，他躺不住了，起來在書房裏來回急走，一時想不出主意怎麼去收拾殘局。

尚先生正是這時平平穩穩走進來說：「親翁大人！奴才這廂有禮了。」先拱手，後作揖，顯得一派虔誠。

紀曉嵐回身一見是他，彷彿快被淹死時抓到了救命的稻草，他急急跑攏尚先生說：「免禮免禮。尚先生事情緊急可以少講些禮性。你是盧府老管家，倘若這事發生在盧府家裏，你說該怎麼辦？」

尚先生說：「親翁大人是聰明齊頸，要人提醒。依老奴看來，此事有尊夫人出面，給郭小夫人說通道理，小夫人自然止住哭聲，發親趕路。我們的路還遠得很啦！」

紀曉嵐一聽有理，拔腿便往外走，一徑走到馬夫人住的房間，丫環說：「夫人早已到郭奶奶房子裏去了。」

紀曉嵐又往自己的房間跑。心想按照盧家管家尚先生的分析，馬夫人一去便什麼問題都解決了。

但是走著走著覺得不對，怎麼郭彩符房子裏的哭聲好像絲毫沒有止息的樣子呢？非但如此，似還夾有爭辯的聲音。這究竟是怎麼一回事呢？紀曉嵐再不能充耳不聞了。他也朝郭彩符住的房間走去，在她的房門口他站定下來，準備先聽清裏邊哭訴爭辯到底是怎麼一回事。

只聽郭彩符說：「夫人諒解，妾身不是故意鬧親挨親誆親，哇哇！妾身是自嘆命薄，知道女兒一嫁出去就再看不到啦，怎麼我就這麼命苦啊？哇哇哇哇！」

紀鳳文號啕不止說：「哇哇！夫人，我娘這樣我還嫁什麼？我要守娘一輩子啊！哇哇哇哇！」

馬夫人吼罵起來：「鳳文莫說蠢話！世上哪有陪娘做一世老女的姑娘？彩符快停住哭，你強忍也要忍住，要哭你等鳳文上轎走遠了再哭不遲！」

郭彩符說：「對不起夫人，我忍不住呢！鳳文還是快去上轎，娘不送你啦！哇哇哇哇！」

紀鳳文還是陪著哭：「哇哇！娘這麼傷心，女兒哪裏還有心思出嫁，我不嫁了，不嫁了，要死也和娘死在一起。哇哇哇哇！」

房門外的紀曉嵐氣得跺了兩腳。一時眞不知該如何辦了，朝制鄉俗都說爹不干預嫁女，娘不插手招郎（納贅），自己該怎麼辦？該怎麼辦？

沒提防身後傳來老年人脫口而出的嘆息聲：「唉！晦氣，晦氣！」

紀曉嵐回頭一看，盧府管家尙先生不知幾個時辰也來偷聽了。他仗著自己年紀已老，言行舉動本就大膽得很，只見他滿臉愁苦，不停搖頭，繼續像似自言自語地說：「千萬別把這晦氣帶回老爺家去，千萬千萬……」

紀曉嵐只覺得自己受了莫大的污辱，心裏痛得發酸，他再顧不得什麼朝制習俗了，猛地衝進房去，舉起巴掌狠狠地在桌上連拍三掌，眞如滾滾炸雷，不絕於耳，隨即便起了高腔狠罵：

「鳳文蠢豬！大喜事說什麼死不死活不活？彩符蠢驢！忍不住也得忍住哭，先把鳳文送上花轎再說！誰敢不聽，小心我動家法！」

霹靂雷霆，自然鎭人心魄。這下子好了，彩符、鳳文兩母女陡地止住了哭聲。兩娘女抱得緊緊的身子也一下分開了，似乎兩人都在顫抖不停。

於是陪侍新娘出嫁的婆子丫環飛快走了過來，給紀鳳文戴上了鳳冠霞帔，蒙上了紅蓋巾，兩邊挾扶著她出門上轎去了。

接著鞭炮齊鳴，銃聲嘹亮，熱烈的送親鑼鼓，在大門外震耳欲聾，尤其是高昂的嗩吶，簡直把歡快送到了雲霄。

花轎內的新娘子還在嚶嚶哭泣，不過這已是正常的離娘悲哀，是必不可少的出閣大喜的點綴了。帶著假官帽的新郎盧蔭文，騎在披紅掛彩的大赤馬上，跟在轎子後邊緩緩而行。或許是剛才岳家屋裏的長久哭鬧所致，盧蔭文臉上沒有往常迎親新郎那樣的喜樂神情。同樣道理，以尙先生爲領頭的迎親隊伍裏，也都是滿臉愁容，一聲不發。果眞有些喜事透出喪事的氣氛來。

等花轎隊伍一走遠，紀府裏更是像開了鍋。

首先是哭得淚人似的郭彩符，她一下跑到紀曉嵐跟前，撲通跪下去說：「老爺！妾身對不起你，妾身再陪不了你幾年！妾身更永遠看不見女兒了，哇哇哇哇！」

紀曉嵐本想扶起她起來勸解幾句話。

忽聽皇皇、恩恩、浩浩三個侍妾也在各自的房子裏高聲哭叫起來。簡直分不清是誰的聲音了：

「哇哇！養不出兒女活受羞辱……哇哇哇！我活著還有什麼意思……哇哇哇哇！不如要死大家一起死……」

紀曉嵐心煩意亂，哪還有心思去勸解郭彩符？他大步流星衝到廳堂裏去，這裏大聲說話四處都聽得清楚。只見他張大喉嚨，發虎威般的吼叫：

「不許哭！不許吵！要死要活自己要怎麼就怎麼！我紀某人不信討不到新的侍妾！」

紀曉嵐似乎被吵得發了瘋癲，平生第一次對自己心愛的女人們罵出了胡話！莫非眞有鬼使神差嗎？

這時只有馬夫人最清醒，她邁著小步跑到紀曉嵐身邊說：「曉嵐你今天怎麼了？你胡說八道，怎麼對得起列祖列宗？你把列祖列宗的臉面都丟盡了！怎麼可以如此咒罵自己的女人？你這哪裏還有半點朝廷高官的氣派？」

這下子把紀曉嵐震醒了，紀府以詩書忠孝傳家，剛才這些胡話顯然是對神聖祖宗的褻瀆。他自己被自己的言行嚇得渾身打起顫來，悄聲問自己的結髮夫人，叫著她的小名說：

「鈴子！我該怎麼辦？怎麼辦？」

馬鈴子先是給丈夫說了一陣悄悄話：「曉嵐，只怕你這次眞的壞事了，你怎麼壓根就不記得把蔭文和鳳文的八字請個先生去合一合呢？只怕他倆個八字眞的有克制刑沖。如今生米已煮成熟飯，後悔都來不及了。只有向祖宗菩薩去祈請保佑了。」

聽完妻子一大陣悄悄話，紀曉嵐連連點頭。

馬夫人又故意放大聲音，目的自然是要叫侍妾們全都聽到，以給她們一架下樓梯子。只聽馬夫人對丈夫吼道：

「曉嵐你是老爺，你是一家之主！你犯了事別人能把你怎麼樣？你自己去向列祖列宗上香磕頭贖罪吧！」

紀曉嵐自然服服貼貼，到堂屋神龕下叩拜祖宗牌位去了。早已有下人幫他點香燃燭擊磬鳴鞭。敬祖神有一套十分完整的禮儀程式，家裏有專門的禮儀先生經管辦理。他已成年的長子紀汝佶，次子紀汝佶，都早按程序陪父親祭祖去了。

那是男人們的事。馬夫人自然去做她女主人應做的事情，那便是分頭召見幾房侍妾的丫環婆子，叫她們好好侍候自己的主人。意思當然壓在舌頭底下沒有說，但丫環婆子們全都心知肚明：切實招呼侍妾們不讓她們自己尋死……

等男人祭祖，女人安頓的事情全都做完，時間已近中午。大家都已精疲力竭，甚至連吃飯的胃口都沒有了。

紀曉嵐對來請他吃午飯的佣人吼道：「還吃什麼？氣都把我氣飽了！」

又是馬夫人親自前來叫喚說：「曉嵐，別再撒氣了。那邊幾個女人我好不容易才把她們勸住，你好歹也去做個樣子，一家人團團圓圓吃一頓飯，叫祖宗菩薩看著也喜歡。」

紀曉嵐說：「夫人，我眞的沒胃口。」

馬夫人說：「曉嵐！你忘了今天是什麼日子了嗎？」

紀曉嵐說：「沒忘，嫁女喜期，鳳文不是已上轎走了嗎？」

馬夫人說：「不光這個，今天是正月十五日元宵佳節，一家人四分五裂算個啥？快別耍小心眼了，男子漢要像個大丈夫！」

紀曉嵐噗哧一笑說：「呵！我倒眞忘了這個事了。」

於是兩夫妻一同走向飯廳。那裏一群小妾和兒孫們已經圍坐在一張大圓桌旁邊。黃東籬抱著一歲多的兒子紀汝似高高傲傲地坐在上首西側。郭彩符、皇皇、恩恩、浩浩陪坐在下方，雖然還滿臉愁相，但已停住哭泣和嗚咽了。

上首東邊和中間的兩個座位空著，那自然是爲紀曉嵐和馬夫人所預留。

紀曉嵐所獨特的飲食習慣，在家庭團聚的宴桌上也表露無遺：那是一排溜幾大盤熟肉，有豬肉，有牛肉，有羊肉，另外便是一壺當酒的香茶。

當然先坐好的家人誰也沒動碗筷，要等一家之主的紀曉嵐下令才開始用餐。

紀曉嵐斯斯文文地坐好，慢條斯理的祝讚一聲：「託列祖列宗洪福，上元佳節我紀家大團圓……」

還沒有來得及叫大家開始飲宴，忽然門人飛快跑進來，雙手舉過頭遞上一封信說：「老爺！剛才有個算命瞎子先生，非叫我在你吃飯前把這封信送給你不可。說是可以消災解難呢！」

紀曉嵐急急接信抽出來一看；

八字不合
盲目成親
上輩罪過
殃及兒孫
認眞看待
謹愼小心
三年四載
或見分明

諸葛門生

紀曉嵐信紙一丟，起身就往外邊走，倒抽一口氣說：「哦？請葛先生原來留有門生，快帶我親自去接！」

門丁說：「老爺！他早就走遠了。」

紀曉嵐發了脾氣：「我們都是光子，難道追不上一個瞎子？找不到一個瞎子？」

門丁說：「他說了要老爺不要去找他，找他也找不見，他要來見老爺。自然就見著了。」

紀曉嵐轉身便走，已是滿臉愁容。

馬夫人喊：「老爺！還沒吃上元團圓飯！」

紀曉嵐沒好氣說：「這災難只怕已夠我飽肚三年。」頭也不回走了。

桌上的馬夫人這才敢去偷看桌上那張信，一看也便哇哇大哭起來。也起身走了。

桌上其他的人一個二個看了信，全都目瞪口呆。幾個小妾又哇哇哪哪哭了一個驚天動地。

這個正月十五上元節，紀府裏充滿了嚎喪的悲哀……

天快黑了，山東德州盧見曾府上賓客滿堂，就是不見新娘子的車轎來到，洋洋喜氣的大紅燈籠，並肩喜字，紅衣綠裳，繽紛五彩，全都遮掩不住新親遲遲不到的晦氣。

主人早已安排，在離家三里、六里、九里的地方都安置了幾支火銃，那銃有茶碗口大的管子，灌滿藥硝，朝天一放，傳得一、二十里遠。三、六、九里是個吉利數，安排放銃報告新娘子車隊到來的消息。

天黑了還沒傳來銃聲，就是說新娘車隊至少還在十里開外。

已經七十七歲的盧見曾早已是兒孫滿堂的福星，他早已處在萬事不用操心的地位。自己從兩淮鹽運使任上從揚州退休以來，居家養閒已經許多年了，每日以詩文爲樂事。他因別號雅雨，便編撰刊行了一套《雅雨堂叢書》，全是一些軼聞趣事，還有就是一些生活常識和書畫品評。他覺得編印人家的書不滿足，便把自己畢生所寫詩文搜集起來，刻印了《雅雨堂詩文集》。

這一切都做得非常稱心如意，盧見曾自覺此生過得十分美好。眼看去日無多，已經享盡人生的榮華富貴。對於娶一個孫媳婦這樣的小事情，他根本沒放在心上。

但是不然，臨到小半夜了，新娘車轎還沒到來，前廳的賓客們早已有了諸多的騷動和不滿。他們都知道河北獻縣與山東德州之間的距離，輕快的馬車傍晚可到。迎親隊伍昨天就去了，就歇宿在崔莊附近，今天上午出發，最遲斷黑便到了家，可爲何小半夜了還不見蹤影？於是議論紛紛，推斷已出變卦。

酒席早已吃過，不迎到新親不能離開，否則於主家不吉利，於是大家只好傻等。不過關於新親可能變卦的議論甚囂塵上。

盧見曾再也坐不住了，他小個子邁著短粗的步子，走到廳堂上來，雖是「矮盧」形象，卻是官威猶存。他雙手托著長長的白鬍子，用力往前一推，斬釘截鐵說：

「諸位官紳，老夫憑一把長白鬍鬚作保，縱使天塌下來，老夫也能擔戴。怕它小小的婚事變卦嗎？諸位耐坐，耐坐！路途遙遠，耽擱一些本很平常，很平常！」

像是給他這豪言壯語作證，九里外的報信大銃響了，「碰！」「碰」！「碰」！三聲一過，人眾喧嘩，新親終於到了。

再等已有目標，於是覺得時間還不太晚。認眞說來，九里路也不太遠。似乎只是轉瞬之間，新娘轎子就被抬著進門來了。

於是鞭炮鑼鼓齊鳴，燈燭照個透亮，與白晝迎親不差分毫。

盧見曾不湊那個熱鬧，他派人去把管家尙先生叫了來，厲聲說：

「尙管家，不得胡編亂說，只准老老實實講：究竟何事耽誤了女家發親！」

尙先生一頭撲下地說：「太老爺，太老爺！太老爺如不恕老奴才無罪，老奴才不敢實說。」

盧見曾說：「恕你無罪，從實講來。」

尙先生說：「太老爺容稟：只怕小少爺娶了這門親事不吉利呢！發親之前，她娘女二人抱成一團連天號哭，引發了全家哭泣不止，發親耽誤了兩個多時辰……」接著還詳詳細細說了當時的具體情況。

盧見曾怒不可遏，對天長嘯：「天啊！可惱！只怕我盧家娶來了一個喪門星！……」

參拾柒　頻頻怪事兆凶災

紀曉嵐守完三年父孝返朝補官，借住在有狐仙的樓房裏，狐仙頻頻寫詩說他前面有大災，紀曉嵐心驚肉跳。

不管正月十五嫁女之日出了多少風波，也不論因與盧家聯姻產生了多少後怕，紀昀次日終於要回返朝廷補官上任了。

這時正好堂兄紀昭回到了崔莊家裏。紀昭，字茂園，號怡軒，是紀昀二叔容雅的長子。他比紀昀大七歲，卻比紀昀晚三年才達進士登科，就是說他當進士時已是四十歲的人了。因爲年紀大，性格老成，只當了二年的庶吉士，便被授與京官中書舍人。中書舍人是中樞省的僚屬官職，主要任務便是繕寫文書。

那位欒陽孝廉王錦堂的兒子殊渥，便是這位中書舍人的孫女婿，配的是紀昭兒子紀汝仲的女兒。

紀昭很喜歡自己中書舍人的職務，因爲這同他與世無爭的性格恰相符合。由於紀昭從小便跟伯父亦即紀昀的父親紀容舒讀書，所以紀昀與他關係極爲融洽。紀昀經常對人說：「先父之學，昀不能盡得，而昭兄乃獨得其傳。昭兄文章必奉韓歐，學問必宋五子。」韓歐是指唐朝的韓愈與宋朝的歐陽修，宋五子是指宋朝的周敦頤、程顥、程頤、張載與朱熹，是程朱理學的代表人物。

紀昭在中書舍人任上八年，加上庶吉子二年，京官已達十載，他沒有與任何人結下任何恩怨。他總是那麼寂寞清閒，每日杜門謝客，只與三數摯友晨夕講肆而已。他年前請假回到崔爾莊老家，名義上是與家人過年團聚。當然，他昨天也被請來吃侄女鳳文出閣的喜酒、對紀昀家的哭號事故盡數了然。紀昀今天要回朝補官去，便去邀堂兄一路同行。以便他回朝銷假。

誰知紀昭卻平平淡淡地對紀昀說：「曉嵐，爲兄已沒有準備再返朝廷了。」

紀昀驚問：「什麼？昭哥才五十歲就自己提前退休了？」

紀昭說：「爲兄早已厭倦官宦生涯，不過原先也沒打定主意就退。回來一看『瑞杏軒』家學凋敗成這個樣子，我就決定不再返朝復仕了。就讓我來負責我們的家學吧，我喜歡課讀教書。

紀昀由衷地說：「昭哥對家學有如此強的責任心，自然是子孫後輩們的福氣。那小弟今天便是向昭哥辭行來了。」

紀昭說：「老弟你才學天份比我高，前程本應無量。不過昨天鳳文出嫁弄成那樣的結果，我於是替老弟的前程產生了一些擔心。我勸你也在適當時候功成身退。現在我寫一首詩送給你吧。」

送昀弟服闋赴補

紀昭

舍卻朝闕羨村居，
課書教子灑庭除。
敢道山林勝鐘鼎，

無如魚鳥樂江湖。

紀曉嵐攜一行妻妾兒女回到京師，原先租出去的虎坊橋舊居一時來不及贖出，只好暫時寄居京城一個朋友的空房子中。這所房子的主人乃是王鳴盛，他就是那個比紀昀年紀大而與紀昀同年得中進士的朋友。

當年王鳴盛與紀曉嵐父親紀容舒因對曹操的評價不同而發生爭吵；剛巧不懂其原委的紀曉嵐撞門而入，反而編了個笑話諷刺他，說「王鳴盛者」，乃「帝王昶舉御女之器具也」，於是更掀起大波……好在紀曉嵐在得知實情後又巧妙地將這矛盾化解了，兩人仍是好朋友，並且成了虎坊橋的鄰居。

王鳴盛十多年來官已做到禮部侍郎，此時正是去福建當過鄉試主考官之後往回返。誰知他剛回朝廷便有御史彈劾他，說他往返福建的路上濫用了驛馬。當時王鳴盛心裏就生氣，莫說濫用驛馬之事非眞，就算多用幾匹馬是眞事也不過區區小事。於是就在朝上與御史頂撞開來。

這下壞事了。御史頻頻發難，要皇帝懲辦王鳴盛，其理由冠冕堂皇：「『不防微不足以杜漸，恐他日官宦都目無朝廷！』」

這理由把乾隆推到了一個不能拒絕懲處的地位，於是頒下聖旨：「左遷王鳴盛爲光祿寺巫，即日到任。」

當時繼承的古老傳統是尊右而卑左，故「左遷」就是貶官。王鳴盛憋了一肚子火回到家，心想這朝官作得好晦氣。可又實實在在發作不了，否則得罪了皇帝只有死。

正好這時他老家江蘇嘉定來了人，報喪父親病故。王鳴盛雖悲猶喜，立即告假還鄉爲父親守孝成服三年。

巧事成了堆，正是這節骨眼上紀曉嵐跑來向他借房子住。

紀曉嵐老遠就喊著王鳴盛的字說：「鳳喈！我這時候來跟你借房子臨時住一住，你不會覺得我是乘人之危吧？」

王鳴盛喜不自勝說：「哦，曉嵐！別說乘人之危的傻話，你這倒是幫了我的大忙。」

紀曉嵐問：「鳳喈此話怎講？」

王鳴盛說：「在朝爲官艱難，那個御史不過和我有一丁點的個人恩怨，這恩怨還不如當年我和你，以及我和你令尊之間的誤解大呢！曉嵐你那時是想盡千方百計與我和解，最後終得成功。可那御史小兒，他竟爲此事而在朝廷誣告，捏造我往返福建濫用驛馬的罪名，便把我貶到光祿寺去了。這朝官當著還有什麼意思？所以，曉嵐，我只跟你一個人說：我這次丁憂守孝之後，決計再不回朝，回家去繼續撰編我的《十七史商榷》，當然還著其他的詩文，豈不與當年陶淵明差不了多少？我正愁這房子一時無人看顧，偏巧你就來了。曉嵐你這不是幫我大忙了？？」

紀曉嵐口裏連連應承說：「哦哦，是這樣，好好好。」但心裏直犯嘀咕：只怕此次返朝眞的不妙！離家時堂兄紀昭寫詩說：「敢道山林勝鐘鼎，無如魚鳥樂江湖。」今天到京了王鳴盛又私下告訴我：他趁丁憂守孝之機退出官場！兩件事怎？竟是如此巧合，分明都是告誡我「爲官不如隱居」。這該不是預示我前面有何兇險吧？他只顧自個兒呆呆想著。

就聽王鳴盛又說了：「曉嵐，你來住我這房子我是求之不得，可有個事情挺奧秘卻不得不告訴你：西邊那樓上你千萬不要去動它，你照我原樣鎖著放東西吧。」

紀曉嵐說：「這奥秘的原因何在？」

王鳴盛說：「那樓上住有狐仙，不過不要緊，你不犯它，它不犯你，你只管放心。」

於是王鳴盛率全家人都搬回江蘇嘉定去了。臨走還交代紀曉嵐，若不須借住了，可代找個主家脫手。

紀曉嵐借住房屋反倒成了主人。眞是又巧又好，閒常到哪里借這麼多房子？租住客棧可是要一筆頗大的開支。現在妻妾成群兒女成行也住得下。

紀曉嵐本人還從沒見過狐仙，心想這次或可見見。於是，他在那有狐居住的樓房牆頭，題寫了一首戲謔的詩作：

草草移家偶遇君，一樓上下且平分。
耽讀自是書生癖，徹夜吟哦莫厭聞。

紀曉嵐自幼有非凡的記性，他把樓上的什物放置記得清清楚楚。心想若果有狐移動，絕逃不過自己的眼睛。料理好這一切，紀曉嵐上朝去了，呈遞了《服闋赴補謝恩表》。於是在家裏等皇命下來，關在自己的書房裏讀書寫字。只要愛妾郭彩符到那鎖著的樓上看有動靜沒有。

這一天，郭彩符驚驚慌慌跑進房來，連連高喊：「怪事。怪事！老爺快快，上樓，快……上樓。」郭彩符自從嫁女受驚，身體更加虛弱，說幾句話都覺得喘氣不勻。

紀曉嵐二話沒說，跟著她上二樓一看，樓板塵土上畫滿了荷花，莖葉亭亭，筆致甚好。他驚奇不已地在心裏說：雖然仍未見狐，實在勝過已見。這狐仙好雅緻啊！

稍爲想了一想，紀曉嵐又寫了一首詩貼在樓上牆頭：

仙人果是好樓居，文采風流我不如。
新得吳箋三十幅，可能一一畫芙蕖？

貼好詩，又將一疊紙和筆墨硯臺等放在樓上了。紀曉嵐又去看自己的書，寫自己的字，以待皇命下來。

乾隆向來看重紀昀的才學，聽他還朝，心中甚喜，很快補回他的翰林院侍讀，命他擔任日講起居注官，晉左庶子。

日講起居注官實際上是兩官合一，是日講官與起居注官的合稱，是「起居注館」的主管。其職責是於朝會、飲宴、典禮、祭祀和郊獵時，侍從皇帝左右，如實記錄皇帝的一言一行。可以明顯看出，紀曉嵐所擔任的是皇帝的近侍之臣。

左庶子是翰林院裏高於編修的主要官佐，主管翰林院裏左春坊的工作，也就是典籍方面的高級編修。將有具體任務委派。

果然沒隔多久，正月還沒過完，乾隆便詔命紀昀續修《通志》。

《通志》是一部著名的史書，由宋朝鄭樵編纂。鄭樵，宋朝福建莆田人，世居本縣西北之夾漈山攻讀，故被稱爲夾漈先生，官居樞密院。他仿照梁武帝編撰《通史》的作法，分紀傳、年譜及二十略，記錄評述上古歷史直到唐代爲止。

乾隆看《通志》評述歷史止於唐朝，以後又經過五代十國，宋朝元朝明朝，空隔歷史太長了，乃下令撰修《續通志》，隨即又詔命撰修《皇朝通志》。這些都叫紀曉嵐去編。

紀昀剛返朝補官不久，便相繼受命編修這樣兩套大書，可見乾隆對他寄予了多麼重大的期望。

這天，紀昀正在翰林院左春坊研擬修志的具體實施方案，突然走進來一位老先生，身後跟著兩名各自端著硯臺的僕役。老先生還在門外就高喊：

「曉嵐，恭喜賀喜，老夫今天來可是有祝賀也有請求啊！」

紀曉嵐起身一看，原是當朝禮部尚書裘日修來了。裘日修，字漫士，江西省新建縣人。紀昀早年隨父進京時曾經短期在裘日修跟前就讀，所以他以老師尊稱說：

「吾師於學生只有訓誨之理，哪有什麼『請求』可談？學生受之不起！」邊說邊已起身拱手致禮相迎。

裘日修進屋落座後說：「先說賀喜。曉嵐一回朝便銜聖命撰修《續通志》，而你一向又寶愛硯臺，為師且以鄭樵夾漈舊硯相贈以賀。

「曉嵐，此硯來歷非凡。老夫家鄉農人鑿井得一古硯，腹有『夾漈草堂』字銘，右側並有硯銘曰：『墨鏽斑斑，閱人無計。玩刻字殘，不毀夾漈。有靈忒憑，此六百年後待吾子矣。』

「曉嵐，這六百年後之『子』不正是奉旨續修《通志》的你麼故為師以三斛稻穀買來。相贈予你，祝賀你銜命修志，早日得成。」

隨即一指，一僕役投便將手中的「夾漈硯」送給紀曉嵐。

紀曉嵐一看，古樸高雅，喜不自勝說：「恩師如此關愛學生，學生自當愛惜尊重。我也題一首硯銘以表心志。」

鄭夾漈硯銘

紀昀

惟其書之傳，乃傳其硯。

郁修乎予心，匪物之玩。

裘日修看完後認眞地說：「曉嵐不把此當成玩物，而把它當成繼承鄭樵傳統修好《續通志》的憑依，爲師也就得償所願了。下邊再說老夫有求於你的一件事，你先看看那塊斷碑吧。」說著朝另一個僕役手上一指。

紀曉嵐走近前去細看，原是一塊斷碑雕成的硯臺，也是一件名將其實的古董。

宋朝熙寧四年，蘇軾時任杭州通判，他的好朋友孫莘老時任吳興府知州。孫莘老曾請蘇軾題寫《墨妙亭詩》一首。蘇軾死後追謚文忠，後世故稱他爲蘇文忠公。他的《墨妙亭詩》最後四句說：

後之視今猶視昔，過眼百世如風燈。

他年劉郎憶賀監，還道同時須服膺。

詩中「劉郎」是唐德宗李適時的著名詩人劉禹錫，也就是流傳千古的《陋室銘》的作者。「賀監」則是指唐玄宗李隆基時代的著名詩人賀知章。

劉禹錫比賀知章晚三個朝代，前後約八十年，但劉禹錫對賀知章甚為感佩和懷念，他有詩曰：「高樓賀監昔曾登，壁上筆縱龍虎騰。」「偶因獨立空驚目，恨不同時便服膺。」

蘇試的《墨妙亭詩》便用了這個典故。詩便刻在一塊碑上，可惜碑斷後只殘留蘇軾所寫的區區十幾個字了。但這十幾個字畢竟是蘇軾當年的手跡，顯得彌足珍貴。

不僅如此，這斷碑所作之現，左邊到有二楷書字「守仁」，右邊刻有篆書「陽明山人」四字。

王守仁，明朝浙江餘姚人，其人十分剛正，正德三年在朝為官時忤逆了大宦官大奸臣劉瑾，被貶到了貴州龍場當一個小小的驛丞，此硯臺當是王守仁此時之物件。後劉瑾奸佞眞相暴露被誅，王守仁回朝升進，官至兵部尙書，封新建伯。

一塊有蘇軾手跡的斷碑，四百年後經王陽明雕制為硯。如今又是二百多年後傳到了裘日修手中，其珍貴程度自是不言而喻。

紀曉嵐對這些歷史典故了如指掌，他不禁對裘日修慨歎說：

「呵呀！吾師此硯，看似殘品，實在價值連城！」

至此，裘日修才說出自己來找紀曉嵐的目的，原來是要紀曉嵐為他的斷碑硯作一篇序文。紀曉嵐當然很快就完成了，是寫了兩首長詩。

裘日修當然心滿意足地回家去了，紀曉嵐為他斷碑硯所寫的兩首詩，眞是句句都說到他心坎裏去了。

紀曉嵐拿著裘日修送給的「鄭夾漈硯」回到家裏也是高興萬分。他突然想到又有好幾天沒上樓去看看了，何不今天去看看那幾十張紙上已畫了荷花沒有呢？

紀曉嵐自己去悄悄打開樓門，一看更驚呆了，地板灰上的荷花已經不見，只留了一首大字寫成的詩：

碑斷硯已殘，何再喜自沾？

紙多不堪畫，清白留世間。

紀曉嵐跑攏那堆紙一看，果然還是整整齊齊，絲毫不亂。狐仙這詩的意思十分明白，斷碑硯給自己預示的是「碑斷硯殘」的可悲命運。裘日修是自己的受業老師，他肯定不會有意識來恐嚇自己。事實上裘日修自己也不可能揣測到「斷碑硯」會給紀曉嵐預示個人的命運，那麼這一切便是天意安排。正因爲自己前邊有一道厄運，天意便安排裘日修用斷碑硯來作示警。偏是狐仙全都得知，作了透露。

紀曉嵐心想，還好剛才沒有叫彩符來開樓門，不然又會把她的病奄奄的體子嚇垮了。

紀曉嵐不想再有誰看見樓板上的狐仙示警詩，便拿起那一疊白紙，把樓板上灰塵掃淨了，於是心裏好像也寬鬆了。

果然厄運沒來，反而又遇到了新的升進。

不久，朝廷按照升官慣例，報呈紀曉嵐授官貴州都勻知府。

這當然是爲他以後回朝升遷所作的安排，按照朝制，只有在地方官任上幹過才可能升遷到極品。

乾隆怎麼都捨不得把紀曉嵐放到州府去，但又不得不考慮到重臣必須從州府升進的朝制使然，於是頒發了一個絕無僅有的奇怪諭旨：

敕令：核准紀昀爲貴州都勻知府，但不赴任，以其學問優，外任不能盡其所長，命加四品銜，留任左春坊左庶子，擢翰林院侍讀學士，繼續編撰《續通志》、《皇朝通志》。欽此。

他覺得自己又得升進，而且可以不去貴州而留在朝廷，那狐仙的示警落空了。他決定再去樓上看看。

紀曉嵐又悄悄開了樓門，進去一看，樓板塵土上又有了一首新詩：

該去未得去，不留反得留。
欲知福與禍，只待到金秋。

一下於又墜到了冷水井裏，紀曉嵐楞得慌了神：看來狐仙果是什麼都知道，那麼厄運就在前頭。很快緩過勁來，紀曉嵐不無得意：還好剛才沒叫彩符一起來瞧，不然這下子更會把她的病奄奄的體子嚇垮。

誰知紀曉嵐還沒想完，就聽身後一聲長嘆：「唉——」正是郭彩符的聲音。她原來已悄悄跟上來了。

紀曉嵐回頭，只見她臉色慢慢煞白，渾身顫抖飄搖。紀曉嵐快步跨了過去，還是晚了，郭彩符已撲地一聲，昏倒在地板上。

紀曉嵐緊跑兩步，從樓板上抱了她起來，嘶聲喊著：「彩符，彩符！」伸手便去掐她的人中救急。

郭彩符很快被掐醒了，睜開眼看是躺在紀曉嵐懷裏，喃喃喊著：「老爺，老爺……」不知是眼睛撐不住，還是想閉眼享受親情，郭彩符又把眼合上了。

紀曉嵐又滿是疼愛地嗔怪說：「我特地不等你知道，悄悄來開樓門，你偏偏偷上來幹什麼？看把你嚇成這樣！」

郭彩符說：「老爺，妾身只怕眞的走不遠了，我哪時哪刻能不想你呢？其實你上次偷偷來開樓門我也跟來了，狐仙說你『碑斷硯殘』的詩我也知道，但那次身體還行，支援得住，又偷偷下樓了。沒想到這一次再支不住，在你身後昏倒了。」

紀曉嵐說：「原是已經知道，那你更不要著急，小心身體。」

郭彩符說：「妾身還不是爲你著急，著急老爺你要受煎熬。狐仙的詩是說你。」

紀曉嵐說：「是我更沒什麼要緊，害怕更是枉然。昭昭天理，我記著一條：我祖上積有福德，我本人又行正坐穩，沒什麼罪過要受老天譴責。眞來了厄運反正也躲不開，連孔夫聖人都慨歎『死生有命，富貴在天』，何況我一個小小的四品……」

從此紀曉嵐越更小心謹愼，在朝裏再不多說一句什麼，連平常最愛說的玩笑話也收斂不少。他每天只在左春坊裏認眞編撰史書。同事們私下裏笑說：「怎麼紀翰林突然像變了一個人？眞想不出世上還有誰能給『紀猴精』加什麼緊箍咒？」

這奧秘只有紀曉嵐自己知道：俗話說，禍從口出，我乾脆少說話，多做事，或許就躲過了「金秋」的禍災。

七月過去沒事。紀曉嵐似乎心裏鬆了一口氣，一天一天往下挨，挨過了「金秋」再說。

他對狐仙的料事如神頗爲驚訝，驚訝之餘自是相當懼怕。

八月一來，有了金秋的味道：山上楓葉開始變黃，四野莊稼也有了秋收的韻味。

這天王昶來了，連走路都顯出了驚慌，步子又快又小，看出急的很是心焦。

紀曉嵐老遠就叫著王昶的字說：「德甫，看你急成這個樣子，莫非出了什麼大事嗎？」

王昶說：「曉嵐，恐是塌天陷地之禍呢！快快，快到你書房裏去談，千萬不能弄得滿城風雨。」

紀曉嵐引著王昶邊走邊問：「莫不是小女鳳文家裏出了什麼大事吧？」

王昶說：「可不！正是兩淮鹽運使出了『鹽引』大案，其勢猛不可擋啊！」

「引」是衡名，是重量的單位，清朝時淮鹽大引爲棧秤六百斤。小引爲岸秤六百斤，川鹽水運叫做水引，每引達五千斤，總之重量不一，但都是徵收稅款的計算標準。

紀曉嵐問：「是不是發生了『鹽引』稅捐貪汙鯨吞的案件？」

王昶說：「可不嘛！貪汙鯨吞的數額還特別巨大！」

紀曉嵐站下不走了，驚問：「見曾盧公不是都致仕退休多年了麼？難道會牽扯到他頭上？」

王昶說：「鐵匠幾時怕鐵冷？冷了他不又會放進爐裏去燒？見曾盧公才是現任兩淮鹽運使普福的前任，如今看樣子，只怕要追查到乾隆十一年的兩淮鹽運使身上去呢，本朝鹽業提引正是從乾隆十一年起實行。」邊說邊又推著紀曉嵐走：「還不快到密室裏去，不商量一個好對策下不來台！進密室我再仔仔細細給你講！盧公家裏那麼豪華能脫得了關係麼？」

紀曉嵐於是癡呆地自言自語起來：「唉！莫非鳳文與蔭文眞是八字不合，引出大禍事了麼？……」

參拾捌　鹽業貪案受牽連

紀曉嵐女兒嫁給原兩淮鹽運使盧見曾爲孫媳。盧見曾貪汙鹽稅案發，紀曉嵐寫詩給盧見曾：「既已老垂，何如了結。利達後人，更保家業。」

兩淮鹽政是兩淮鹽運使的直接上司，是統管兩淮鹽業生產、經營、供應、運輸等一切事務的最高官吏。但是他並沒有多少實利可圖，所有納稅、徵捐、辦證開業、准予放行等一切具體實權，都在他的下屬兩淮鹽運使手上。所以兩淮鹽政與兩推鹽運使乃是一對奇妙的上司與僚屬，僚屬的實權實利，遠遠大過上司的無利空權。僚屬給上司行賄多少，上司就得到多少便宜，一種心照不宣的奇妙組合。

當時的鹽引一年一度徵收，名字叫爲某年某年的「綱引」，慣例是每「引」收銀三兩，一年收取數達二十七八萬兩之多。

當時的鹽運使是普福，他接任盧見曾的職位已經許多年了。他的新任上司兩淮鹽政名叫尤拔世。兩人素昧生平，普福決定先給尤拔世送點銀子一試深淺。

普福于上年丁亥就預提下年戊子綱引二十七萬餘兩紋銀，按以前慣例，他仍提取了略多於十分之一的三萬兩銀票前去』送禮。

普福顯然早已是行賄高手，他挑了一個晚上的時間，直接來到尤拔世家裏。尤拔世更是個鬼精，他一見普福便引他進了密室。這樣兩個人面對面，再也不會走漏了風聲。

普福掏出三萬兩銀票呈遞上去說：「尤大人新上大任，一路風塵，屬下略備小禮，以示敬意，還望笑納爲感。」

尤拔世本來臉上略帶笑容，接過銀票一看，臉面馬上變色說：「普大人是欺本官初來乍到不瞭解詳情是吧，兩淮鹽路綱引二、三十萬兩的銀子，只以區區三萬兩給我，豈非是用小兒把戲哄大人？」隨即把銀票放在桌上。

普福一聽是嫌少了，心想這就好辦。於是順著話意說：「尤大人既然什麼都明白，就請大人開個價碼吧！」

尤拔世說：「十萬兩！」

普福吃一驚，心裏說：哦？他果眞如此熟諳內情？一年下來賺個十萬八萬兩是不錯，可要是全給了他，自己還落下個啥？於是又試探地說：「尤大人總該給屬下一點殘羹吧，十萬兩大人與屬下對半平分如何？」

尤拔世說：「不！照你開頭的作法，反其道而行之，你把這給我的三萬兩拿回去歸你，給我送七萬兩來。」隨即拿起三萬兩的銀票還給普福。

普福不接那銀票，微微提高了聲腔說：「尤大人，得利平分已是天經地義。如此三七倒分成，也太把屬下小瞧了吧？」

尤拔世說：「普福！你別以爲我不知道，你除了這三萬兩白銀，尚有諸多鹽商饋贈，所謂饋贈誰都明白，不過是賄賂的托詞。那個數目加起這三萬兩，你比本官不少只會多。本官說得不錯吧？」

普福萬沒想到尤拔世連這些內情也瞭如指掌，著實吃了一驚，似乎除了應承再沒其他辦法了。可是稍微定下心來又一想，尤拔世既然也如自己一樣是貪官，那他只會越來越貪得無厭，獅子大開口，以後根本沒法收拾。於是又用一個軟釘子頂回去說：

「尤大人既然什麼都如此明白，那就更瞭解鹽商餽贈並無定規，多一點少一點只隨他們各自的心意；時間也就更沒定準。那就這樣好了，尤大人先收下眼前的三萬兩，以後鹽商有何『餽贈』，屬下便悉數轉呈大入；那麼大人所說三萬兩加『餽贈』將超過七萬兩，這『便宜』就讓尤大人占去吧！下官就此告辭！」

普福說完，頭也不回地走了。他已久歷官場，應付尤拔世這一類的貪官頂頭上司，他自認爲有十足的把握能夠控制。

尤拔世面對桌子上的三萬兩銀票楞了小半天，越楞越覺得自己在下屬面前留下了奇恥大辱。首先，誰能保得普福以後會將鹽商的賄賂如數交給自己？到時候背不住一點都不給，頂多也只能是給的少留下多，那自己就吃大虧了，其次這樣一來，自己便在下屬面前吃了敗仗，丟了面子，這口氣可怎麼也嚥不下喉

怎麼辦？怎麼辦？尤拔世在密室裏慢慢踱起步來，一邊在心裏琢磨各種處置辦法。

首先是要在普福面前把面子爭回來，那麼最好的辦法便是檢舉揭發普福的受賄行賄。可這條路一開始便走不通，因爲自己是向普福索取大賄賂不成功而告發普福，那麼只要普福反咬一口，公開他行賄我受賄的眞象，我不也就身敗名裂了嗎？那無異於與他普福來個同歸於盡，以他「鹽運使」與我「鹽政」相比，那他還是小巫見大巫，我自己就太不值得了。

想到了這一點尤拔世好不高興，心想這正是普福敢於與自己軟頂硬磨的根本原因。他心裏已斷定了我與他是

一丘之貉，不可能去告發他。對！這便是普福敢當面和我較勁的眞實原因。

那麼，自己就沒有任何法子，可以報他唇槍舌劍之仇麼？尤拔世越走越心焦，越心焦越走得急，也算「急中生智」的一種吧，他猛地站定下來，一巴掌拍著自己的腦袋自言自語說：「捨痛打蚊子！怎麼自己才想到呢？」這道理說起來簡單得很：一隻蚊子叮上了自己的面頰，一拍能把蚊子拍死，可也把自己的臉拍痛了。只要自己捨得痛，那蚊子便死定了；推而廣之，自己拿了普福的三萬兩銀票，便等於被普福這隻「蚊子」叮上了。若要拍打普福這只「蚊子」，先得忍受丟掉三萬兩銀子這一「痛」。罷了！捨就捨了，正好把這「三萬兩銀票」當做普福向自己行賄的把柄，再告他一個淮鹽道上「鹽肮髒」，歷屆大官貪婪沆瀣一氣，貪汙侵佔國庫錢財，起碼搞掉鹽政、鹽使十幾個，給朝廷換回的損失何止萬千？到那時，皇上一高興，給自己升官晉爵，那區區三萬兩銀子的損失豈不早已補了回來？那「清正廉明」的官名豈是區區三萬兩銀子所可買得？

主意一打定，尤拔世馬上揮筆寫奏章，一切事實均早已掌握，他的一份彈劾兩淮鹽道的奏章很快寫成，略謂：

> 惟彈劾者，普福貪贓枉法，妄圖對臣行賄，現有其向臣行賄之三萬兩銀票可為佐證。無用諱言，普福貪贓枉法鯨吞朝廷庫銀之數，應遠在這三萬兩之上……

王昶把這「鹽引大案」的來頭一說，紀曉嵐當時便嚇得呆了。親家祖公盧見曾才是普福的上一任兩淮鹽運使，在此案中必定首當其衝。

紀曉嵐突然連想起來了，當初自己去福建提督學政，路過揚州，曾被邀請去盧見曾的兩推鹽運司署看過，還到過盧府，那種排場闊綽，當時自己便覺驚奇，甚至看出某些不可思議之處。但是當時自己根本沒有往深處去想，一想當會明白：以一個兩淮鹽運使的俸薪，無論如何也積攢不了那麼多的豪華、富足以及頤指氣使……當時反而有那麼一點羨慕心情。

自己當時不就是在這種糊糊塗塗的「羨慕」之下，經王昶一說合，馬上答應了小女鳳文與盧見曾孫子盧蔭文的婚事了嗎？唉！果真是沒有合過的八字犯了刑沖惡煞，如今小女鳳文已掉到臭水深坑裏去了。怎麼辦？怎麼辦？紀曉嵐一時沒了主張，他壓住心跳對王昶說：

「德甫！鳳文已掉進了那個爛泥坑，也是她命裏八字有這一難，如今追究父母或是媒妁的責任也都晚了。倒是要想一個什麼萬全之策，救救見曾盧公才好。他家偏居德州，應該還沒有得到一點消息。」

王昶說：「曉嵐，你這種態度很是公允，誰也不可能預先想到今天的事情，不然當時我說媒還會更慎重。事情沒發生的時候覺察不出來，現在回想起我在盧府教書那幾年的情況，盧府花錢如流水，根本不在乎，不是有盧公當兩淮鹽運使的不正當收入，光憑他的薪俸根本撐不起盧府的排場。那真是積玉堆金，不可思議！是該想個什麼辦法救救盧公才好！」

紀曉嵐已經想出了主意，他慢慢推演著說：「兒女親家，牽藤結瓜，我紀家與他盧家已是榮辱與共，由我們出面幫忙也似乎方便些。不如這樣，待我仔細選定兩個合適的人，到德州府去走親戚，走親戚不會惹人起嫌疑。我再給見曾盧公寫封密信，告訴他早作提防爲好。德甫你看如何？」

王昶說：「曉嵐，這法子其實我在路上就想到了，只是怕事情一出紕漏讓你擔戴風險，我不好往外說。如今你自己說出來，我當然求之不得……」

乾隆讀完尤拔世彈劾兩淮鹽道的奏章，氣得火冒三丈，斷然說：「豈有此理！那麼多的鹽政、鹽使、巡府、總督，朕怎麼從來沒見人奏報過此中情由？」

乾隆朱筆一揮，下了一道密旨：

效令：江蘇巡府彰寶，會同尤拔世詳悉清查兩淮鹽道案情。請查務須縝密，切勿打草驚蛇。自乾隆十一年設立鹽引至今，不得稍有漏落。欽此。

盧見曾已屆七十八歲，進人了風燭殘年。自孫媳紀鳳文迎娶之日起，因聽管家尙先生密報了鳳文發親因舉家哀號延後近兩個時辰，便認定鳳文是喪門星進了屋，因此對這個孫媳婦半點也不喜歡。

從此，他那早先認爲此生再無遺憾的安適滿足感徹底消失，成天在提心吊膽中過日子，仿佛在等待厄運的來臨，他一天三頓吃不了一碗小米粥。

自從這位盧家的老祖宗敗了胃口以來，家裏廚子想盡方法來進行調劑。山珍海味試過了，他一聞味就往外推，連連說：「這輩子早吃膩了，下輩子吧！」

瘦肉參湯試了，他試一口便往外吐，說：「我還吊著這條命幹什麼？我七八十歲早活夠了，巴不得啥事都不發生就駕鶴登仙。身後再出什麼事也礙不著我了。」

接著，廚子便試之以平常的軟和食品，從麵條、麵湯到小米飯每樣都只吃得幾天，吃得幾天便說一點沒味：

最後便是小米粥就醬蘿蔔成了主食。小米即是粟米，像稻穀中的稗子一樣小粒而圓。煮成粥粘乎乎的好像是一碗黃玉，吃起來又慈和，又爽口，又不傷胃，又不費牙，那味道清淡到家了。偶爾咬嚼一兩根醬蘿蔔條，又把寡談的口味提起來了。果然是人的口味圖新鮮，吃多了山珍海味魚鴨雞肉的嘴，終究會向往素食爽口，大概這也是人在飲食上的返璞歸眞……

誰知這小米粥也厭棄了，最明顯的是數量一天天減少，原先一天三頓，一頓能喝一碗。如今一天三頓相加都喝不完一碗了。

盧見曾自言自語說：「快了快了，十殿閻王快召喚我回老家了。人一減飯量，日子就已不遠矣。」

這一天傍晚，管家尙先生走進盧見曾的住房，打千行禮後報告說：「老祖宗，蔭文小少爺岳翁紀翰林大人派他家護院武師羅小忠來了，說是有詩詞唱和信件要親自交給老祖宗，老祖宗是見他不見？」

盧見曾一口焦乾回絕：「不見！他嫁一個喪門星爲害我家，偏還有唱和詩詞的閒情逸致？打發他走，信也不留。」

尙管家一面說：「是。老祖宗所言極是。」但是腳下卻不走。

躺在雕花竹躺椅上的的盧見曾覺得其間另有隱情，他對這個得心應手的老管家向來十分滿意，似乎主僕兩人心氣相通。見老管家不走，盧見曾微微睜開眼說：「你還有什麼話吧？照直說。」

尙管家說：「回老祖宗話：紀大人不是缺心眼之人，他與老祖宗詩詞唱和也無先例，雖他是比老祖宗小一輩年紀的人，但是在皇上那裏走紅得很，官授貴州都匀府而皇上將其留朝，官加四品，已與老祖宗致仕前平銜，老祖宗似不可太簡慢他的信使。老奴以為紀大人密信中決不是詩詞唱和之內容，老祖宗是否……？」

盧見曾已全然懂了，果決地說：「行了。你去把信拿過來，叫他走。不准他再見任何人。」

尚管家跑出來對羅小忠說：「羅武師，我家太老爺身體不適，不便見你。叫你把紀大人的信交我轉呈太老爺。」

羅小忠楞了好一會，終於鼓起勇氣說：「我家老爺還有話要我當面稟告盧公老大人。」

實際上是紀曉嵐另外還有一封密信，要羅小忠親眼看見盧見曾確已老病再交給他；否則，間接轉給他不起作用，還不如帶回來。眼下羅小忠只好扯幌子說是有話要當面呈報。

尚管家說：「羅武師，紀大人的話方便不方便告訴我予以轉告？」

羅小忠說：「不方便。」要親面交的密信當然無法說。

尚管家說：「那麼羅武師留下信請便了，我家太老爺躺在床上不願見人。」

羅小忠想了一會，掏出信來交給尚管家說：「信就麻煩尚老管家轉呈盧老大人，我就去見見我們家小姐吧。」

他所說要見的當然就是嫁給盧蔭文的紀鳳文。

尚管家說：「我家太老爺說了，請羅武師留下信就走，不再見別人。」

羅小忠帶氣地問：「你家太老爺病了不肯見我，難道我家小姐也病了不能見人？？」

尚管家也楞了一會神，想出了托詞說：「羅武師未必不知曉，在盧府已沒有你家的小姐，而只有盧府的小少奶奶，盧府小少奶奶當然只能聽盧府的鋪排。盧家老祖宗不准她見你，羅武師恐怕也只好遵命而行。」

羅小忠只好說一聲「告辭」，快快不樂地走了。本來紀曉嵐偷偷地向他作了交代，不管用什麼方法和藉口，一定要親自見一面盧見曾，以判斷他的身體究竟怎樣。在紀曉嵐的心裏，是想借此判斷一下盧見曾能否在兩淮鹽引案案發之前先死，他死了家裏免了很多後患之災。當然紀曉嵐這心裏話不能明明白白對羅小忠說，便轉個彎子叫他親面看看盧見曾的身體。

既然尙管家說盧見曾身體不適不肯見客人，羅小忠便想見一見紀鳳文打聽一個實實在在。誰知連這也不允許，羅小忠也只好快快不樂離開了盧家，出門騎上馬疾跑而去。

誰知那裏盧見曾看過尙管家轉交的紀曉嵐的密信之後，突然近乎瘋狂地叫喊：

「快快！快叫送信人來見我！」

尙管家應諾一聲，馬上追到門口去，可是羅小忠的馬影子都不見了。

尙管家又急急跑回盧見曾住房說：「回老祖宗話：紀家羅武師快馬已經跑不見了蹤影。」

盧見曾頓時嚇得魂不附體，他覺得這「快馬已經跑不見了蹤影」簡直是自己「必死無疑」的先兆證明。張開口喃喃說了一句：「果然喪門星送我喪命……」一下暈倒地頭，咬牙瞪眼，張口再說不出話來。好像這厄運的來臨不是自己當兩淮鹽運使時期貪汙鯨吞國庫財產的結果，而是孫媳婦紀鳳文所帶來……

費了並不太多的周折，江蘇巡府彰寶和兩淮鹽政尤拔世就已查清案情，彰寶上奏摺呈報了詳情：

……自乾隆十一年開始提引以後，至今二十餘年，商人交納引息銀兩，共計一千另九十萬兩餘許，均未歸公。歷任鹽政、鹽使，將官帑視爲己資，除自行侵用六百二十餘萬兩之外。或代購器物，結納饋送，或借名差務，浪費浮開，又冒侵銀至數百萬兩。此外他們個人另行接收商人賄賂，動輒巨萬，前任鹽運使盧見曾累計鯨吞受賄十三萬兩之多。現任鹽運使普福上任才幾年，其鯨吞受賄幾達二十萬兩……

乾隆一看奏章，憤然敕批，將此案批給東閣大學士兼軍機大臣劉統勛查辦。劉統勛是清朝爲數不多的廉明清正的一個高官，還在紀昀從師董邦達讀書時，劉統勛即以左都御史之職務，敢於彈劾在康熙朝便很得寵，在雍正朝更是頂樑柱的宰相張廷玉，最後使張廷玉老死在自己的家鄉安徽桐城。這樣一來，劉統勛名震朝野。紀曉嵐對他敬佩有加。兩人還有師生情份。乾隆十二年劉統勛爲順天鄉試副主考，曾擢選紀昀爲頭名舉人亦即解元，並向乾隆鼎力推薦其不凡的才學。所以紀昀一直把劉統勛視爲恩師。

劉、紀兩家還有一個交好的紐結，那便是劉統勛的兒子劉墉劉石庵。劉石庵是比紀曉嵐大五歲而早三年成爲進士的朋友，兩人互贈硯臺，情同莫逆。紀曉嵐自福建福州回歸老家，恪守父孝，還曾到京師請劉石庵題寫「瑞杏軒」學館匾名。可惜那時劉石庵到外地任知府去了。

紀昀得知乾隆將兩淮鹽引一案批給劉統勛辦理，心裏說不出是什麼滋味。他向來聞知劉統勛剛正不阿，秉公辦案，盧見曾恐難倖免。但考慮到自己這一層，紀曉嵐覺得事情便未必爆發，一來自己從來未與盧見曾同流合污，二來自己又是劉統勛的門生舉子，並且還是自己兒子劉石庵的親密友人……什麼事便拿起放下了。何況自己僅只給盧見曾送過一封私信呢！

劉統勛比盧見曾小九歲，今年也六十九歲了。他一接手辦案，便先緝拿普福與盧見曾等一干犯人，查抄其家產。

衙役等查抄普福的家，可謂迅雷不及掩耳。由於此案乾隆密令暗查明辦，所以到辦案時還未驚動普福一根毫毛。

當時普福以爲頂頭上司兩淮鹽政尤拔世屈服了，收了自己三萬兩銀票便不敢聲張。於是他普福還在做著他的發財夢，並且顯得更其頤指氣使，在兩淮鹽運使上越更放手貪占鯨吞。

當衙役奉有聖旨將他拘捕並沒收其家財時，他一下嚇得癱倒，知道大勢已去，直是後悔不迭：只怪自己太貪財，當時答應給尤拔世七萬兩銀子，不是啥事都沒有了麼？

衙役查抄普福的家財，竟搜查出數十萬兩銀子，此外屋宇、田產等等不計其數。

另一撥衙役奔到山東德州盧見曾家，拘捕到的盧見曾已是一個中風的癱子，扶起站著就站著，按其坐下便坐下，躺著的時候居多，張口嗷嗷嗷嗷更說不出一個字。再查抄其家，僅查出銀子不足一千兩，只夠維持一個大家庭的日常開支。房屋多達數十間，但全是極儉樸的裝修擺設，幾乎找不到一件值錢的東西。

衙役們沒法，只按旨意將風癱的盧見曾用馬車押至揚州，送進兩淮鹽運司所在地的監獄服刑。入獄不到三天，一命嗚呼而去。

衙役們覺得好生奇怪，中風全癱的盧見曾斷氣前說出話來，雖然口齒不清晰，但分辨得出是三個字：「喪……門……星……」

這一切情況匯總到京都劉統勛耳朵裏，劉統勛一下子起了疑心：居官貪汙受賄十多萬兩銀子的兩淮鹽運使盧見曾家裏，怎麼會如此清貧？家裏一千多兩銀子簡直稱不上是財富。能起幾十間房子便是他曾很富有的證明，那麼爲何擺設用具全都如此斑駁陳舊儉省？這只有一個原因：房子拆不得，有幾十間便是幾十間；家貯銀兩和家具擺設能搬動，應該是藏匿起來了。必是有人事先走漏了風聲。

追查到底！劉統勛下了鐵定的決心。但怎樣追查呢？盧見曾已死無法問、就是不死一個風癱啞巴也問不出名堂。

盧見曾的兒子，經查閱案底共是四個，其長子盧謙是因父親之故援例授官，曾在朝廷刑部任陝西司郎中，如今改任湖廣司郎中，已于幾年前去湖北武漢黃德道分守。他沒有機會接觸到朝廷暗查兩淮鹽引案的內情。他的三個異母弟弟都中舉而在外省外縣任個小官，也不可能得知案情而通風報信。

那麼還得從盧家屋裏的人問起。但盧見曾的屋裏人卻不在緝拿問罪之列，這下便爲了難。劉統勛一時想不出該從哪裡人手查案。

「喪門星！」衙役們說的這三個字呈現腦海，劉統勛突然興奮起來。這三個字是盧見曾臨死時所說，一個風癱啞巴死前突然說出這三個字來，必是關係重大。也可說是盧見曾自認爲這「喪門星」害死了他……那麼，就先從這「喪門星」三個字查起。

按律條不能拘審無罪之人，劉統勛當然不會走濫捕無辜的道路。他下定決心，親自到山東德州盧見曾家裏去看看。

東閣大學士兼軍機大臣出巡，自是威風八面。劉統勛到了盧見曾家，卻不坐堂，不問案，首先把老管家尙先生叫來，完全像平常拉家常一樣的問道：

「尙管家今年多大了？」

「回大人：奴才今年五十二歲。」

「你到盧家很多年了吧？」

「回大人：不算久，才三年。」這中間尙管家打了埋伏，他事實上已在盧家幹了三十年。他想：朝廷二品高官前來，肯定是查辦鹽引大案，主人犯罪雖不罪及家奴，但關係太久了總歸不好，於是謊稱「三年」。這「三年」期間盧見曾已退歸故里，不在鹽運使任上，他的許多事便可一問三不知。萬一高官查出自己在盧府是「三十年」而不是「三年」，自己也可推說自己沒將「三十年」說明白，讓「大人」誤聽爲「三年」了。這個尙管家的迴旋主意頗爲不差。

劉統勛明知他說「三年」是假，從來沒有一家官商大吏家裏會臨時請一個四十九歲的老頭子來當管家。幾乎每一個老管家都是在主人家幹了一輩子。

但劉統勛裝做沒聽出其中的奧秘，反而順著他話說：「哦，才三年，三年也夠了，尙管家一定瞭解了主人家所有大人小孩子的姓名年齡，當然也瞭解主人家所有下人的姓名年齡。就麻煩尙管家馬上造兩份名單清冊給我，一份是主人家的人，一份是其他雜役人等。」

尙管家當然很快就寫出來了。這件事他不能再造假。

劉統勛接過兩份名冊，看也沒看便先問話了：「尙管家，這裏邊有誰被叫做『喪門星』！」

「喪門星？」尙管家不由自主地反問了一句，顯出了些許的驚慌。隨即又自圓其說：「沒有沒有，大戶人家最忌諱『喪門星』，誰會安一個這麼不吉利的綽號？」

但這已經夠了，劉統勛已從他略顯驚謊的一霎那間，判斷出被叫做「喪門星」的人必在這兩份名冊裏。

但劉統勛裝做什麼也沒聽出來，埋頭認眞地看名冊。他迅速分辨出來，盧見曾的兒子輩沒一個人在家裏。孫子最大的是盧謙的兒子盧蔭文。但盧蔭文也才是十六七歲的年紀，還是一個未成年的孩子。

再一看不對，這孩子已經結婚，算個大人了。對了，「喪門星」一般是男人罵女人的口頭禪，罵人也多是不罵姑娘罵媳婦……盧見曾臨死咒恨的「喪門星」是不是這個孫媳婦呢？

劉統勛一邊想著一邊看，一看盧蔭文妻子「紀氏」便在心裏打個閃：盧見曾過去在兩淮鹽道是實權在握的高官大吏，他不會與一般的人戶結兒女親家。這個「紀氏」該不是紀曉嵐的什麼人吧？

劉統勛像不經意地問尙管家：「盧蔭文妻子紀氏是哪里人氏啊？」

尙管家說：「回大人話：奴才不知。只知道她是很遠娶來的媳婦。主人家這號事奴才們是不能打聽的。」管家又明顯地撒謊了，其實那天他還去接親迎娶了紀鳳文；

劉統勛知道尙管家又說了假話，一般的下人可能弄不清晚輩主人的妻妾都是何方人氏，當時社會風氣也確實不時興打聽這些事情。因爲主人家的妻妾迎娶接納都有某種秘密包含在內。但作爲一個管家，說這種不瞭解實情的話便反而不實在了。

猜知這裏面一定包含了什麼秘密，劉統勛又不說穿尙管家，而是換一個話題問：「這個紀氏嫁過來以後，她家裏從來沒有來過人嗎？」

尙管家說：「沒來過。大人知道，連我們老百姓都說了：嫁出去的女，潑出去的水。娘家人誰願多操閒心？要操心自有婆家了。」他在這裏又說了假話，明明早一陣子羅小忠還來送信了呢！

劉統勛不繼續追問同一個問題，反而從另一個角度說：「尙管家，這個紀氏很可憐吧？娘家嫁過來就不管，她在婆家受有些人欺負，罵她是『喪門星』？」

「喪門星？」尙管家又不由自主地反問一句，接著又自己打圓場說：「不不，我們主人家可看得人重，怎麼會罵一個新媳婦『喪門星』？不會不會，也沒道理。」

劉統勛已再一次從中看出了破綻，馬上停止問話了。他把尙管家打發走開，又派人去叫了盧蔭文來悄悄問話。

一看盧蔭文果然還是未成年的娃娃臉，劉統勛知道他不可能有尙管家那麼深的城府，一見到他便單刀直人往裏殺：「盧蔭文，你這個做丈夫的也太不負責任吧。有下人背地裏罵你妻子是『喪門星』，你怎麼不幫妻子撐腰壯膽？」

盧蔭文說：「回大人話，大人怕是聽錯了，下人們誰敢罵我妻子是『喪門星』？那是我祖父大人的一句口頭禪，其實祖父大人怎麼會罵自己的孫媳婦？他老人家是有口無心。」

劉統勛心裏一喜：總算弄清盧見曾罵的「喪門星」是誰了，原來正是罵的這個孫媳婦。看來這「紀氏」不會是紀曉嵐的什麼人，否則，紀曉嵐的官比盧見曾還大。盧見曾不敢如此罵他家裏的人。不是紀曉嵐的女兒，也不會是紀曉嵐的侄女之輩。盧見曾怎敢罵紀曉嵐家的人是「喪門星」？

劉統勛已斷定「紀氏」不是紀曉嵐家裏的人，所以平心靜氣地問：「盧蔭文，你妻子是哪里的人氏？是誰的女兒？」

盧蔭文說：「回大人話：草民的岳父是翰林院侍讀學士、左春坊左庶子紀曉嵐。」

劉統勛反倒驚了一跳：？什麼盧見曾臨死還要咒？紀氏是「喪門星」？不是紀家的門楣比他盧家還要光彩奪目麼？眼下也用不著再去追問詳細來由，只須抓住紀曉嵐這條根子追下去。劉統勛已經斷定了通風報信的是紀曉嵐。

經過仔細權衡考慮，劉統勛單刀直入地問盧蔭文：「你知道隱匿不報犯罪情由也即犯罪麼？你知道藏匿犯罪資財也是犯罪麼？鑒於你的年齡地位，你不可能知道你祖父貪汙受賄鹽引銀錢的詳情，但你不可能不知道你家裏轉移藏匿銀錢財物的事實。你不以爲你家裏如今的寒酸相與你祖父曾經有過的聲勢地位太不配襯了麼？世上沒有不漏風的牆，你們把家財藏到天邊海角也無濟於事，我到時候都能追查一個清清楚楚。既然那樣，你就不如先交代出來，交代出來算你立功贖罪，將來被我查出來，你也就要罪加一等了。」

十六七歲的孩子盧蔭文豈是朝廷二品大員劉統勛的對手？他被劉統勛的犀利言詞早嚇得癱倒地頭，一五一十供出了自家財產早已分散藏匿的原因和地點。

劉統勛說：「既然你岳父紀昀如此關愛你的祖父，早早就已通風報信藏匿家財，那你祖父爲什麼如此仇恨你的妻子紀氏，到死都罵你妻子是『喪門星』呢？」

盧蔭文便將紀鳳文出嫁那天的事情全都說了，末尾說：「我祖父說我一家近來的晦氣，全都是我妻子出嫁那天哭號所帶來。時時罵她喪門星不是好貨，我妻子每天哭哭啼啼，沒過一天舒心日子。想不到祖父到死還這樣恨她！」

劉統勛說：「你祖父那是咎由自取，嫁禍於人！不值得再提起。」

沒費很多時間，劉統勛便派人將盧見曾藏到別處的家財搜齊收繳。他不是那種喪心病狂的瘋官，給盧蔭文一家留下了足以活命的錢物，其餘的沒收交歸國庫，共計折合銀子十二萬餘兩……

紀曉嵐近來突然有了一種心驚肉跳的預感，他明明白白看出禍事已經臨頭。坐在左春坊也沒心思再撰寫什麼

《續通志》，他便托言不舒服請假在家休息和搬家三天。剛好虎坊橋舊居已經贖出來了，搬家和休息放在一起請假更好說些。

巧到極處，紀曉嵐搬到虎坊橋不到一個時辰，劉墉來了，老遠便喊：「曉嵐！怎麼回事，你曉得我會回朝，先就躲在家裏了？」

紀曉嵐正躺在竹床上享清涼，聞聲陡地立起，迎出去說：「哎呀呀！石庵你回來得正好，只風聞你調回禮部任職，怕你從外省趕回來要很久，我尋思我被淹死了，連你這根稻草我都抓不著呢！」

劉墉說：「曉嵐向來豁達詼諧，怎麼也說起淹死不淹死的喪氣話來？莫非盧見曾坐死獄中那件鹽引大案你也有一份？」

紀曉嵐說：「石庵，本來那件事與我八竹竿夠不著邊，偏偏命運促狹，我長女鳳文嫁給了盧見曾的孫子蔭文，這就搭上界了。」

劉墉說：「這算搭什麼界？盧見曾貪贓枉法坐死獄中，難道還會牽連到孫子親家門上？我回來就聽說這件案子已交由我老頭子在辦理，承你尊稱他是恩師，你這門生還能不瞭解老師的心性？他剛正不阿，不謀私利，豈會胡亂地牽連到你？未必還向你家敲一筆竹杠不成？」

紀曉嵐說：「石庵，不是令尊要牽連我，是一連串的切肉連皮，事前就給盧見曾通風報信，讓他藏匿了家財。如今令尊大人親自到德州盧見曾家裏去了，還能不被他查一個水落石出？」

劉石庵說：「曉嵐說話怎麼也繞圈子，什麼『一連串切肉連皮』，莫非這事還牽連到第三者？」

紀曉嵐說：「石庵，王昶你應該還記得，他曾經得過盧見曾多年恩惠，受聘爲盧府做了多年的家學教師，後來機緣巧合，他又成了我長女鳳文嫁給盧蔭文的媒人。今年王昶他在令尊軍機大臣屬下任行走郎中，當然最先得到兩淮鹽政尤拔世舉發兩淮鹽引大案的消息，他怕這件事影響我的前程，同時又覺得盧見曾對他恩惠厚實，他要想辦法幫他一次忙，就偷偷跑來把案件透露給我。我一聽也就心急如焚，馬上寫一封密信叫家庭護衛武師羅小忠送到盧見曾家裏。我當時交代羅小忠，叫他想盡辦法見一見盧見曾的面，看盧見曾能不能提前死了躲過這次禍災。可是盧見曾這『矮盧』脾氣太古怪，他不但不允許羅小忠去見他，甚至還不允許羅小忠見到我的長女。羅小忠回來把這事對我一說，我就知道壞事了。盧見曾藏匿財產行爲一定太過份，以致露出了馬腳。這不，盧見曾自己病死在揚州監獄。你令尊大人又親去德州盧家追查，那還有什麼他查不清的案底。只怕不日就追查到我這裏來了，我不抓你做救命稻草再抓誰？」

劉石庵說：「曉嵐說話打了埋伏，你的家庭武師羅小忠想親眼一見盧見曾，只怕不只是想看『盧見曾能不能提前死了躲過這次禍災』吧？羅小忠只怕是身懷某種絕技，可以不動聲色而使一個垂病老人猝死吧？」

紀曉嵐一聽嚇了一跳，這是羅小忠的一個絕對秘密，怎麼劉石庵就揣摩出來？羅小忠不僅從他父親那裏學到上乘的好武功，而且又向江湖藝人學了一些邪門法術，比如他能讓兩頭牯牛拼命抵角，如不施法解除鬥性，牯牛必定兩敗俱傷；還有，他能在大庭廣衆之中讓兩個互不相干的人迷幻對打，直打到鼻青臉腫口裏流血才嚇得頓停……至於他有不有能使人猝死的法術，羅小忠自己從來不肯說，怎麼劉石庵竟揣摩到那上面去了呢？

紀曉嵐倒抽了一口氣，儘量平靜地說：「石庵可不敢瞎揣摩，要眞那樣，羅小忠不成了謀殺犯了嗎？」

劉石庵說：「那你總還有個什麼事情，非得要羅小忠見到盧見曾不可。」

紀曉嵐說：「到底石庵鬼精，什麼事都瞞不過你。我就直說了吧，除了羅小忠交給尙管家轉交的那封信，我還另外給盧見曾寫了一封，叫羅小忠非親面見到盧見曾身體衰敗了再交不可。」

劉石庵問：「你都寫了些什麼呀？」

紀曉嵐答：「那其實才是一張上無題頭、下無落款的大字小詩……」

既已老垂
何如了結
利達後人
更保家業

「可是這首小詩羅小忠原封未動交回了我，結果是盧見曾被抓後病死獄中，前前後後才是一個月。他這早死晚死一個月便判若兩人。」

劉石庵說：「你是說盧見曾若在早就自殺身亡便不會追究他的罪責了？」

紀曉嵐說：「這在後來有了實例證明：兩淮鹽引案查處的上溯二十餘年的大案，其中三個在案發抓捕以前死去的鹽政鹽使，皇上敕批諭旨：『既死毋庸置議。』盧見曾卻表現愚蠢，他藏匿資財卻不了斷生命，結果是人財兩空！」

劉石庵說：「這就叫做天命難違！一定是盧見曾所犯罪過超越了他自行了斷免罪的界限，那天意當然是要懲處他。我聽說抓捕盧見曾時他已經是風癱呆子，不能坐立不能活動且說不出話來，偏生留著一口氣讓他作爲罪犯在獄中才死去。這明明是天意如斯。曉嵐，你和王昶正是在這個方面忤逆了天意，恐怕也難逃天譴的厄運啊！」

紀曉嵐說：「石庵，我還說你來了便是我的一根救命草，難道你竟不肯在令尊大人面前為我說一句話求求情？」

劉石庵說：「問題是我為你求情不但老頭子不得聽，反而會連我自己也惹一身騷。我老頭子的脾氣你這當門生的還能不曉得？他既然連三朝宰相張廷玉都毫無畏懼，說要扳倒他，硬是扳倒了，他會聽得進我？你求情的一言半語？？怪你們當局者迷，當初根本不去通風報信就好了。」

紀曉嵐不無惶恐後怕：「這麼說我眞是只有死路一條了？」劉石庵說：「唯有徹底老實坦白，才能死裏逃生。當然你和王昶也沒犯到死罪，『死裏逃生』不過是爭取從輕處理。」

紀曉嵐唉歎起來：「完了，完了，任何從輕發落對我的仕途升進來說，都已是雖生猶死！唉，悔不當初，悔不當初！」

劉石庵說：「君不見兵書早有教誨：置之死地而後生。曉嵐你才四十出頭一點。說不定上天正是要給你這次懲處。使你往後仕途上平步青雲，蒸蒸日上……」

參拾玖　滿足妻妾壯男根

紀曉嵐「漏言獲罪」，遣戍新疆。行前吃了無數壯陽藥……

紀曉嵐神思恍惚，伏在自己的書案桌上想天意徵兆，似乎一宗二宗慢慢兌現了。別的遠的不說，只說眼前大事吧，長女鳳文出嫁那天，愛妾淒苦哭號，所預示者，不正是盧見曾鹽引罪案牽連了自己麼？難怪「諸葛門生」留詩告誡：「八字不合，盲目成親。上輩罪過，殃及兒孫。」

再看自己服闋赴補，臨行前堂兄紀昭寫詩強烈勸諭歸去來兮，及到京城借住王鳴盛的雙樹軒房屋，王鳴盛又告以借守母孝之機再不復仕的實情，不正是預示著自己眼前的厄運？

更進一步越是明顯：恩師裘日修的斷碑硯臺，自己情不自禁地讚賞；雙樹軒樓上狐仙卻指陳「碑斷硯已殘，何再喜自沾？」後來自己被授貴州都勻知府，皇上以學問優而留朝，並加授四品翰林院侍讀學士，自己也曾沾沾竊喜並未遠行。然而樓上狐仙又以詩示警：「該去未得去，不留反得留。欲知禍與福，只待到金秋。」眼下八月將至，不正是金秋是什麼？

正尋思間，紀曉嵐忽見一小黑犬搖頭擺尾，直直奔到自己跟前，一副搖尾乞憐的形狀，便想伸手去撫摸它。忽然聽它張口說話了：「我是四兒宋遇，我是宋遇四兒……」

紀曉嵐聞聲手一縮，心中一驚：家奴宋遇向來狡詐於我，小心他故意化做小狗搖尾乞憐，實際上是要咬我一口。隨即說出口來：「狡詐宋遇，別想咬我！……」

這裏話尚未說完。忽然有人在背後推叫自己：「老爺醒醒，老爺醒醒！宋遇都死了小半年，你夢裏跟他較什麼勁？」

紀曉嵐猛地醒來，原是假寐小夢，可是夢裏小黑狗的聲音狀貌一清二楚。心想怪了，狡詐的奴子宋遇已死許久，他還在夢裏糾纏我做什麼？回頭一看是武師羅小忠在推自己，便問：「有什麼事吧？」

羅小忠說：「老爺！有個瞎子來了，說他善斷吉凶禍福。老爺這兩天告假居家煩悶，奴才猜想老爺是爲盧公那鹽案發愁，何不叫這個瞎子給老爺算一算到底怎樣？」

紀曉嵐正煩悶焦燥地等待厄運的到來，他知道只等劉統勛從山東德州返朝問案，自己定是第一批遭拘傳的人。俗話說：等死的人比死還痛苦。果是不差，自己這二天過得像挨鈍刀子割肉一樣的好不淒慘。既然有個瞎子會算，那當然再好不過了。他大步流星便來到了廳堂。

紀曉嵐還什麼也沒有說，那瞎子倒先開口了：「老爺腳步匆匆，定是心中焦燥。鄙人『瞎、子、門、生』願意一指迷津。」

紀曉嵐楞了一下：這瞎子怕是有點來頭，他自己故意放慢速度，加重語氣，點明自己是「瞎、子、門、生」，絕不會毫無道理。莫非他就是那天鳳文出嫁時留詩示警的「諸葛門生」？

紀曉嵐單刀直人地問：「先生自稱『瞎子門生』，只怕便是『諸葛門生警』吧？」

瞎子說：「瞎子教瞎子，老師教門生。管他老師是諸葛不是諸葛，也都無關宏旨了。老爺像是遇到焦心之事了吧？」

紀曉嵐已從他模棱兩可的回答當中，認准了這就是「諸葛門生」不錯。既然如此，他一定從他師父那裏瞭解了我和我家的一切，算起八字來一定很準。於是問道：「先生還需要我報生辰八字來算嗎？」

瞎子說：「問一生命途多用八字推算，問短期事件倒不如拆字更方便快捷些。老爺隨意報一個字來吧。」

紀曉嵐不假思索，腦子裏忽然明明白白地看見一個「董」字，便脫口而出說：「董字，草頭姓董的董，董永與七仙女的董。」

瞎子思付著慢慢地說：「老爺！恕在下實言，老爺將要遠戍，必將千里萬裏也。『董』字不正是『萬』字頭，『千里』腳嗎？」紀曉嵐一想，可不是嘛！於是又轉口說：「先生，剛才我說急了。請先生另拆一字：名，姓名的名。」

瞎子想了想說：「老爺這下更肯定了，『名』字上？『外』字偏旁。下爲一個『口』字，已經明白指出了老爺將去的方向，即『口外』矣。又『夕』者乃日在西方之意，老爺去這『口外』將是西域而非其他諸方。」

紀曉嵐說：「既如此只能認命，請先生看看我能不能夠回得來呢？」

瞎子說：「此『名』字形略類『君召』二字，『君召』乃『賜還』之意，必將回朝。」

紀曉嵐一聽稍放寬心，又問：「先生肯告我賜還之年限麼？」

瞎子說：「名字下方之『口』，乃『四』字的外框，中間缺兩筆，當是不足四年必賜還。以年份看，今年戊子，至四年爲辛卯，『卯』乃以『名』字上方之『夕』作旁，可謂相合。今年戊子秋天將完，即使到辛卯年召還，也是不足四年了。『四年四年』，『四』字之意老爺當是明白。」

紀曉嵐稍爲想想，即命取出「四」兩銀子以作酬謝。

瞎子接過銀子慨歎說：「諸葛吾師果言之不謬，紀大老爺聰慧絕倫也。」最後終於承認了自己就是「諸葛門生」。

既是諸葛門生，當然頗有本事，紀曉嵐倒稍稍放寬了心胸：既然命當如此，也就不必心焦，四年轉眼就到，認命吧。

諸葛門生剛剛出門，一大群刑部衙役來了。雖不兇神惡煞，但是擲地有聲：「軍機刑部有令：著紀昀到刑部問話過堂」

紀曉嵐已很平靜，泰然地說：「請公門人允許下官進去向家人辭行。」

衙役說：「只須快點。」

紀曉嵐還不及動身往裏走，裏邊妻妾一大群已經哭號喧天衝了出來。爲頭的竟又是病體懨懨的愛妾郭彩符。

原來妻妾們早躲在屏風後面聽動靜了。

跑在最前邊的郭彩符一副瘋癲模樣，歪歪倒倒撲在紀曉嵐身前跪倒，一邊哭號訴說：「哇哇，是妾身害了你呀！是妾身養女兒出嫁招惹了大禍啊！哇哇哇哇！」紀曉嵐扶她起來說：「彩符別傻，此災此禍乃我命裏招來。與你有何關係？你只好好的保重身體等著我。」郭彩符哭得更厲害了：「哇哇！我等不到你，我不肯你走啊！哇哇哇哇！」夫人馬氏跑過來了，她年長許多也沉穩許多，雖然也在抽咽哭泣卻是能夠控制自己，她制止郭彩符說：「彩符講話沒輕沒重，老爺他又不會去得很久，我都等得到你怎麼等不到？哇哇！」

皇皇、恩恩、浩浩跑攏來只是哭做一堆。

黃東籬抱著孩子汝似走得慢，但她一走攏便顯出與眾不同，她把才兩三歲的汝似往紀曉嵐懷裏一塞說：「老爺要走抱上孩子，妾身跟著你後面來！哇哇哇哇！」

汝似更是哇哇大哭，一邊大聲叫喊：「爹爹不走！爹爹不走！哇哇哇哇！」

紀曉嵐又哄著汝似說：「汝似別哭，別哭，去跟媽媽！」拉起黃東籬把孩子塞還給她說：「又一個傻東籬！你以爲我是去走親戚！你也能跟著走？孩子是我紀家一條根，你好好帶著他等我，等我……」

刑部公堂是一個充滿威武和恐怖的大廳，正中一長排桌椅，那是主審官員的位置；左右兩短排桌椅，當然是陪審和筆錄的地方。兩邊是進深很寬大的刑具室，從最簡單的杖責，到最複雜的全身大刑，各種刑具應有盡有。如果說正上方的桌椅表明莊嚴，那兩廂的刑具便傳出恐怖。

在這大審判廳的一角，有一個不起眼的小房，房子門窗封貼嚴實，那當然是爲了不走漏談話的聲音。

房裏擺設十分簡樸，通共才是一張桌子兩張椅凳。一張帶靠坐椅擺在桌子後頭，看得出那是訊問人的坐椅；另一張無靠的凳子擺在桌子前頭，明顯是給被訊問人落坐。

除此之外，桌上連個杯子也沒有，牆上連半幅字畫都沒有。唯有這麼空空蕩蕩，似乎才更顯出這裏肅穆莊嚴，也顯出這裏目標單一：問什麼，答什麼，心無旁騖。

劉統勛端坐在桌後的高靠座椅上，臉上不帶任何表情。只有黑白參半的鬍鬚和頭髮，表明他年屆七十的心裏很不平靜，黑白顏色時有小小的錯開，那是激憤搖晃的標誌。不過他控制得很好，沉穩的時候多，晃動只是偶爾一瞬。

兩個差人把紀曉嵐押了過來，隨即便一聲不吭地出去了，出去後已把門輕輕地卻是嚴實地帶關。

透過近視眼鏡，紀曉嵐看出劉統勛平靜掩藏著激憤的心情。一看室內沒有第三者，紀曉嵐急步上前，拜倒在地說：「恩師一向安好！學生有負老師的教誨，招致老師爲學生的罪錯激憤操心。」

劉統勛沒有投入激情，也不過分冷漠，而是極其平靜地說：「你起來坐下說話。」

紀曉嵐從地上爬了起來，肅然站著說：「老師在此，哪有學生的坐位？請老師教誨好了。」

劉統勛說：「那你隨便。可是有人使我很痛心，使我懷疑自己當時的眼睛是否看走了眼。當年順天鄉試，我極力拔擢一個頭名舉人，名副其實的解元榜首，後來我還極力向皇上舉薦他的文才。可是他在進士登科十多年後，突然連善惡忠奸都分不清了，竟然給一條貪瀆國庫鹽引的蛀蟲去通風報信。這到底是什麼原因？是他如今被什麼東西迷矇了心竅？還是我當初看錯了人？」

紀曉嵐早已淚眼婆娑，不禁抽抽噎噎起來，一邊傾訴心曲：「唉，老，老師！是學生，學生辜負了老師的拔擢教誨，被親情關係迷障了眼睛，犯下了不可饒恕的罪錯。學生願意痛改前非。」

劉統勛說：「知錯能改，尚非不赦。曉嵐，你且把事情的詳細經過說清楚。只有徹底坦白，才能證明你有徹底決裂罪錯的決心。」

「學生謹遵恩師的教誨……」紀曉嵐於是把事情的來龍去脈講了個一清二楚，從王昶最初說媒嫁女與盧家聯姻，到王昶透露鹽引案發的資訊，再到自己派羅小忠給盧見曾送信通風，包括自己曾希望盧見曾以自殺來保全後人家業等等，一無漏落，頭尾分明。談到自己的後悔和驚怕，紀曉嵐幾乎泣不成聲了。最後說：「學生除在此作口頭陳述之外，還將具細作文字稟呈，希望得到老師的寬恕。」

劉統勛說：「曉嵐，你又錯了。你這罪錯為師絕不能寬恕。你和王昶，都只看到自己的鼻子尖，他看重盧見曾對他的長期恩惠，你看重你們的兒女親家，卻都從根本上忘記了朝政大局，盧見曾得以恩惠于王昶的錢財，盧見曾得以與你家聯姻的豪華家業，很大一部分來自於他貪贓枉法的鹽引銀錢。數以千萬兩計的兩淮鹽引，前後數任鹽政鹽使無一例外都不上交，都用各種假公濟私的名目變作了他們自己的財產。設若全國各地都照此行事，那只怕連你的官薪都開不出去了。朝廷國祚還怎麼維持？可是你和王昶，只顧一己之私，不顧朝政大局，若不治罪，怎儆效尤？古人云：吃一塹，長一智，說不定這一次對你們的治罪懲儆，正是你們今後免犯大罪的立業根基。」

劉統勛說一不二，以軍機大臣名義下令將王昶、紀昀等一干漏言泄密官員總共十多個人盡數拘捕，各報嚴懲意見。

軍機處行走郎中王昶，漏泄通信，照例革職擬徒邊。著發新疆伊犁效力贖罪。

翰林院侍讀學士左庶子紀昀，瞻顧親情，擅行通信，以致盧見曾預行寄頓家財，甚屬可惡，不可寬宥，著革現職，發新疆烏魯木齊效力贖罪。

乾隆一一照准。

因這充軍發配只是遠方戍邊，並非眞正意義上的判刑服役，所以管束不是很嚴。

恰逢紀家護衛武師羅小忠前來投報：紀曉嵐的三歲小兒子汝似急病垂危，祈求軍機處恩准紀曉嵐臨遠行前回去看上一眼。

羅小忠對劉統勛說：「稟大人：按朝制犯夫告假，須有人替代，求大人放我家老爺回家，奴才在此替守，奴才是我老爺家的護院武師羅小忠。」

劉統勛說：「哦，你就是羅小忠？那紀昀正是派你到盧見曾家裏通風報信吧？」

羅小忠說：「回大人：那次正是奴才去送的信。大人如要判我有罪我也領受了。」

劉統勛說：「你還不夠分量，判什麼罪來？」

羅小忠說：「大人的意思，是同意由奴才替守老爺，讓老爺回家看看他的小公子？」

劉統勛說：「你也不夠分量，你有哪方面能『替守』你家老爺紀昀？」

羅小忠急了：「大人，我家老爺小公子的確病重將夭，未必大人不肯放我家老爺回去看上一眼？」

劉統勛說：「朝制規定『替守』者，乃怕犯夫趁機逃跑也。本官學生紀昀雖墮爲犯夫，乃一時迷矇心竅所致，他豈會讓爲師作難？故爾，本官特許犯夫紀昀回家休假準備二天，後天卯時前趕來軍機處應卯，而後啓程遠戍新疆烏魯木齊。不得有誤！羅小忠，你陪你家老爺回家吧，注意小心侍候！」

紀曉嵐離開軍機處時已經熱淚盈眶，劉統勛對自己的信任裏包含著關愛深情，自己決不能讓尊師失望。

紀曉嵐走後不到一個時辰，軍機處外邊傳來了高聲的唱諾：

「兵部尙書、伊犁將軍阿佳章佳大人駕到！」

這是個滿族人名，姓章佳氏名字叫做阿桂，是已故刑部尙書章佳氏阿克敦的兒子。阿克敦當年與劉統勛是順天鄉試的正、副主考，是紀昀、王昶二人當年參試的座師，紀昀當時便是在阿克敦與劉統勛共同擢拔下，成了榜首頭名舉人。

後來阿克敦官至一品協辦大學士，可惜他在孝賢皇后不明不白死去後被當成替罪羊賜死了。乾隆在賜死阿克敦後覺得過意不去，又追封阿克敦謚號爲文勤。

阿克敦的兒子阿桂比紀昀大七歲，兩人從小便是好朋友。後來阿桂中了舉人，又棄文從武。也許得到了他父親冤死後又追封謚號的餘蔭，阿桂升官很快，在平定新疆時當了伊犁將軍，戰功卓著，如今更成了兵部尙書。與劉統勛一樣，同爲二品大員。

劉統勛因與阿桂父親阿克敦交好，當然也與阿桂極熟悉。今天，卻是怎麼也猜不到他到軍機處來的目的。於是老遠就迎上去說：「桂大人光臨敝處，眞是榮幸之至。但桂大人不會無緣無故而來，就請當面賜教，本處定當鼎力幫忙。」

阿桂說：「劉大人太客氣了。本官剛從伊犁返朝赴任兵部尙書，聽說你這兒關著我的兩位朋友，也是先父的兩位門生：紀昀和王昶。本官今天抽空來看看他兩人。劉大人能成全吧？」

劉統勛說：「這當然容易，不過有點不巧，紀昀他的小兒子垂危，我已准他回去料理兩天。今天桂大人只能見到王昶。」

阿桂露出一些失望的神情說：「這可就是天意安排了。那麼就先見見王昶吧。」

王昶很快被帶到了議事廳。差人把王昶押到便走了。

王昶萬沒想到在這時候能見到久違的朋友，自己作爲階下囚不得不行大禮，於是緊趕兩步跪在地上說：「犯夫王昶，參見兵部尙書大人！參見軍機大臣大人！」阿桂當面便叫起了王昶的字：「德甫！起來起來，你我朋友之間怎行這種禮節？」

王昶站起來說：「桂大人，此一時彼一時也，當年你我同是莘莘學子，今日大人已是兵部尚書，在下已是人犯。」

阿桂說：「德甫！就算是如此吧，可本官偏偏不怕你這犯人，要把你羅致在門下做事，你是願意不願意啊？」

王昶脫口而出：「桂大人！果是如此，則某肝腦塗地，效命大人。正所謂士為知己者死！但不知此事已否得到諭批？」

阿桂轉面對著劉統勛說：「劉大人！請先恕本官未及通報之罪，本官剛任兵部尚書，忽接雲南奏報，緬甸蠢蠢欲動犯邊，聖上已詔命本官以兵部尚書銜授定邊右將軍兼任雲南貴州總督，明日起程。本官欲召王昶為隨從協力，仍是戍邊，不過由戍邊新疆伊犁改為戍邊雲貴罷了。此事盡在劉大人職權範圍之內，聖上只須劉大人如實呈報即可。未先言明，多有唐突，未知劉大人意下如何？」

劉統勛也感到意外的欣喜，因為王昶當年也是自己主考順天鄉試的門生，而且前不久還是自己的直接屬下：軍機處行走郎中。給他戍邊的懲處，那是他漏言洩密。不得已而為之。如今當然樂得順水推舟說：「桂大人此舉，本官眞是求之不得。此事上報與否均無關緊要，王昶發于伊犁效力贖罪乃是戍邊，他正是由你伊犁將軍領走了，不是我連派人護送都不需要了嗎？哈哈：」

阿桂說：：王昶聽令：著即收拾行李，明天隨本督從軍西南行。」忽又轉對劉統勛說：「唉！可惜！劉大人，我今天此來本想借動兩支筆桿，可惜紀昀他已告照料理小兒子的病事去了……」

紀曉嵐隨羅小忠回到虎坊橋家裏，三歲的兒子汝似歡蹦亂跳跑了攏來，老遠就「爹爹爹爹」歡叫，一跑攏便抱住了紀曉嵐的腳杆。

紀曉嵐伸手抱起汝似說：「啊？原來乖兒子沒病？眞快把爹急死了！」

妻妾們全都一窩蜂擁了上來，汝似的生母黃東籬跑在最前面，她抽抽咽咽地說：「哇哇！老爺，老爺！你被充軍到烏魯木齊去，一去就得三年，我們姐妹們怎麼捨得？大家攏在一堆想辦法，看怎麼把老爺叫回來，姐妹們都見上一面。還是彩符姐姐主意好，他說只有假稱汝似病重，老爺告假才得成功。這不，老爺眞的回來了。哇哇哇哇！」

郭彩符跑攏來哭哭啼啼說：「哇哇！我說小汝似病重也是沒有辦法的辦法，望老爺別多心我是咒他病來！哇哇哇！」

紀曉嵐說：「彩符別說傻話，說破了兇險也就沒有了兇險，汝似還會長得更好呢！不是你想了這個好法子，我怎麼請假也准不了兩天！」「啊？兩天？」妻妾們全都轉悲爲喜，妻妾們要輪著享受情愛親情，沒兩天兩晚的時間眞還轉不過來呢！這些話女人們全都沒有說出口，但彼此早已心知肚明。於是不約而同地停止了嗚咽哭泣，似乎都在醞釀著男歡女愛的最佳情緒，當然各個女人都在運用心機：誰都在想用最好的辦法第一個把丈夫拉到自己的房裏。

眼下情緒最好的自然是黃東籬，她有個小兒子汝似是爸爸的心頭肉，她因此而在眾侍妾面前顯得地位最崇高。最主要的是她年齡最小，眼下才是二十歲。鄉間土話說：「二十女人酥酥包，說說起性慾火燒。」話醜理不醜。

抱著孩子走路累人，金秋時節很快出汗，紀曉嵐想把懷裏的汝似放下來。

黃東籬一步趕上去喊：「汝似，汝似！別下來，別下來！你爹這三年只能抱你這一回，你還不讓他多抱抱？多抱抱！你爹一人難抱媽來幫他，媽來幫他……」邊說邊已跑到紀曉嵐的左側，像是幫著紀曉嵐抱孩子，實際上是想把紀曉嵐推著拽著，硬是把丈夫第一個拽到了自己的房裏。

其他女人心裏個個明白，但誰也不能在這抱孩子理由上和她爭，早都知趣地各自走開了，迴避了。

虎坊橋紀府房子很多，紀曉嵐每個妻妾占用的房子二、三、四間不等。元配夫人馬氏占房四間爲最多；生了兒子的黃東籬占三間爲第二；其餘的均爲二間。房子多自然便有好處，眼下的例子便十分鮮明。

紀曉嵐被抓關押在軍機處刑部已經多天，他紀「猴精」早覺得精氣充滿。黃東籬正是二十女人「酥酥包」。兩處乾柴烈火豈能等到晚上。

黃東籬半拖半拽第一個「搶」到了丈夫，進房時差不多已是呼呼氣喘，幾乎片刻都不能等待，她把三歲的兒子從紀曉嵐懷裏抓過來，往孩子的玩耍室一丟說：「汝，汝似，乖，乖兒子，快去，快去騎你的木馬玩。媽和爹要講點私房話。」

話剛說完，人已出屋，黃東籬回身把兒子玩具室一鎖，急急來到自己的睡房。

紀曉嵐已脫好衣服在床上等，他於男女之事甚有經驗，那便是幹「這事」之前只想「這事」，眼前的這個黃東籬不正如九月之雛菊麼？鮮豔，飽滿，那「私處」正是個酥酥包，那裏邊比糖更甜蜜，永生永世吸不盡，吮不完，啥時想要啥時有……想著想著，紀曉嵐某處已硬如鋼鐵……

秋燥穿衣少，黃東籬三兩下褪掉了裙子小衣，縱身往床上一撲。

男女相擁、相抱、相擠、相壓，幸福銷魂，紀曉嵐與黃東籬幾乎同時脫口而出說：「乖乖！千金一刻！」然後二人分別往下補充。

紀曉嵐說：「……等得好苦！」

黃東籬說：「……三年怎熬？」

夫妻相隔太久，紀曉嵐精太滿溢，他設法長久堅持，不一會便哼聲叫喚：「哎喲哎喲，痛快死了！可惜太快！」

黃東籬挺著下體應承，歡聲接應！「好好好好！先快後慢，等會再來！」

三十多歲的郭彩符已沒有很強的性慾，但她覺得身上的寸筋片肉都與丈夫緊緊相連。一種永別的感覺，牢固地占有著自己的胸膛。好像命運之神無時無刻不在提醒自己：「這是最後一次，最後一次！你最後一次享受自己的丈夫！享受丈夫！」.

這命運之神眞是知根知底，不是「滿足丈夫」而是「享受丈夫」。丈夫早已在年輕得多的黃東籬身上得到滿足了。現在是自己爭取機會享受丈夫，丈夫的女人這麼多，天長地久過日子不打緊，此次丈夫僅有兩天假期，再不爭取便輪不到自己。

論年輕，自己遠不如黃東籬，還有皇皇、恩恩、浩浩等；論漂亮，丈夫這麼多女人各有千秋，很難奪冠；論資格，那誰也比不了元配馬夫人。郭彩符怎麼也想不出自己有何獨特之處。

想啊想啊想得苦，郭彩符終於想出自己與眾不同的一條：病弱！對了，此次能騙得丈夫從軍機處請假回來，不就是一個「病」字麼？這主意還正是自己所想，派羅小忠去，說小汝似「病危」……這法子此次該用到自己身上了。

既然「病」了，當然不能自己去拉丈夫，郭彩符站在窗內偷偷往外看，尋找一個可以派作用場的人。突然看見府裏女傭人溫嫂在門外經過，她一定是摘撿桂花去了，手裏還提著個盛了桂花的小竹簍。走起路來興沖沖。

郭彩符自認爲時機已到，馬上朝自己床上一例，長聲叫喚起來：「哎喲喲喲，哎喲喲喲，痛死我了，痛死我了……」

溫嫂聞聲大驚，急忙進房探看，只見郭彩符在那裏打板拍床，翻來滾去，嘴裏不停地「哎喲喲喲……」好像都大汗淋漓了。

溫嫂急問：「郭奶奶這是怎麼啦？」

郭彩符說：「像是絞腸痧，快請老爺來想辦法！……」紀曉嵐聞訊急急趕來，進門一看，郭彩符果然在床上哼聲翻滾。

紀曉嵐好不心慌，跑近床問：「彩符這是怎麼啦？怎麼啦？」

郭彩符猛地一伸雙臂，把紀曉嵐緊緊摟在懷裏，倒是眞的哭了：「哇哇！老爺老爺！別丟下我，別丟下我！」

紀曉嵐說：「你是騙我得了絞腸痧？」

郭彩符說：「想老爺想得比絞腸痧還痛！哇哇，老爺快壓緊我，壓緊我！」

紀曉嵐說：「彩符慢點：房門我沒上鎖！」

郭彩符說：「誰到這裏來管閒事？」

紀曉瘋說：「我在東籬那裏才……我一時半會舉不起。」

郭彩符說：「我知道……你過去給了太多太多，我知足了……你舉硬我還受不住。我只要你陪我一陪。」

紀曉嵐說：「這就好，這就好。」說完躺在郭彩符身邊，將她緊緊摟抱。郭彩符感到無限滿足，她越更縮做一團讓紀曉嵐抱緊，不斷地喃喃說著話：「老爺，我眞不行了……我再等不著你從烏魯木齊回來……」

紀曉嵐說：「不不，你一定要等我回來，等我回來！」

迷迷糊糊打一個盹，浩浩再也睡不著。她渾身燥熱，像要膨脹開來，偏偏就沒有誰來壓著自己。這膨脹便再也無法控制；就在這無法控制的膨脹中，下體內似乎有膏膠蠕動，這蠕動等待摩擦，這等待的慾望一步一步加強，似乎蠕動也更厲害，變成了某種騷癢，這騷癢只怕摩擦都無法平息，非得刮削不可……可是，可是，那摩擦竟在哪里？這刮削更在何方？啊啊！眞受不住了，受不住了……

浩浩挺身坐了起來，仿佛突然來了答案：我有丈夫，我是妻子，妻子需要男根，丈夫豈能不給？被抓被關設法，今夜他在家中，正大光明之事，我還怕些什麼？何況現在三更半夜……

浩浩抬腿下地，她要去喊丈夫。一邊想著心事，郭彩符三十好幾，人老珠黃，又兼有病，根本不是紀郎的對手……人說紀郎日御數女非虛，不止傳言而已；我知紀郎根壯是實，他此時一定還能滿足了我，什麼「摩擦」「刮削」全都在他胯下……

女人夜睡想心事無所謂禮儀可談，想像中的「紀郎」遠比口頭上的「老爺」實在……什麼「摩擦」、「刮削」，紀郎那棍子一戳就行……女人腦海中的夜話，更無所謂羞恥……人性使然，天公地道。

浩浩猛地拔開房門，正巧！紀曉嵐來在了門外。

浩浩哪里等得及他進門，自己一步跨了出去，面對面一把摟緊了丈夫，倒退著往裏走……

紀曉嵐正求之不得，自己個子高，浩浩身材小，兩人下身對不上。紀曉嵐把浩浩抱提了起來，跨進門來把房門帶上……順手將自己的褲子一脫，浩浩正好也將她的內褲褪開……

兩人騎上了「立馬」。

浩浩先感歎一聲：「唉喲：好痛快！」

紀曉嵐隨口接上：「依喲！是比病秧子強！」

一男一女憋足了勁，紀曉嵐半提半抱朝前走，浩浩船起腳尖往後施。等得倒在床上，「一個回合」正好，兩個各自軟倒銷魂。這時才有耳語。

浩浩問得悄悄：「紀郎怎知道這時候我正需要？」

紀昀答得細細：「彩符是個好心人……我要插，她不肯，勉強著硬來，她直喊發痛……隨就推我下床，說：『三十如狼，四十如虎。浩浩不到三十是壯狼，你過了四十是老虎。你留著給她吧，我有那一次就夠了。』果然，我來得豈不正好！」

浩浩說：「彩符姐原來是個知足的好人。早先她一個人把你占去大半，我幾姐妹背後沒少罵她。原來她已知足，主動把你讓給我。」

紀曉嵐糾正說：「也不完全這樣，我已經身陷囹圄，兩夜偷歡已是天賜。一別三年我要讓你們守空房，我心裏很不忍，所以特備了應急壯陽藥，時不時吃一顆，兩晚上我要讓你們幾姐妹都輪一遍，我知道這很傷我的身體，但是沒有其他辦法，我只有兩夜蝕骨傷筋，卻要讓你們三年守活寡，我還是太對不起你們。」說完又起身翻出了一顆什麼丸子，連水也不要，幾嚼幾嚼便吞下去了。

皇皇只比浩浩大二歲，都是那年乾隆在木蘭圍場賜給紀曉嵐的宮女妾身。當時皇皇、恩恩、浩浩、蕩蕩共是四個，各依年歲次序排名。蕩蕩已在紀曉嵐督學福建時死去，現在只剩三人。在這三人中她皇皇年齡最大。

今晚丈夫紀郎回來了，但皇皇有自知之明，她知道今晚上怎麼都輪不到自己。男人最看重女人的年齡，自己上頭已有黃東籬、浩浩和恩恩三個，加上年紀大的郭彩符已經詐稱有「病」把紀郎佔用了一回……紀郎再是猴精轉世，一天一晚對付上邊四個女人已經很爲難，誰猜不著她們都會要紀郎「梅開二度」？再怎麼也得等到明天上午紀郎才會來。

但前一段紀郎被抓已經在自己身上積聚了不少女人的需要，今天一見紀郎又聽說他有兩天的假期，皇皇只覺得身上頓起變化，好像身上的血在慢慢地加溫，不見燒火，勝似燒火，女人啊女人，下賤的女人！見不到自己能得到的男人時，好像一切都平平淡淡，無所需求，過得三天五天十天八天的平靜日子。可是一見到自己的男人，身上便生起活鬼，這活鬼根本不聽本人指揮，在全身各處不停地跑啊跑，直跑到血脈擴張，慾火大發，最後都存貯在那個神秘的熱水井中……使那「井口」都由冷變熱，熱啊熱，熱到像一鍋開水。滾滾翻翻水不停。偏是這開水看不見哪兒有火，連自己想來個「釜底抽薪」都不行……非得滴進去一些男人的「白冷膏」不可……可紀郎今晚上怎麼也輪不著給自己的「滾開水」來滴「白冷膏」……

唉！沒新辦法，用老辦法。她臨睡時便從暗藏之地拿出來一個「木行頭」。那「行頭」和男人「行頭」幾乎完全一樣，四五寸長，溜光放亮，可眞花不少摩削刨光的工夫……

把「木行頭」放在自己腳下邊，皇皇心裏暗暗地不停祝禱：「老天保佑，千萬莫讓我發情要用它……」

輾轉反側，再睡不著。皇皇在心裏命令自己：「莫想男人！莫想男人！莫想男人……」

偏偏控制不住，越是命令自己不去想，越是男人的一切來到眼前：氣味，毛髮、唾液，尤其是那「行頭」，仿佛伸手可得，拽著便不放鬆，直想往那「熱水井」裏塞入……

沒有，什麼都沒有。

皇皇氣急敗壞，順手抓過那個長期空放的枕頭，這枕頭便是紀郎所睡，權當作是紀郎吧，抓過抱在自己胸前，壓緊，壓緊，再壓緊……好了一些，自我安慰……皇皇慢慢地迷糊起來，終於睡著了……

睡不踏實，半夜過後又醒來。這一醒來不得了，皇皇只覺得百爪在抓心，她再次把枕頭壓緊，再也制不住心燒，她順手把壓在胸前的枕頭往外一擺。於是，這百爪抓心變成萬蚓爬「坑」，便是那自古以來的神秘「女坑」裏，好像有一萬條蚯蚓在爬，酥得發跳，麻得發慌，似癢不是癢，想抓無法抓……

皇皇再也忍不住了，她伸腳把那「木行頭」爬過來，爬過來，緊緊攥在右手裏，左手扒開陰門，把「木行頭」狠命往裏一插……

「哎喲！哎喲！痛得要命……」可不插似乎更要命。於是用手把那木行頭慢慢抽動摩擦，漸漸地痛楚消除，感到了一絲絲的舒服，甜美，終於達致痛快……雖然不如男人行頭那麼好使，總算平息了全身的血液沸騰……

皇皇這時感到了精疲力竭，由迷噸而似昏眩，「木行頭」隨手一帶而出，擱置在大腿夯……她真正地睡著了……

忽然耳邊傳來粗暴的叫喚：「皇皇醒醒，皇皇醒醒……」

皇皇睜開眼來，「啊」地嚇一大跳，竟是自己的丈夫紀曉嵐。

她一想，糟了，自己只記得老規矩：丈夫在家不閂門：妻妾們誰不盼著丈夫在家的半夜三更突然得到丈夫的青睞……

今晚以爲丈夫不會來，拿出「木行頭」幹那事，卻又偏偏忘了閂門。如今自己赤身裸體不打緊，萬不該讓丈夫看見了那「木行頭」……平常婦女們誰也不肯讓男人們看見，總是藏之深深。

果然紀曉嵐沒好氣地說：「皇皇你這是何苦？今天你明明看見我回來了！」邊說邊拿起那個「木行頭」，那上面還有女坑裏的絲絲水漬。

一聽丈夫責怪，皇皇倒毫無懼怕了。她一把搶過那「木行頭」說：「你回來了又怎麼啦？我怎麼猜得著你今天晚上上還記得我？」邊說邊搖搖手上的「木行頭」說：「女人做了小妾多可憐，你再是什麼『精精精』也滿足不了每個女人的需要。使『木行頭』的女人都是對丈夫守貞，不然她非給男人戴綠帽子不可……你若不信，可以暗暗查訪，沒有男人的女人誰個不用假『行頭』，木『行頭』，瓷『行頭』，蘿蔔『行頭』……不用假『行頭』的女人必定偷野漢！妾身爲老爺守貞，老爺反責怪，哇哇哇哇！我好命苦。」

紀曉嵐緊緊摟住了皇皇，一邊撫摸她的身子一邊說：「皇皇別哭，皇皇別哭！原來是我空荒了你，又錯怪了你……」摸著摸著「性趣」又發，紀曉嵐翻身爬在皇皇身上說：「這下給你眞行頭……」

馬夫人自知身分高貴，也早過了爭風吃醋的年齡。她插上門早早地便睡了，睡得十分沈穩、踏實、香甜。

丈夫回來當然歡喜，但自己已爭不贏年輕的小妾們。丈夫要遠戍新疆三年她也焦急，但那是自己左右不了的事情。天意如此，誰能奈何？

萬沒料到：天亮前窗外傳來了丈夫的叫門聲：

「鈴鈴，鈴鈴！馬鈴鈴，馬鈴鈴！」

馬夫人楞了一會兒才想起來：「馬鈴鈴」是自己在娘家時的小名。自己都早忘了，虧得丈夫還記得。馬夫人只覺得眼裏熱浪一湧，滾出了兩顆豆大的淚珠。

她翻身而起，急急開門，嘴巴囁囁嚅嚅地說：「曉，曉嵐！多謝你還記得我兒時的名字，叫得我心裏好甜，好甜。」

紀曉嵐一步跨進房來，抱住馬夫人就親吻，一邊喃喃說：「夫人的甜分我一點，分我一點。」吻了嘴唇吻臉頰，吻了臉夾吻眼睛，一邊抱吻著一邊便倒在了床上。

馬夫人抽抽嗒嗒越是再不停了，回應著說：「曉嵐！你如此待我，我死而無憾。只是，只是，我怕已滿足不了你雄強的激情。你早說過，女人一過三十就沒了味道，我都四十出頭了。你硬要我還給，但我只能應付應付，不能讓你再銷魂。」

紀曉嵐說：「鈴鈴別說了。這一天一晚我已經銷魂十來次。我不欺騙你，爲了應付侍妾們，我差不多吃了一小瓶特急壯陽藥，體子垮了不少。到你這兒我不能再吃藥，我還正想請你原諒才行，我不能再給你。」

馬夫人說：「這才更好，這才更好。我們挨緊些躺著吧……」

肆拾　一路風塵有女無趣

去新疆途中，紀曉嵐每五天花八兩銀子買鄉間野妓……

紀曉嵐又見到了那條小黑犬，搖頭擺尾，直直來到跟前，張口說話：「我是宋遇四兒，念主人從軍萬里，今來服役。」「啊？狡詐宋遇，又想變狗咬我？？」紀曉嵐驚嚇一跳，醒來已日上三竿。一看躺在愛妻馬夫人身邊，頓感舒服極了。回想起一天一夜來終於滿足了妻妾們各自不同的要求，歉疚的心多少有了一絲快意。

忽聽身邊馬夫人說：「曉嵐終於醒了。我們是不是一同起來？」

紀曉嵐很是驚喜：「夫人原來早醒了，是在睜著眼陪我白睡你其實醒了就可起來嘛！」

馬夫人說：「不！曉嵐一天一晚？盡人夫之責，已經大耗了身體，爲妻怎能棄你而去呢？其實自你天亮邊來了以後，我一沒有闔過眼睛。我想了太多太多的事。人都傳說我的丈夫好色，我想世上沒有不好色的男人，除非他不是眞正的男子漢。聽說人閹了當宦官還想女人。我說我的男人很會好色，其標誌就是他知道怎樣疼愛女人。你一天一晚耗損著自己，用壯陽藥挖掘著未來的生命，爲的是壯那一條男根，滿足妻妾們的需要……單憑這點，被你疼愛過的女人都會感到幸福，覺得自己死也值了……我陪你多躺一會難道不應該？？」

紀曉嵐越聽越覺得心裏甜蜜，有這麼多善解人意的妻妾，我紀曉嵐也是死都值了。他猛地抽身坐起，又去摟抱馬夫人說：「讓我抱你起來，我將有三年時間對你們不起，讓妻妾們守活寡是我的罪過。請夫人在三年時間裏領好我的侍妾班，用你們女人各自心照不宣的方法保持清白，我紀曉嵐會一輩子記得你們！」

馬夫人說：「好，爲妻答應你了。怎麼剛才你夢中好像老在叫什麼『四兒宋遇』，『四兒』不知道是誰，宋遇不是那狡詐不馴的家奴下人嗎？他都死好幾個月了。」

紀曉嵐說：「可不是嘛！我自己都覺得奇怪，我近幾天兩次夢到一條小黑狗，自稱是四兒，又說是宋遇。今早晨這個夢更稀奇，它說是『念主人從軍萬里，特來服役』。其實宋遇已死，他未必會變做小黑犬來爲我服役嗎？想那宋遇生前爲奴，甚爲狡詐陰險，莫非死後墜人惡世，今世變爲狗來補過了？」

馬夫人說：「可是我們家並無黑犬，大黑犬小黑犬皆無，你這夢豈不荒誕？」

紀曉嵐說：「所以我都甚爲驚奇。不值多談論。」

半上午時分，羅小忠前來報告說：「老爺！那天跟你拆字的那個瞎子諸葛門生又來了，在前客廳等著見你呢！」

紀曉嵐剛剛走進客廳，迎面竟是一匹小黑犬，搖頭擺尾乞哀憐。所見與兩次夢中完全一樣，唯一不同的是夢中黑狗能說話通報姓名，現在看見的小黑犬就是小黑犬。

紀曉嵐驚詫莫名地說：「諸葛門生，這條狗是你的吧？」

諸葛門生說：「不是，狗均有主，我卻不知此狗主人是誰。我來的時候有入託付我，將這條狗帶來送給你。那人既未通報姓名，更沒說這狗的來歷，我看不見狗，聽叫聲像條小狗，請問紀大人收下呢，還是不收下？」

紀曉嵐已知其頗有來頭，連連說：「當然收下，當然收下。請問諸葛門生，你可知道這小狗是什麼顏色？」

諸葛門生說：「狗主人沒有告訴我，我又看不見它，不好瞎說。只是那狗主人對我說過，『世事不黑就白，不白就黑，本就黑白分明，如人事善惡有別一樣，如此我猜，這小狗乃係黑色。正所謂『黑白不分乃是黑，善惡不分必是惡』是也。紀大人說我猜得有理無理呢？」

紀曉嵐說：「有理，有理！但不知這小黑犬有否名字！」

諸葛門生說：「有名字，有名字。主人說，它叫四兒。」

「四兒？」紀曉嵐越更驚異，這不更和夢境完全一樣了嗎？心想越更不可小瞧這小黑狗了。

此時紀曉嵐已分明覺出，這小黑犬是前世惡奴宋遇轉世投胎，來贖罪過，且好好注意它究竟如何。便叫羅小忠領了小黑犬四兒去好好飼餵。

又一想，諸葛門生決不會無緣無故而送狗來，紀曉嵐於是問道：「先生此來總還有點什麼目的吧？」

諸葛門生說：「在下給紀大人拆『董』字『名』字所說，從軍千里萬里，西域口外戍邊，如今已成定局。紀大人尚記得在下說大人將去西域多少年嗎？」

紀曉嵐說：「四年。」

諸葛門生問：「今天在下送來小黑狗叫什麼名字？」

紀曉嵐說：「四兒。」

諸葛門生說：「著哇，『四年』，『四兒』，紀大人與這『四』字眞是太有緣了。」

紀曉嵐恍然大悟，心裏暗暗嘀咕：哦，原來他送這小黑犬要四兩銀子！隨即吩咐家人取了四兩銀子給諸葛門生，笑笑說：「先生能掐會算，頗能『掐算生財』啊！哈哈！」

諸葛門生說：「財產養命之源，誰能稍有或缺？恭賀紀大人喪失了一個南去雲貴的機會，此乃天意，切勿怪誰。謹記謹記，告辭告辭！」

紀曉嵐猜不透這「喪失南去雲貴」的良機是怎麼回事？

紀曉嵐準時準點回到軍機處報到，劉統勛正清點發赴各地的充軍犯夫，見到紀曉嵐便說：「很好！本官就知道你不會延誤起程去新疆。」

紀曉嵐仔細一看，同案中發赴各地的熟人之中，唯有發赴新疆伊犁的王昶不在，驚詫地說：「劉大人，別人都在，不見王昶，莫非他昨日改去了雲貴邊防？」

劉統勛一驚，盯住了紀曉嵐問：「曉嵐幾時變成了能掐會算？」

紀曉嵐說：「能掐會算的不是學生，而是一個神秘的瞎子。」

劉統勛說：「他還算出了一些關於你的什麼事情嗎？」

紀曉嵐說：「他說這次去雲貴邊防本來還應該有我，不知是哪位高官大吏既有如此神通，又對犯夫如此惻隱？」

劉統勛說：「阿桂伊犁將軍，他又以兵部尚書銜出任雲貴總督去了。」

紀曉嵐想起這一位從小莫逆相交的朋友，喟然感歎說：「哦，是他！他要我隨從雲貴，眞是易如反掌啊！」

劉統勛說：「是啊，比起烏魯木齊的天寒地凍，雲南邊防乃是四季如春；而且雲南比新疆路少六七千里。曉嵐失去這良機，該不會怪罪老夫吧，其實老夫一開始就揣知你家小兒子『病危』有詐，給假兩天是爲了讓你夫妻們好好團圓。後來派人暗中查問，你那三歲的小汝似跑跳如飛，我原想特例准你回家是對了。萬沒想到使你反而失去了一個減輕懲處苦痛的良機，眞是好心人辦了大壞事……」

聽著劉統勛娓娓道來，紀曉嵐心裏不無震動，原來恩師准假乃是有意安排。我若因此喪失去雲南良機眞要怪罪誰的話，那首先也是怪罪彩符、東籬等愛安，她們暗編「汝似病危」反而害了我；難怪諸葛門生臨走特意囑咐不要怪罪誰。

只聽劉統勛最後說：「曉嵐不會怪罪老夫吧？」

紀曉嵐由衷地說：「不怪不怪，我誰也不怪，天意如斯，事皆前定。」

劉統勛最後是例行問話：「犯夫紀昀遠戍，可有攜帶妻妾的要求？」

「不帶！」紀曉嵐回答得斬釘截鐵，他知道有一條鐵的朝制：凡是以「流人」身分戍邊者，准帶妻妾同行；換句話說，要求妻妾同行者，便是自願成爲「流人」，再也不准回返原地。所以紀曉嵐堅決拒絕。

劉統勛沒再多說話，但在心裏嘀咕著：對於傳言「日御數女」的這位門生來說，要其三年遠避女人，實在是太殘酷了。

四名犯夫四個解差，八人所乘騾馬均馱載著許多食物用品。出得京城，已成了解差的天下。四個人突然一聲斷喝：

「犯夫下馬步行！」

紀曉嵐以爲聽錯了，勒住馬反問一句：「有馬不騎，爲什麼叫我們走路。」

「不爲什麼？叫你們嘗嘗長途跋涉的滋味！」

紀曉嵐知道因爲自己犯法，害得他們受苦押差，他們要報復了，於是只好下馬步行，但是一開始紀曉嵐便覺得受不住。想到自己在朝是四品高官，此前更是獻縣崔爾莊紀府的闊少，從小養尊處優，只作學問，不愁吃喝驅使，何曾走過這麼長的路程？第一站也就是剛走十來里地吧，紀曉嵐就直喊腳痛，在土墩坐下一瞧：糟了，兩個腳板底下都磨起了大水泡。不看不打緊，一看嚇一跳，紀曉嵐頓時垮了下來，哼哼說：「哎喲喲，只怕一半時走不動了。哎喲喲！」

四個押解的差人頭目姓丁，喜歡別人叫他丁差長，人們當然這樣恭維他。

遠戍邊防的「犯夫」不是眞正的囚犯，所以四個犯夫也才四個解差，其實解差也就是到新疆烏魯木齊去遞解一個文書印信，一路關卡也出示一個通關證明，都只是例行手續而已。

行程萬里去押差，是個誰也不願去的苦事，能推掉的儘量推，實在推不掉的便產生怨憤，怨憤「犯夫」們犯出事來，自己被發配新疆是咎由自取，不該害得他們也來陪走受罪。

怨憤只能在心裏，因爲這些「犯夫」都是朝廷命官，過去的職位不用說遠在這些差役之上，現在被遠戍了也還不是賤人罪人，三、五年以後一回朝復職，就更不得了啦。所以差人們不敢對犯夫們太過爲難。

在「錢」字上就不同了，這如今被貶爲「犯夫」的高官大吏不缺銀錢，押解的差人們無不想在這方面打點主意。事實上這也是押解遠差的精神寄託，一路來回吃住花銷都由犯夫包了不說，押一越遠差回來，最少的差人也能敲得犯夫的銀錢百來兩。

紀曉嵐在四個犯夫中官最高，家最富，丁差長當然首先對他敲竹槓了。

看見紀曉嵐坐在土墩上不動，丁差長下了馬走上前來，不但不催走，反而也在一旁坐下，連看也不看紀曉嵐一眼，卻是很有把握地說：「紀大人，不是我吹牛瞎說，我一猜一個準，你兩個腳打起大泡，是不是啊？」

紀曉嵐很吃驚：「哦？丁差長眞是神了，一點不錯，我腳板上前前後後左左右右滿是大泡呢……一個，二個，三個，四個，共是四個。丁差長既猜得准，定然有醫治良方，請快告訴我怎麼治？不治好就太耽誤走路了。」

丁差長說：「紀大人不著急，我有祖傳秘方，一治一個好。只是價錢……」

紀曉嵐說：「丁差長，錢事你別擔心，你開價好了。」

丁差長還沒開口，紀曉嵐身邊小黑狗對主人腳底板看了一下，抬頭向丁差長叫了：「汪、汪、汪、汪！」乾乾脆脆，只叫四聲。

紀曉嵐瞟它一眼，不無愛憐地喊：「四兒，四兒！是怕丁差長不知道你的名字吧？叫四聲是不是自報姓名叫『四兒』啊？」

小黑犬朝紀曉嵐搖頭擺尾，一副可愛的憨呆之態。

丁差長笑起來：「哈哈！紀大人，你這小黑狗好通靈性，我早知道它叫做四兒了，還要報什麼姓名？它是會數數，數完數代我報價：一、二、三、四，你自己不是說有了四處打泡嗎？小黑知道我的價格：一個泡一兩銀子，四個泡它正好叫了四聲。紀大人不嫌太貴吧？」

紀曉嵐心裏一閃：好會敲竹槓！治一個腳泡要一兩紋銀，天底下走長路的人幾個治得起？還不早都被腳泡「泡」死了嗎？又一想，不對，此去新疆萬里，他們是因爲我們犯事才當了苦差，這不過是敲一點辛苦費而已，應當給他，應當給他。

紀曉嵐思緒好快，他一轉眼便想通了許多問題，於是快口接住說：「不貴不貴。」伸手摸出四兩銀子遞了過去說：「丁差長先收下，我四兩銀子買不到你辛苦萬里的人情！紀某知道待後再補：」一句話許諾了以後許多許多的人情開銷，首先就吊起了丁差長「一路發財」的胃口，使他再不會麻煩自己了，紀曉嵐這辦法夠聰明。

丁差長笑嘻嘻接過四兩銀子往懷裏一塞，連連說：「紀大人懂理，紀大人懂理！」邊說邊已起身，往路邊一叢不知名的帶刺灌木叢跑去，麻麻溜溜幾下，折下了四棵紀曉嵐叫不出名字的木刺針，幾步就跑攏來了，照樣坐在紀曉嵐右邊，先把紀曉嵐的右腳搬起放在自己的腿上，嘻哈笑著說：「紀大人當心，有幾口螞蟻咬。」

話剛說完，「哧」地一下，已把一顆大刺針刺進了一個水泡。

紀曉嵐沒注意，痛得「喲」了一聲，果眞也就如被螞蟻咬了一口吧。

那木刺沒有被拔出來，泡裏便順著木刺往外滴水。

丁差長又麻利地刺了第二個泡，這次紀曉嵐心裏有準備，再沒有哼出聲來。

丁差長把紀曉嵐右腳輕輕放在地下，飛快跑到他左邊，坐下後把他左腳搬上，依樣畫葫蘆，把餘下的兩棵刺針紮在泡上了。

很快，四個泡裏水流光。紀曉嵐再也不感到腳板脹痛了。當然木刺針已被拔除丟掉。

再走路時，剛落腳似乎很痛，走得幾步也就好了。

不用說，其他三個解差也照樣敲了其他三個「犯夫」的竹槓。這時，解差又反而叫他們騎馬了。

過了幾天時間，覺得新的麻煩來了，這就是他想女人而沒有女人，這可是他從來沒有遇到過的困惑。

每晚躺在床上，紀曉嵐只覺得陽具挺舉，躁動不安，一霎時想起豔福往事。自從十三歲與四叔母婢女文鸞初試雲雨以來，尤其是自己十六歲與馬夫人結婚以後，每天每晚，何曾爲沒有女人而發愁？就是馬夫人懷孕生產不能行房的日子，還有姨妹春桃正好補缺。以後侍妾一個又一個，很快便妻妾成群，女人多到想攆都攆不掉，想擺脫都擺脫不了……

自己曾經在好友面前誇過海口：「自己最能對付的是女人，最不缺的也是女人。」

可是事情突變，自己只是一夜之間便成了漏言洩密的犯夫，萬里遠戍，什麼女人都沒有。

沒有女人偏想女人，腦子裏更全是女人美妙的胴體，慾火的熱情，激動的交合，銷魂的甜美，以及無盡的纏綿。特別是離京前兩天兩晚和妻妾們輪番作樂，妻妾們在久別前的珍惜情懷，化成了奔放大膽的交合動作，甚至於男女兩人騎「立馬」的乖張行爲，在那時候已不是厚顏無恥，而恰恰變成了順理成章。

黃東籬的年輕激越，郭彩符的病弱纏綿，浩浩的急不可待，馬夫人的體諒寬懷……紀曉嵐一個個想到自己女人的不同特點，所有這些特點歸結到一處，那便是蝕骨銷魂，人性至愛，愉悅共享，彼此傾情……那滋味只有個中人方能領略，眼下單相思卻是淒苦異常。

糟透了，渾身越更躁熱，陽具腫脹難熬，輾轉反側不稍減，手壓陽具壓不伏……紀曉嵐一下子想起皇皇裸體旁的「木行頭」，想起自己責怪她時她的愁苦辯解：「使『木行頭』的女人都是對丈夫守貞，不然她非給男人戴帽子不可……」啊，對極了，慾火中燒，來自天性，唯有此事裝不得聖人，反正得想辦法加以排解……

紀曉嵐顧不得許多了，他用手握住了某件東西，摹仿男女交合的抽動，比照著東籬年輕有力大腿那鐵鉗似的夾束，把手握得緊些，更緊些；想像著浩浩那急不可耐的猛烈挺舉，手的抽動更快更強……喲喲喲喲！終於排精了，泄白了……呃呀，弄一手的「白膏」？但是人卻平復了下去，硬東西慢慢軟綿綿……紀曉嵐抓過自己的褲子，胡亂地搓淨了手，擦乾了下身，迷迷盹盹地睡去，睡得好沉好香，簡直不記得了還有世界存在……

「汪汪，汪汪，汪汪，汪汪！」小黑犬四聲有力的大叫，就在紀曉嵐的耳旁，猛然地如炸雷貫耳，紀曉嵐驚醒起來，才發現不知幾個時辰房間被撥開了，丁差長探著腦袋往裏進。

紀曉嵐一時慌了神，才發現自己下身還光著，便胡亂抓過自己的褲子來遮掩，褲子上的濕漉處仍自濕漉，乾燥處已現出「白膏」的亮光。紀曉嵐惱羞成怒，慌不擇言了：

「姓丁的你不要欺人太甚！有什麼事你敲不得門？我紀某人並非眞正的囚犯。小心有一天我要報仇，不治死你也不讓你好活著……你跟我滾出去！滾出去！」

丁差長毫不氣惱，笑瞇瞇站在床前，齜著牙齒不肯合攏嘴，聽憑紀曉嵐罵一個狗血淋頭，一句話也不搶白……直等到紀曉嵐罵夠了，自己停下來。

丁差長仍是齜牙笑著說：「紀大人，發什麼火？我們都是大男人，誰個不想女人那滋味……荒久了誰都免不了亂來，手淫更不是罪過，頂多不過像三急三慢拉尿拉屎，拉完了痛快，起碼保得住不因『雞頭』發硬鬧出什麼雞姦強姦來，那才是犯罪……從這個意義上說，手淫不但無罪，而且有功……」

面對丁差長嘻皮涎臉的所謂開導，紀曉嵐再發不起怒來，適時插斷他的話說：「知道了還用你來賣乖？你這些道理誰個不懂？你犯不著撞破我的秘密行爲這不明明是讓我在你面前出醜！要知道三年之後我一復職還是四品大員，你你你！你難道半點不懂做人的道理：『爲尊者諱！』你就眞的半點不懂嗎？」丁差長說：「正因爲我懂，我今天才撥開門撞進來告訴紀大人：男人的這號事不醜！不醜的事我爲長官忌諱什麼？你紀大人當然比我更明白：女人喜歡男人雞頭硬還是軟綿綿？你『見花謝』她們還不過癮，你越堅挺得久她們才越是喊你寶貝心肝……荒久了女人連手淫都不會，那就不是一個眞正的男人，還談什麼傳宗接代？活著也是個廢人……」

紀曉嵐又插斷他的話說：「行了行了行了！這些人生道理我比你懂十倍還多。丁差長今天撞破我的私人隱秘，總還有點什麼目的吧？是不是想跟我牽個皮條，你也進一點外快？」

丁差長喜滋滋接上說：「紀大人是眞聰明，眞聰明！按你現在的身分，加上走路勞累傷身，紀大人你五天左右睡一次女人最合適，到時候你只要，只要……乾脆你想女人了就抱著你這四兒小狗摸啊摸啊模個不停，我當天晚上准跟你弄個姐兒來陪你睡……紀大人的脾性我曉得，『妞兒不怕嫩，模樣不怕俊，只要水靈靈，死都摟著困！』別嫌這土話說得粗，是男人哪個不這樣，哪個不這樣？我每次錢不要多，還是四兩，我四兩，姐兒四兩，八兩銀子，睡個嫩姐，比那四兩銀子挑四個水泡便宜多了吧？呵呵呵！」

紀曉嵐說：「姓丁的你眞是鬼精透頂，到時候你說不定給那女人幾百文零錢，八兩銀子你全得了，鄉鎮野妓只圖溫飽，幾百文她便會高喊謝天。行了行了，我不跟你講價，到時候『貨色』可是要好，不然……」

丁差長快口接話說：「紀大人懂行，懂行。那下邊的話你不要說，鄉野土話早都說了：『女人不嫩，雞巴不硬……，嘿嘿，！紀大人莫罵人，莫罵人，我就走，我就走……」

就這樣，紀曉嵐每五天一次被丁差長刮去八兩銀子，買一個鄉野山妓只不過是個洩欲器官。紀曉嵐自己哀歎：「唉！了無『性』趣，可缺了還不行！」

陝西長安府（今西安市）。

街市上人喧馬歡，市井熱鬧，著綠穿紅，女人花俏。賣唱拉琴，圍場獻武，吆喝買賣，銅羅耍猴……紀曉嵐只覺得目不暇給。

這是遠戍西行途經的第一大城市，紀曉嵐覺得是如此地親切而歡欣。其市景街情和京城、太原、福州等那些大城市沒什麼兩樣，自己入仕十多年來，不全都是過的那種城市生活！

可是一切都遠去了，遠去了。如今自己的身分是個犯夫，赫赫的四品高官如今要接受下人輩的丁差長管束，任他敲竹槓，還得巴結他，起碼是不能得罪他。誠所謂「龍游淺灘遭蝦戲，虎落平川被犬欺。」一半點不假。眼前的市肆繁華，早已不屬於自己，紀曉嵐乾脆摘下近視眼鏡，讓街景一片模糊，什麼也看明白，看不明白不煩心，他只顧低頭走自己的路。

走著走著單調無聊，他便摸出了須臾不離的大煙斗，慢條斯理地塞了滿滿一鍋煙絲，劃燃洋火吸著了。洋火今日通稱火柴，係西元一六八〇年英國人渥克爾所發明的取火物，到九十年之後的清乾隆中期，主要還靠英國商人從海外進口，只有紀曉嵐這一類的高層人物才能享用。國內學做洋火的還是一些小手工作坊，使用不安全而又常常瞎火，取名「自來火」卻常常不「自來」。

紀曉嵐只顧低頭跟著走，一邊有一口沒一口的叭著煙，一邊想一些「自來火不自來」的軼聞趣事，突然聽到一句奇怪的招呼：「紀大鍋！你還是那個老脾氣？」

紀曉嵐吃一驚：「紀大鍋」這個綽號好久沒有聽見了。一來「紀大鍋」這個綽號不是誰人都可以亂叫，非得熟透的人不能瞭解這叫喚中的親切情誼。而自從入仕官宦以起，「紀大人，紀大人」已成了人們開口閉口的「口頭禪」，似乎不先這樣叫一聲便無法往下講。

今天猛一聽「紀大鍋」是如此久違，而又何等親切！紀曉嵐？眼四處去瞧，只看見眼前的人影影綽綽，一個也分辨不出誰是誰；再看稍遠處，好像有一座頗氣派的大門樓，這是哪裏？有誰在叫？紀曉嵐一時驚喜發呆，忘了先把眼鏡戴上，只是楞著出神。

只聽那人又叫了：「曉嵐同年學兄如此忘事，連我沈業富的聲音都聽不出來了嗎？怎麼不快掏眼鏡？」

紀曉嵐一邊歡聲回話：「方谷？眞是你嗎？」：

沈業富，字方谷，江蘇高郵人，比紀曉嵐小八歲的學弟，是當初虎坊橋紀昀手下「制義文社」時的友人，又于乾隆十九年同年成爲進士，可其後不久便分開了，似乎再沒聯繫過，所以壓根兒沒想到在長安能見到他。紀曉嵐慌忙掏出了眼鏡……

沈業富倒先接話了：「當然是我小弟沈方谷！今在此迎候學兄紀同年！」

紀曉嵐戴上眼鏡歡聲大叫：「啊！方谷！這不是長安府知府衙門嗎？敢情方谷你是府台大人吧？」

沈業富說：「僭越了僭越了。本府台歡迎紀學士進府衙小憩。」轉身又叫；「哪位是主管解差？」

丁差長上前說：「在下正是，小人姓丁，府台沈大人就叫我丁差吧：」

沈業富說：「丁差，這位紀大人我要請進府去，你們其他幾個另有安排。」

丁差長猶猶豫豫地說：「這個……」

沈業富厲聲說：「什麼『這個、那個』的？紀大人有事歸我負責。」說著一揚手，便有一個隨從遞給丁差長一包銀子。沈業富這才接著說：「你們自己去樂幾天！」

丁差長一掂量手頭的重量，銀包裏最少是一二百兩，馬上喜笑顏開：「是是是！多謝府台大人！在下知道怎麼辦……」轉頭領著其他的人員騾馬走了。

沈業富朝紀曉嵐拱手致禮：「兄台請進！」

紀曉嵐熱淚一湧而出：「方谷，愚兄悔不當初啊！一念之差落下如此乞丐般的結局！」

沈業富說：「這哪是什麼結局？兄台不必傷感！前面路道正長，眼前決不是結局。有道是，人無起跌，不成君子！進府調養幾天，你我分別多年積下了數不清的話。進府慢慢聊。」

二人比肩往長安府衙裏走。

後邊四兒歡聲小叫：「汪，汪，汪汪……」

沈業富回頭一看，是一條可愛的小黑狗，忙說：「哪來的野狗？怪可愛的樣子呢！」

紀曉嵐說：「它可不是野狗，名叫四兒，是一位朋友送給我的義犬，從京城跟到這裏，還要一直跟我到烏魯木齊。」說著說著，俯下身來，習慣地撫挨著小黑狗，摸啊，摸啊，摸……也眞湊巧，今天已是需要女人的某一個「第五天」，紀曉嵐已習慣地用這辦法向丁差長示意……

沈業富自然不懂，奇怪地問：「曉嵐幾時愛犬如斯！該不是想像著左擁右抱撫妻弄妾吧？哈哈哈哈！」

紀曉嵐省悟過來，眼前並不是丁差長，自己摸狗幹什麼？可一想也對，沈業富不是也從我這摸狗的動作中看出門道來了嗎？

於是放開了狗，直起了腰，跟著沈業富的話意，反其道而行之，實際是順話反說：「方谷眼下妻妾成群，左擁右抱者，非你府台大人莫屬。在下已是一介『犯夫』，哪還有機會享受那種樂趣？想也白搭，乾脆不想。」

沈業富說：「想不想是你的事，我就管不著了。你一路勞頓，先去洗澡更衣，睡上一覺，等你休整過來了我們再聊它一個三天五天。」說完便徑直朝裏走了，似乎再不理紀曉嵐。

紀曉嵐心裏猛然一冷：都怪自己不敢明說，自己眼下急需的正是女人，不是什麼洗澡休息。走長路早巳算不得什麼，騎馬更和家常便飯差不了多少，哪有多少勞累呢？……在路上還好，只我剛才把小黑狗一摸，丁差長晚上定找一個女人陪我，她們幾乎沒一個如花似玉，可都也姿色不凡，尤其那「御男」手段，簡直可說是爐火純青……八兩銀子什麼要緊，痛快一晚就行……現在可好，雖住府衙，豪華氣派，可是沒有女人……你你你，你叫我怎麼「休息」？唉！一個大府台還不如一個丁差長……

紀曉嵐只愣一會神，想事已是天遠。早已有衙役下人走來，領著紀曉嵐前去洗澡，更衣，然後又領他到了一個偏遠的角落，指著一張房門說：

「紀大人好好休息吧：沒人會來打擾你：」說完便已走了。

紀曉嵐只覺得萬般無奈，四處一看哪兒也沒有人。心想這地方眞是金屋藏嬌的好處所，可是眼前，連對人暗示一下找個女人來都不行，因爲四處找不到人影。

沒有辦法，紀曉嵐慢慢走攏房門，心裏傻想，今天怕又只好自己發洩了。可在這環境裏手淫也太沒有意趣！唉！現在不行，熬到晚上再想辦法，實在沒辦法就向沈業富公開講：要女人，要女人，還是要女人……等不得，等不得，現在就要去告訴沈業富才行。

紀曉嵐正要往外走，沒提防腳脖子上癢酥酥，一看是四兒在磨磨蹭蹭。這眞不是時候，主人此時沒有與狗親熱的心情，紀曉嵐抬起一腳：「去你的吧！」把小黑犬踢到了老遠，還是要往外走。

小狗並不惱怒，幾步又跑到門前，朝門裏歡聲小叫：「汪汪，汪汪，汪汪，汪汪！」又是四聲，不多不少。

紀曉嵐猛省，啊：這差不多是四兒向自己報告「女人」的專有叫聲，難道……難道……顧不得多想了，紀曉嵐飛快跑攏房門，猛地推開進去：啊！清香撲鼻，沁透全身：金羅銀帳，好大的繡床：繡床邊立起一個少女，淡妝雅潔，賽若天仙，只聽她嚶嚶嚦嚦說：「妾身迎候紀大才子多時了。」走兩步一個萬福，斂衽多姿。

紀曉嵐只覺得眼花了，心醉了，像看見了迎風擺柳，婀娜多姿，像吸飽了醇香美酒，快意醺然，他一下懵懂，忘記了通常的禮儀，上前一把抱住了她，語無倫次地說：「娘子請起，請起……」

其實這哪裡是什麼娘子？她又何曾下跪？如此亂叫「娘子請起」，分明是從哪裡學來的一句戲文……什麼都不記得了，紀曉嵐擁著妓女慢慢走到床前。就勢倒上床去……許久許久沒再起來。

這半天半夜紀曉嵐根本沒有睡著，頻頻作愛之外，便是無邊的遐想。此時的衾枕鋪蓋，已與居官之家相差無多。同年進士沈業富慮事十分周到，連禮品飲食也派人送到了房裏，美其名曰：「先讓紀大人解除旅途勞頓，明天才正式接風洗塵。」實際的用意當不在此，而是給紀曉嵐補償一路上缺少女人的空虛……

但紀曉嵐自己心裏明白：一路上並沒太空虛女人，而是空虛了過往的妻妾情趣。丁差長每五天就把一個女人送到紀曉嵐身邊，但那全然只是本能的發洩。何來官宦之家的情趣可談？那鋪蓋床褥就與自己家裏相去甚遠。

今天今晚，沈業富把鋪蓋床褥準備得一如官宦之家，這長安妓女也非丁差長一路上找的鄉鎮野妓可比，其姿色也比家裏妻妾相差無多，那床上的迎合功夫更是駕輕就熟……可是無論怎麼說，紀曉嵐都覺得與在家裏享受妻妾相去甚遠，他眞的好悔恨自己啊：但這一切都已經晚了。和妓女作愛不過是本能的排遣，連其容貌都沒有興趣去仔細觀察品味，腦子裏只是想著回朝與回家。他在題謝沈業富的小詩中對此有準確的描繪：

秦中暫相遇，我正適邊睡。
未暇觀顏貌，煢煢夢已回。

肆拾壹　天山雪蓮情愛花

天山雪蓮非心心相映之男女同採而不可得。適量少服可達妙不可言之境，過量服用便成劇毒之媚藥……

出關以後，紀曉嵐一行人改騎馬為騎駱駝。穿過茫茫的沙漠，這天突然見到一座不小的沙土山阜。土山上築有簡陋的碉堡房屋。

丁差長自然領人進去休息了。

大家取出乾糧啃吃充饑。戍卒長老牛只煮一小壺茶，分給過往差人犯夫每人才是一小口，分完後說：「此間飲水極難得，冬積冰雪，夏儲雨水，眞眞的水貴如金，恕難充分滿足各位的需要。」

紀曉嵐一聽傻了眼，原來他這一口水早就倒進口裏去了。本想伸手再要，一聽這話便停下來，問道：「此阜何名？」

戍卒長老牛說：「天生墩。」

紀曉嵐說：「好一個天生墩的名字，」說著往外仔細瞧瞧接上了口：「分明是土山的形狀，是土山必有山泉，你們為什麼不去掘井取水？」

戍卒長老牛說：「當年岳（鍾琪）大將軍西征路過此地，與大人所見略同。岳大將軍說：『是山必有水。』

便派士兵百餘人，於此墩北穿入，用鐵釬挖至數十丈深。不但沒有見到一滴水，反而四周沙土坍塌，轟然一聲巨響，上百人墜入穴中，僅有六七人留於穴口。這六七人嚇得肝膽俱裂，早已四散奔逃。其他士兵慢慢走攏穴邊，伏地一聽，只聞穴中風聲有如獅吼。從此再無人敢在此掘井了。」

紀曉嵐一聽，也就再沒話說。但是乾糧人肚，口渴心焦，實在忍受不住了。他只好又把茶杯伸出去說：「就算討也再討給我一口吧，起初我不知道啊，一口吞下去，這回我慢慢抿。」

老牛說：「不行！來在沙漠地，無水要求生。先渴你半天再說！」

紀曉嵐說：「你渴我不著，我駱駝背上皮囊裏帶著有水。」邊說邊已起身往外走。

老牛也不攔阻，只是微微一笑，也不多說什麼。

紀曉嵐跑到外邊一看，匹匹駱駝上的水囊都已不見了。紀曉嵐又趕忙跑進屋來，對著丁差長大聲煽動說：「丁差長」你還不快去看看，我們的水囊都被誰偷走了！」

丁差長咋呼起來：「誰敢？」急急衝出了屋。身後自然跟著其他的解差和犯夫，一溜七八個人吵吵嚷嚷往前走。一看果然不見了水囊，便又沖進來將戍卒長老牛團團圍住了。

丁差長大聲說：「你交不交出水皮囊？」

大家便齊聲附和：「不交出水囊我們幾個劈了你！」

老牛哈哈一笑說：「要砍得死我只怕早死一百回了！」說完低頭彎腰，從地上撿起一個雞蛋大的石子，放在兩個手掌中慢慢地搓啊，搓。只見石子漸漸粉碎，飛飛揚揚往地下撒。想像不到的高超武功！簡直少有可比！

紀曉嵐一看大驚：莫非遇到了強盜？我們這幾個人可不是他一個人的對手？何況他手下還有幾個戍卒呢！什麼「戍卒」？一定是這個戍邊哨所被強盜搶佔了！……

紀曉嵐還沒有想出個頭緒來，那個老牛已把雞蛋大的石頭全搓成了粉子，只聽他還是用老腔調說：「看見了？你八個一起來也經不住我半個時辰打？乖乖地坐著別動，我要渴你們一個五癆七傷。」於是誰也不敢亂動，坐在土阜房屋裏經受焦渴的煎熬。

紀曉嵐平生第一次遭受如此大的劫難，他起初只覺得肚子裏翻翻滾滾，喉嚨裏乾燥冒煙，舌頭上漸漸乾枯沖泡，嘴唇上慢慢結起了一層鹽霜……哪裡等得一個時辰？紀曉嵐半個時辰也沒堅持得了，渾身軟綿，四肢抽緊，眼睛發黑，腦袋一暈，他倒在地上了。一時間什麼都不再知道了。

但一轉瞬心裏又靈動過來，好像什麼事都沒有，他渾身又有了勁，一骨碌坐了起來。雖然仍是口乾喉渴，卻不再身子軟綿，他試著又站起來了，端坐在椅子上。一看周圍七個人，昏迷的，蜷縮的，張口哈氣的，瞪眼欲罵的，什麼樣的都有。

紀曉嵐一下子又感到了自豪：畢竟自己還站得起，坐得下，經住了焦渴的煎熬……

不！遠遠沒有，這一次再沒堅持多久，紀曉嵐便昏迷過去，倒下地頭……

當他再醒來時，只覺得心裏浸潤著甜蜜，渾身煥發了生機。他睜眼一看，正是那個戍卒長老牛在給自己一勺一勺地餵水。這平時最不起眼的水啊，竟有如此神奇的功力：讓人起死回生！

紀曉嵐完全清醒了，抓過老牛手上的茶碗，咕嘟咕嘟幾口就喝了下去。渾身精力陡增，似乎比焦渴之前更強壯百倍。

他朝四周一看，其他七個人都已喝了水清醒許久了。這麼說，還是自己體子最差。他正狐疑老牛這些人是怎？一回事，就聽他厲聲講了起來：「大家注意：沙漠裏水貴如金，千萬不能兒戲。水能養人，無水奪命。剛才大家經受的便是焦渴奪命的過程。人身上大部分是水，第一次焦渴暈倒，身上的水會自己被榨出來，再養活自己，所以又會在短時期內堅持下去。不過還會再次焦渴暈倒……這樣反反覆覆，直到人身上的水自己被自己榨乾，便再活不過來了。我不是嚇唬大家，我也想不出剛才這一套辦法。剛才這一套辦法叫做『殺人救人』，是當年岳（鍾琪）大將軍留下來的規矩。岳大將軍自從那次在這裏派百多士兵掘井失敗之後，便在這裏建立了這個小成所，派一班人守在這個地方。遇到凡是有朋友經過，就用剛才這個辦法先把人『渴死』，當然是渴得暈死，然後再用水把人救活過來。告訴他們在沙漠裏第一件事是愛惜水，第二件事是愛惜水，第三件事還是愛惜水。現在，我們的任務已經完成。各位的水皮囊已經掛好在駱駝上，你們可以起程了。祝你們一路平安到達烏魯木齊……」

烏魯木齊提督溫福，人稱烏魯木齊將軍，他姓費莫氏，鑲紅旗滿州人。出身並不高貴，由一名普普通通的筆帖式（翻譯）而逐步官至新疆都統，成爲從一品的封疆大員，靠的是勇猛無敵與爲人公正。

紀曉嵐一行到達烏魯木齊時是十月底，初冬已有冰雪寒風，心想這三年的淒苦還不知會到什麼程度。懷著忐忑不安的心情，紀曉嵐瑟縮著去見溫福，老遠就跪拜下去說：「啓稟烏魯木齊將軍，犯夫紀昀前來報到，有請溫公發落。」

溫福大笑起來：「哈哈！你就是紀昀紀曉嵐？你人未到，信已先來。」說著舉起了一摞好幾封信。

紀曉嵐驚詫：「哦？何人消息如此靈通？又對鄙人如此關愛？」

接過信來一看，原是閩中學子梁斯明、梁斯儀等人，聞訊紀曉嵐因漏言獲罪，遠戍新疆烏魯木齊，特來信問候，全不以「犯夫」爲然，仍然稱頌紀曉嵐爲師長，勸慰安心服役，只待三年期滿返朝。紀曉嵐看完信百感交集，激動不已，又拱手向溫福行禮說：「溫將軍，閩中學子念在下督學福建時小有功德，不避在下今日犯人之嫌，來信多所激勵。並無泄漏軍機。鄙人深感內疚。

「請溫公過目閩中學子之來信。」紀曉嵐又將信件捧呈溫福。

溫福連連擺手：「不必不必。閩中學子給你寫信的同時，都已寫信寄給本督，一致讚頌你督學福建兩年的功勞。由此可見，紀昀才子之名決非虛傳。本督決定，紀昀留在本督衙署之中，佐理軍務，掌管簿籍文書，不任命具體職務，協助印房章京宋吉祿工作。」

紀曉嵐喜出望外，忙又跪地說：「犯夫紀昀深謝溫公大恩！」印房章京是新疆伊犁和烏魯木齊等地將軍府特設的官職，屬於當地最高軍政長官的屬官，掌管內部文書印信等事務，是最高地方官的親信心腹。紀曉嵐得此協助印房章京的重任，自是欣喜若狂了。

宋吉祿也是個漢人，卻並非出身於進士，他是溫福的一個愛妾的堂弟兄，自然也就是溫福的一個小舅子。溫福任命他爲掌管內部文書印信的印房章京，自然是順理成章了。宋吉祿因本人文才不濟，對大才子紀昀早已仰慕有加。他按照姐夫溫福將軍的事先交代，馬上來接紀曉嵐去安排食宿。

紀曉嵐按禮儀朝制拱手向宋吉祿報告說：「犯夫紀昀拜見印房章京宋大人！」說罷便要單膝跪下地去。

宋吉祿一把攙住他說：「豈敢豈敢？下官正感學淺才疏，紀學士乃是某之師輩，今後當請多多教誨提攜。名義上我是上級，實際上將請你爲主腦。走走！安排紀學士的食宿處所。」一邊說著，宋吉祿硬是推著紀曉嵐朝前走了，邊走邊又補充：「宋某今年三十五歲，紀學士當是兄長吧？」

紀曉嵐於是笑瞇瞇地說：「如此排比，在下便倚老賣老了。紀某比宋大人虛長十歲，今年四十五歲矣！」

宋吉祿反而拱手向紀曉嵐說：「兄長大我十歲，才學更高出許多，叫我『大人』我怎能擔當得起？除了官場面上，我們乾脆彼此叫名諱吧。」

紀曉嵐說：「如此我就僭越了。吉祿！你看這外邊的景色，土沃泉甘，市肆羅列，烏魯木齊眞不愧是塞北江南。想起我在途經沙漠天生墩的時候，對比起來，眞有天壤之別。」

宋吉祿說：「那是當然。你知道烏魯木齊這句話是什麼意思嗎？『烏魯木齊』是蒙古族話的譯音，意思是『値得爭奪的好牧場』。快到我們公署裏去看看，你就更加明白了。」

紀曉嵐隨宋吉祿進到一處署園，立刻被裏面的繁盛花草所吸引。尤其有一種花格外好看，花由黃、白、藍、紅、紫五種顏色組成，十分逗人喜愛。而花的形狀又猶如一個個極小的茶杯，狀貌一致，大小均勻。

紀曉嵐三腳兩步跨過去問：「這叫什麼花？」

宋吉祿說：「名叫江西蠟。」

紀曉嵐說：「沒聽說過這種花，可比最美豔的洋菊還好看。尤其是它在初冬的寒風裏還能開！」

洋菊學名叫做大理花，又叫大麗花，還有好名字，叫天竺牡丹，也是紅、黃、紫、白各色交錯。

宋吉祿說：「曉嵐兄這就有所不知了，在我們這裏，從季節上看，十月開花的江西臘根本不算什麼。你知不知道，有一種天山雪蓮，專門開在積雪之中呢！」

紀曉嵐喜不自勝說：「哦，有這等事？那等到今冬積雪漫山，吉祿你非帶我去採幾朵回來不可」

宋吉祿說：「不不，這個我可做不到。你知道這雪蓮是多麼奇異的花嗎？」

紀曉嵐說：「不知道，吉祿說說。」

宋吉祿說：「雪蓮雪蓮，專生長於崇山峻嶺之積雪裏。其形狀有如你剛才說的那種洋菊花。而且凡生必雌雄成對，雄者頗大，雌者較小。但雌雄並不共生，亦非同根所發。兩株必相隔一兩丈遠。見其一，再覓其二，無不得者。就像菟絲、茯苓，一氣所化，氣相屬也。但是雪蓮特靈，見著一朵以後，必須同時找到第二朵，男女兩人分別同時摘取，男摘雌花，女摘雄花，同時下手，同心相印，一句話也不說，先後也把得准，方可手到擒來。倘若一對男女並非心心相印，或是在雪地裏指指戳戳，說三道四，那麼就是看見了雪蓮也是白搭，等你伸手摘取，它早縮人雪中，任你挖雪刨泥，再也找不到蹤跡。你我兩個大男人，怎麼採摘雪蓮花？」

紀曉嵐無限感慨說：「啊！雪域花草，竟然如此多情？」

宋吉祿說：「可不是嘛，草木有知，理不可解。此地土人說：山神惜之，非純眞之愛侶莫能得採。」

紀曉嵐更加感興趣了：「如此說來，這天山雪蓮堪稱世界一絕，乃是男女純眞愛戀之花！」

宋吉祿大笑起來：「哈哈哈哈！人都傳說，紀曉嵐不僅才華卓絕，而且性足情眞，看來果無虛假。這天山雪蓮正是男女純眞愛戀花。此花生於極寒之地，而又有極熱之心。有高人曾指點說：寒熱正像陰陽，二氣有偏勝而無偏絕，積陰外凝，則純陽內傳，反之亦然。以《易經》原理推斷，坎卦爲水，以一陽陷二陰之中，離卦爲火，以一陰陷二陽之中，均爲偏絕，殊不可取。必須將『坎』卦『離』卦組合起來，變成『水火既濟』之卦，則陰陽調和，各得其位，焉有水火既濟之男女不是純眞摯愛嗎？」

紀曉嵐喜不自勝說：「妙極妙極！此高人之至論也。吉祿，高入此番至論，究竟是怎樣地實用之於天山雪蓮？」

宋吉祿說：「高論之下，實用簡單，若果是男女情投意合，些微調服天山雪蓮，則可達銷魂之極致。設若過量摻合，則雪蓮便成最有劇毒之媚藥，眞能把男精女血剮剝精光。」

紀曉嵐連連點頭說：「對極了對極了，適量爲藥，過量爲毒，千古不滅之理也。蓋天地之陰陽調順，萬物乃生。人身之陰陽調濟，百脈乃和。故《素問》都說：『亢則害，承乃制。』其實都是指陳一個道理：過猶不及！什麼事過頭了都不行……」

一切都安頓下來了，紀曉嵐給妻子馬夫人寫了一封信：

今常叨祖宗福庇，一路惠風和暢，好鳥呼應；看山不厭馬行遲，間可樂焉……餘在口外，反較居京華暢適，爾毋須爲我憔悴也。

豈有遠戍烏魯木齊勝過京華居官之理？這明顯是對妻妾的安慰言詞。

初到烏魯木齊有強烈的新鮮感，紀曉嵐要宋吉祿帶自己到各處轉悠，以熟悉當地的環境。宋吉祿自然愉快地答應了。

越轉悠越覺得這裏名不虛傳，草木繁盛，綿羊成群，厚厚的捲毛如同白雪，烏魯木齊果是一個好牧場，難怪人們長期地爲爭奪它而打鬥。

突然想到了一個問題，紀曉嵐便問宋吉祿說，「吉祿，這裏怎麼只有羊不見牛？」

宋吉祿說：「曉嵐問牛，這裏的牛可眞特怪，你要是見著了，那就災禍已經來臨。新疆野牛群數以千百計，形似家牛，卻比家牛爲大，角利如戈矛，走起來以強壯者在前邊打頭陣，弱小者居後邊壓陣腳。每群必有一牛王，威勢地位如蜂王一樣，群內個個聽其指揮，它行則行，它止則止。欲加捕殺，則百煉之健卒不能成列合圍，唯有在後邊偷獵其弱小者，它們絕不反顧。這些野牛群從不主動到人多的城區來，若來了便是別處水草全沒了，野牛也要來侵佔烏魯木齊的水草，那不是災禍來臨了嗎？與此形成鮮明的對照，那便是這裏家牛極少，十分昂貴，農人缺少牛耕，頗爲惱火。所以，岳（鍾琪）大將軍西征到此之時，曾嚴厲禁止宰殺耕牛。誰知牛一稍多，價錢便賤；價一賤牛販子便又不販牛來了，反使牛價更成倍增長。如今溫將軍一來，乾脆不加干涉，牛價聽其自然，結果反而好了。家牛漸多，價也不特貴。不過家牛卻不成群放牧罷了。」

紀曉嵐說：「世事果然是利害相輔相成，家牛禁宰，牛價便宜，可牛源短缺，價又漲高，乃是當年岳大將軍所始料不及。他只知其一未知其二也。」

宋吉祿說：「可不是嘛，原來離此二百里有個金礦，盜採金者多至數百人。要抓捕嘛，又怕引起激變；聽之任之吧，又怕養癰爲患。當年岳大將軍的謀士想出一個主意，斷絕採金者的糧道。這一著果然很靈，不出一個月，盜挖金者數萬人盡散。然而，正當岳大將軍慶幸計謀成功之時，又傳來各地盜賊蜂起的消息。原是數萬盜金者被驅散之後，無以爲生，又行偷盜。並且分散在四處危害官民，比原先集中盜金之爲害更甚。此起彼伏，防不勝防。後來又只有放任人們淘金，才又平息了各處之偷盜。」

紀曉嵐感慨係之：「眞是禍兮福所伏，福兮禍所倚。老聃所言不虛。」

二人邊談邊走，不覺來到了烏魯木齊城西。

紀曉嵐立刻被一大片森林所吸引，驚喜地說：「啊！想不到這塞北高原還有如此茂盛的大森林，只怕有好幾里吧？」

宋吉祿說：「不不，這裏老木參雲，彌蔭數十里。那裏面還有當年岳大將軍修建的一座亭子呢，要不要去看看？」

紀曉嵐說：「當然去當然去。」

二人相跟著走到樹林邊的亭子面前，紀曉嵐抬頭一看，亭名「秀野」，馬上心內一驚：怎麼如此似曾相識？他慢慢回味著說：「吉祿，怪了，我怎麼覺得好像到過這個地方？」一邊便低頭思索。

宋吉祿說：「除非是在夢裏。」

「不，不是夢裏，是在圖畫裏。」紀曉嵐終於想了起來，那是自己從師董邦達在京城讀書的時候，董邦達爲紀曉嵐作了一幅《秋林覓句圖》，題款曰：「秋林覓句，憨態可掬。今日布衣，明或朝服。」送給紀曉嵐以作鼓勵。剛巧此時紀曉嵐的一個名叫沈初的朋友來找董邦達。沈初原跟西陽山長學習繪畫，來到京城後又想在董邦達跟前進修。隨身帶了一幅畫稿請董邦達教正。畫題名叫《善騎射獵圖》，此圖畫得極好，董邦達便要紀曉嵐在畫上題詩。

紀曉嵐題了一首七絕：「白草粘天野獸肥，彎弧愛爾馬如飛。何當快飲黃羊血，一上天山雪打圍。」對極了，對極了。沈初那個畫面，正是眼前的實景。畫中一個小亭，偏巧亭名也叫「秀野」，與眼前的「秀野」亭幾無二致……紀曉嵐把這段故事講完，感慨地說：「吉祿，眞是怪了，我這遠戍天山，原在三十年前就已有讖，命運如斯，事皆前定，能不信乎？我再自題一首解嘲吧。」隨即琅琅念誦：

霜葉微黃石骨青，孤吟自怪太零丁。
誰知早作西行讖，老木寒雲秀野亭。

宋吉祿也感慨萬端地說：「是啊！事皆前定。曉嵐信讖神信命信鬼就好，在我們這裏還不知有多少神奇鬼怪的事情呢！」

紀曉嵐大感興趣：「哦？聽吉祿的話外之音，你肚子裏頗多神奇鬼怪的故事？」

宋吉祿尚未回話，隨在身旁的黑犬四兒汪汪地叫了起來。

宋吉祿於是轉寰說：「曉嵐，你不是說這四兒特靈嗎？它這樣一叫準是家裏有事，我們先回去吧。」

回到家裏果然有兩件事：一件是京都來信，禮部尚書董邦達病亡；二件是本地有六千戍役要求儘快脫籍，否則便有發生騷亂的可能。

董邦達，就是前述紀曉嵐從學的業師，給紀曉嵐許多教誨，最後紀曉嵐能進士及第都與董邦達的教誨有關。後來董邦達被乾隆任命爲重修《熱河志》的副總纂，還推薦紀曉嵐出任纂修《熱河志》的主編……如今董邦達在禮部尚書任上病故，也算是壽終正寢。乾隆沒有慢待他，給他追封文恪的謚號。

紀曉嵐想到這裏心中十分愧疚，如今自己落爲遣犯，遠居烏魯木齊，連向恩師送幛祭奠的機會都沒有，眞是太有負於老師的教誨了。想想這是自己命運使然，實在並無他法，於是便想到寫一首詩以作紀念。

反覆搜尋記憶，紀曉嵐只覺得那次與沈初同時拜謁董邦達的場景猶在眼前。除了那《秋林覓句圖》與《番騎射獵圖》之外，董邦達還要紀曉嵐坐在竹林裏，讓沈初爲他作了一幅肖像畫《幽篁獨坐圖》，董邦達又在畫上題贈詩句說：「幽篁獨坐豈彷徨，松濤竹韻正欲狂。寄語蒼生勤拭目，巡天遙看論短長。」

是啊！尊師當年對自己寄予了「巡天遙看」的厚望，今日自己卻折翅沉沙……不，不不！紀曉嵐一陣愧疚之後，陡地昂奮起來，決心更加振作自己，非爭到一個再次展翅淩雲的結果不可。他揮筆寫下了《懷念董邦達先師》的一首七律。

接下來紀曉嵐便去與宋吉祿一起處理那六千戍役脫籍之事。

原來獲罪遭遣戍邊的犯夫之中，像紀曉嵐這一類朝廷命官爲數極少，絕大部分是各地遣送來的百姓黎民。按照規定，他們來烏魯木齊戍役三年或五年後，如無新的罪過便應釋放爲民，他們願意回原籍，或是繼續留在烏魯木齊，都由他們自便。因爲各人遣戍年限不等，前拖後擠，今年年底之前便有六千人同時脫籍。這個工作主要是文字案牘工夫，其實也就是蓋個章簽幾個字。紀曉嵐初來乍到不瞭解內情，否則他也不會在這個關口上要宋吉祿帶自己去遊逛。

紀曉嵐呢，以爲手下幾個吏員能把手續辦好，自己沒有太關心。

誰知戍役人員再等不得，便集中起來坐在衙署面前請願，要求馬上辦妥手續放行。鬧不好眞會演變爲騷亂。

紀曉嵐來到署衙，一見數以千計的人在吵吵鬧鬧，立即問明瞭情由，他主動站出來承擔責任，他向大家說：「各位朋友，此事責任在我，我叫紀曉嵐，因爲初來乍到不瞭解內情，把印房章京宋吉祿宋大人拉走了……此事千萬別責怪他！我保證兩天內幫各位朋友辦好脫籍手續，保證大家還能回內地與家人過一個好年！」

戍役們全都通情達理，漸漸退散開去。

紀曉嵐如此高的文才，辦這點小事易如反掌。不幾天使將這數千人手續辦全，讓數千人同時脫籍。他以爲這下子可以清靜了。

誰知宋吉祿手裏捧著一大堆文牒，前來找紀曉嵐。

紀曉嵐吃一驚說：「吉祿，未必我漏辦了這麼多人的脫籍放行？」

宋吉祿說：「不是，活人的脫籍放行已全辦好，這是要給死人辦放行。」

紀曉嵐奇怪已極：「什麼？還要給死人辦什麼放行？」

宋吉祿說「以往慣例，凡客死於此者，其根歸籍，應該給以文牒，否則，魂不得入關。這次脫籍那麼多人，許多人回內地過年，也把客死在這裏的親人棺材運走。這才是一部份文牒啊！」

紀曉嵐說：「有這等事？」連忙走近前來，接過文牒底稿一看：

爲給照事：照得□□處□□人，年□□歲，以□□年□月□日在本處病故。今親屬搬棺歸籍，合行給照。爲此牌仰沿路把守關隘鬼卒，即將該魂驗實放行，毋得勒索留滯，致干未便。

烏魯木齊文牌關防（墨印）

紀曉嵐一看笑了：「哈！這是什麼牌照？文字都沒通達，還蓋一個黑關防！」

宋吉祿說：「行于冥司，當然不能用朱筆，所以全要用墨寫，而且還只能蓋這種黑關防。不然鬼魂通不過！」

紀曉嵐想了一想說：「吉祿，我先問你一個事：以前這些亡魂牌照是由誰辦理？」

宋吉祿說：「都是由軍吏經辦，他們才是直接和脫籍戍役打交道的人。」

紀曉嵐說：「這就是了，一定是軍吏們用這辦法向那些脫籍戍役撈錢，那些脫籍戍役受了他們的騙，給他們錢來弄這些鬼牌。今年我們斷了他們這個不義的財路，乾脆一份鬼魂牌照也不發給。」

宋吉祿不無疑惑地說：「難道眞有這麼回事？以前我們可是從來沒有想過軍吏們會想出這法子撈錢。你恐怕不知道這荒僻的地方鬧鬼有多麼厲害，你不是也信神信鬼信命運嗎？」

紀曉嵐說：「是啊，我信。不過，陰間民冥司的鬼魂要由陽間發牒放行，這事沒有道理。我們不妨一試，很快便見分曉。」

「好吧。我們……」宋吉祿一句話沒說完，突然發暈摔倒，只聽「乒」的一聲，他已經倒在地上了。把那一摞子亡魂鬼牒拋撒一地。

紀曉嵐吃一大驚，跑過去急喊：「吉祿吉祿，醒醒醒醒！」

但是宋吉祿沒有醒來。

紀曉嵐趕快出來喊了幾個下人，把宋吉祿抬到床上去睡，並給他蓋好了被窩。一邊便對下人說：「誰去請一個郎中來！」

一個下人看到滿地是未簽發的鬼魂牌照，忙制止說：「不要去請郎中，一定是鬼魂見宋大人遲遲沒有簽發文牒，故意使他暈倒，給他一個警告。紀大人只管簽發這些文牒好了，你一簽文牒，宋大人定會醒來。」

紀曉嵐說：「簡直奇談怪論！這些鬼魂文牒是軍吏們撈取脫籍戍役錢財的鬼名堂，今年這文牒我們一份也不會簽發！快去給宋大人請郎中！」

下人們爭著說：「才不才不……紀大人你弄錯了……亡魂沒有文牒確實進不得關……幾千鬼魂一鬧，那會鬧得整個烏魯木齊不得安生……」

紀曉嵐說：「別多說了，眞是鬧鬼叫鬼來鬧我，我叫紀昀紀曉嵐，行不更名坐不改姓。是我不讓發鬼牒，鬼不鬧我再鬧誰？」

下人們爭相說：「哎呀呀，紀大人，你的名字我們早聽說過了，都說你是紀大才子……只怕是天上文曲星下凡，鬼魂怎麼敢來鬧你？它們見你躲都躲不贏……只是老百姓受不住鬼鬧……」

下人們話未說完，睡在床上的宋吉祿猛然醒了。他陡然掀被起身下床說：「我母親呢？剛才是我母親來了，她叫我起來接她。」

紀曉嵐說：「吉祿，你是作了一個白日夢吧？哈哈！」

宋吉祿一看房內還有幾個下人，形神恍惚地問：「你們眞的沒有看見我母親來？」

下人們說：「宋大人，你家不在關內嗎？你母親怎麼會到這裏來？……一定是見你不肯簽發鬼魂文牒，那些鬼魂們害你暈倒了……」

宋吉祿這時也想起紀曉嵐不肯簽發鬼牒的事情，於是岔開說：「都出去幹你們的事吧！那件事你們不要管了。」

紀曉嵐萬萬沒有想到，只兩三天以後，四處傳來墳墓鬼哭的消息，有些還說得有板有眼，說鬼哭訴連聲：「哎喲喲，死了還受罪，沒有牒子進不得關？……」

宋吉祿說：「曉嵐兄，別再固執了吧！」

紀曉嵐說：「吉祿，別急！我懷疑這正是軍吏們作僞，他們發動一些人每晚嚎叫，目的還是借這鬼牒撈取錢財！再等幾天吧。」

宋吉祿自也沒法。

沒想到夜晚鬼哭的事驚動了烏魯木齊家家戶戶，鬧得每晚沒有安寧。

這一晚上月明如晝，紀曉嵐似乎聽到了野地的叫聲，起初是「嗯嗯嗯嗯」，聲音很遠很遠；漸漸地變成「喲喲喲喲」，聲音近了一半；再後來簡直是「哇哇」大哭，好像就在窗前。

紀曉嵐哪里還睡得著？他壯起膽子走攏窗前，朝外一看，什麼也沒有，如水的明月，清清爽爽，遠山近樹，草木幢幢，一剎時也是什麼聲音都沒有了。

他看了一會正要轉身，忽聽窗外哭聲陡起，「嗯嗯哇哇……」悲傷至極。起初好像只是一兩個的哭聲，漸漸變成了成群的嚎哭；啊！其中明顯地還有未成年孩子的哭聲。

紀曉嵐麻起膽子擦淨眼鏡，戴上再往外瞧，仍然是影子也不見一個。但哭聲越更大來，似乎聲嘶力竭，十分淒慘。

紀曉嵐渾身顫抖，身上漸漸起了雞皮疙瘩，似乎毛髮都已倒豎起來，他正要開口叫人，突然聽到敲門聲響，「咚咚咚，咚咚咚……」

紀曉嵐疑惑是鬼敲門，便壯起膽子大叫：「是誰？是誰？是誰？」

三聲大叫，喊出了神威。窗外哭聲陡止。

門外也傳來了話聲：「是我，是我！宋大人的下人，我扶宋吉祿宋大人來了！」

紀曉嵐一聽來了神氣，過去打開窗門，果是兩個下人來了，兩人兩盞燈籠，還攙扶著宋吉祿往房裏走。

紀曉嵐忙問：「吉祿，是不是鬧鬼鬧到你房裏去了？」

下人爭著回答：「紀大人！不僅僅是鬧鬼鬧得宋大人驚心動魄，還因爲剛才有快馬報信來，宋大人母親思念兒子沒法排解，她果然便從關內到關外來看望兒子，沒想到還沒趕到烏魯木齊，他老人家在哈密病故了……論時間算，正是宋大人在章京印房裏暈倒那一天，那天難是他母親的靈魂前來會見兒子呢……如今宋大人先是被鬼鬧怕，又因母親去世傷悲，連路都走不穩了……」

紀曉嵐也幫手扶宋吉祿坐下，一邊深情地說：「吉祿，我眞對不起你啊！你先歇歇再說話，我們商量個事情……」

宋吉祿掙扎著推開眾人的攙扶，帶氣地岔斷紀曉嵐的話說：「還商量什麼？你你你，你把全烏魯木齊的人都害苦了。未必鬼就眞的怕你文曲星嗎？未必你一次也沒聽見鬼叫嗎？」

紀曉嵐說：「聽見了，聽見了。就在你們來之前，我這窗外還是鬼哭狠嚎，嚇得我毛骨聳然。」

宋吉祿說：「既是這樣，你還不簽發鬼魂文牒？」

紀曉嵐斬釘截鐵說：「發，發發！我今晚上連夜簽發，你快叫人去把所有的鬼牒牌照拿來，我保證在兩天兩晚之內全部簽發完畢。」

眞是奇哉怪也！自此以後，整個烏魯木齊再也聽不見任何怪異的哭叫聲音。每天晚上都肅然安靜。

又一個月明如水的夜晚，紀曉嵐坐在窗前。萬籟俱寂，寧靜異常。紀曉嵐凝神望著窗外，思緒早飛上了雲霄。廣袤無垠的世界，你究竟還有多少奧秘沒被人們瞭解。單是宋吉祿暈倒夢見已故母親，以及沒有官牒鬼魂哭鬧這兩件事，就足以使我紀曉嵐心悅誠服了：有天，有地，有鬼神！那麼，人世間抑惡揚善乃是不可違背的眞理，否則，天地鬼神不是沒有意義了嗎？

思緒蹦躍，心潮起伏。紀曉嵐對鬼魂之事再不敢忘懷，似乎用話都說不明白，非吟成幾句詩不可。稍作思忖，隨口唸出：

白草颼颼接冷雲，關山疆界是誰分？

幽魂來往隨官牒，原鬼昌黎竟未聞。

吟罷就寢，突然騰起了對女人的需要。是啊！到烏魯木齊已經許多天，早已到了需要女人的時候。可是今晚大大不同，似乎這對女人的需要又升高了一個層次。這層次是什麼？似乎自己也說不清楚。但有一點已經十分明白，那便是粗鄙的官妓太不可取。

紀曉嵐回想起從京都到烏魯木齊的一路行程中，差不多每五天便花八兩銀子，交給那個丁差長去爲自己買來了一個女人。

可她們是女人不錯，除了人的本性發洩，她們還給了自己一些什麼沒有，沒有，什麼也沒有。

那麼，自己追求的又應該是什麼呢？

順著這條思路，紀曉嵐想到了自己半生經過的許多女人，從十三歲與四嬸母婢女文鸞初試雲雨以起，包括後來明媒正娶的夫人馬鈴鈴，還有新納的眾多侍妾，還有苟且偷情的姨妹春桃……啊！最愜意的男女交合是兩心相悅，兩情相投，兩人都銷魂蝕骨……

所有這些情感上的交流，在粗鄙的官妓之中便完全沒有。那麼，現在自己所要追求的便是男歡女愛中的感情交流了。

奇怪，怎麼今晚上突然想到這些事上去了呢？這似乎是在來到烏魯木齊以後才起的思想變化。那麼，這變化是因何而起的呢？

來這裏時間不長，紀曉嵐情不自禁地挨著次序往下想，從來到烏魯木齊的最初一刻往下想，想，想……

啊！對了，是剛到那天宋吉祿給自己講的「天山雪蓮」的故事……高人曾指點說：天山雪蓮生於極寒之地，而有極熱之心。蓋寒熱正像陰陽，只有陰陽調和，各得其位，方可使萬物生成，繁衍生息……作爲萬物之靈的男人女人，豈能違背這個天理？而雪蓮花正是男女純眞愛戀花……微量少服可達銷魂之極致，過量摻和，則又成了劇毒的媚藥……

正是從聽到達天山雪蓮的故事以起，紀曉嵐的身心便似乎有了一個追求的目標，這便是在這雪域高原要捕捉機會，務必要採到一棵天山雪蓮，同時要尋求到高層次的男歡女愛……

天公啊！何時才會有漫山遍野的積雪？

地母啊！在這裏我怎麼去找到有感情交流的女愛男歡呢？……

肆拾貳 以死相拼鬼神驚

兩個赤身裸體的男女相抱自殺。女的剖腹未死，供出乃是一對私通的情人。

天還不到大雪紛飛的時候，紀曉嵐已經熬不住要找女人，這已不是爲難之事。烏魯木齊是遣戍流民匯聚之所，不然也不會幾年累積下來便有了要同時脫籍的六千多人。這麼多人之中有很多是沒有老婆的光棍漢，街巷妓館便應運而生。

「世界之有妓院，正如世界之有佛道一般，都是有人需要那種寄託，值不得大驚小怪。」這是紀曉嵐慣來的思想主張。所以他對長期居住的京師妓院和曾居官兩年多的福州妓院，都曾有過腳踏實地的瞭解。雖然他不以此爲光榮，可也並不以此爲恥辱。

京師的妓院有公娼私娼之分。公娼者懸牌納稅，可以出面陪酒，設宴於家，且可留宿，是因得到了政府的認可，故爲公娼。反之當然是私娼了，私娼也叫暗娼。其數量無法統計，但肯定比公娼多。公娼自以爲高貴，常把私娼叫做「野雞」。但是，久而久之的結果，是人們把她們公娼也一律叫做了「野雞」。

京師公娼妓館分爲三級，一等爲班堂，二等謂茶室，三等叫做下處。這只是營業等級的區分。若論地理位置，還有南幫和北幫。南北幫界限嚴密，南不侵北，北不擾南。南幫是江蘇浙江等水鄉女子爲多，因而十分活潑，但不免浮滑。北幫以河北河南女人爲多，所以相當誠實，卻又難免固執。南幫儀態萬方，酬應周到。北幫則只會床上功夫，捨此別無長處。

但不論南幫北幫，京師妓館都設在胡同裏，胡同是小巷子之意，所以京師人也把嫖妓院叫做逛胡同。這些公娼妓館根本不用找，光憑其名字如「怡紅樓」、「醉春閣」者，便已知是妓院，門口更有成雙成對的大紅燈籠和「鴻喜」之類的布招，甚至有花枝招展的女人站在門口，搔首弄姿，招徠嫖客。

京師妓館公開開支，包括茶果小費住宿在內，大約每等爲五兩銀子，大體說來，一等十五兩二等十兩三等五兩即可。至於嫖客私下贈與妓女的金銀財寶，那就完全是另外一回事了。

大抵出手大方、揮霍無度、一擲千金的嫖客被稱爲「恩客」，但對於鴇母老闆來說，「恩客」她們並不歡迎！因爲這些「恩客」往往借助於財雄勢大，出鉅資爲妓院的花魁名妓贖身，把妓院的搖錢樹挖走。那樣鴇母老闆將損失長期的經濟收入。

福州的公娼妓院分爲一、二、三、四等，其中一、二爲上等，三、四爲下等。雖然地處海邊，常常接受海外嫖客的影響，顯得十分大膽奔放，但究竟不如京師妓院的盛大風光。其公開的支出約是京師妓館的三分之二。

士大夫階層從來不以冶遊宿妓爲恥，紀曉嵐如今是如此地需要女人，當然更不避諱了。況且他如今只是一個被溫福將軍善待的戍邊犯夫，完全不是朝廷的四品大吏；況且其「紀才子」的名聲並不爲更多的人所知，他更不必懼怕。實在熬不住了他便去找妓館。

在那數以千計光棍漢的急切需求之下，烏魯木齊公娼妓院卻只有十來家，每家女人多則十來個，少的才三五個，公娼總數才是一、二百人，對於數千光棍漢來說，實在是太少了。

相比之下，暗娼野雞就太多了。幾乎每一條小巷裏都有好幾家，幾乎每一個拐角暗處都有一個打扮得花枝招展的女人在等客拉客。但她們都是那樣俗氣沖天，紀曉嵐一見她們便覺倒了興致，總是那麼避而遠之。

烏魯木齊是自己即將苦挨三年的傷心之地，對於有「好色猴精」之稱的紀曉嵐來說，三年沒有女人是根本不可能想像的事情。他這時也不需要什麼皮條客，甚至也不必對好朋友宋吉祿公開說一聲，紀曉嵐自己上街巷找妓館去了。

烏魯木齊城不大，紀曉嵐只花兩天的時間便逛了一圈，瞭解了暗娼多於公娼的情況。他選了城東離虎峰書院不遠的一家妓館，牌匾「逍遙宮」，看來是烏魯木齊首屈一指的公娼妓院，進去一看妓女姿色平平，只是不礙眼而已。男女交合只是滿足生理的需求，根本談不上有多少歡愛。當然花銷很低，才是三兩銀子。

去過一次之後，紀曉嵐儘量壓抑著自己，希望渴盼女人的時刻更慢些到來。他發現自己第二次需要女人時已是五天以後，與長途跋涉來烏魯木齊途中相仿，那時也是五天受那個丁差長剝削一回，找一個鄉鎮野妓還花去八兩銀子。那時還有鞍馬勞頓的艱辛，現在已是安居官署。如今能夠壓抑自己五天去一次妓院，已是很大的成績了。進一步比比過去，過去是「一天能御數女」，現在是五天才御一女，那更是天壤之別了。

看來宋吉祿什麼都瞭解，那次紀曉嵐頭回從逍遙宮回來，宋吉祿便笑瞇瞇地對紀曉嵐說：「曉嵐兄昨天下午從虎峰書院門前去過了吧？你可知道虎峰書院曾經發現過的奇異故事？」

紀曉嵐心裏一驚：宋吉祿好鬼！他故意不提妓院逍遙宮，而只說虎峰書院，其實經過虎峰書院肯定是到逍遙宮去了……

紀曉嵐根本不以逛妓院爲恥，直通通地說：「吉祿，你是笑話我嫖妓逍遙宮吧？何必繞著彎子說？我要是如今也像你一樣妻妾可人，我也不必去逍遙宮了。你說的虎峰書院的奇異故事，該不是瞎編一個寓言勸解我戒絕女色吧？哈哈哈哈！」

宋吉祿說：「絕無勸戒之意，事實上哪個男人能離開女色呢？只是虎峰書院的那些奇異怪事確乎與女色有關。當然不是我胡亂編造，卻是實實在在的事情。因得奇異，所以講給你聽聽，你那天不是告訴我說，你總有一天要寫一部蒲松齡《聊齋志異》那樣的故事小說嗎？我給你供應一點題材吧！怎麼你不歡迎？」

紀曉嵐說：「歡迎歡迎！」

宋吉祿說：「那故事可是離奇得很啊……」

虎峰書院已是一個較偏僻的地方，舊時有一個遣犯的老婆因與人私通姦情事發，竄進書院一個房子裏上吊自殺了，變做了縊死鬼。

四川巴縣（今重慶市）縣令陳執禮卸任以後，曾來此虎峰書院擔任山長。他一來便聽說過了縊女鬼的事情。「一天晚上，陳執禮正在秉燭觀書，聞天花板上一片窸窣聲響，便抬起頭來，看見一雙纖纖女足慢慢垂下，漸漸露出膝頭，漸漸露出裸體的屁股。」

陳執禮厲聲斥之曰：「姦婦聽著，你自己以姦情敗露，無以容身，自縊身死，未必想禍害我嗎？可我並非你的仇敵！未必想魅惑我嗎？我一生從不涉足花柳叢中，況如今已垂垂老朽。你若再敢下來，我必持荊條棍棒撲打於你！」

於是那女鬼漸漸收股，收膝，收足，收到上頭還歎息了一聲，似乎很爲遺憾。

陳執禮仔細再看上頭，在那天花板的紙洞之上，那女鬼正伏首下視，其面容姣好非常。

陳執禮不爲所動，反而唾棄說：「你自縊死了尙如此無恥嗎？」

女鬼被罵得縮退去了。

陳執禮滅燭就寢，身邊放好刀刃以防備女鬼再來。但女鬼終未出現。

第二天，一位好友前來拜訪陳執禮。陳執禮對他講述了昨晚上的見聞，末尾說：「不瞞你說，我一晚上睡覺都袖著刀，看她縊死女鬼夠不夠砍！」

「啊！」天花板上一聲大叫，有如裂帛斷錦，淒慘至極。看來那個女鬼被嚇得不輕。從此也不再見有何動靜。

陳執禮深以爲幸，覺得俗話不假：「蒼蠅不叮無縫蛋，身正不怕影子斜。」漸漸將此事淡忘了。

不久，陳執禮發覺睡在自己外間的僕人夜夜夢囈，嘴裏唸唸叨叨也不知是說個什麼事情。幾乎一夜夢話說到亮。

夢話幾乎人人難免，陳執禮也沒當是怎麼一回事情。只是覺得這僕人一天天委頓疲弱下去了。

誰知不久這僕人病倒臥床，以致不起，終於彌留。

陳執禮心想，這僕人隨從我在全國遊歷，相隨二萬餘里，悲從中來，哭得甚爲悲切。

不料這僕人彌留之際反倒安慰陳執禮說：「主人不必傷悲，是有一個美豔如花的女子，每夜私下就我，今更招我入贅爲婿，我去得心裏好好，好喜歡呢！」

僕人說完，倒頭斷氣。

陳執禮恍然大悟：僕人原是每晚被縊死女鬼捉弄吸精。以致夢囈不斷，最後竟是死了。於是陳執禮頓足捶胸說：

「唉！我自恃膽力過人，不懼女鬼，不肯移居，禍及於你，我眞對不起你啊！」

後來，陳執禮去世，他的進士同年安徽六安人楊逢原接任虎峰書院山長。聞聽此事之後，移居他室，說：

「遵照孟子教言：『不立乎岩牆之下。』何必留下女鬼可乘之機呢？」

從此虎峰書院再沒發現縊死女鬼鬧事，但是這故事在烏魯木齊幾乎人盡皆知，人人談之色變……

說完虎峰書院這奇怪的故事，宋吉祿問：「曉嵐，你認爲這故事對你未來寫《聊齋第二》有用處嗎？」

紀曉嵐說：「有用。我將照原樣記述這個故事，起碼可以告誡一些人：對於實實在在的女人貪色猶自可，對於惡鬼女人的誘惑可是要特別小心啊，哈哈！」

沒有其他辦法，紀曉嵐又第二次第三次去了逍遙宮。他本人也已被朝廷批准正式擔任印房章京的職務。第三次從逍遙宮出來，紀曉嵐似乎更覺索然寡味。這個逍遙宮的妓女都如像京師妓館中的北幫，不識琴棋書畫爲何物，沒有什麼周到柔軟的應酬，只是在床上洩欲完事，簡直無法和自家妻妾中的任何一個女人相比，這些個妓女渾如木頭人。

紀曉嵐越更思念天山雪蓮了，那種男女純眞的愛戀之花幾時才能得到？天怎麼還不下大雪呢？

紀曉嵐一回到章印房，宋吉祿慌急地迎上來說：「曉嵐，你回來得正好，剛才迪化同知木金泰派人來報告說，軍校王方博昨日奉命去伊犁押解軍械，留下他老婆蔣氏一人在家，到現在快到中午了，王家還沒有動靜。蔣氏平時不是一個睡懶覺的人，木同知懷疑她是不是出了什麼事。因爲這個女人長得豔麗異常，木同知擔心她被人姦殺或是有別的變故，必須有個衙署的人去破門勘察。因爲王方博軍校工作也在我們的管轄範圍，木金泰同知來邀約我二人一同前往。」

紀曉嵐說：「哦？有這等事？那我們立刻就走吧。」

紀曉嵐、宋吉祿與木金泰等人帶了士卒破門而入，發現王方博老婆蔣氏和一個男人裸體相抱，雙雙破腹而死。

這個男人無人識得，問其左鄰右舍，也從來無人見過他。於是，準備以疑獄結案，將二個男女裝殮安埋。

誰知到得晚上，未及裝棺的女屍蔣氏忽然呻吟一聲，守屍者驚奇看視，她已復生。於是又把紀曉嵐、宋吉祿、木金泰等一行官員叫攏來問話。

由於紀曉嵐的文才最好，原官最高，經歷最廣，見識最多，公推由他向蔣氏盤問。

紀曉嵐說：「蔣氏你要聽明白，本官問你的話，你要如實回答，否則查出漏洞來，將判你重罪入獄。」

蔣氏說：「回大人，犯婦懂理，一定如實回答。」

紀曉嵐問：「這個男屍是誰？何方人氏？」

蔣氏回答：「他名叫桂運佳，是我家鄉人氏。」

「你家離此將近八千里地，桂運佳緣何到此？」

「小女子從小與桂運佳兩小無猜，自幼相愛。不料兩家父母舊有宿仇，將我二人拆散。但是拆得開人拆不開心。我被迫嫁給王方博之後，暗地裏仍與桂運佳私通。此次我隨夫駐防西域，心想迢迢萬里，怕再見不到桂運佳了。誰知他又一路尋訪而來。可憐他一路走了三個多月，七彎八拐，走走問問，才走完我和王方博騎馬騎駱駝直走一個多月的路程。哇哇……」蔣氏講著講著又哭起來。

紀曉嵐制止她說：「不要哭，先老老實實回話，蔣氏聽了，如果你說的是眞話，那麼這個桂運佳來了又與你私通，怎麼左鄰右舍誰都不認識。難道一個人也沒有見過他？」

蔣氏說：「是一個人也沒有見過他。運佳和我私通已經許久，他行動極有經驗，先是隱蔽起來，等到王方博出去了才來找我。找我也不出聲，只將門窗輕輕敲打。敲打是預先約好的暗號，我一聽就知道是他來了，馬上放他進來又關了門，所以絕不會驚動別個，誰人會認識他。」

紀曉嵐問：「此次桂運佳來，你們又私通了幾次？」

蔣氏說：「五次，五次。前四次都是急急匆匆，他睡完了我就走，生怕王方博撞了回來，眞是沒有趣味，兩個人都覺得過不足癮。所以這第五次就不同，知道王方博遠去伊犁運槍械，不會撞回來，我和運佳摟在一起睡一個銷魂蝕骨，再也捨不得分離。沒有其他法子，只好相約同死，以求來世再配一對好鴛鴦。」

紀曉嵐問：「這麼說你們都是自己動刀殺自己了？」

蔣氏說：「是。我們兩個人同時握住一把刀，同時喊一、二、三、殺！一刀割破肚子，痛得昏迷，昏迷中我似乎覺得飄飛起來，不知道到了何處，四向尋找運佳，又沒見到他的影子。低頭一看，自己一個人獨立在沙磧之中，張眼四望，白草黃雲，漫無邊際。我正彷徨之中，突然被一個鬼抓去。來到一處官府，我遭到一陣詰問羞辱。就聽坐在上面的大官說話了，形式像是對罪犯宣判，判詞說：『此女雖是無恥，但命尙未終；責杖一百，驅之反生！』這下子來了一班惡卒，拿起鐵棍打我屁股，一邊重重的打著，一邊大聲在數著：一、二、三、四……我痛得連哼哎喲哎喲，忍受不住，又暈死了。等到再醒轉來時，卻是已經復生了。」

紀曉嵐大爲吃驚，禁不住自言自語：「哦？果有此等之事？」

侍役假借這是紀大人發了驗傷命令，實則是他們誰都忍不住要再看看這漂亮女人的屁股，便將她扳仆在地，剮掉她褲子看屁股，隨即大聲地說：

「報告各位大人，蔣氏屁股上果是棍痕累累，看得見一線一線重疊的血痂，是在陰間冥府受過拷打的明證。」

其實紀曉嵐也早看見了那些棍傷，他這多情種子，早已在心裏感慨萬端，迅速聯想到了久遠以前的故事……眼面前不好多說，只把宋吉祿與木金泰叫到內房去作商量。

紀曉嵐首先即興唸誦了一首七言絕句：

鴛鴦畢竟不雙飛，天上人間舊願違。

白草蕭蕭埋旅櫬，一生腸斷華山畿。

紀曉嵐唸完詩才開口說話：「二位大人，下官即興唸誦的這首小詩，是我對蔣氏與桂運佳一對眞正情人生離死別的感慨，當然傾注了一腔同情之心。因此下官想說，蔣氏出嫁之後通姦罪重大不假，但鑒於她已受閻王地府的鐵棍懲罰，我們陽間是不是可以不再課罪於她，讓她和王方博繼續維持婚姻關係。二位大人以爲如何？」

宋吉祿倒抽了一口風，表明他想同意這意見，又懼怕迪化同知木金泰從中梗阻。

果然木金泰響噹噹地說：「不行！紀大人詩寫得好，心腸更慈善。但對犯了姦情大罪的蔣氏太過寬容。如其不加懲處，百姓役夫們會以爲我們鼓勵婦女通姦，那麼百姓役夫們家家的日子都不會好過。紀大人你得多多考慮一下這不好的後果。」

紀曉嵐一聽這話，心裏馬上起火：爲官之人，怎麼能夠如此固執古板？對於人間的眞情至愛怎麼能如此無動於衷？此時此刻，那個在看到蔣氏屁股上棒傷累累時想到的久遠故事，更加鮮活地在自己的腦海裏明亮起來。他果決地說：「我給二位大人講一段我親身經歷過的故事……」

……那是五年前紀曉嵐督學福建的時候，前去泉州考試生員，在路上被惠安縣令沈初留住了。

正是沈初留宿紀曉嵐的時候，惠安縣發生了一個複雜煩人的大案子：一個名叫夏雨花的姑娘，父母將她許配給鄰村的狄萬強。可是夏雨花在十四五歲時未嫁先死，這種情況算做小孩子夭亡，於是她父親夏良楚把她草草埋葬了事。狄萬強也不存在追究岳家責任的問題。

誰知一年以後，夏良楚的鄰居崔壯苗卻在相鄰的仙遊縣看見了夏雨花。「死人復活」自是天大的怪事，一下子鬧翻了天。夏雨花未嫁的丈夫狄萬強派人四處尋找，終於在莆田縣將夏雨花抓獲，同時被抓的還有夏雨花的情夫顧家歡。

原來夏雨花與顧家歡從小情投意合。在夏雨花十三歲顧家歡十五歲時兩人已經成姦，難分難捨。在不知情的父母硬逼著夏雨花嫁給狄萬強之前，夏雨花玩起了瞞天過海的辦法，服用茉莉花根磨汁的屍厥毒藥，詐死之後被父親草草掩埋。而後情夫顧家歡又連夜將其掘起救活，從此兩人改名換姓，跑到鄰縣潛居下來……萬沒想到一年多後還是被鄰居崔壯苗發現而抓獲。

於是夏雨花未嫁去的丈夫狄萬強將這一對姦夫姦婦告下了，告夏雨花詐死賴婚，又告顧家歡拐帶有夫之婦……

沈初拿著這個案子判不下去便請教紀曉嵐，紀曉嵐是多情種子，不僅覺得夏雨花與顧家歡眞摯情姦不但沒有過錯，反而認爲夏雨花敢於「以死相拚」追求眞愛是難得的貞女……但是這樣說對朝廷對百姓都交代不過去，於是想了一個兩全其美的方法，以「奸拐本律」判罪，判他們姦夫姦婦押解充軍新疆，永世不得回原籍……並且暗中交代押解的差役，臨到新疆地界便把他們放了……讓他們一對眞愛的夫妻遠走高飛，圓其純眞愛戀之夢……

這「假判案眞撮合」的本意當然只有紀曉嵐與沈初二人知情。

眼下碰到的蔣氏與桂運佳通姦情殺的這個案子，和當年夏雨花與顧家歡詐死私奔的案子，簡直是如出一轍。講完夏雨花顧家歡的「案子」故事，紀曉嵐對木金泰說：「木大人！人間之至愛，莫過於以死相拚。我看這兩個案子中的女子堪稱奇絕女子，她們都是先死後生。萬一眞的死了過去，她們不也得認命了麼？夏雨花顧家歡一案到今天已經五年，當年的秘密到今天已不是秘密，我和沈初當時是玩了一點花招，這花招便是『假判罪眞撮合』。看來他們兩人沒有被送到新疆來戍邊，不然五年已到，今年脫籍的六千人中應該有他們的名字……」

這裏紀曉嵐對木金泰的道理還沒說完，屋外門衛已在大聲說話：

「報告紀大人：門外一對男女自稱是顧家歡夏雨花，前來拜謝大人的恩德！」

紀曉嵐聞聲衝出屋來，看到一對泣不成聲的男女，跪爬在地上不肯起來。怎麼？竟是一對蒙古族男女的打扮？哦，他們兩人中間還跪著一對小兒女……也分不清他們誰都說了一些什麼，只聽到幾個詞在不斷地重複：

「……多謝……恩公……紀大人……」

紀曉嵐早已跑下臺階，一個一個扶著他們：「快起來，快起來！你們眞是夏雨花顧家歡？……怎麼還是跑到烏魯木齊來了？……」

但是一對男女硬是不肯起來，卻是直起了腰，滿臉淚珠回答著紀曉嵐的話：

「我們能不是夏雨花顧家歡嗎……誰願意冒充一對犯夫犯婦……多謝紀大人的安排，解差押我們離新疆邊界還有一百多里就假裝睡著讓我們逃走了……我們左思右想沒處藏身，乾脆便化妝蒙古族人往新疆走，心想越走遠越好……讓誰也找不著……又想到這一輩子最對不起的就是你紀大人……沒有你紀大人的計謀我們哪裏能有今天的日子……可是沒有辦法向你紀大人報恩，我們一家大小都過意不去……早一陣聽人說給六千戍役同時辦脫籍文書的大人也叫『紀曉嵐』大人，我們還以為是同一個名字的別一個……我們住在離烏魯木齊城幾十里的山溝河谷裏，那裏除了神鬼沒有壞人，小村子五六戶人家過得很快活……就是到城裏來麻煩一些……早幾天我自己來親自看過了，眞的是你恩公紀曉嵐大人，我覺得我一個人向你磕頭謝恩都不夠，今天便把雨花和孩子一起叫了來叩謝恩公……我養這一對雙胞胎都是恩公紀大人所賜，那一年我和家歡從惠安逃到仙遊，兩公婆打短工自己還養不活，哪裏敢要孩子？找了一些土單方吃了使自己不懷孕……多謝恩公想主意把我和家歡『發配』到新疆來，我們兩夫婦就不吃藥了，懷上孩子我生一對龍鳳雙胞胎，今天都四歲多了呢……娃子，妹子，還不快磕響頭即謝恩公！」

「叩謝恩公！叩謝紀大人！……」一對小兒女一邊喊著，一邊撲地磕頭，眞的把頭磕在地上「咚咚」響。

紀曉嵐一步跨了過去，一手抱一個，把兩個四歲小孩抱了起來，親一個沒完沒了……回頭一看，夏雨花和顧家歡還跪在地上。

紀曉嵐感動得熱淚盈眶，善良的百姓是多麼地知恩報德！想一想，再沒其他的法子，紀曉嵐把雙胞胎兒女放下地去，附在他們耳朵邊上悄悄地交代了一陣子，然後放開他們。

只見兩個小兒女分別跑攏自己的父母，在兩人耳朵邊悄悄地說了一些什麼，於是夏雨花和顧家歡破涕為笑站了起來，異口同聲說：「歡迎紀大人到我們家去，現在走吧！」

紀曉嵐爲難地說：「今天不行，你們瞧我還有公事要辦。」

兩個小孩子走攏來一人抱住紀曉嵐一隻腳說：「紀大人不准騙人！抬也把你抬到我們家去！……」

紀曉嵐彎腰又把兩個孩子抱起來說：「好孩子都懂道理，我把道理講給你們聽，你們父母如此長跪不起，我心裏過意不去，再大的恩德，跪這麼長也謝夠了，何況我只是做了一點順應天理良心的事情……好了好了，我並不騙你們，等今明兩天處理完公事，我後天告假到你們家裏去玩玩……」

活事例的教育比什麼都更有說服力，迪化同知木金泰已完全同意按紀曉嵐的意見處理蔣氏女人，寫一個報告呈給溫福將軍說：「蔣氏姦情本是大罪，看在其已死一次，且在陰間已受嚴懲的份上，不再論罪處理。」

溫福照准。紀曉嵐放了蔣氏，蔣氏又對紀曉嵐磕響頭謝恩。

烏魯木齊市地處天山中段的南麓，又是準噶爾盆地的南緣。市區東、西、南三面環山，但因爲整個市區已處於高原地帶，所以看起來山峰都不是很高，更不是十分險峻。

顧家歡如約騎馬前來，迎接紀曉嵐到他們家裏去。

紀曉嵐要去的興致更高，他其實懷揣著一個暫時還是個人秘密的目的。並非僅僅是到一對私奔情人的家裏去閒玩。所以還多告了幾天假。

兩人約是辰時過後便雙雙騎馬出了城，向南邊進發。黑犬四兒，緊隨其後，跑跳跟從，煞是有趣。烏魯木齊南邊是山，但山不太高且有溝溝岔岔，顧家歡全都熟悉得很，兩人走起來也不寂寞。紀曉嵐時不時問一些本地的風土人情，顧家歡回答得有板有眼。

路不短，時間長，大路邊的問題很快便問完了。紀曉嵐又不甘心冷冷清清地走路，左思右想該問一些什麼問題才能說個沒完沒了。想想再想想，眞正想出了問題，正好爲將來寫《聊齋第二》準備一點資料，於是興高采烈地說：

「家歡。你們來這裏五年多了，一定聽見看見不少奇異的怪事，不妨跟我多講講，也免得兩個人走路太冷清。」

顧家歡一下子來了大興致：「哈哈，好！紀大人，那天我不是說了嘛，我們那個小村裏多的是神鬼！其實啊，我看整個新疆到處多的是神妖鬼怪，這大概與這裏地太廣人太稀有關，地廣人稀神妖鬼怪才有藏身之地嘛！我給你講一些我親身經歷過的事情。那次我到戈壁沙漠邊緣去打獵。在這裏生活不會打獵不行，我原在福建惠安老家就已經會打銃，到這裏以後又學會了射箭彎弓；這裏人打獵喜歡用箭不用銃，是因爲放銃有響聲，容易把周圍的野獸嚇走；射箭就不得，即使是最精靈的鹿，你射倒它身邊的伴侶，牠還不知道是怎麼一回事情，還會跑攏身邊去聞嗅舔吮……我那次打獵是在傍晚，傍晚是打獵的最好時機，什麼野物都出來活動，我遠遠看見一件大物，似人非人，其高幾達一丈。我躲在小灌木雜草叢後邊，半蹲半跳追了過去，射箭中其胸。它倒下又立起，我再射一箭牠才死了。我以爲射到了一件大東西。誰知跑過去一看，竟是一隻蝎虎。蝎虎在我們福建老家也有，慣爬牆壁捕食蚊蠅，被人稱爲壁虎。又有人叫牠守宮，說是用丹砂餵成紅色，再把它搗碎成粉，在丈夫遠行時候，拿這粉來塗在女人下體，女人守住貞潔，不與野男人私通，下體便保持紅色不變。若是和別人亂來，下體即變了顏色。因壁虎能守護女子子宮的大門，才有了『守宮』這個怪名字；其實男女夫妻只要義重情深，哪裏要用什麼『守宮』來測試女人的貞潔……瞧我扯遠了，在我們南方，壁虎再大不過巴掌大，誰知在這新疆沙漠裏，蝎虎長的有八九尺，還能人立而行，紀大人你說怪不怪？」

紀曉嵐說：「家歡，世界之大，無奇不有，見怪不怪，其怪自敗。你接著往下講。」

顧家歡說：「紀大人說的確實在理。這裏怪物眞多。在我們那邊深山裏，河邊有一種紅柳樹，其實和南方柳樹差不多，只是樹皮略紅而已。南方柳樹最知春來早，二月份就已綻綠開花，飄飛如絮。這裏紅柳開花約晚多半個月的光景。三月初便也是柳絮紛飛。逢這時候，我們常見不知從何處來的一種小人，高約尺許，男女老幼齊全。爬上柳樹折枝盤成圓帽，戴在頭上列隊起舞，蹦跳之間，嗷嗷叫著如同唱著歌曲。因爲他們總在紅柳開花時出現，鄉人們都把他們叫做紅柳娃。紅柳娃和人一無二樣，只是矮而又小，並且聽不到他們有什爲語言交談，也不知道他們的住處在哪裏。紅柳娃常到牧人蓬帳裏去偷吃食物，爲人所抓獲，他們就跪而哭泣。將他們捆綁起來，他們就會不食而死。若是放了他們，他們會慢慢地往外走，一步三回頭，深怕又被捉住。慢慢地走到追不上的地方，他們就會騰澗越山而去，行動十分快捷，轉瞬不見蹤影。這種東西既不是木魅，也不是山鬼，因爲像個小孩樣子，被人喊做了紅柳娃。我追找過多少次，始終沒找到他們的洞穴在哪裏。當然他們只一尺多高，一個小洞就藏得下，人是進不去了，所以找不到。偏是有一次我追跑之中抓到一個受傷的紅柳娃，他的鬚眉毛髮與人完全一樣，後來就死了。紀大人學問多，知道不知道他們是什麼來歷？」

紀曉嵐饒有興趣地說：「啊！只怕是僬僥短人。古書《列子．湯問》篇說：『從中州以東四十萬里，得僬僥國，人長一尺五寸。』司馬遷《史記．孔子世家》說：『僬僥氏三尺，短之至也。』我以前總以爲那些古老記載只是神話傳說而已，沒想到家歡你不僅親自見到過，還親自逮著過。」

顧家歡說：「這裏怪事怪物多，有些東西就是見著了也還找不到。一次我和幾個獵戶朋友在南山深處打獵，日色黃昏，好似見到隔一條河澗有人影，我們懷疑那是強盜，全都爬伏在草莽中觀察。只見小山澗對面有一個磐然大石，石上坐著一個戎裝齊整的官人，周圍有幾個兵卒站著。看他們面目，全都如鬼怪一般猙獰，說了一些什麼話，隔遠可聽不清。不久，看見一個兵卒去到一個石洞口，在裏邊喊出來六個女子。這六個女子面容姣好，肌膚白皙；所穿衣服，全是五顏六色的絲綢，十分搶眼。但她們都被反手捆綁，一個個嚇得戰戰兢兢，渾身發抖。走到石上官人前邊，六女子全都跪地不動。只見那官人手一揮，侍立的兵卒一齊上前，將六個女子按著仆倒在地。然後扒下她們的褲子，用鞭子抽她們的屁股，女子們哭叫慘凄，聲震山谷。六個女子直被抽得血肉模糊，趴在地上動彈不得。那官人卻帶著士卒們走了。六個女子又全部掙扎起來，跪爬在地上送他們走。直至那些兵卒們再不見蹤影，那六個女子才匆匆穿上褲子，嗚嗚咽咽又回到洞子裏去。我們幾個年輕獵戶個個覺得慘不忍睹，熱血沸騰，打算過澗去救那六個女子。可是在澗邊一看，對面僅一箭之遙，就是岩陡澗深無法過去。看看天色已晚，我想出了一個主意，叫各人搭箭彎弓，把箭射到對面樹上，留個記號明天好找。結果確實留存兩箭在樹幹之中。第二天，我們幾個獵人多帶了乾糧出發，繞了幾十里遠路過了河，終於找到了那個地方。磐石，箭矢，山洞，一無所差。但是洞口卻被塵埃蛛網封住，好像從來沒有進去過什麼人。我們幾個點著大蠟燭燈籠進去，洞才四五丈深，裏面絕無有過人到的痕跡。我們幾個人全都懵了，莫非昨天傍晚遇見了什麼大神？是大神又何以那樣獰狰古怪？他們懲罰的那六個女子又是什麼呢？莫非那麼姣好的美女會是什麼邪物？紀大人你見多識廣，能夠解釋得通麼？」

紀曉嵐說：「家歡，這在古書中有過記載。宋朝太平興國年間，李昉等人奉詔命編過一本《太平廣記》，五百卷篇幅浩繁，採擷古書三百四十五種，從中擷取古來軼聞，瑣事怪異，神怪典故奇多。其中就有一則，記載著天人追捕飛天野叉的事情。飛天野叉正是變化成美麗的女人，卻是專幹壞事；天神卻變化成醜陋的老僧，但他專門主持正義，懲治邪惡，和你剛才所說猙獰官人鞭打六個美女是一類事情！」

顧家歡說：「這眞把我弄糊塗了，姣好女人是邪物，獰猙的醜類是天神。」

紀曉嵐說：「這有什麼糊塗的？天神和野叉變美變醜還不是隨心所欲？它們其所以那樣顚倒過來，美女幹壞事，醜類懲邪惡，無非是要告誡人們：凡事不要只看表面現象。要不是那條絕壁深澗作阻攔，那天你們幾個年輕獵人不是就上當了麼？你們個個義憤塡膺，非要去救那六個美女不可。但你們那裏知道，那些美女偏是野叉瘟神。家歡，你知道那些野叉瘟神是怎麼害人的嗎？『野叉』是梵語的譯音，直譯就是『捷疾鬼』，專門讓人快捷地得一種惡病，常常叫人生不如死，受盡折磨而後病亡。你們那天看見天神懲罰六個野叉，說不定正是那些野叉在四處傳病害死了很多人呢！」

顧家歡猛地一驚，恍然大悟地說：「嗨，可不！那一陣子正是附近各地突然流行一種瘟病，先是發熱發冷，再就顫抖不停，最後抽風死去……對了，死去的多是年輕男人，莫非正是瘟神野叉化變爲美麗女子坑害年輕男人了麼？……」

顧家歡話未說完，突然聽見女人的大聲斥責：「看你都說些什麼瘋癲屁話？怎麼偏偏是美麗女子坑害年輕男人？」說話的正是顧家歡的妻子夏雨花。

原來顧家歡與紀曉嵐二人只顧快活地談話，兩匹馬不經意之間走了幾十里，現在已經到了家。

夏雨花急著早一點見到丈夫和紀曉嵐，已在門前駐足凝望好一陣了。

紀曉嵐一看明豔照人的夏雨花，不禁怦然心動。夏雨花在福建惠安十五歲詐死抗婚，然後與情夫顧家歡逃匿一年有頃，被抓獲後由紀曉嵐想主意送到這遙遠的新疆才是五年，夏雨花還是一個二十一歲的女人，天生的麗質，加上成熟的豐滿，簡直就如一顆熟透了的吐魯番葡萄。紀曉嵐一見她便怦然心動，自是在情在理；因為紀曉嵐在這荒僻的邊地缺少的就是女人。當然這不是說紀曉嵐對夏雨花有什麼非分之想，一個久久饑餓女人的男人，見到漂亮女人怦然心動也不怪異。

夏雨花早已領著一對雙胞胎兒女走上前來，口裏不停地說著：「歡迎恩公！歡迎恩公！」看看又要下跪。紀曉嵐搶前一步，攙住她的手說：「雨花，禮重了，禮重了。難得你夫婦二人如此義重情深，你們千萬不要以為沒有報恩的機會，我這次來正是有事要請你們幫忙呢！」

四兒、小黑早已成了大狗，牠纏在紀曉嵐和夏雨花腳邊磨蹭乞憐，此時「汪汪」地歡叫著，搖頭擺尾，一副乖樣。

夏雨花笑笑說：「紀大人調教的狗都這麼乖！牠不是在代替紀大人表示什麼要求吧？哈哈！」

紀曉嵐心裏好一個驚喜：這四兒真是靈通，迢迢萬里一路來到這裏，牠的每一次歡叫，不都是表示「女人」已經找到了，或是表示「女人」不難找到麼？無論是見著一路押解自己的「丁差長」，還是在長安住進同年知府沈業富安排的內房之前，小黑汪汪一叫，準是會有女人……眼下牠又歡聲叫了，看來牠是真的懂得了主人的心，懂得主人此時心中所想，女人，女人，還是女人……

這些快速的思緒活動眼下當然不便於直通通搬上桌面來說，紀曉嵐俯身撫摸著黑狗，不無自豪地向這家的主人介紹說：「我這狗叫四兒，是我離京來此之前一個朋友所贈。四兒可真靈通，牠絲毫不畏艱苦，不避冷熱，寸步不離跟定了我，牠似乎什麼都知道，就是不嫌棄我這個被貶謫的犯夫罪臣……」

顧家歡直愣愣插斷話問：「什麼？紀大人是被貶到烏魯木齊來了？」

夏雨花卻並不十分驚奇，心細的女人已從紀曉嵐伸手攙扶自己的些微失態裏，體察出這位風流的紀才子眼下正饑渴著女人。她十分委婉地說：「恩公請進，啥事都好商量。」

紀曉嵐只覺得身子骨裏有一股熱流在流動，恍如一下子便已與夏雨花心性溝通……

肆拾參　多情種子救多情

紀曉嵐在福建「假判眞放」的顧家歡與夏雨花，在達坂買了個十三歲天仙小女吉小蘭送給紀曉嵐。

這個離開烏魯木齊好幾十里的小村名叫後溝，說是一個村子，其實也才六七戶人家，且都分散居住。所謂後溝，其實是只有一條小溪的沖岔子。大概這個以戈壁大沙漠著稱的新疆，所有的人都知道水是何等的金貴，所以這村裏六七戶人家都是傍著河溝蓋的住房。不過全都不是蓋在河灘邊的平地上，而是在離開河邊有五丈左右的一個高岸石岩上邊，這大概是既要有水，又怕陡發山洪大水淹了房子的結果。

河邊這裏那裏，果然有不少紅皮的柳樹。垂柳依依，卻早已是乾枯的枝幹，冬天畢竟早已來了。

天氣已很陰沈，看來在醞釀著一場大雪。

啊，是了，遠處的高山之顚已有了積雪。但這裏地處山溝，所以比較溫暖。

新疆整個來說是處在高原之上，平均海拔在五六百米，相對來說，比起地處海邊的福建省海拔一千二百米的武夷山最高峰，這裏才是處在半山腰上。所以水草豐茂並非偶然。

當然，離烏魯木齊東北邊不遠處的天山最高峰博格達峰有海拔五千四百四十五米。那就完全是另外一回事了，那裏幾乎終年是白雪皚皚。

房子是土築的厚牆，屋頂上蓋的是幾達二尺厚的硬杆茅草，門口還掛著厚達三四寸的草簾，推門進去，溫暖如春。

紀曉嵐眼力不好，進去以後直覺得好像一團漆黑，幾乎邁不動步子。

夏雨花心細，連忙對丈夫顧家歡喊：「快把窗上草簾搬開，紀大人不習慣住黑屋。」

顧家歡迅即把窗簾搬開了，屋裏頓時大亮。紀曉嵐一看，原來這窗簾和門簾一樣，也是三四寸厚的草簾，難怪一遮便密不透光。

夏雨花手腳俐落，不久就弄上一桌飯菜來，一邊說：「對不起，紀大人，窮苦山民沒什麼好招待，家歡打獵還行，鹿肉、麂肉、免肉、野牛肉，除了肉還是肉，不知道合不合紀大人胃口。」

顧家歡搬出一個大罈子說：「紀大人，山民沒有好酒，我這自釀的小米酒與白開水差水多。莫嫌棄，莫嫌棄！」

紀曉嵐脫口而出說：「還是雨花懂我的心性，我這個人肉當飯吃，除了鴨子，什麼肉都行。家歡你是不知道，我滴酒不沾啊！你的小米酒自己喝吧。雨花，麻煩你再給我泡一壺茶，我一壺茶，三盤肉，什麼都飽了。」

夏雨花當然很快把茶泡來了。但她從紀曉嵐的話裏，分明聽出了弦外之音，那便是對女人要求十分迫切。她知道戍邊的犯夫許多人是帶著妻子一起戍行，但看樣子紀曉嵐眾多妻妾一個也沒帶。又不便直通通地問這個事情，於是繞一個彎子說：

「紀大人既然自己說了是被遣戍而來，我們也沒有必要多打聽事情的細節。我們當老百姓的不瞭解朝廷官場上的事情。承紀大人看得起，剛才說有事情要找我們幫忙，其實紀大人知道，我們只怕報恩不到呢！紀大人就直說是什麼事吧。」

紀曉嵐說：「你們不便要我說出犯事的原因和經過，我也還是要告訴你們……」於是便把漏言獲罪的經過簡單說了一遍，倒是最後一點說得很細緻認眞：「作爲朝廷四品重臣遭到遣戍，我已經愧對祖先，愧對妻妾，我怎麼還能要妻妾們隨我前來受苦呢？況且按照朝制，我若帶妻妾同行，便是有永駐邊防的打算，那麼賜環回朝便更遙遙無期。聖上旨意，是要我來烏魯木齊磨練三年，改正過錯，我怎麼能要妻妾們來此長期受苦？可是，可是……三年時間不短，我想要你們幫忙，幫忙……幫忙尋找天山雪蓮！」

轉彎抹角，故作猶豫，紀曉嵐終於把心裏話全說出來：「天山雪蓮」不過是「美麗女人」的代名詞而已。偏是顧家歡聽不明白，他一個驚詫說：「天山雪蓮？我來這裏早已聽說過了。天山雪蓮是十分厲害的媚藥，紀大人連妻妾都沒有，還要這東西幹什麼？」

夏雨花急急地瞪了丈夫一眼：「你呀少插閑嘴，少操空心！你只知其一不知其二。天山雪蓮是男女純眞情愛花，只是服用太多了才成爲媚藥……從紀大人一慣的言行看來，他當年想方設法開脫我兩個人的罪責，採用『小罰大幫忙』的計謀，放我們到新疆來圓了情愛好夢；這次又想方設法說服迪化同知木金泰大人，將以死相拼追求情愛的蔣氏無罪開釋，這都說明紀大人是性情中人，他要找天山雪蓮自然是看重於雪蓮純眞情愛的一面，我們能不幫忙麼？不過現在還不到漫山積雪的時候，找這雪蓮還不是時候啊。我倒想到另外一件事情，紀大人如今家裏，一個親人也沒有，可以說是孤苦零丁。這三年的日子可怎麼過？家歡，我想這是我們報恩紀大人的一個好機會：我們去買一個小姑娘送給紀大人作使喚奴婢！紀大人自己是犯臣戍役，朝廷怕是不會允許他自己買使喚丫頭。可是朝制不會規定別人不能送！你說我這主意行不行？」

顧家歡已會過意來，連連說：「行行行！可我們一時到哪裏去買一個靈通乖巧的女孩子？那些笨手笨腳的醜八怪，我都不忍心送給紀大人！」

夏雨花說：「你呀，只會打銃射箭，腦筋卻轉不過彎來。離我們不遠那個達坂城小鎮，不是經常有小女孩插草標發賣麼？達坂城是新疆美女出產地，哪能找不到乖巧的小姑娘？想還是請紀大人明天和家歡一起到達坂城去挑選，只不知道紀大人在這裏多耽誤兩天行不行？」

「行行行！」紀曉嵐忙不迭地答應了。他再一次感到自己與美豔女人總是心性相通，眼下夏雨花所說，正是紀曉嵐心中所想。他預先已經向溫福將軍多告了幾天假，其實正就是爲了找一個堪稱「天山雪蓮」的女人……不知怎麼被夏雨花一眼看透了心底！

新疆達坂城在烏魯木齊的東南方，離城區也才幾十里地。這個地方在現代社會裏名聲遠揚，那是因爲有一首歌傳遍了大江南北，歌名就叫《達坂城的姑娘》，歌詞和旋律都美妙極了：

達坂城的姑娘辮子長，
兩隻眼睛眞漂亮；
你要嫁人不要嫁給別個，
一定要嫁給我；
帶著你的妹妹，

還有你的嫁妝，

趕著馬車來……

這個著名歌曲其實是一首流傳久遠的民歌，它的產生基礎便是達坂城的姑娘確實漂亮。儘管這歌的曲調經常變換，歌詞改動更爲頻繁，幾乎是每一代年輕人都在隨心所欲地更改著歌詞歡唱，其實歌唱的都是他們各自心愛的姑娘。

就在紀曉嵐所處的清朝乾隆中葉，這個達坂城的美女集散就已經初步形成。當然絕大多數達坂城美女都不是通過買賣來完成婚配，而是通過男女之間的情感交流喜結了良緣。但是通過買賣領走的美女仍然不少。由於這地方名氣大，這裏賣出去的女人並不只是本地的。但也許是達坂城傳統上是出美女的關係，即使是外地領來賣的也幾乎全是美麗的女人。似乎那些醜女人沒有資格到這裏來露臉。

紀曉嵐與顧家歡又是騎馬同行，黑狗四兒歡快地跑前跑後跟著。紀曉嵐心裏已經打定了主意：買婢女由自己出錢，而只要顧家歡、夏雨花背一個「送」的名分。誰都知道「婢女」與「侍妾」實在等同，眼下作爲戍官罪臣實在沒有納妾的資格；而接受「贈予」便完全是另外一回事了。那天顧家歡、夏雨花夫婦向紀曉嵐長跪報恩，看見的人已經是數以百計。他們如今「送」一個婢女給紀大人也是理所應當。

不過這個最後由自己出錢買婢女的想法，紀曉嵐沒有自己先說出來，因爲他看出顧家歡夫婦家境已經比較富有，他們在這深溝大漠也沒有其他開銷，通過私奔謀生的種種磨練，如今他們憑著打獵、養羊、剪毛、紡織等等途徑達到自給有餘，也是全在情理之中了。如果一開始便陷於「誰出錢買美女」的問題，容易發生不必要的阻隔；紀曉嵐打算在買到女人之後通過其他的方法，把這筆開支補償給顧家歡、夏雨花。

來到烏魯木齊已近一個月，紀曉嵐對於古書上把新疆描繪成「不毛之地」已經發生了信念動搖。從一個來月接觸到的本地百姓來看，似乎過得都不太艱難，他們的貧窮程度，好像遠遠不如內地的許多農民。這大概是因爲這裏地廣人稀，容易養活一家幾口，而又較少受到富裕惡人、一方霸主盤剝壓榨的結果。

想到這一點紀曉嵐心中起了一點疑惑，於是先遠遠地繞著問話了：「家歡，我從古書上查對，都說新疆地處不毛，盡皆沙漠，民無以生。如今來了一看，完全不是這麼一回事，這究竟是什麼原因？」

顧家歡說：「這事我以前也想過，深怕來到不毛之地會被餓死。我從沿海的福建惠安，迢迢萬里來到西域，實際上是被逼而來，最後得出了結論：人靠地養。這地方土地有多寬，你隨便抓上幾把粟米，往地裏那麼一撒，到秋來總收得幾斗幾升，就夠塞飽肚子。再加上野物遠遠多過南方的家養豬羊雞鴨，人活在世上只爲一身一口，這活下來不就很自然麼？我就看這裏活不下去的窮苦人幾乎沒有。不比內地那麼多人一年到晚啼饑號寒。」

紀曉嵐於是把心中的疑問抖落著問：「對啊，我也覺出了這一層道理。那麼爲什麼會有人牽了兒女到達坂城來賣呢？」

顧家歡噗哧一笑說：「呵！紀大人你以爲這裏賣的女人都是自己的女兒嗎？才不，這裏賣的多是擄掠來的女人。有些是遭受了天災人禍，比如突然死了爹媽，無有依靠，小姑娘們自賣自身。也不知是從何年何月興起的規矩，反正這裏的人都這麼認爲，能在達坂城賣出去的女人不是恥辱，而是光榮；因爲這樣就證明自己不是醜女。」

紀曉嵐喟然一嘆說：「嗨！眞想不到還有這一層道理：自己被賣掉了還是一種光榮！」

兩個人並轡著邊談邊走，忽然要涉過一條小河，河水淺可見底，約是一丈多寬。這裏人煙稀少，河上無人架橋，往來都是涉水而過。連接小河兩岸道路的河中，有善心人間隔地擺放了一些大石塊，方便老小病弱之人踏石過河。

紀曉嵐騎在馬上，這淺水小河根本沒在眼中。不經意間發現河水中映著一輪雲中白日，抬頭一看雲已忽密忽稀，稀處日光可以透射而下。他不禁脫口而出說：「未必天會放晴？」

顧家歡說：「才不會，這裏土話說：『一亮一黑，三天下雪。』這是冬天的天氣諺語，很靈驗呢！」

紀曉嵐慣於思考，隨即反問：「這似乎沒有多少道理講得通吧？」

顧家歡說：「有人說這有道理，天上太陽一黑一亮，說空中來了西伯利亞的暴風雪，雲彩往東南移，當然離下大雪不遠了。你看天上，不正是大朵大朵的雲往東南方向移動嗎？」

紀曉嵐一瞧天上一看水裏，馬上又提出了新問題：「哎，家歡！我向來淡漠東南西北的方位，經你這一提醒，既然雲是往東南飛，這水不就是往西邊流去？」

顧家歡說：「是啊！紀大人才來一個月可能沒注意，我以前也不上心，我們從內地來的人都習慣一個古老的說法：『世間無水不東流。』可烏魯木齊說：『烏魯木齊的最大特點，就是處處無水不西流！』紀大入聽著奇怪是吧？」

紀曉嵐說：「等等，又是『烏魯木齊說』，又是『烏魯木齊的水』，這眞把我說糊塗了，你這都說的是怎麼回事啊？」

顧家歡說：「不怪紀大人聽不明白，只怪我沒把事情說清楚，說話的『烏魯木齊』是一個人，他說的『烏魯木齊』是你住的那個城市。這樣懂了吧？」

紀曉嵐一驚：「喲？還有人把名字叫做烏魯木齊？他不怕自己的名字與城市的名字攪渾了？那有多麻煩。」

顧家歡說：「事實上是他的名字還比這城市的名字先起。」

紀曉嵐說：「這事有趣有趣，你把這故事仔細講講。」

顧家歡說：「好好，紀大人有興趣聽，走路又有閒空，我就仔細講。」

……遠在西域平定前二十年，準噶爾部一個蒙古牧民家裏生下了一個大胖小子。他的父親在兒子出生前夢見了自己的父親，這位已故的祖父告誡兒子說：「孫兒出生以後，你當給他取名爲烏魯木齊。」做父親的一聽，知道這「烏魯木齊」在準噶爾蒙古話裏的意思是「好牧場」，暗暗還有一層深意，就是這好牧場值得去「爭鬥」奪取。覺得這個名字對兒子未必合適。還沒有來得及向自己的父親解說清楚，一陣孩子的哇哇大哭把他吵了醒來，原是大胖兒子已經下地了。

夢中景象記憶猶新，做父親的便遵照自己父親在夢中的囑咐，給新生兒子取名爲烏魯木齊。

二十多年後朝廷派大軍平定西域，到了伊犁城。伊犁城中無井，居民飲用水都到伊犁河中去汲取。岳鍾琪大將軍想了一想說：

「戈壁乃積沙無水，故草木不生。今伊犁城中有很多老樹，若是地下無水，樹怎得成活呢？」

於是下令士卒拔除樹木，在其根下鑿井，果然得有甘泉。

正是這個西征的岳鍾琪大將軍，當年在戈壁中的天生墩命士卒在土堆下鑿井，使上百士卒葬身地穴之中。如今在伊犁鑿井卻成功了。這兩地自有區別：天生墩掘的僅是沙土堆，而伊犁城掘的卻是老樹的根部……

伊犁城內有了水，但卻不能成爲整個新疆的發展中心，因爲這裏已是中國和俄羅斯大帝國的邊境線上。人們自然在其他地域尋找築城的地方。

前有伊犁城靠邊又缺水之鑒，此次要築新城便要反其道而行之：一要選全新疆比較居中之地，二要該處水草豐滿……天時不如地利，地利不如人和，軍民萬眾一起尋找便發現了新疆中心地帶有一片土地方圓百里水草豐盈，是個天然的好牧場。果眞是值得爲之爭鬥去奪取的塞外綠洲。

於是築城爲市，便取名爲烏魯木齊。

其時那個叫做烏魯木齊的人已經二十歲了，能怪他取名字於先的人嗎？這便是「人名在前、城名在後」的來龍去脈。

紀曉嵐聽得津津有味。忽又深有所悟地說：「家歡，看來這個叫做烏魯木齊的人與你很熟悉。他如今該是四十多歲了吧？」

顧家歡說：「紀大人聰明，朝廷平定西域已經二十二年，烏魯木齊當然是四十二歲了。他正是我的一位好朋友。可是他住得挨你更近，他是溫福將軍駐軍中的一個筆帖式（翻譯官）。我還正是通過他才知道來了一個印房章京大人叫做紀曉嵐，深怕世上有人同名同姓，那天親自見過了才知道正是恩公你。這以後的事你就知道了。」

紀曉嵐說：「不，還不全知道。我還不認識這個叫做烏魯木齊的奇人呢。」

顧家歡說：「這還不容易，過幾天我去你那裏引他來拜見你。」

顧家歡話還未完，大黑狗四兒「汪汪汪汪」大叫著往前跑了。原是達坂城已在眼前。

紀曉嵐抬頭一看，這算什麼小鎮？稀稀落落頂多有二十戶人家。

但在一個大場子上，此時正聚集了許多許多的人，好像鬧轟轟地發生了什麼事。

顧家歡說：「快跑！準是有了好女子被人爭搶，可不能少了我這一份！」

話還沒完，顧家歡早已跑出老遠。瞧他勒馬騰飛的架勢，眞是一個足以在蒙古族那達慕大會上奪得賽馬名次的好騎手。

紀曉嵐沒這本事，只能任自己的馬慢慢悠悠往前走。反正也才一里之遙，又在目力之內，不擔心什麼。

顧家歡頃刻跑攏了人群，一看正是大家在搶奪一個天生麗質的蒙古族女孩子。她旁邊一個十三四歲的男童卻無人問津。

這姑娘頂多十三四歲，彎眉大眼，蘋果面龐，鮮桃臉色，不高不矮的身材，豐潤飽滿的軀體，怎麼看怎麼好看。眼下才是本色衣裝，設若加以打扮，眞可賽過天仙。這小姑娘豈不正是自己應該買了贈給紀大人的婢女嗎？他下決心也要競價叫買，側起耳來聽聽已報到什麼價錢……

「三十五兩！」

「四十兩！」

「四十五兩……」

哎呀！這可就超出了自己的財力範圍！顧家歡急得心裏焦燥如火，自己今天揣了四十兩銀子前來，按平常的價格，買四個小婢女都已足夠。萬沒想到今天碰上一個小天仙，搶買的人把價錢抬到了天上……看樣子非得百兩銀子到不了手。可現在回去再拿錢已經晚了，這怎麼辦？怎麼辦？

顧家歡早已下了馬，此時只有跺腳低頭，暗想總還會有次一等的女子，可那樣就太對不起紀大人了……

忽聽大黑狗在人堆裏「汪汪汪汪」大叫不停，顧家歡抬眼一看，原來黑狗在向一個軍人撲咬。那軍人正在左右躲著，操起了一根大棒準備打狗。

顧家歡一看那臉，啊？怎麼是烏魯木齊？於是大喊一聲：「烏魯木齊！怎麼是你？四兒四兒，莫咬莫咬！」

大黑狗果然停止了撲咬，卻走向那個插草標被賣的小天仙，在她的腳旁磨磨蹭蹭，極顯親熱。

烏魯木齊一看黑狗走了，循聲看見顧家歡，頓時也就大笑：「哈哈！顧家歡，你這獵狗好厲害，我都招架不住了！」

顧家歡把馬一拴，飛快擠進人堆裏，拽著烏魯木齊悄悄說：「是你賣這一對小孩子？」

「是又不是。」

「什麼是又不是？今天你說話怎麼吞吞吐吐？」

「不是我吞吞吐吐，是事情太複雜，我三五句說不清。」

「管你是多少話，非得給我說清不可！哪有一個軍人筆帖式插標賣人的道理？你說不明白我拿你去告官！」

「哎呀！家歡，等我說清楚了，只怕人家早把小姑娘搶買走了。」

「烏魯木齊，你別聰明人裝糊塗，你是賣主，你不一錘定音，誰敢把她拉走？」

「顧家歡你別不講理，讓大家這樣爭哄抬價，那不會抬來抬去沒個邊？」

「你怕什麼？烏魯木齊，讓他們把價抬到天上去，你賣家總不吃虧。」

烏魯木齊嗨嗨一笑說：「呵，我怎麼忘了這一層道理？我講講事情的來龍去脈。」

烏魯木齊隨同一行二十多個軍士奉命追剿一股「瑪哈沁」（土匪），尾隨一個土匪追到這附近深山之中，突然不見蹤影。

左右搜尋發現了一戶人家，門戶緊閉，而院子中好像有十餘匹馬，鞍轡等等一應俱全，料想這必是「瑪哈沁」的一個據點。於是包圍喊話：「我們是溫將軍的大部隊，你們被包圍了，趕快出來投降！」

土匪們一見圍軍很多，知道抵敵不過，個個騎馬，突圍衝出，被官軍打死七八人，逃走二三個。

官軍追不上逃匪，開門進屋去看。裏面寂無一人，只有骸骨滿地。

突然聽見隱隱約約有哭聲，循聲找去，原是窗櫺上吊著一個十三四歲的男童，全身裸體，已凍得渾身發青，嘴唇更發黑了。

大家把他放了下來，給他穿上衣服，問他是怎麼一回事情。孩子邊哭邊說：「哇哇，我叫包爾秋，這裏就是我家裏。我家包括父母哥嫂一共是九個人。早四天，瑪哈沁來到我們家裏。我父兄鬥他們不過，一家人就全被他們捉住了。瑪哈沁一共十個人，他們每天牽我們家裏兩個人去山溪邊洗乾淨，洗淨回來就活生生的割肉，割下肉燒烤來吃了。唉唉唉……哇哇哇……父母兄嫂八個人都吃完，今天洗了我吊著，正要把我砍成幾段，一個人帶一段做乾糧，騎馬好走，都虧官兵來救了我啊，哇哇哇哇，唉唉唉唉……」

烏魯木齊和士卒們看包爾秋可憐，便準備把他帶回營中做點雜役小事。

誰知剛往回走不久，從樹林中竄出一個十三四歲蒙古族小姑娘，嚇得爬在地下顫抖不止，連喊：「大爺救命，大爺救命……」

烏魯木齊問她：「你叫什麼名字？家住什麼地方？怎麼跑這裏來了？」

小姑娘也哭哭啼啼講起來：「我我我，哇哇哇，我叫吉小蘭，我父親叫吉生貝，我父親是內地遣送來的流民，我不知道老家是哪裡，也不知道我們住的地方叫什麼名字，只曉得我們是離昌吉城不遠的一個山裡，哇哇哇哇……突然一天夜裏，蒙古人跑來把我們一家全殺了，我起來在外邊尿尿，才躲脫了。聽那些蒙古人說，是有人領著他們起來造反，要先把周圍的漢人全殺光……，我只有偷偷打扮成爲一個蒙古族小姑娘往外逃走，眞要逃又不好往哪裏逃，只是亂走，突然間碰到一塊石頭摔暈了，我做了一個夢，夢見一個像嫦娥姐姐一樣漂亮的姑姑，姑姑對我說：『你快問路到達坂城去自賣自身，你總該記得你父親給你起這個名字的來歷吧，你和你名字相近的一個人有緣分。』姑姑說完就走了，我一路問路要去達坂城，不巧碰見這些土匪在這裏殺人吃，我我我我，哇哇哇哇，我嚇得路都走不動，求求大爺們把我帶到達坂城插上草標賣了吧，哇哇哇哇。」

烏魯木齊講完這段經歷，指著插草發賣的男女小孩，反問顧家歡說：「家歡你看，那個男孩就是包爾秋，那個女孩就叫吉小蘭，你說說，這到底是我在賣他們呢？還是他們自己在賣自己？」

顧家歡急了：「烏魯木齊，你問過那小姑娘，她父親給她取名吉小蘭的來歷了嗎？」

烏魯木齊說：「問過了，她說她一滾下地來，哇哇地哭叫，哭叫中似乎在喊：『吉，小蘭，吉，小蘭……吉祥，如意，小蘭花，哇哇！哇！』這『吉小蘭』的名字不是現成得很嗎？呵呵阿呵！」

剛好紀曉嵐騎著馬慢慢悠悠趕到了，老遠就問：「家歡，誰把我『紀曉嵐』三個字拿來當玩笑？」說著就已下馬走了攏來。

顧家歡三步兩腳跨過來說：「紀大人，這個就是筆帖式烏魯木齊，你不是要我引他和你見面嗎？好了好了，眼下什麼別的事都不說，我引你去見一個人！」

顧家歡拉著紀曉嵐便又往人堆裏擠進去。

紀曉嵐只覺得腳下也有誰拽褲腳，低頭一看原來是黑狗四兒。牠也在咬著紀曉嵐的褲腿往裏走……耳邊只聽還有人在搶著報價：

「一百兩！」

「一百零一兩！」

「一百零二兩……」

紀曉嵐被拽到了人團裏邊，一眼瞟見了插著草標被賣的小姑娘，親切的感覺油然升起，這這這，這張美麗的小臉蛋我怎麼這麼熟悉？在哪見過？在哪見過？……一下子想了起來，這不正是自己的小妾桃豔嗎？

紀曉嵐脫口就喊：「桃豔，桃豔，你不是桃豔嗎？」邊說邊走攏了小姑娘，伸手要去撥她背上插的那根草。

「不能拔！不能拔！」人群中大聲咋呼起來：「你還沒有報價，主人還沒有一錘定音，你你你，你怎麼就敢拔她的草？」隨即報價又大幅度攀升：

「一百零五兩！」

「一百一十兩！」

「一百一十五兩！」

不意小姑娘自己站了起來，眼光中如同在噴火，明亮閃光。她直直地盯著紀曉嵐說：「我不叫桃豔，我叫吉小蘭，吉祥如意，小蘭花！大爺你叫什麼名字？」

「哎呀呀，天巧天巧，你叫吉小蘭，我叫紀曉嵐，我兩個人名字貼得好近，好近！」

小姑娘脫口而出：「是貼得近！是貼得近！」隨即轉臉對大家說：「我不賣了！我不賣了！」隨即把背上的

草抓起來扔到了地上。

這時烏魯木齊與顧家歡也商量妥了，一齊走攏身邊。

烏魯木齊說：「是是是！今天插標賣人停止，我的兩個人不賣了，不賣了！」

「豈有此理！」一個虎背熊腰的壯漢衝了上來，大聲吼著：「賣人競價，高者成交！老子已經報到了一百三十兩銀子，這已是個天價，也正好配得這位小天仙……」說著在吉小蘭臉上捏了一把。收手甩出一大袋銀子給烏魯木齊：「老闆數錢，一百三十兩銀子分文不少！小天仙，跟我走！」伸手摟腰，把吉小蘭橫抱著舉過了頭頂。

好快的身手，好大的力氣，舉著一個人如同揚起一朵小花。

吉小蘭在半空中掙扎亂動，張口大哭：「哇哇哇哇！放下我！放下我！」

大壯漢哪裡肯聽，依然在往前走。人們紛紛爲他讓開一條路來。

烏魯木齊拎著一袋銀子哭笑不得，不知如何是好。

顧家歡一個鷂子翻身，挺立在大壯漢前面說：「朋友！識相些！」刷地亮出一把匕首，閃閃寒光，晃人眼目，虎虎生威。顧家歡接著往下說：「有本事你放下姑娘，我們鬥它個百十回合，你打贏了我這把小刀，姑娘任你帶走！不然的話，今天生意做不成！」

大壯漢陰笑起來：「哎喲！大爺我褲擋裏拱出個小二來！夥計們，給我上！」

一下子上來七八個粗蠻男人，個個兇神惡煞，圍住了顧家歡就打。

顧家歡全無畏懼，巧妙周旋，和他們對打起來。一時誰也得不了手。

那大壯漢舉著吉小蘭悠閒地觀戰，還風風涼涼地說：「打打也不過貓逗老鼠玩玩！達坂城買賣場上只憑銀子，誰叫大爺我出了一百三十兩銀子呢？小天仙活該歸我，哈哈哈！」

紀曉嵐早被嚇得慌了神，眼巴巴看著小天仙被人搶走，心裏直覺生疼。這小姑娘明明是已過世的桃豔再世，看她也已傾心於我，眼下卻要歸於別人……這可怎麼辦？怎麼辦？

那大壯漢心裏有底，自己的一百三十兩銀子還是臨時叫手下小夥計七拼八湊弄起來的，眼下這裏誰也不會帶更多的銀子來了，活該自己又買一個小妾美天仙。眼看著顧家歡那身手確實厲害，他已將小夥計撂倒了三四個人，再打下去還不知結果會怎麼樣。大壯漢猛吼一聲：

「都給我住手！這麼多鄉親父老可以作證：達坂城的買賣只講錢！誰出價超過我一百三十兩銀子我放手！」

紀曉嵐受了振奮，醒轉神來，也舉臂高喊：「我出二百兩！大漢快放人！」一下子掏出一張二百兩的銀票，高高地舉在手中。

大漢不服地叫喚：「不行，不行，不行！誰知道你那銀票是不是有假！達坂城買賣只認現錢！」

發呆的烏魯木齊也已醒轉，三兩步跑了過來，把銀兩袋子往大漢面前地上一丟說：「你的錢你拿走！這位大爺的二百兩銀票我接收！」說著已接過了紀曉嵐手中的二百兩銀票。

那大漢還想頑抗耍賴，舉著吉小蘭往外走。

顧家歡一個筋斗翻過來，掠過大漢的頭頂。眾人還沒看清是怎麼一回事情，吉小蘭已被救下來放在紀曉嵐身邊了……

整整十三年前，紀曉嵐奉命編修《熱河志》，扈從乾隆到了木蘭圍場。自己那個愛妾桃豔忽然染疾身亡，時年才十六歲。桃豔是紀曉嵐的心頭肉，十三歲嫁給了自己，紀曉嵐算得明明白白，十三年前正是自己姨妹春桃絕食自殺身死的時間。姨妹與自己好過一場，可是有戀無緣，絕食死了，死前說再變兩世女人也要服侍姐夫。那麼十三歲的桃豔肯定是姨妹春桃再世。可惜納妾才三年就死在木蘭圍場。

當時乾隆聽說了，賞了四個宮女給紀曉嵐，這便是紀曉嵐的四個小妾皇皇、恩恩、浩浩、蕩蕩……

一個多月以後，紀曉嵐又扈從乾隆返回到了承德避暑山莊。當時新疆阿木爾的叛亂已被平息，乾隆在避暑山莊設立了眾多的蒙古包。許多蒙古族青年男女，在蒙古包裏舉行婚禮。

當時紀曉嵐是重修《熱河志》的總編，同年進士錢大昕是他的副手。兩個學士朋友在蒙古包外欣賞了一對蒙古族青年男女別開生面的婚禮儀式，有唱歌、有鬥嘴，後來還有射箭、跑馬、摔跤等等比賽，精彩絕倫。

有一對青年男女最爲出色，男的叫做巴爾思，意譯就是小老虎。女的叫做瑪喇勒，意譯就是小牝鹿。

瑪喇勒一聽到「紀曉嵐」的名字便連喊「奇怪奇怪」。問她奇怪什麼，她說她們那裏有個流民，一個多月前生個女孩子下地就哭叫：「紀，曉嵐，紀，曉嵐……」

紀曉嵐當時心裏一震說：一個月前女嬰出世，那不正是愛妾桃豔病亡的時候嗎？難道我將來也有貶謫去新疆的命運？

十三年後的今天，一切都應驗了。不過女孩的名字不是「紀曉嵐」，而是「吉小蘭」，在蒙古人聽來，漢人這兩個名字果然十分相像。

事皆前定，人莫奈何！紀曉嵐只有俯首認命，何況這個吉小蘭果像桃豔投胎，今年十三歲，年齡也相符。模樣俊俏更十分相像。啊！又一個「十三女子」，這十三歲女子與自己的一生還有多少牽連？……

事情都已順理成章地辦好。

這是久別妻妾後的第一個女人，紀曉嵐能不好好享受一下？他開始醞釀自己的「性」情，這已經是他多年以來形成的老規矩了。

可是今天偏怪，許許多多的「野」女人來在自己的腦海之中，這中間有遠來新疆途中每五天一次的鄉野山妓，那每次八兩銀子只買了個發洩器官；就是長安知府沈業富爲自己買的長安名妓，不也只是一堆女人肉嗎？莫非跟她還能有感情契合？要說烏魯木齊「逍遙宮」的那些妓女，她們比來新疆途中那些無趣的鄉妓強不了許多，無非只是洩欲器具而已……

通通地見鬼去吧！紀曉嵐把她們趕出了腦海之中，今晚上他要享受自己的情愛女人了！

眼前這個吉小蘭，哪一點不比那些「野」女人強到天上去？她很可能就是十三年前死在木蘭圍場的小妾桃豔的再世人，而桃豔又是與自己「有戀無緣」的小姨妹春桃轉世……眼前的吉小蘭匯聚了三世女人的情愛來侍候自己，光是這一點便足夠使自己銷魂……更何況吉小蘭那小模樣醉人心眼：圓圓臉勝過滿月，水粉色白裏透紅，胖瘦適中略豐潤，高挑個子挺「駝峰」——那高高的一對胸乳，豈不和進疆來時所騎雙峰駱駝一般無二嗎？……尤其是那一對又大又黑的眼睛，水汪汪秋波頻送。

紀曉嵐望定了這一對眼睛再不轉眼，猛一下抱住了吉小蘭，吻著她的眼睛，吸吮內中的秋波蜜水。

吉小蘭卻張開櫻桃小嘴說：「吻眼不如吻唇，吻眼你一個人吸沒味道，吻唇我兩個人吸才來神！」

紀曉嵐於是吻住了吉小蘭的小嘴唇，說不清兩人誰吸得更痛快。吸著吸著不止癮，各人自己褪衣衫，倒在炕床上再也沒有起來……

紀曉嵐得了吉小蘭，名爲奴婢，實爲暗妾，銷魂蝕骨之外沒忘了大事情。吉小蘭說在昌吉範圍內有蒙古人策劃叛亂，因此而殺了她的全家。想起十三年前在承德避暑山莊結婚的那個巴爾思，據說他是昌吉人的兒子，所以漢語說得那麼順溜。眼下那裏有人叛亂，是不是這個巴爾思呢？

事關國家安危，更關乎自己的前途命運，因爲乾隆聖上的旨意，是要自己到西域來戴罪立功，設若在這次平息叛亂的事情上有立功的表現，自己不是就有賜環回朝的機會了嗎？想到這裏紀曉嵐十分高興，他悄悄地向吉小蘭說：「小蘭，你知不知道殺你全家的那個蒙古族人叫什麼名字？是不是叫做巴爾思？小老虎！」

吉小蘭堅決地搖搖頭：「不是，是他弟弟。什麼名字我不知道，我聽說過小老虎巴爾思，我爹說他對老百姓很好。」

紀曉嵐心中大喜，再不往外多說，一個戴罪立功的計謀慢慢地在他心裏形成……

肆拾肆　真相大白除魔根

包家被土匪割肉烤吃，只留下一個男孩包爾秋。顧家歡夫婦待他如子侄。誰知這包家父子乃獨行大盜。顧家歡再不要包爾秋，包爾秋碰樹而死。

一場無休無止的大雪，把紀曉嵐實施平息叛亂戴罪立功的計畫擱置下來。他知道冬雪在新疆烏魯木齊地區將肆虐三四個月，在這期間叛亂者不能再有何動作，當然也無所謂平息叛亂了。

昌吉在烏魯木齊的西北地方，相隔不遠，因此仍屬烏魯木齊範圍之中。這邊大雪，那裏也不會不同。

還是顧家歡判斷天氣有準：「一亮一黑，三天大雪。」果然是顧家歡送紀曉嵐攜婢女吉小蘭回返烏魯木齊後的第三天，大雪便下起來了。

好大一朵的雪花，一開始便紛紛揚揚地飄飛而下，好像它們在天上已等了很久很久，已經等得很不耐煩，於是爭搶著往下墜落。這和其他地方下雪由小而大，由緩而急，由慢而快極不相同。果然具有新疆飛雪的特點，莫非這特點就是西伯利亞傳過來的嗎？

紀曉嵐是河北人，久在京師一帶活動，那裏也是國人傳統概念上的北方，冬天的雪景也已令人慨歎其持久而劇烈。那雪花雖也被稱爲鵝毛大雪，卻並不十分準確，大大的一朵又一朵，頂多只是小小的白雞毛。

這裏不同了，飄飛的不止是鵝毛大雪，而且漸漸演變成鵝蛋大團。誰說雪花像棉絮？它遠比棉絮重得多。下墜的線條也不再是曲折盤扭，而是斜斜地直線下砸，砸在雪地上都像傳出響聲，沙，沙，沙，喳，喳，喳……紀曉嵐自己都分辨不清楚，這落雪的響聲究竟是來自實實在在的耳鼓，還是來自疑疑惑惑的心中。反正這聲音恰與碩大的雪團墜地正相匹配。

烏魯木齊漫地積雪三尺有餘，無論官民人等，一應事情幾乎止息，進入了實實在在的冬閒。

在烏魯木齊城的北郊，崗頂有一座關帝祠廟，蓄有駐軍之官馬。但這些馬都是從市場上買來，專為關帝祠祭神之用。關帝祠祭神早有定規，便是每月的朔望兩日。平常時候不祭神，所以廟內也不設飼餵祭馬的槽櫪，任由馬自己在外邊吃草漫遊。

但是逢到初一、十五，那些祭馬便早早地來到關帝廟前，立如瓷塑，一動不動，連每次所站立的地方，都不會有尺寸的混亂，眞如關帝神給牠們排定了位置一般。

最奇最怪，連大月小月都分毫不差。仍是初一十五清晨前來祭祀。祭畢又自動散開。再也不知道牠們的去向。

宋吉祿介紹過後問道：「曉嵐，你信不信關帝有此種神威？」

紀曉嵐聽得若疑若信，覺得這似乎太不可思議了。馬是野性的牲口，怎麼會分得清月大月小呢？他試探著說：

「吉祿！有不有這種可能，關帝祠內道士們事先把馬召喚攏來，指揮牠們排好隊伍，再對外邊說是神馬自來，祭祀關帝？要是那樣，就沒有更多的意義了。」

宋吉祿說：「曉嵐，這個好試驗得很，大後天就是二月初一朔日，此時正是大雪紛飛，還不知道要下到哪一天止。你、我、烏魯木齊三人，這一天早早前去守望，看到底是不是道士們調教著神馬，不是立見分曉嗎？」

紀曉嵐說：「這個法子好，我三人一言為定。」

到了後天，紀曉嵐又想出一個新點子，先天夜晚就去了關帝祠，這晚上和祠裏道士一起睡覺。事實證明，果然道士們一個也沒有外出。

第二天即是「大後天」那個初一日，紀曉嵐早早起來，守在祠門口。他剛一站好，果然宋吉祿與烏魯木齊也來了。

宋吉祿與烏魯木齊直佩服紀曉嵐點子多，提前一晚來歇息，證實道士們沒有出去調教神馬。

等到辰時正點，正是祠內祭祀關帝的時刻。紀曉嵐親見雪地外一群馬緩緩走來。整整齊齊地站在祠門之外，任憑鵝蛋雪團紛紛砸來，牠們全都一動不動。好像還豎起了耳朵，傾聽廟內道士祭祀關帝大神的鼓樂禱詞。

半個時辰之後，廟內祭典完畢，祀馬們又緩緩轉頭，慢慢地走得無蹤無影。

紀曉嵐回轉身來，跑攏關帝泥塑神像，撲通跪下說：「罪官拜見關聖帝君，有祈原諒在下的癡愚拙見。千古關帝神威，足以使軍民人等永遠恪守『忠義兩全』的名節！」

大雪終於停了。四野積雪已達四尺有餘。

天色漸漸明朗，不幾天將會放晴。

時間已到三月，在內地是春天末尾，這裏才是春之打頭。反正不會再有更惡劣的天氣了。

紀曉嵐已將昌吉那邊厄魯特蒙古族頭人醞釀扳亂斬殺漢人的罪行向溫福將軍作了詳細報告，並提出了自己從側面協助平息叛亂的主張，還談了自己考慮頗為周到的設想。

溫福經過了認眞的考慮，認爲紀曉嵐的辦法可行，批准同意。紀曉嵐便與烏魯木齊一道，到後溝顧家歡家裏去組織實施。這時溫福將軍已派大部隊悄悄向昌吉運動，準備用強大的武力打擊叛亂行爲。

紀曉嵐設想的側面配合，其主要力量便是顧家歡與烏魯木齊。顧家歡武功卓絕，對付十個叛兵綽綽有餘。烏魯木齊是筆帖式，能夠溝通幾個民族之間的語言。他覺得自己在這中間只是一個配角。

今天紀曉嵐與烏魯木齊結伴到顧家歡家去，便是去請顧家歡進行配合。同時帶去了四百兩銀子，這是溫福將軍特批給紀曉嵐三人的活動經費。知道他們三人化妝潛入昌吉厄魯特部落去與巴爾思接頭時，難免會要用銀子打通關節。

一架七匹狗拉的狗爬犁，大而結實，十分平穩。紀曉嵐的大黑狗是狗中的翹楚，它理所當然拉在最前頭，恍如「開路先鋒」的角色。

紀曉嵐安穩地坐在爬犁的後座，烏魯木齊坐在前面掌鞭。掌鞭人實際上等於一部車子的駕駛員，整個爬犁的生命財產安危他一鞭在握。

烏魯木齊正要揚鞭啓程，紀曉嵐新得之暗妾吉小蘭一衝而出，攔在爬犁之前，手上拎著一個包袱，斯斯文文地說：「要去後溝怎能拉下我？老爺你不該藉故把我支使開。」

紀曉嵐一下子爲難了。經過一個冬天的靈肉溝通，紀曉嵐直覺得吉小蘭是上天賜給自己的尤物，認定她確實是以前愛妾桃豔的再世投胎，而桃豔又是當年與自己心有靈犀的小姨妹春桃所轉世，這吉小蘭等於集中了三個女人對紀曉嵐的一片傾心，加上十三歲才是一個「豆蔻」之前的年紀，在兩人交合中的熱情、迎奉、熾烈、綿長、變異、頻繁等等方面，吉小蘭比以前的妻妾均勝一籌……大概因爲眼前只有這一個寶貝暗妾吧，紀曉嵐覺得自己須臾不能離開她。但是正因爲如此，他便覺得不能讓她去冒生命危險。紀曉嵐非常明白，此次自己和顧家歡與烏魯木齊三個人去執行的秘密配合任務，雖有武功高強的顧家歡作保鏢，雖有溫福將軍派去的一二千人的大部隊作後盾，實在還是危險萬分。因爲預謀叛亂的人可以把吉小蘭一家數口殺掉，可見已經是喪心病狂，完全可能不顧一切後果……那麼此次行動便十分危險了。當此之際，怎麼能要一個十三歲的小暗妾去經受煎熬呢？

剛好，宋吉祿說八蠟祠八十多歲的丁道士病了，丁道士是宋吉祿的朋友，透過宋吉祿的介紹，丁道士也成了紀曉嵐的友人。現在既然說他病了，宋吉祿前去看他，紀曉嵐便派了吉小蘭也一道去，代表自己給丁道士送去了一些素齋點心。

紀曉嵐自己呢，假託是溫福將軍有急事召見，不能親去八蠟祠給丁道士送慰問品，主人派奴婢代爲送去也順理成章。

紀曉嵐便想趁吉小蘭走了的這個空檔出發。萬沒想到鬼精的吉小蘭怎麼探知了這一層內情，在這出發之前把狗爬犁攔住了。爭著也要去。

紀曉嵐左思右想，不能直說，不能耍橫，於是繞著彎子說：「小蘭，你這是何必？我和烏魯木齊到後溝打一個轉身，狗爬犁有多快，半天多就回來了。你爭著去幹什麼？」

吉小蘭仍是溫溫存存說：「老爺莫騙我，我知道你們去幹什麼。我死也不離開老爺一步。」

紀曉嵐說：「你既然知道了就更不要打岔，你去能幫上什麼忙？只會礙手礙腳！一個十三歲小姑娘會有多大能耐？」

吉小蘭怎麼著也不慍不火，不起高腔，可是說出來的話有好大的分量：「老爺，四兩撥千斤是常理，人小不脹眼睛，路熟不出紙漏。說話更沒有阻隔。未必只有三頭六臂才幹得成事情？」

這些話哪一句不是在情在理？紀曉嵐簡直不知如何再駁斥？一下子冷了場。

吉小蘭趁這冷場空檔轉面求援：「烏魯木齊大叔，我的命是你救回來的，你幫我說一句話。」

烏魯木齊說：「紀大人！我看小蘭說的在情在理。她的性格也確實像天山雪蓮那樣純眞堅強，三尺雪被都不怕，誰能把雪蓮怎麼樣呢？我看就讓小蘭跟我們一道去吧。」

紀曉嵐說：「小蘭倒會搬救兵。好了，上來一起走吧。」

七狗爬犁在雪地裏風馳電掣地前進……

一個冬天下來，十三歲的包爾秋享盡了溫暖的家庭情愛。顧家歡與夏雨花兩夫婦是慈善心腸，心想這孩子天可憐見，一家父母哥嫂全被土匪活剮烤燒吃了，那慘狀事後聞見都渾身寒顫。該天殺的土匪瑪哈沁，世上怎麼還會有如此惡毒的人類？簡直是兩足直立的禽獸畜牲！不，禽獸不吃人肉。活吃人肉只能是萬劫不復的惡魔！

現在，被惡魔吃盡大人留下的後代孩子，理應充分享受人間父愛母愛的親情。

顧家歡與夏雨花自己的雙胞胎孩子才四歲，這麼小的孩子太容易滿足了，給他們吃飽喝足，再逗他們玩玩就行了。年輕夫妻有的是多餘的親情，於是便毫無保留地給了這拾來的孤兒包爾秋。

夏雨花一次又一次給包爾秋添菜添飯：「孩子！多吃些，快快長，長大了殺盡瑪哈沁，給你家爹媽哥嫂報仇！」

不知為何，包爾秋顯出一臉發楞的神色。

夏雨花心想：這孩子受的苦痛太多了。

顧家歡一遍又一遍教包爾秋擺架勢，練拳腳，諄諄開導說：「孩子！學好功夫，將來才有本事殺盡瑪哈沁報仇雪恨！」

十分奇怪，包爾秋對報仇雪恨缺乏激情。

顧家歡在心裏說：這孩子被土匪嚇破膽子了。

天勢準備放晴。雪景上多了一層亮色。

顧家歡和夏雨花還保留著從福建惠安老家帶來的生活習慣，飯後喝一杯熱茶。說是這樣既能消痰化食，而且可以有片刻的休閒，使剛吃飽的肚子擺放好胡亂吃下去的食物。

正在這時，包爾秋一逕走到顧家歡兩夫婦面前，撲通跪下說：「多謝叔叔嬸嬸收養我。我也沒什麼報答。我記得我家裏有一個暗地窖，爹爹和哥哥經常下去藏一些東西。我也不知道是些什麼傢伙，請叔叔隨我去挖回來。反正我們家裏一個人都沒有了。哇哇哇哇：」說著說著，可能想起了親人被害的淒慘，嗚嗚哇哇哭了起來。

夏雨花一把拉起了孩子，緊緊抱在懷裏說：「孩子別哭！好孩子都不哭！我們這裏就是你的家。」

顧家歡說：「孩子．你嬸嬸說得對，管它是些什麼，挖回來還歸你，反正我們家也就是你的家。」

說完就起身收拾狗爬犁，顧家歡準備帶了包爾秋出發去挖地窖。

雪地裏響起了叮叮鈴鈴的鈴聲，紀曉嵐等人的七狗爬犁遠遠地來了。七隻狗脖子上的銅鈴，震得滿世界歡快地叫響。

顧家歡老遠就打招呼：「紀大人！紀大人！烏魯木齊，烏魯木齊！」

紀曉嵐跑攏一看：「哦，家歡收拾好爬犁要出去？」

顧家歡說：「紀大人連小蘭都帶來了，定有大事，我們一起到裏面去談。」

……談論的結果，是幾個男人一起先去挖包爾秋家的地窖。不知為何，包爾秋突然又說不想去挖地窖了。但這時已沒有他說話的餘地，他只得帶上大家坐上狗爬犁走了。

山道上一前一後跑著兩輛狗爬犁，包爾秋與顧家歡坐的狗爬犁在前面引路。紀曉嵐與烏魯木齊坐的七狗爬犁緊緊跟隨。

山谷間狗頸銅鈴彼此呼應，震響雪後初晴的天空。來到包爾秋的家，這其實是一個木頭小屋：木頭做架，木板做牆，再蓋樹皮的簡陋房子。屋內木板牆上倒是掛著厚達半尺的擋風草簾，說明冬天禦寒是這房子的主要目的。屋內幾乎沒一件像樣的家具，看起來只是一個臨時住房，說不定哪天就搬走了。屋內一片狼藉，誰也根本看不出什麼不妥。只是看見那些人骨骷髏，直覺得毛骨聳然。

紀曉嵐忍不住顫慄著說：「眞想不到瑪哈沁竟是如此狠毒兇殘！」

誰也沒注意包爾秋聽到這話打了一個冷顫。

烏魯木齊已是第二次來了。他前後左右一看，大為驚詫地說：「啊！這房子我們走後有人來搜查過，這些人骨頭都挪動了地方。還有好幾處地方經過挖剷。莫非瑪哈沁知道這家裏有個地窖？包爾秋，你看那地窖裏的東西是不是被土匪挖走了？」

包爾秋這時卻十分有把握地說：「他們找不到！地窖根本沒在屋裏。」

顧家歡又一驚：「喲！包爾秋你父親哥哥這麼在行？他們怎麼想到把地窖挖在屋外？快帶我們去找！」

包爾秋說：「隨我來。」

大家跟著他並沒走多遠，就在屋後一丈遠的地方，有一株已經掉光葉子認不出名字來的大樹，樹蓋寬大如蓬，遠處的枝椏遮住了半間屋子。

包爾秋走攏樹蔸，再邁開大步向房子方向走，走了七大步，步步踏雪一尺多深，別的地方雪積三尺，這裏有大樹遮擋，雪才一尺多。眞也算個怪事。其實樹枝上積雪再多也不會有兩尺深，眞不知那多餘的雪被樹枝彈到哪裡去了？或者是這裏地氣暖些融化掉了。反正樹下雪淺是確確實實。

在那離樹七大步遠的地方，包爾秋信心十足地說：「在這底下，扒開雪挖吧！」

紀曉嵐心中也起了疑惑：這個包家父子究竟是幹什麼的？選這裏挖地窖眞是再好沒有。夏秋兩季綠樹貯蔭，枝葉蔽雨；冬春兩季雪掩地面，誰也發現不了。眞是個選地窖的行家。如果選在屋裏，早被土匪挖走了。

顧家歡與烏魯木齊手腳麻利，一下子便把雪扒開了五尺見方。只見地面統統是一個顏色，完全看不出有先挖後塡的痕跡。一時眞不好從哪裡下鋤頭。

包爾秋卻果斷地說：「從我剛才第七步踩腳的地方往下挖。」挖起來便很快，土被雪水浸潤，挖起來不難。一個挖土，一個剷走，約在兩尺深的地下，「咯咯」地挖著了石頭。四邊盤開泥土，發現是一塊三尺見方的厚石頭。兩個人把一二百斤的大石塊搬開，啊！一個口小肚大的圓形地窖。其設計的精巧，其隱秘的技術，簡直是無以復加。幾個男人同聲慨歎：「啊！這不像一個居家百姓所爲！」

顧家歡和烏魯木齊先後跳了下去，習慣了一下眼睛，同時驚呆了：裏面有多達二三千兩的白銀，至少是一百兩以上的金子，還有數不清的玉石、手圈、頭飾、金釵……還有一大箱一大箱的綾羅綢緞，錦繡衣裳，許多珍貴東西連名字也叫不出……這這這，這哪裡是什麼一個良民居家的窖藏？這簡直就是一個瑪哈沁土匪的贓物寶庫！

顧家歡首先就受不住了：包爾秋這孩子看似可憐，卻原來隱瞞了自己是土匪賊窩的事實。他已經十三歲了，不可能對什麼事情都全無知曉……這個小騙子原來藏匿了很深的心思，難怪我在家裏說要「殺盡瑪哈沁報仇雪恨」時他眼直發愣……

顧家歡攀著洞口跳了出來，揚起巴掌就狠狠地打了下去，打得包爾秋哇地哭出聲來。

顧家歡吼道：「哭什麼？小騙子！老老實實說，你父親和哥哥是不是土匪頭子？是不是私下侵吞了土匪搶來的財物，才被土匪滿門抄斬，生剮活吃？」

包爾秋哇哇哇哇一句話也說不出來。

紀曉嵐雖然猜出了一個大概，但究竟不知洞裏有些什麼東西，於是制止顧家歡說：「家歡，何必難為一個孩子？眞是土匪那也是他的父兄，並不是孩子自己。你說洞裏到底有多少什麼東西？」

顧家歡說：「折合銀子不下萬兩！這肯定是殺了成百上千的人才能搶到手，紀大人你看了也會氣得喉嚨冒煙！」

這時烏魯木齊也已跳出洞來，對紀曉嵐說：「家歡所說情況屬實，我剛才仔細折算了一下，遠遠不止一萬兩。還有一些無價之寶的珍貴文物，總價值二萬兩銀子只多不少！」

紀曉嵐也倒抽了一口冷氣：「哦？這麼多！」隨又緩下口氣說：「再大的罪過不在孩子！家歡你們兩個人首先要弄明白：他家大人就算罪大惡極，這孩子畢竟是無辜。」隨即把包爾秋牽到屋裏去，一邊幫他擦眼淚，一邊哄著他說：

「孩子！別哭，你前面的路還長，你得跟你的父親哥哥在感情上一刀兩斷，反正他們也已經被吃了。你把什麼都講清，誰也不會拿你來出氣。講吧，講吧，孩子，你把這些事裝在心裏就好比心裏裝著一塊病根，等你長大了，懂事了，這個病根就會大發作，使你走也不是，坐也不安，吃不下飯，睡不著覺，那就不得了啦！說出來就等於把病根吐出來，你就是一個好孩子，將來興許還能做大事情。你爲什麼不說？爲什麼不說？」

包爾秋終於下了決心，忍住哭泣：「我說，我說……」

……原來這包家父子並不是瑪哈沁土匪一夥的人，在搶劫黑道上可以算得是「獨行客」。

兩父子每日騎馬在近山處瞭望著，每見一二輛車孤行，前後十里無援者，就突襲而下，兇殘殺人，而後用車裝載屍體進入深山大坳。到了不能通車的地方，兩父子合力砍碎車輛，投於絕澗，只以馬馱了錢貨而走。再到了馬亦無法通行的地方，則又把鞍轡等等投於絕澗，放馬任其所往。兩父子把貨物背著扛著，從山間鳥道回家。貨物藏在地窖裏，隔一二年後，已經再無人追尋，兩父子又將搶到的貨物挑著馱著，僞裝是商販繞道到別處集市賣掉，積攢金銀財寶。這樣，因而能隱蔽地延續一二十年，一直未被人發覺。

年復一年幹著這殺人越貨搶劫生財的勾當，兩父子以爲天衣無縫，逐步擴展了搶劫與銷贓範圍，幾達數百里之外。回歸深山過著表面窮酸實則富貴的日子。

萬沒想到還是被瑪哈沁發覺了，瑪哈沁前來滅其滿門，將大人們燒烤吃掉了。目的是來搶劫贓物，只是未能到手。

……紀曉嵐聽完包爾秋講述的黑道故事，只黨渾身寒顫，毛骨聳然。心想留下包爾秋這個小孩未被吃掉，最終由他揭破了這其中的狠毒陰險，此事必有神靈天意安排，絕非偶然之故。看來抑惡揚善是天理人心的最後歸宿。

顧家歡越發義憤填膺，更覺得自己夫妻受了包爾秋的感情欺騙，他裝出一副十分可憐的樣子，騙得自己夫婦把他當親侄兒看待，沒想到他是十惡不赦大強盜的小賊子。他衝著紀曉嵐與烏魯木齊說：

「你們要做好心人你們去做！我是再不要這個小賊子！」惡狠狠地指著包爾秋，咬牙切齒恨不能把他吃掉！

包爾秋不知是被嚇的還是對父親哥哥的兇殘暴行有了悔恨，一跳就上了小狗犁，哭哭泣泣地訴說：「哇哇，小賊子哪還有臉活在世上，哇哇哇，我不要這條命了，哇哇哇哇……」打著狗拖著爬犁飛跑。

紀曉嵐忙喊：「包爾秋，包爾秋！停住，停住！」

包爾秋哪裡肯聽。

紀曉嵐想坐上大爬犁去追，無奈自己又不會駕駛。回頭忙喊：「烏魯木齊，烏魯木齊！」可烏魯木齊已下洞去，他正在往口子上遞送金銀珠寶。

雪地上只有顧家歡站著不動。他看也不願再看一眼遠去的包爾秋。

紀曉嵐怒氣沖沖地喊：「顧家歡你是怎麼啦？包爾秋真的可能出事，你能見死不救嗎？他還是個孩子！」

顧家歡說：「紀大人，實在對不起，怪我的心腸太軟弱善良，實在再裝不下包家惡魔的孽種。你讓他自生自滅去吧，他十三歲了長住這深山，不僅他父兄的惡跡早已知曉，他駕駛狗爬犁的本事不在我之下。倘若他真的出事死了，那也是天意要收他，與你，與我，與烏魯木齊都無任何關係！紀大人但放寬心……」

顧家歡話還未完，那邊傳來一聲撕心裂魄的慘叫：「哇——哇哇——」

包爾秋縱身撞在一棵大樹上，頓時鮮血濺起有一丈多高。然後小傢伙癱然倒地，氣絕身亡。孩子的鮮血染紅了好大一片雪地。

那二隻狗拖著狗爬犁又回到了顧家歡身前。

紀曉嵐仰天感慨：「天道乃是公道！天道究不可違！包爾秋死得乾淨。不然他活在世上永遠不得安寧。父兄的罪過，將把他的心靈咬碎嚼食……那也真是不可想像啊！」

底下當然義無反顧，顧家歡也跳下洞裏，將所有的金銀財寶、錦繡綾羅、首飾文物等等，和烏魯木齊一道全數取了出來。

紀曉嵐在上面幫二人接應。

然後三人把財物裝上兩輛狗爬犁。

出發之前，顧家歡再忍不住了，拿火把罪惡的包家魔窟點燃，不多久便燒一個乾乾淨淨。顧家歡感慨地呼地喊天：「天公地母！關聖帝君！請保佑這世界永如白雪漫山一樣的乾乾淨淨！」

只得改變行程，三個男人駕著狗爬犁返回顧家歡家裏，接上吉小蘭，四人回烏魯木齊直奔溫福將軍總部，將價值二萬餘兩白銀的贓物一應交公，並詳細呈報了包氏父子剪徑搶劫殺人越貨的來龍去脈。

可惜溫福已親自率領人馬悄悄接近昌吉，平息預謀中的昌吉叛亂去了。家裏只有一個都統協辦，接承辦理了登記備案等一應事宜。

當然，這都統協辦沒有忘記對紀曉嵐等此次行動的收穫大加讚賞。末了卻不得不遺憾地說：「有一利必有一弊，你等破獲了包家父子惡魔大案，繳獲財物眾多，只可惜配合溫福將軍行動之事，多少已被延誤了！」

紀曉嵐斬釘截鐵說：「延誤不了，我們馬上出發昌吉，去會我多年前的朋友巴爾思……」

肆拾伍　紀昀平叛立功勞

昌吉蒙族頭人二兒子脫里圖謀叛亂，囚禁了哥哥巴爾思。紀曉嵐在暗妾吉小蘭支援下協助官軍平息了叛亂。

巴爾思被他的親弟弟脫里關在秘密牢房裏已經好幾天了，雖然每天仍有山珍野味送來，但他沒有半點食欲，食物送來他總是一推了之，人也慢慢消瘦下去。他眞後悔啊，由於自己的仁慈寬厚，他這隻老虎沒有鬥過弟弟那隻鷹。巴爾思的含義就是虎。他弟弟的名字脫里就是鷹。

三個月前父親病危，巴爾思本是頭人的當然繼承人，但弟弟脫里也有成爲頭人的機會，只要父親一句話就可以了。但是兄弟兩個人的心性與作法完全背道而馳，巴爾思主張對漢人寬容，對朝廷依賴，一切都聽從朝廷的安排。他弟弟脫里卻完全不是這樣，他只準備表面上接受朝廷的節制，卻要求在昌吉地區分享賦稅收入和倉庫儲存。就是說，弟弟脫里要改變父親堅持了十多年的依附朝廷的格局。爲了達到這個目的，脫里採用關押、拷打、收買乃至滿門抄斬等手段，先控制了昌吉地區的流民階層。流民又叫流人，是被朝廷及各省遣戍來新疆的所謂罪人的後代，他們是這一個地區勞動生產的主力人員，也是這一地區政權存在的一個基礎，起碼是當地稅賦和勞役的主要來源。控制了這一部分人就有了向地方當局要挾的基礎，要挾不成，便是叛亂，斬殺地區官員，自立爲政。

紀曉嵐新納暗妾吉小蘭一家，便因父親吉生貝堅決反對脫里的陰謀而慘遭殺害。吉小蘭因起來小解的偶然原因而存活下來，終於逃脫到了達坂城，最後與紀曉嵐心心相印……這自然是天意的安排。

脫里將要向當地滿漢官員要挾的條件，便是要當局承認自己是本部族的頭人，並且與自己分享當地的稅賦收入，還要在原來的庫存財物中享有一份錢財。他的藉口是：「邊民蒙族厄魯特民不聊生，要使自己的民族維持下去。成爲朝廷的一方馴民，朝廷和地方當局應該讓出一部分財力！」脫里自認爲這個理由可以說服皇帝乾隆，關鍵是要表現出自己在這一方土地上有很強大的實力。他用殺滅等手段控制當地流民階層便是兇狠的一招。

脫里自認爲漢族流民階層已經成功地控制在自己手中，便又在蒙古族內開展了擴張和收買，他的第一個對手便是自己的哥哥巴爾思。

當時他們的父親老頭人雖然病危卻還在世，脫里不敢爲所欲爲，害怕引起父親的厭惡和拋棄。爲了掩人耳目，脫里收買和殺滅流民乃至最終控制流民，都是背著父親和哥哥，悄悄在夜間進行。策劃周密，行動詭秘，事後還不爲人知曉。因爲這些流民身分地位低微，他們的存在或消亡都不太引人注意。也就是沒有多少人去理睬他們。

脫里正是利用了這一點，使自己控制流民階層的策略輕易就已完成。對這一點，生病的父親和一心侍候父親的哥哥巴爾思都毫不知情。

病重的老父親總不斷氣，巴爾思又寸步不離守在他床前，脫里恨得牙根直咬，就是沒有得手的機會。

一個冬天便這樣悄無聲息地過去。

三天以前，父親終於連話也說不出來了，只在張口喘氣彌留。弟弟脫里一看時機已到，便在父親病床前假惺惺地磕了一個頭，說：「尊敬的父親，你已說話不出，爲了保證我厄魯特部族的生存和繁榮，父親就允許我和哥哥出去商量一下怎麼處理後事吧！」

一向寬厚仁慈的巴爾思哪知是計，他看見父親床前還是自己的心腹在照料服侍，便隨著弟弟脫里走出了父親的臥房。

一出房門，來到一個密室，巴爾思便知道大事壞了，脫里的人控制了這個房間，巴爾思舉目了無心腹。他以哥哥的強硬口氣質問：「父親還沒過世，弟弟你想幹什麼？」

脫里陰險一笑說：「哼，不幹什麼，只要你把這頭人的位置讓給我！」

巴爾思說：「你瞎說！父親也沒把頭人位置傳給我，我憑什麼讓位給你做頭人？要辦這事我們一起到父親床前去，父親不能說話了，但還能夠點頭。看他是準備把頭人傳給哪一個。」

脫里說：「你別做夢，老父親身邊全是你的人，父親又一貫向著你，合該你又是長子，那頭人位置怎麼會輪到我呢？這事我們在這裏解決。只要你當哥哥的一個『讓』字，全厄魯特部族誰敢不服我？」

巴爾思問：「脫里，要全部族的人服你也不難，你說說看你準備怎麼領我們全部族走向繁榮昌盛！」

脫里說：「我們部族的人處在邊地，生活艱難，我要向朝廷要回一部分我們的財力物力……」便把自己將向朝廷要挾作出財政讓步的計畫說了出來，末尾還洋洋得意說：「朝廷聖上總喜歡一句話『普天之下，莫非王土，率土之濱，莫非王民。』我們這一帶『王民』以厄魯特部族爲主，我們要求發展，要求生存，向朝廷索取的還不到他滄海之一粟，還不到大漠的一粒沙，皇上能不恩准嗎？」

巴爾思說：「弟弟你眞蠢！眼下皇上聖明，四海平靜，皇上會看不出你的要挾之內藏有禍心？只要皇上搬動一個小指甲，不僅你個人的頭人地位毀於一旦，就是我數以千計萬計的厄魯特部族牧民，也將受到慘重的打擊，陷入更深的危難之中。你這辦法看似爲部族謀福利，實際上只是爲了你個人。到頭來全部族將因你一個人的貪婪而慘遭魔劫。那麼多的內地來的漢族流民首先就不會贊成！」

脫里仰頭大笑：「哈哈哈哈！蠢的不是我弟弟，而是你糊塗的哥哥！眼下整個昌吉地區的流民都控制在我手裏。反對我的漢人流民已經不復存在！不信你派心腹下人四處去訪一訪。」

巴爾思一個震顫，大聲咋呼：「什麼，你在流民中已經大開殺戒？」

脫里陰陽怪氣說：「他們一個黑夜間突然失蹤，誰看見是我開了殺戒？」

巴爾思捶胸頓足：「呃呀天哪！這被殺之人恐怕數以百計，脫里！你將受到天理的報應啊！」

脫里說：「你呀，空有一個好名字巴爾思，是隻懦弱的土老虎，變成了鼠目寸光，難成大器。何如我脫里雄鷹，雲中搏擊，看得高遠，早早採取了行動，如今一切都已掌握在我手中。」

巴爾思乃據理大勸：「好弟弟，你別再鬼迷心竅！你想想在我昌吉，曾有過多少次叛亂？遠的不說，當年的阿木爾，後來的回民，就我所知短短二三十年裏就已有過三次大叛亂。當時朝廷內地情勢未穩，皇上一時力不從心，也曾讓叛亂者在兩三年內立足。可一當內地平穩下來，皇上哪一次不是調集重兵將叛亂平息？還好我們父親審時度勢，每次都不參與叛亂，而只是在旁觀察，看似猶疑，實是等待機遇。這不，他穩當頭人至今，幾十年沒有落敗。可你看看當今局勢，乾隆盛世已可見端倪。皇上一投手一舉足，整個國家都要顫抖，他隨時可以調集十萬二十萬的大軍，我們這一大片地區包軍包民一起，不過幾千幾萬，你能夠拿雞蛋去碰石頭？那不是白白地害同胞百姓受苦？你快懸崖勒馬吧，眼下還來得及！」

脫里不耐煩起來：「算了算了！道理我講你不過，手段你差我好遠。你就知道我到時候不會順風轉舵，坐享現成！你就乾脆說你肯不肯把頭人位置讓給我吧？」

巴爾思斬釘截鐵說：「除開你殺了我！」

脫里說：「別以爲我不敢！」

「那你現在就動手吧，看你在爹那裏怎麼交代？在全部族人的面前怎麼交代？」

「我就不會等待時機？等到爹一閉眼，你當哥哥的就可能出個意外事故死亡，我當弟弟的順理成章當上頭人，哈哈！你先待著吧！老頭子命多長你命有多長。想通了要活命嘛只要一個『讓』字……」

從此以後，哥哥巴爾思被弟弟脫里關在秘密牢房裏。巴爾思斷絕了與外界的一切聯繫，他後悔自己太過寬容，自己很早以前就發現弟弟有些心術不正，但總是認爲他是弟弟自己是哥哥，弟弟跳不出哥哥的手心去，也就壓根兒沒有去提防他，也就根本沒有考慮先下手爲強的事，以致落得如今欲動不能、欲哭無淚、欲罷難休的下場。

還好中風的父親經得熬，三天三夜進氣多出氣少，可就是沒斷氣……

紀曉嵐、吉小蘭、顧家歡、烏魯木齊一行四人，坐在兩架狗爬犁裏，風馳電掣，夜伏晝行，直插近路，竟然和先期潛行幾日的溫福大軍同時到達。不過大部隊和小部隊不是走的一條道，兩支部隊沒有碰在一起。

爲了行動上的方便，按照吉小蘭的主張，四個人都裝扮成了藏族百姓的模樣。

吉小蘭裝藏族人已經很長時間，輕車熟路。

烏魯木齊本來就是藏族人，根本不要刻意去裝。

顧家歡來新疆五年多，對藏人、回人等等許多邊疆民族的生活習慣都十分熟悉，扮藏人就像藏人，沒人挑得出破綻。

唯有紀曉嵐，個子高瘦，不像藏人那樣壯實矮粗。於是他裝扮成一個生病的藏族老人，躺在狗爬犁上，閉眼裝昏，由其餘三個人護著直往厄魯特蒙人的住地走。

厄魯特人早已改變了逐水草住帳篷的習慣，而在其祖居之地築蓋了土房，他們只在偶爾必須外出放牧時才保持著住帳篷的老規矩。一到嚴冬便回祖居之地昌吉住進土房，這也便於他們在冬天防寒採暖。但也許是長期住帳篷的傳統習慣使然，他們的土房築蓋得十分低矮，而間數卻是特殊的多。

單以作爲頭人兒子的巴爾思與脫里兄弟而言，兩人的房子分別都在五十間以上，連檐接棟，像是迷宮，別說陌生人進去了分不出東西南北，就是他們自己人，就算在裏邊住個三年五載，沒有專人幫你引路，也就可能進去了出不來。

當然這是大戶人家出於安全保衛上的防備建築，事實上多達五十間以上的房子沒那麼多自己人居住，只不過都住的是心腹嘍囉。

如今野心家脫里正是利用了這房子多而詭秘的特點，將哥哥巴爾思秘密關押起來，而且幾乎是每天換一間房子，這便使別人幾乎無法尋找。

巴爾思的夫人瑪喇勒，意思是小牝鹿。

瑪喇勒本人正和名字所表示的那樣，就像牝鹿一般美麗善良。她也不乏聰明才智。自從丈夫突然失蹤以後，她便感到了危險迫在眼前。她知道這是脫里在玩陰謀詭計，便在家翁的病榻前，當著家翁的面，嚴厲質問脫里把哥哥關在哪裡。此時瑪喇勒已加調了自己丈夫的親信，緊緊守住了家翁所住的房子，禁止脫里再進去。這一招頗有效果。使脫里再無法準確探知父親的生死存亡，也就更不敢輕易對哥哥巴爾思下毒手。比起歷代漢人皇帝父親憑聖意傳位於某個兒子來說，蒙古族人民的信仰更其忠誠，只要老頭人還有一口氣在世，蒙古百姓絕不承認誰是新頭人。而新頭人的認可，又必須以老頭人的口傳爲準。只可惜老頭人生病之中轉爲口癱，眼睜睜地再說不出一句話。

瑪喇勒知道不能貿然帶了人到脫里的房子裏去搜尋自己的丈夫，她知道只要嚴密阻止脫里與老父親見面，使其不知道老父親生死存亡的準確消息，自己的丈夫巴爾思便很安全。並且那樣一來，脫里也就沒有辦法對病危的老父親再下毒手……

作好嚴密保衛家翁所住及其周圍二十多間房子的部署以後，聰明的瑪喇勒趁著天氣轉晴的良機，準備到昌吉政府駐地去報告脫里的陰謀詭計，以爭取官兵的外援，那樣就不愁對付不了脫里眾多的親兵了……

巴爾思被一二十個屬於弟弟脫里的親兵看押著，也在苦苦地思索著脫身之計。憑他的絕好武功，要打翻敵對親兵不是難事，但這些搬來搬去的房子都屬脫里的範圍，自己從來沒有機會熟悉，就算是逃脫出來了也是枉然，最終還是會被困在迷宮裏。

巴爾思在想，沒有其他的方法，只有挾持弟弟脫里，而後逼他帶自己出這牢門，最後回到父親身邊去。

好！這辦法好！巴爾思想通這一點時十分高興，但他把高興藏在心底裏。於是就有了進食補體的念頭。他突然說自己餓了，要衛兵們去拿了上好的山珍野味來，先是吃了一個飽足，使自己體力充盈，精神振奮。

充分休息過來之後，巴爾思突然對衛兵說：「快去叫我弟弟來，我已經想通了，哥哥弟弟都是一母同胞所生，誰當頭人不一樣？我下決心把頭人位置讓給他……」

多虧一行人都作了藏民打扮，紀曉嵐他們的兩輛狗爬犁順利到達了昌吉藏民居住區。多虧烏魯木齊藏語嫻熟，一路行走沒有遇到半點阻攔。多虧吉小蘭是在這一片地方長大，指引人們轉彎抹角，來到了巴爾思一大片住房的前門。

他們還離大門有數十丈之遠，忽見那大門外兩隊蒙古兵互相打鬥，一時難解難分。還在遠處，也分不清是誰和誰打，更看不出誰弱誰強。

顧家歡一看打架就手癢。有武功的人大概都是這樣。他對躺在爬犁上的紀曉嵐說：「紀大人，你們停下，躲在那幾棵大樹後去吧，我去弄清一下是誰在打誰，必要時候幫好人一把。」

紀曉嵐一聽有人打鬥便翻身坐起，但他的高度近視眼看不清遠方的景物，只彷彿那是一堆影子，晃過去，晃過來。他關切地問：「是不是官兵和叛兵打起來了？」

烏魯木齊說：「那裏邊不像有官兵，倒像是兩隊蒙古親兵在自相殘殺。」

顧家歡說：「這麼遠不過是霧裏看花，模糊一片，我去看個明白，馬上就回來。」說完就要揚鞭啓程，沒忘記回頭補充一句：「烏魯木齊準備應付蒙古人突然前來追問。小蘭你好好照顧紀大人！」

沒料想吉小蘭一下子跳到了顧家歡的爬犁上，柔順地說：「讓我也去吧，我認得他們一些人。更聽得懂他們的許多話。」

顧家歡說：「小蘭別鬧了，你去了只會礙我的手腳分我的心。」

吉小蘭說：「你去了也不能一上陣就瞎打，你知道該幫誰該打誰，我去一看一聽就明白了，告訴你才不會打錯。」說著使勁一揚鞭，狗爬犁已箭一般地射了出去。

爬犁一動，吉小蘭便悄悄告訴顧家歡，說：「有我包你走近路。」說著把韁繩往左邊一帶，不一會，二人乘坐的狗爬犁躲進了一個小小的灌木叢。

正在互相打鬥的蒙古人誰也沒有發覺。

吉小蘭卻已看得見他們的臉龐，聽得清他們的叫喚。

顧家歡只覺得手癢，眼見那大門外雪地上已經倒下了不少人，他一個身懷卓絕武功的人當然不能坐視不理，於是急急他悄聲喊：「小蘭，弄清他們是怎麼一回事了嗎？」

吉小蘭說：「弄清楚了。是巴爾思與脫里兩兄弟的親兵互相打鬥。巴爾思是哥哥，是好人，他的人就是穿翻皮短襖的那一起；脫里是弟弟，是壞人，我一家人就是被他殺了，他的人是穿順皮短襖的一起，你快去幫巴爾思，打脫里。」

還沒等吉小蘭話語落音。顧家歡已經一個鷂子翻身飛騰過去了……

脫里正在一籌莫展之時，突然聽說哥哥巴爾思已經想通了要讓位，馬上振奮起來，帶了一隊親兵來到了關押巴爾思的秘室。巴爾思一看，原先看守自己的已有二十來個敵對的親兵，脫里身邊又帶來了二十來個，以一人對四十人，已是十分的困難了；何況弟弟脫里也不是等閒之輩，他的武功也是非同尋常，在整個厄魯特蒙古族之內，好像也就只有自己一人才是他的對手……巴爾思尋思：以自己一人對付脫里一人是穩操勝算，但脫里有四十個幫手，那自己便只有俯首被擒了。

只能智取，不能力敵。巴爾思已在心裏有了主張。他裝做極其親熱的樣子說：

「脫里，你雖關我三天，仍是好酒好肉款待，終於使我想通了道理，對於你我來說，兩兄弟一母同胞而來，應該是親親密密往前走。對於父親來說，他手掌手背都是肉，頭人位置傳給你與傳給我沒什麼不同，權柄同在一個家族手裏。這樣，你帶我去見父親，我親自對他說，我放棄繼承頭人的權利，把那位置讓給你。」

脫里說：「到底兄弟還是兄弟，你讓了位還是我的好哥哥。」

巴爾思說：「那我們一起去見父親吧。」說著就要往外走。

脫里說：「慢來！你那嫂夫人瑪喇勒已經不是一頭馴服的小牝鹿，她變成了一頭蠻橫的大母獅，她派了人守住了爹爹住房周圍二十來間房子，連我都有兩天再沒法進去給爹爹請安。我不得不防備你一進入那個範圍就變卦，你快給我寫一張讓位的字據給我！到時候有那把柄就誰也賴不掉！」

巴爾思一聽妻子早已採取了措施，心中感佩不已。漢人傳統兵書有言：兵不厭詐，詐要詐得像個樣子。於是爽口答應：「脫里，好弟弟！這個字據我願意寫，有你剛才的承諾，你繼位當頭人還把我當做『好哥哥』，我和你嫂子也就心滿意足了。快叫他們拿羊皮筆墨來！」

蒙族人自古認為：把字寫在羊皮上，那也就是誰都無法否認的「經典」。

脫里一聽哥哥這麼說，更是歡喜萬分，馬上叫人取來了羊皮筆墨。其實這些東西早已準備齊全。

巴爾思二話不說，爽爽快快就寫好了字據：

立羊皮字據人巴爾思，自願終生放棄繼承父親頭人職位的權利，將頭人位置禪讓給弟弟脫里……

脫里接過字據一看，更是深信不疑，帶著巴爾思便往父親住房那邊走。

巴爾思一路走著一邊說著：「世間只有骨肉親，要是三天以前我想通這一層道理，事情早就圓滿解決了。」

脫里已在心裏完全解除了武裝，他隨聲附和著說：「不打緊不打緊，牙齒咬舌頭，兄弟偶反口，都不是什麼大事……」

巴爾思趁其不備。急步往前一竄，飛到半空裏，雙腳把脫里頭顱一夾、一踹、一扭，一扳……脫里只覺眼一黑，頭一暈，仆然倒地。

巴爾思落下地來，迅速扶起昏迷了的脫里，拔出藏在腰間的匕首，抵著他的頸脖對前前後後的脫里親兵說：「你們哪個敢亂來，我先宰了叛逆族規的脫里，再一個個收拾你們！」

十三年前在承德避暑山莊那達慕大會上奪得騎馬、射箭、摔躍全能冠軍的巴爾思，終於制伏了弟弟脫里，慢慢向父親的住房走去……

顧家歡按照吉小蘭的指點，幫巴爾思的親兵打脫里的親兵，不多久就放倒了三五個敵人。突然聽見轟轟地響了三聲，隨即就有無數官兵在同聲喊話：

「厄魯特蒙古族人聽著：我們奉大學士烏魯木齊將軍溫福溫大人的特別派遣，已經將你們全部包圍。溫將軍已經查明：殘殺漢人流民的兇手，就是預謀叛亂的脫裏一個人！誰能將脫里捉拿歸案，或是將其斬首交給官兵，朝廷將對其加官晉爵，而對其他一切的人，包括脫里原先的親兵心腹，溫將軍都將不究既往！切望你們都好自為之……」

這喊話不斷反覆，聲震晴空，如雷貫耳。脫里的親信們一個個相繼放下武器投降。

顧家歡回頭一看，兩輛狗爬犁急急駛來，爬犁上除了紀曉嵐、吉小蘭、烏魯木齊之外，還有一位美豔絕佳的中年藏族女人。紀曉嵐高聲喊道：「家歡快來，這位就是我向你講過多次的瑪喇勒小牝鹿，是巴爾思老虎的夫人，也就是這裏未來頭人的夫人。家歡快來拜見！」

顧家歡立刻跑近前來，打個敬禮說：「草民顧家歡拜見夫人！」

瑪喇勒說：「快快請起，快快請起！我剛才在樹林裏已經看見，顧壯士幫助我們制伏了很多敵兵，我還應該好好謝你！」

一場預謀的蒙民族內大叛亂，就這樣被平息在暴發之前。

其實老頭人早在兩天前就已逝世。多虧得瑪喇勒派眾多親兵守住了家翁的屍身，秘不發喪，這不但保全了丈夫巴爾思的性命，而且給巴爾思制服歹毒的弟弟脫里提供了良機……

最後的結果，除了叛亂頭子脫里被處死以外，他那得力的幫凶，就是殘殺上百名漢族流民的劊子手，總計二十三人也被就地處決。

巴爾思順理成章做了厄魯特蒙古部族的頭人。

巴爾思、瑪喇勒夫婦舉辦盛大的蒙古族宴會，為紀曉嵐一行慶功洗塵。那場面無比熱鬧歡暢。

瑪喇勒已全然知曉紀曉嵐與吉小蘭二人暗結良緣的前因後果，她在酒宴上含蓄而風趣地祝賀說：「紀學士當然不會忘記，十三年前我們會面在承德避暑山莊，我說了那個一出生啼哭就叫著你名字的小姑娘，如今有幸成了紀大學士貼心的婢女，『紀，曉嵐，吉，小蘭……』天公眞是有眼，早作了這一幕安排！經過艱難困苦後的甜蜜，眞是人生一大快事啊，哈哈哈哈……」

紀曉嵐自認爲這次爲平息昌吉叛亂未能冒矢殺敵，談不上什麼功勞。

但溫福大將軍心裏有數，認爲此次昌吉叛亂能在潛伏狀態就被平息，主要是紀曉嵐的功勞，是紀曉嵐與吉小蘭奇異的命運結合，使脫里的預謀叛亂早早地洩漏了天機……以致平息起來幾乎未費吹灰之力。把握先機，功不可沒。溫福給紀曉嵐把功勞報到朝廷去了。

肆拾陸　紀昀因功早賜環

紀曉嵐因平叛有功，被乾隆提前一年詔命「賜環」回朝。行前爲駐軍記錄整理了許多抑惡揚善的神奇故事。

烏魯木齊簡直是個鬼妖怪異的世界，各種想像不到的事情層出不窮。紀曉嵐開始有意作一些備忘的記錄，他自知離還朝的日子不會很久了。同在印房的宋吉祿自然最樂意幫紀曉嵐的忙。

轉瞬到了夏日，一天傍晚，宋吉祿匆匆跑回家來，膽顫心驚地對紀曉嵐說：「曉嵐。我這白日見鬼，只怕是人將死嗎？」

紀曉嵐問：「到底是怎麼一回事情？你詳細說來我分辨一下。」

宋吉祿說：「剛才我到郊外散步，不經意間走到了那間秀野亭，就是曉嵐你在沈初《蕃騎射獵圖》中所見的那一座亭子，你後來不是已寫了一首詩嗎？我剛才就是到了那座亭子，進亭子坐著休息片刻。突然之間。我聽到有人大聲對我說：『君可歸，吾將宴客！』我起身四處一看，沒見半個人影。知道這是鬼在叫喚。這這……這不是白日見鬼？豈不是人之將死的證明！」

紀曉嵐說：「不然！無故見鬼，自非好事。若到鬼窟見鬼，就好像到了人家見人，何足爲怪？想那秀野亭附近必是鬼窟無疑！」

宋吉祿喘了一口大氣說：「哦，曉嵐所見不差！秀野亭蓋在城西深林處，萬木參天，仰不見日。旅櫬之浮厝者，罪人之伏法者，皆在是地，是座鬼窟無疑……」

烏魯木齊雖是西域邊睡，但到了盛夏也不涼爽。據說這與緊挨戈壁大沙漠有關。沙漠經日頭一曬可至滾燙，其熱量散發開來，不僅使沙漠本身炙烤難擋，並能輻射到周圍很遠的地方。烏魯木齊城也在大沙漠的輻射範圍之內，夏天炎熱便不足怪了。

印房事務並不繁忙，紀曉嵐常有閒空。

這一天是假日，筆帖式烏魯木齊前來印房，邀約紀曉嵐與宋吉祿到野外遊玩去，實際是去釣魚以消遣時間。反正沒事做，紀曉嵐與宋吉祿便隨同前往。

烏魯木齊是本地藏族人，熱情好客是他們的傳統。他不僅爲紀曉嵐與宋吉祿二人準備好了釣竿，同時已準備了一大包野餐吃食。

朋友們都已知道紀曉嵐只吃肉不吃飯的習慣，烏魯木齊給他準備的滷熟馬肉、羊肉、鹿肉、兔子肉足有三、四斤。只是沒有牛肉，因爲這個城市缺牛，不能宰殺，只能等其病老而死，才可偶然食之。至於野牛，很難獵到，所以牛肉是餐桌上的珍貴食品。野餐中缺少不足爲奇。

紀曉嵐自己從來沒有釣過魚，那是因爲自己公務繁忙，業餘又要著書立說，再加上沒有合適的機會，大半輩子就在沒有釣過魚的情況下過來了。

但是，紀曉嵐早已聽父兄叔嬸們說過自己出世前的奇聞。說是祖父天申公夢見在崔爾莊對門河裏釣魚消遣，釣出一條烏梢大蛇精，後來又引出了猴精與火精一同聚合，共來紀府投生轉世，結果就生出了小孫子紀昀曉嵐⋯

紀曉嵐對自己出世來歷的奇聞早已熟悉透了，因而對祖父釣魚的場景常常在心裏描摹。今天突然有了一次垂釣的機會，他當然更是興奮不已。提著烏魯木齊爲自己準備的釣具餌料走在最前面。

走到半路，紀曉嵐突然聽到耳旁有「噗噗」的聲音，他根本沒辨出這聲音來自哪裡，便聽烏魯木齊驚叫：「不好！有巴蠟蟲！」

紀曉嵐驚奇地問：「什麼是巴蠟蟲？」隨即回頭張望。

烏魯木齊又喊：「紀大人莫回頭，莫回頭，快趴下，快趴下！」一邊說著，一邊已爬伏在路上，把臉埋掩在雙手之中。

宋吉祿也有經驗，早已趴下了。

唯獨紀曉嵐不知道是怎麼一回事，正要再問時，只聽「噗」地一聲響，有什麼東西在左邊臉頰上螫了一下。當時也不過被螞蟻叮了一下那樣，一點都不要緊，紀曉嵐還風趣地說：「這巴蠟蟲到底是什麼樣子？喲喲！看見了看見了，它像蠶蟲蛾子。但比蛾子大。哈哈！這傢伙還知道圍著人來回回殺回馬槍呢！」

烏魯木齊聞聲一抬頭，驚喊：「紀大人你怎麼還沒有趴下？是不是被它螫著了？」

紀曉嵐用手指指左臉頰說：「螫在這兒，不妨事，只如一隻螞蟻咬一口。」

烏魯木齊二話沒說，猛地竄了起來，將紀曉嵐一把撲倒在地說：「快別動，快別動！我替你找藥去！」說完便蹲著身子向四處逡巡。

紀曉嵐已經感到臉頰慢慢發痛，一摸原是腫了。但眼前這痛楚還能堅持得住，他便側起半邊臉看著烏魯木

……

齊。

只見烏魯木齊弓著身子向一堆草叢跑去，跑到那裏折下一把什麼草，又飛快地跑了過來。然後把草揉成一團，放進口裏，急急地嚼成草漿，吐出來敷在紀曉嵐被螫的左額，揉了幾揉說：「紀大人你先用巴掌捂著，我去弄個東西來幫你紮緊。」

不一會兒，烏魯木齊摘了幾皮不知名的闊樹葉來，將紀曉嵐臉頰上的草漿蓋住。這便掏出小刀，割下了紀曉嵐丟在一邊的釣竿上的釣絲。一圈又一圈地把這草藥綁縛在臉上了，弄得他眼鏡都再也沒法戴了。

眼前一片模糊，臉上腫痛在慢慢消失。紀曉嵐自我打趣說：「吉祿，烏魯木齊在我臉上來了個五花大綁，一定是怪樣百出啊！哈哈哈哈！」

宋吉祿早已經坐了起來，他微帶嗔怒說：「曉嵐你還有閒心開玩笑，你不知道你遇到了多麼大的危險。剛才螫你的巴蠟蟲，正像你剛才看見的那樣，像蠶蛾，卻比蠶蛾大。它的前腳是一對很大的鉗子。此蟲乘沙漠炎熱之氣而生，鉗子內藏有慢性劇毒。它見人最喜叮臉，因臉上溜光無毛，又無衣物遮蓋。叮人時它還會殺回馬槍，所以起初烏魯木齊要你莫回頭觀看，而要向前仆倒。偏你不以爲然，一回頭便被叮了。此蟲叮了初時不痛不癢，人人不以爲然。慢慢才隱隱腫痛，這腫痛又不劇烈，所以都掉以輕心。你剛才就沒有當一回事吧？可這巴蠟蟲厲害之處在於毒性慢慢擴散，最後貫心而死。前前後後頂多是兩天，你看險不險？」

紀曉嵐這時倒驚悸起來：「啊？兩天被毒死？我這臉怎麼樣？」

宋吉祿說：「現在不會了，不用再擔心。烏魯木齊是本地土生土長，他剛才不是給你調治好了嗎？曉嵐你的命眞好，剛被巴蠟蟲一螫就遇到了大救星。」

烏魯木齊說：「我不是大救星，我這是在盡義務。不是我把紀大人叫來釣魚，他也不會被巴蠟蟲螫了。反正今天魚也釣不成，我們就回去吧！」

紀曉嵐說：「慢來，回去是要回去，不過事還要弄清楚。這巴蠟蟲我想起來了，正是前年夏天京城裏傳言的那種殺人的毒飛蛾。那次城裏人鬧得惶惶不可終日，因爲確實有好幾個人被這種毒蛾叮死了。今天這事不能責怪烏魯木齊，他今天不叫我來釣魚，我說不定下次在什麼地方也被這巴蠟蟲叮死了。說起來我還眞的命好，今天接受了這次教訓，下次曉得提防了。你們說說對這巴蠟蟲卻有什麼預防方法。」

烏魯木齊說：「預防方法就是用嘴噴水。巴蠟蟲是第一號熱毒蟲，你用嘴一噴水就把它趕走了。因爲它一遇水就軟下來，伏在地上不動了。」

紀曉嵐說：「那你再說說剛才給我嚼碎敷的是什麼草藥？你再帶我去仔細瞧一瞧。」

烏魯木齊說：「這種草叫茜草，在烏魯木齊很多。它的莖稈成四四方方的形狀。中間空盈，葉片樣子像好長好長的雞蛋，渾身長滿倒刺。巴蠟蟲叮了，用茜草嚼爛一敷便好，臉上一個疤痕也不留。」

紀曉嵐臉上捆紮了草藥不能戴眼鏡，他把眼鏡拿在手裏，硬是把這茜草的模樣仔細記了下來。忽然有所感悟地說：「巴蠟蟲到處亂飛叮人，茜草總不會隨時隨地就有，我看我們都採上一點，隨身帶著，以備急需。只是不知道茜草破毒的特性曬乾了還有沒有？」

烏魯木齊說：「有，有，乾了一嚼碎，敷了照樣行。紀大人眞想得遠。其實現在時間還早，等天氣再熱一些，巴蠟蟲還會大量繁殖肆虐。各官兵部隊，各沙漠邊緣的居民，都會到這一片來割了大量的茜草，分發給各家、各戶、各人隨時帶著以作防備呢……」

紀曉嵐是個有心人，他回到印房之後，就帶著捆紮敷藥的一張怪臉去見溫福將軍。
溫福一看大驚：「曉嵐你怎麼弄成了這個樣子來見我？」
紀曉嵐說：「報告溫公，這烏魯木齊果眞多的是神奇鬼怪的事物，巴蠍蟲就是一種奇怪的毒蟲，幸好有茜草能將它制伏……」隨即把今天去釣魚路上所發生的事情講了一遍，最後說：「我保持這個樣子來見將軍，就是要告訴將軍今年巴蠍蟲害人的季節已經提早到了，請將軍馬上下令各部隊迅速去採割茜草發給士卒們帶著防身。」
溫福說：「曉嵐不錯，時時記著軍隊士卒的安危。我馬上下命令要各部隊去準備茜草……」
不久以後，溫福奉聖旨調任福建總督，臨行前召見紀曉嵐，問他有沒有什麼詩文書信捎給福建學子。
紀曉嵐悵然若失地說：「溫公這一走，戍臣……怎麼捨得呢？」這中間他隱去了的一段話，自然是擔心自己返朝便遙遙無期了。
溫福已聽出紀曉嵐的話外之音，剴切地說：「曉嵐放心，你到這裏兩年來頗有功績，我此次南下路過京城時將當面奏明聖上，請求聖恩賜你回朝。即使拖延一點時日，接任我的巴公彥弼將軍是我的好友，我會將我對你的意見轉告於他。按照朝制，曉嵐你遣戍也只三年，轉過年頭三年就到，你不必擔心遙遙無期了……」
不久，溫福將軍啓程南行，巴彥弼將軍前來接任。
紀曉嵐馬上前去拜見他。
巴彥弼說：「哦，紀曉嵐，我聽說過你。你不是在搜集記錄鬼靈精怪的故事嗎？今天我給你講一個。」
「……昔日，巴彥弼從征新疆烏什時，夢見到了一處山麓，有六、七處駐有營兵，只有正中間是公幹之處，卻是不見衛士守門。

細細一看，有四、五十個人在那營門處出入來往，看樣子都是文職官員。巴彥弼試著進去看看，遇見裏面坐堂的是已故多年的老友張將軍，驚奇發問；「張將軍，都說你早已過世，原來你跑到這裏來為官。」

張將軍說：「吾已逝非假。但吾一生拙直，故到地府又授冥官，今隨軍登記戰死的將士。」說著指一指案桌上堆放的簿冊，竟有黃色、紅色、紫色、黑色等數種。

巴彥弼驚奇地問：「張將軍登記死魂，尙按八旗顏色登記嗎？」

張將軍說：「不是！我們滿州八旗之中哪有紫旗、黑旗？」

巴彥弼說：「那怎麼簿籍還分多種顏色？」

張將軍說：「這是分別各人的忠奸善惡，記入不同顏色的簿籍之中。」

「有意思，請張將軍略說顏色之分類。」

「赤誠為國，奮不顧身者，登黃冊，是最高貴的一種。」

「恪遵軍令，寧死不屈者，登紅冊，榮譽僅次於第一種。」

「隨眾驅馳，轉戰斃命者，登紫冊，此為並不受譴責的第三種。」

「倉惶奔潰，貪生反死者，登灰冊，此為應受些微譴責的第四種。」

「賣國投敵，賣友求榮者，登黑冊，此為應入地獄的最後一種。」

「巴公你看。冥界看待善惡，竟是如此分明，完全不比陽世間差多少！」

巴彥弼笑笑：「呵，張將軍所說道理或許不差，然實行起來難矣！人死後同為鬼魂，你怎麼區分其忠奸善惡？」

張將軍說：「不然！冥官對此均有辨識之法。須知人死魂在，精氣猶生。應登黃冊者，其精氣如烈火熾騰，蓬蓬勃勃。」

「應登紅冊者，其精氣如烽煙直上，風不能搖。」

「應登紫冊者。其精氣如雲漏電光，往來閃爍。」

「應登灰冊者，其精氣飄飄搖搖，欲退欲進，似是毫無主張。」

「應登黑冊者，其精氣瑟縮摧頹，如死火無焰，如趁黑躲閃，似有惡臭沖天，活該譴責。」

巴彥弼正在思忖，忽被炮聲震醒，原來自己此時正在戰場。

於是他對身邊的將士講述了夢境中的見聞，歸結爲一句話說：「朝廷褒崇忠義，陰間善惡分明，吾輩今後衝鋒陷陣時，當不忘記生前死後並無二致，自當好自爲之。」

……巴彥弼聲情並茂地講述了這段故事，問道：「紀昀，此是我親身經歷，你聽後感覺如何？」

紀曉嵐說：「蒙將軍教誨，戍臣已然覺醒，戍臣每日思慮何時能得還朝，是爲欲進欲退的飄搖之輩，將來必入灰冊，爲後人所不齒。戍臣向將軍保證，自此重新振作起來，不去考慮其他的一切，一心一意只求忠於聖上朝廷！」

巴彥弼說：「你既有此悟性，當然值得嘉獎。但你千萬不要誤會，我剛才所講是實實在在的事情，並非臨時瞎編寓言告誡於你。紀昀聽令：速將本總督剛才所講的夢中見聞，記錄整理出一篇文字，發到部隊每一個官兵手中，以達激勵士氣之目的。此即爲你改正猶疑觀望態度的開始！你當好自爲之……」

自此紀曉嵐重又精神煥發，去掉了等待觀望中的萎靡。他下決心更好地將功補過。除了將巴彥弼所講故事整理爲一篇極有激勵鼓動意義的文章之外，便專門蒐集整理褒奬忠勇、貶斥奸佞的怪異傳奇。

……程易門乃烏魯木齊一個昔日太守，一日遇有盜賊進家行盜，盜賊得手大量金銀財寶之後已逃至牆邊。牆上有盜賊打的洞，眼看他就要出洞逃之夭夭。

不料盜賊行蹤被程府所畜養之狗發現，猛然竄過去咬住了盜賊的腳跟。盜賊揮棍打狗，狗死死咬住不放。

盜賊惱羞成怒拔刀，一刀把狗的一隻腿砍斷。狗還是不鬆口。眞是誰也想像不到，程易門家裏的僕人龔起龍，此時反而從黑暗中衝出，舉起捧棍擊打狗的頭部。那狗立時暈厥，盜賊正要鑽洞外逃。

這時程府家院等多人已被狗咬狗叫吵醒，奔出來把盜賊和僕人龔起龍一起抓獲了。

經過審訊得知，此晚盜賊行竊，原是龔起龍與盜賊裏應外合所爲。

被打暈的斷足家犬終被救活。程易門太守對這條殘廢狗待若上賓。

此事在烏魯木齊長期傳爲佳話。群眾口頭傳播生動而簡易明瞭，說是程太守家有異：

一爲獸面人心。

一爲人面獸心。

……烏魯木齊有一農家，名叫納格爾。

此人是個牛販子，看到烏魯木齊牛缺價高，專做邪肝爛肺的買賣，從外地販了病殘老牛來，修修整整，弄成一頭壯牛模樣，賣高價欺騙當地人。事後病殘老牛露出本來面目，前去找麻煩，納格爾一概推脫不管。說是買牛戶飼養不當，責任不在賣家。

相反的，納格爾自家倒眞的留下了幾頭好牛，養得驃肥體壯。他想到時候賣出去發一筆大財。巧了，忽然他的牛群裏不知從何處走來了一條大牯牛，體強骨健，高大馴良，與納格爾家的牛群同出同進。納格爾高興得心裏樂開了花，心想這是老天爺賜給自己的一筆大財富。

兩、三天後，全家人都和自動跑來的大牯牛十分親密了。一家人也都爲此高興得不得了。

納格爾有個獨生兒子十四歲。伶俐聰明，乖覺可愛，不用說是納格爾的心肝寶貝。他把自己的一生希望都寄託在這獨生兒子身上了。

這天，納格爾的獨生兒子騎到跑來的野牯牛背上去玩。這本來是家常便飯，哪個養牛家的孩子不騎牛玩耍呢？納格爾看兒子與這牯牛關係如此親密，更是高興不已。

誰知這牯牛突發野性。馱著十四歲孩子向山上狂奔。

納格爾一看不對勁，拔腿便追，一邊還操著牛懂的語言叫牛停下，停下。那種牛語叫做：「吁——吁——」平常的牛跑得再快，也很少有人追不上。人的急跑猛跑，速度超過牛跑的速度。牛屬於行動笨拙的動物。可是今天不同，這野牯牛跑得飛快，納格爾不僅追不上它，反而越隔越遠。更別說對於納格爾的呼喚，那牛充耳不聞。

十四歲獨生兒子平時總被嬌慣，捏在手裏怕溶了，放在口裏怕化了。這時一嚇也學會了求生，他伏在牛背上，雙手死死抱著牛頸，穩住自己不被牛摔下來，口裏不停地哀號：「爹！爹！」

那牛根本不理，轉瞬馱人入了萬峰之巔，或墜山谷，或飼虎狼，從此再無消息。

納格爾眼看兒子無望，趴在地上哭號皇天：「天啊，你爲什麼要絕我的後？」

其實這還用問嗎？天意懲罰人間的邪惡，誰叫納格爾賣病殘老牛坑害了那麼多人呢？不久，納格爾家的牛或病或死，或自走失。幾乎在一轉眼間，健壯的牛群已經不復存在。

納格爾因喪失獨子而灰心失意。此時已無心再關心自家的牛。又不久，納格爾因氣急致病，一命歸天。這個家庭也就不復存在。

納格爾以牛害人始，因牛自害終，天意之懲惡揚善，眞是再明白不過了。

……京師恒王府僕人東鄂洛，獲罪謫居瑪納斯，此地是烏魯木齊之支屬。

一日，東鄂洛有事到烏魯木齊來。因避暑夜行，在一株大樹下歇馬休息。突然看見一人跪於地上說：「我乃戍卒劉青，知公此去烏魯木齊，乃託一事。烏魯木齊印房官奴喜兒欠我三百錢，現在我已貧甚，叫喜兒速把三百錢還我。」

東鄂洛在京師時與紀曉嵐熟識，來到烏魯木齊印房便拜見紀曉嵐，請紀曉嵐叫了官奴喜兒出來代向劉青問帳。

紀曉嵐當即叫來喜兒說：「喜兒，這個東鄂洛是我在京都時的熟人。他今日從瑪納斯來，有個叫劉青的戍卒捎來信，說你欠他三百錢，要你速速歸還。」

喜兒當即汗如雨下，跪下求饒說：「請紀大人爲我說情，奴才下次再不敢貪婪犯罪！」

紀曉嵐甚感驚奇，問：「喜兒你這是怎麼啦？劉青也沒說你犯罪，就犯罪得三百錢也夠不上什麼貪婪。」

喜兒說：「紀大人有所不知，此劉青早半年已病死。當時劉青的好朋友陳竹山。交三百錢給我，叫我買了酒肉牲脯並燒紙錢以作祭奠。我當時想：劉青又無親戚後人，祭不祭無人過問，就把陳竹山給的三百錢貪占爲己有了。」

「今劉青已是鬼魂，他有什麼貧苦不貧苦？此是告誡我若要人不知，除非己莫為。即使人不知曉，鬼也一目了然。倘使鬼索我命，我豈不早死了？是故我怕成這個樣子。」

「請紀大人為我寫一篇祭文，我仍以三百錢置酒果紙錢祭奠劉青以作贖罪。同時請紀大人將我的罪孽著文告知世人：不管對人對鬼，皆得憑天理良心。」

紀曉嵐喟然慨嘆說：「啊！果然天理如此：非但人不可欺，鬼亦不可欺耳！」

……一日，烏魯木齊帶了一個生人來見紀曉嵐。

紀曉嵐一見他差點嚇掉了魂魄。此人左額被削，右額被砍，左耳只留半截，右鼻也崩塌沖天……活脫脫是一個妖魔鬼怪。但他卻是校尉裝束。

紀曉嵐定下神來，客氣地問：「烏魯木齊，這位校尉……？」

烏魯木齊說：「他呀，說出名字來，也能像他的模樣一樣把你嚇死！他就是伊犁英雄伊實守備！」

紀曉嵐情不自禁歡叫起來：「啊！伊實守備，久仰久仰，你的名聲眞是如雷貫耳啊！」

伊實說：「我人不像人，鬼不像鬼，從來沒有興趣再多見人，以免把人嚇死。」

「巴將軍偏不。他下令我非親自前來烏魯木齊接受命令不可！」

「軍令如山，我不能違抗。誰知來到烏魯木齊向巴將軍請令時，他竟是要我來看看你，說要是我沒把你嚇死，或許你會為部隊將士寫點什麼文章。紀大人，我沒把你嚇死吧？」

紀曉嵐會過意來，連連說：「戍臣慚愧，戍臣慚愧！伊守備的模樣眞眞把我嚇得不輕……其實這正是巴將軍要你來見我的目的，你那奮不顧身英勇殺敵的精神，我早應該寫成文字，用以教育後人，管他是部隊將士還是百姓黎民！」

……昔日從征伊犁的時候，伊實還是一個筆帖式，小而又小的翻譯官，就和現在烏魯木齊的職務一樣。

那次敵人兇狠，將朝廷官軍圍得水泄不通。殺一個昏天黑地。

伊實保護著官軍總指揮突圍，此時總指揮已經受傷不能行動，伊實便要士卒們抬著他，摸著黑往外突。伊實本來有些武功，此時操刀握劍，警惕地護衛著總指揮往外走。

抬著總指揮目標太大，走起來也太慢了。

結果還是被圍困的敵兵發現，伊實奮不顧身，一人獨擋了二、三十人的敵軍士卒，砍傷殺死不計其數，終於使總指揮突了圍。而伊實自己，則身中七處刀傷箭矢，昏昏死去。

死時他絕無痛楚，刀傷箭射似乎也與自己無關。只是自己魂已離體，飄飛上天。四顧皆風沙黑洞，不辨東西。了然再無去處，自己乾脆認了：自己死何足惜，總指揮已然脫險！

不知過了多久時間，彿彿突然記起。自己還子幼家貧。自己一走，家裏再無依靠。頃刻徹骨傷心，反而無比振奮。身體恍如一片葉子，隨風飄飄欲飛，飛呀，飛呀，飛到了一處什麼所在，那裏還有幾個敵人……

伊實心裏一震，啊，對了！我是不甘就此死去，變做厲鬼也要咬死幾個敵人。頃刻間自己身如鐵柱，風不能搖，力不能動……他猛然竄立起來，握住一把帶血的利劍，沒頭沒腦的砍殺，結果把周圍幾個敵兵砍得或死或傷，鬼哭狼嚎……

處在垂死掙扎的激憤之中，伊實早已將生死置之度外。

猛聽外邊有了叫喚聲音。一支小部隊迅速趕到，才發現血肉模糊的伊實在奮勇殺敵。

原來幾個敵兵正奉命搜查生存的官軍，誰也沒再注意官兵血肉模糊的「屍體」，這「屍體」突然還魂，把周圍敵兵盡皆消滅，又引來了官軍的士兵……

大家安頓身負重傷仍然殺敵的伊實躺好休息，又去搜尋總指揮的屍身。發現他就在近處；並且還有一口殘氣，掙扎著說：「報…報…報告朝廷，讓…讓…讓伊實接，接…接替我……」說罷閉眼身亡。

但總指揮臨死前的舉薦仍然起了作用。

伊實從此聲名遠播。康復後臉部已不像人形。但他的英雄事跡名聞遐邇……後來果然一步步當到了伊犁守備，成了如雷貫耳的殺敵英雄……

紀曉嵐對這些故事早已耳熟能詳，但今天一見伊實的面還是被嚇住了。此時他由衷地說：「伊大人，你使我更加明白了一個道理，有道是，人不可貌像，海水不可斗量！有些人衣冠楚楚，卻是人面獸心。有些人形如鬼魅，卻是眞正的英雄……這篇文章我一定儘快寫好，呈請巴將軍下發官軍，教育士卒！」

紀曉嵐此番言詞發自肺腑，可說擲地有聲。

烏魯木齊說：「紀大人，你知道巴將軍這麼急切催伊大人來見你是爲什麼緣故？」

紀曉嵐說：「未必還有什麼特別的緣故不成？」

烏魯木齊說：「有！因爲聖上已恩准紀大人賜環回朝，官復原職！」

紀曉嵐簡直不敢相信自己的耳朵：「果有此事？烏魯木齊不可騙我！」

伊實說：「紀大人，聖命豈可拿來開玩笑？誰也沒吃雷公豹子膽，更不會糊塗到拿自己的生命作兒戲！此事巴將軍親自對我說了，要我告訴你，但是目前已是冬天，轉瞬大雪就到，積雪封山，無法行走，你也沒法這時候回關內去，我也沒法從伊犁趕到烏魯木齊來。而一當明年開春見日，你又啓程走了，我也來不及了。所以巴將軍急令我此時趕來，見你一面，不求自身留名千古，只希望給後人留下一點忠厚精神！巴將軍和我都深深相信，只有紀大人你的文筆能夠做到這一點。」

紀曉嵐已經喜不自禁，連連對天作揖說：「天理昭彰，忠勇節義，永世流芳！」

肆拾柒　雪蓮奇趣情義深

八蠟祠丁道士積存七千銅錢陪葬。紀曉嵐手下小奴喜兒貪財掘基。紀曉嵐與吉小蘭得升仙的丁道士指引採得天山雪蓮。盜墓賊喜兒瘋死在丁道士的空墓穴裏。

大雪紛飛，嚴峻的冬天終於來到。

八蠟祠的丁道士再一次病倒了，他已經八十多歲，生病已不稀奇。他是印房章京紀曉嵐與宋吉祿兩人共同的朋友，當然紀曉嵐與丁道士成爲朋友是因爲宋吉祿的介紹。

年前丁道士也病過一次，那次紀曉嵐要與烏魯木齊去找顧家歡，以便一起去昌吉會晤巴爾思以平息他弟弟脫裏的叛亂。所以打發婢女吉小蘭與宋吉祿去看望丁道士的病情。紀曉嵐的目的是避免吉小蘭介入去昌吉的危險行動。誰知被吉小蘭識破其圖謀……最後吉小蘭與紀曉嵐、烏魯木齊和顧家歡一起去昌吉完成了平息叛亂的任務。

這次再用不著欺騙誰，紀曉嵐便帶著已經納爲侍妾的婢女吉小蘭與宋吉祿一同去看望丁道士。

八蠟祠是一所官廟，廟裏道士們吃用開銷，都歸官府撥給。烏魯木齊是邊陲地區，情況特別，官府與官軍，實際上是一個單位。因而八蠟祠也在烏魯木齊駐軍管轄範圍，早先溫福將軍把它劃歸印房管。如今巴彥弼將軍沿襲舊制。印房長官紀曉嵐與宋吉祿成爲八蠟祠丁道士的朋友實在是順理成章。

紀曉嵐等三人走到八蠟祠時，丁道士已躺著不能動彈，但他還能說話。

丁道士瞇著眼睛，但他似乎比睜著眼睛還看得清楚。三個來看病的人還沒說話，瞇眼的病人倒先說話了：「你們來了，好。我正擔心臨死前見不著二位長官一面呢！」紀曉嵐一看他樣子已經脫形，到了彌留之際。便找一些開心的話來安慰他：「丁道長你不會死。你是個精通《易》理的神人，天時地利人和無所不懂。你曾答應只要我找到合適的女人作幫手，你就在今年冬天幫我找到新疆寶物天山雪蓮。」

「如今下官已得聖上恩准，賜環回朝。我由謫戍之臣恢復爲朝廷命官，已無朝制方面的障礙，因此，我已將小蘭正式納妾，她與我靈犀相通，當然是我採摘天山雪蓮的最好幫手。瞧我今天已把侍妾小蘭攜來。道長，你還沒完成幫我找到雪蓮的承諾，閻王爺怎麼會要你老人家去死呢？你挺一挺就會好！」

丁道士說：「紀大人，貧道壽命乃是命數，非是大人一句寬慰言詞，便可扭轉局面也。感謝紀大人偕愛妾前來看我，但你們所企盼得到的天山雪蓮，我怕只有來世才能幫忙尋找。天意如斯，我也沒法。」

宋吉祿說：「道長似也不必如此傷懷。是否還要我去請幾個好郎中來爲道長瞧瞧病？」

丁道士說：「不必。二位大人，貧道我有最後一個請求，在我墊睡的席子上，我用身體壓著七千銅錢，此是我畢生辛苦所積，我請求二位大人不要用來葬我。請求將其納我棺中，待來生我要取來用……我守官廟自爲官人，官人掩埋，一切費用，當由官給……埋我之地，我已選好秀野亭東，亭東，亭東八丈，八丈……埋我八尺深，八尺深。」話剛說完，頹然逝去。

吉小蘭嚶嚶哭泣。

紀曉嵐與宋吉祿兩個男人悲哀之餘，開始了一場小小的爭論。

宋吉祿道：「不是官府拿不出安埋丁道長的錢，只怕他錢埋棺底，召致壞人盜竊掘棺，反使丁道長拋屍露骨於荒野。」

紀曉嵐說：「不致於吧，誰不知丁道長是得道之人？他的一言一行當有天意公理，他的棺木也會有鬼神護佑。區區七千錢折合才幾兩銀子，在烏魯木齊不過能買兩條耕牛。誰會爲這點小錢而冒與鬼神作對的風險？」

宋吉祿說：「這很難說，貪占小便宜的邪惡者大有人在，不是有個納格爾，爲貪占一頭來歷不明的牯牛遭致斷子絕後、全家覆滅的事情嗎？」

紀曉嵐說：「就算這樣，丁道長自有他帶錢下葬的理由。我看就遵照他的遺願，把他葬在秀野亭東八丈那個他自選的墓地吧！」

宋吉祿說：「人死爲大，我們只能照此辦理。秀野亭不是白日都能見鬼的鬼窟嗎？丁道長或者以爲那地方可以嚇住人不去盜墓。」

紀曉嵐：「有道理，有道理。」

雖然秀野亭來過多次，紀曉嵐與宋吉祿，誰也不曾關心，秀野亭東八丈處，竟是一個神奇的地方。周圍雖有參天古木，林中也是積雪彌深。看來樹葉的隙縫裏，灑下的雪花也已夠多。

唯獨有一處長方盈丈的地方絲毫無雪，只是一些茅草，且卻並不深長，只是漫地薄層而已。冬天草枯，看來光生別致。一丈量，可不正是離秀野亭八丈遠！

紀曉嵐感慨說：「丁道長是神人非虛！這地穴或正是個神穴。」

宋吉祿大惑不解：「周圍這麼厚的雪，這小地方雪到哪裡去了？漫天下雪豈能不下這一小塊地方嗎？」

紀曉嵐稍爲想想說：「吉祿你揣摩揣摩看，使雪潛蹤匿跡需要什麼東西？」

宋吉祿想想說：「熱。遇熱雪就化而入了土。你是說這底下有個溫泉？」

紀曉嵐說：「不一定非溫泉不可，反正這一處地熱非同尋常。」

開掘下去八尺，果然地熱非常，土裏還絲絲冒著熱氣。丁道長莫非能用肉眼看透八尺之深？大家更佩服了。

棺木下葬，一切如儀。紀曉嵐與吉小蘭雙雙向丁道士墳頭拜了下去。紀曉嵐陡然凝想，哦！這還是我倆人作爲夫婦第一次同時下拜呢！莫非，莫非，莫非丁道長對我倆有何關照？值得深思，值得深思。

但是根本不容紀曉嵐多所思考，許多人繼續來向他講述許多稀奇古怪的故事。烏魯木齊冬天積雪時間長，軍民人等閒著沒事幹，都把向紀曉嵐提供怪異故事當做了消遣。

……哈密屯軍，屯兵經常到西北山中去牧馬。往來途中，常到一民家歇息。主人是一老翁，常常拿出瓜果招待，態度甚爲恭謹。

日久融洽，屯弁問主人老翁：「此處無鄰無里，不圃不農，寂寞空山，你在此作何生計？」

主人老翁說：「我倆既如此熟悉，不妨以實話相告，我非人也，實爲蛻形之狐。」

屯弁固早熟透，並不害怕它，反而問它說：「西域多狐，不足爲怪。然我聽說，狐喜近人，你何以僻處？狐多聚族，你何以獨居呢？」

狐主人說：「修道必世外幽棲，始能精神堅定。如果往來城市，試必嗜欲日生，難以煉形服氣，不免於媚人採補，攝取外丹。倘使所害之人過多，終會冒犯天律。」

「如果往來墟墓，種類太繁，於是蹤跡彰明，易招狩獵，尤非適宜的地方。所以我都不去，獨獨選取了這個僻靜的地方。」

屯弁喜其誠樸，便說：「你今如此實言相告，誠不欺友。我願與你結為兄弟，你年長為兄，我年幼為弟，如何？」

主人說：「能與人交友，是我狐偌大之幸事。兄弟請隨我來，我再給你解說解說。」便帶了屯弁循牆環視，邊走邊說：「兄弟有所不知，凡變形之狐，其室皆幻；蛻形之狐，其室皆眞。老夫屍解以來，久歸人道，此皆葺茅伐木，手自經營，兄弟不必疑為海市……」

哈密屯軍徐守備月明夜起，看見遠處石壁有兩個人影，然不見其人形。其高超過一丈。徐守備說：「此必鬼物，此處不可久留，牧馬場宜改他址。」

此事醞釀得沸沸揚揚，人人疑神疑鬼。

屯弁又借牧馬之機，悄悄去問那個蛻形老狐兄長：「那兩個人影到底是怎麼一回事？」

狐兄說：「此所謂木石之怪夔魍魎也。山川精氣，聚合而生，其始為泡露，久而漸如煙霧，更久凝聚成形，尚空虛無物，故月下惟見其影。若再經百年，則氣足而有質，才會從人影變為人形。

「此二物吾亦經常見之，不為人害，無庸避也。」

屯弁聽其言，如實稟告給徐守備。

徐守備十分怪異驚奇，便要屯弁帶自己前去會見那個老狐。可是那茅屋猶在，狐已失蹤，並在牆上留有字說：「弟今洩密，兄惟去也。惜哉惜哉。」

此後月明之夜，人人得見石壁上之二個人影；許多人好奇去到老狐的茅屋，卻再也見不到那蛻形老狐……

哈密徐守備對此事耿耿於懷，終不得解，便趁來烏魯木齊公幹之機，將以上詳情對紀曉嵐講述之後，誠懇地詢問說：「紀學士學富五車，對狐事或有十分透徹的解說。」

紀曉嵐對此興趣盎然，侃侃談說……

人物異類，狐則在人與物之間；幽明異路，狐則在幽與明之間；仙妖異途，狐則在仙與妖之間；所以說，遇到狐說為怪事亦可，說為常事亦行。

古時三代以上無可稽考，司馬遷《史記．陳涉世家》稱篝火作「狐鳴」，說明當時已有狐怪，是以托之。吳均《西京雜記》稱廣川王發掘欒書的墳冢，擊傷了冢之狐。後來夢見老狐報冤，是幻化人形，見於漢代。宋代李昉《太平廣記》記載狐怪之事十二卷，唐代居十之八九，可見唐時狐事盛行。

考諸史書，狐事源流始末，以前人劉師退先生所述最詳。

舊時滄州南有一學究與狐為友，劉師退得學究介紹與狐相見。此狐軀幹短小，狀貌猶如五、六十歲的人，衣冠不今不古，很像個道士；拜謁禮節十分安祥謙謹。

見面寒暄已畢，狐問：「師退先生有何見教？」

劉師退說：「世間與遺狐族相交接者，傳聞異詞，其間頗有未明之處。聞君豁達，不自諱乃狐，故請解說世之所疑惑。」

狐說：「天生萬品，各命以名。狐名狐，正如人名人耳。呼狐為狐，正如呼人為人耳。何諱之有？至於我輩之中，好醜不一，亦如人類之內，良莠不齊。人不諱人之惡，狐何必諱狐之惡耶？先生只管直言無隱。」

劉師退說：「君言直率可敬。然而狐有類別乎？」

狐說：「凡狐皆可以修道，而最靈者曰靈狐。比如農家讀書者少，儒家讀書者多也。」

劉師退問：「既成道矣，自必駐顏。而小說載狐亦有翁媼，是何故也？」

狐說：「所說成道，成人道也。其飲食男女，生老病死，亦與人同。若夫飛行霞舉，又自一事。此如千百人中，有一二人求仕宦。其煉形服氣者，如積學以成名；其媚惑採補者，如捷徑以求達。然遊仙島，登天曹者，必煉形服氣乃能；其媚惑採補，傷害或多，往往觸犯天條也。」

劉師退漸漸談到了此行之目的，他說：「君既如此通達，何不棄狐道而學人道？」

狐說：「吾曹辛苦一二百年，始化人身。公等已是人身，功夫已抵大半，而悠悠忽忽，與草木同朽，不是甚爲可惜嗎？」

劉師退說：「君既拒絕人道，改爲參禪向佛若何？」

狐說：「佛家地位絕高，然若修持未到，一入輪迴，便迷卻本來面目。不如吾曹且求不死，爲有把握。吾亦屬逢善知勸解者，然不敢見異思遷也。」

劉師退內心甚爲感佩：此狐老而彌堅，不可小看。臨別前問道：「今日我等相逢，亦是天幸。君有一言贈我乎？」

狐猶豫再三，躊躇良久，終於說：「三代以下，好名者眾，勸解諸多，似乎自以爲至高無上也。然古時聖賢，卻是心平氣和，無絲毫做作。先生可否常常念之。」

劉師退只覺當頭挨了一棒，自己勸狐學人，勸狐參禪拜佛，不正是此「自以爲至高無上」之輩嗎？此老狐非同等閒也……

紀曉嵐對徐守備講述了以上史籍所載諸多狐事，反問說：「下官饒舌多多，徐大人不以爲某在替狐張目吧？」

徐守備說：「紀學士所言，其實只有一理，這便是人狐同屬天道，天道崇尚善良。有此作爲基準，何必深究是人是狐？」

紀曉嵐說：「徐大人聰悟通神，所談乃是至理。歸結一句話說：雖人若其邪惡，何如狐之善良？」

徐守備拱手致禮說：「紀學士善哉斯言。徐某自哈密來到烏魯木齊，所行二千里不虛也！紀學士明春賜環京師，或過哈密，末將專候歡迎……」

紀曉嵐做了一個奇怪的夢。他夢見丁道士來到面前，已經不是病體奄奄的八十老翁的樣子，而是一個鶴髮童顏的道長。看他的衣飾穿戴，很像一個逍遙自在的仙人。

紀曉嵐根本不記得他已死去，興高采烈地說：「道長康復如初，本官誠摯祝賀。」

丁道士說：「哦，紀曉嵐你根本不記得我已經升天了嗎？你不妨到秀野亭我的墓地去看看。但是你若看到我被盜墓掘棺，千萬不要見怪。我的屍骨被拋撒得成了一朵花……」邊說邊把手一指，雪地上立刻出現了一朵碗大的白花，這白花掩映在漫地一片白雪裏，不認眞看，根本看不眞切，但仔細看仍很分明，原來它的中間有一個筒狀的花蕊，現出一層淡淡的黃色，眞是美麗極了……只聽丁道士還在繼續說：「正是有人把我的骨頭拋成一朵花，幫我完成了飛升上天的壯舉，實現了我夢寐以求的目標，升入仙界，我對盜墓者當然心存寬容，甚至還有一絲的感激……至於盜墓者最終得到報應，與他膽大妄爲掘墓盜棺同樣，都是天意的安排……紀曉嵐你千萬不要驚怪才好……」

「哎，醒醒，紀郎！醒醒，紀郎……」睡在身旁的小妻吉小蘭急急地推著喊著，她在床上已經不叫「老爺」，而把紀曉嵐叫做「紀郎」了。紀曉嵐被叫，驚詫醒來，夢中情景歷歷在目，紀曉嵐與吉小蘭夫妻倆異口同聲歡叫起來：「我見到了丁道長……」

兩人再也無法睡著，互相親情絮語，原來兩人的夢境如出一轍。急看窗外，天色亮來，兩人陡然下地，洗漱整齊，立刻要去秀野亭看個實在……

兩人爬上大黑狗四兒拉的雪爬犁，徑直朝秀野亭飛馳而去。

路並不太遠，黑犬又去過多回，跑起來無比熟悉。幾乎才是曙色大明的時光，兩人便到了秀野亭外。尚未到達亭東八丈遠丁道士的墓前，黑犬自不走了，「汪汪」叫了兩聲。紀曉嵐一眼瞧見，秀野亭外南側不遠處，有一朵碗大的白花，中心略帶黃暈，眞是要多美有多美。這花挺立在雪外一尺左右，托在鳥羽狀綠葉的頂尖，花周圍是人舌一樣的小花瓣團團圍住，花白還勝過了雪，中間的花像一顆圓圓的人頭，人頭正中便是那小圓筒樣子的黃暈……啊！小洋菊。紀曉嵐猛然記起，這不正是兩年前宋吉祿所說，狀如小洋菊的天山雪蓮嗎？轉瞬之間，他記起這種寶花的特點：雌雄同開，相隔一兩丈；雄花大，雌花小……同時想到採摘這花的特殊要求：一對相愛彌深的男女，彼此心心相印，不詫不驚，不指劃不叫喚……一看眼前這花如此之大，定是雄花無疑，應該不聲不響地留給愛妾小蘭去採……

紀曉嵐對這裏地形極熟，一眼看出這是秀野亭的南邊，南方在《易經》八卦中是「離」卦，五行屬火，對，這火為「陽」，是男性之雄花不謬……與「離」卦南邊相對，是「坎」卦所處的北邊，北方「坎」卦屬水，當是女性雌花之「陰」……紀曉嵐不顧雪深沒膝，跳下爬犁便往亭子外面北邊走，走，走，啊，秀野亭外不遠處，正有一朵稍小的雌花雪蓮……

紀曉嵐頭也不回，俏無聲息，仆地一聲，爬在厚厚的雪上，爬呀，爬呀，爬！近了，近了，到了……他雙手往前一伸，緊緊地抱住那根約是南瓜藤般的花莖，生怕那雪蓮縮入雪中……

然後輕輕掐下，把雪蓮摟近臉龐，用熱烈的唇吻，吻著潔白無暇的花瓣，輕輕閉上了眼睛，彷彿是摟著自己的愛妻愛妾，那無窮無盡的甜蜜，一絲絲蕩漾開來，慢慢地向整個身心滲透、占領，再也不跑開……於是全身沈浸在無邊的幸福裏。

紀曉嵐被這巨大的幸福所占有，似乎僅僅吻這寶花還嫌不夠。於是迅速回頭，朝南一望，愛妾吉小蘭也正如自己一般，摟著那一朵雄花在親吻，一邊眼睛正瞅著北邊，當然正是瞅著夫婿自己。果是心有靈犀，夫妻倆拔腿而走，穿亭而過，相遇在秀野亭中，緊緊地摟抱在一起，親吻，舔舌，互相吸吮，似乎那甜蜜在互相交流，已經分不出彼此。

那一左一右立在肩上的兩朵雪蓮，煞像是兩相愉悅的情愛笑靨……

忽然聽見東邊幾丈之外有了人聲，紀曉嵐才放開愛妾朝東望去。原來是宋吉祿和烏魯木齊兩人，站在丁道士墓穴之外，正在憤憤然交談。

宋吉祿說：「不幸而被我言中，丁道士果然因七千錢陪葬而遭掘棺盜墓，拋骨如斯！」

烏魯木齊說：「沒良心的傢伙，爲七千錢而下毒手，必然要遭報應！」

紀曉嵐與吉小蘭相跟著跑到墓前，一見墓中的白骨，早已不是人形，而是被拋撒成一頭一腳，一大一小兩堆，啊！還眞像兩朵圓圓的花呢！看來盜墓者只顧收集骨下壓著的錢幣，隨意丟拋，把骨頭丟成花樣的兩朵了。

紀曉嵐與吉小蘭隨即想到了夢中情景，頃刻領悟了一切，雙雙捧著雪蓮花，朝墓穴跪拜下去說：「多謝道長，不惜抛散自己的骨殖，給了我兩人兩朵寶花雪蓮！……」

紀曉嵐隨即向宋吉祿與烏魯木齊講起了夢中所見的一切。

宋吉祿恍然大悟說：「哦，丁道長原來早已洞察先機。他不是要『來世』才能滿足給你天山雪蓮的承諾嗎？他轉生已成『來世』，於是約你二位得到了男女純眞情愛花！……丁道長他也給我與烏魯木齊報了夢，不過只是叫我們來看看墓穴而已。」

烏魯木齊說：「紀大人，爲你一對夫妻得到天山寶物雪蓮花，丁道長自己卻被抛撒骨殖，你該會爲他另置棺木遷葬吧！」

紀曉嵐說：「不！丁道長已在夢中告訴我，這『骨花』對他並非壞事，他正是因爲這樣而升天成仙。叮囑我們保持現狀……」

幾天以後有人報告說：丁道士空墓穴裏，不知幾時躺進了一具男屍，他雙手握著銅錢，渾身上下還蓋著東一顆西一顆的銅錢，怕有六、七千枚。

紀曉嵐、宋吉祿、烏魯木齊聞言趕去一看，果然。再仔細一認，呀！這死屍不正是發瘋了幾天都找不見的喜兒嗎？

喜兒是印房的一個奴工，當年貪婪一個死人劉青的三百銅錢，後被劉青鬼魂追索，他被嚇得半死，於是花三百文錢買了果脯香火祭奠劉青，以作贖罪。眾人也以爲他眞的改過自新了。誰知他賊心不改。這次不僅得知了丁道士棺裏埋有七千銅錢，而且他還親自參與了埋葬行動，知道紀曉嵐與宋吉祿按照丁道士臨死前的樣子，把七千錢平鋪屍身之下，埋入了棺中……

看來是他故技重演，盜墓得了丁道士七千銅錢……誰知天公報應，早二天他竟發了瘋，在雪地裏跑得不知去向，原來卻死在丁道士墓中。

紀曉嵐慨嘆說：「喜兒自己害死了自己！那次他隱匿劉青三百銅錢之事爆發，我就告誡他不僅人不可欺，而且鬼亦不可欺，因人鬼之上自有天意。可惜他一點都沒聽進心裏。眞是死有餘辜。難怪夢中丁道長說盜賊終將得到報應！」

宋吉祿說：「他自作自受，無法怨天尤人！」

烏魯木齊說：「不能讓這個盜賊占了這一穴升仙好墓地，要把喜兒另葬他方。」

紀曉嵐說：「不！無論什麼好穴位好風水，已經用過之後，便是廢穴死穴萬劫不復之穴。丁道長已在此升仙，此處便是盜賊喜兒最好的墓地，讓他壓在七千銅錢之下永世不得轉生！」

兩人齊聲說好。宋吉祿隨即叫來了一隊勞工，將四邊的雪與土鏟挖下穴，將喜兒草草埋葬了。

烏魯木齊突然發問：「呃，有一點我眞想不通。我是本地人什麼都熟悉，冬天埋人，天寒地凍，不到開春之際，屍身不腐。何以丁道長埋下去幾個月就成了兩堆白骨呢？」

紀曉嵐說：「你只知其一，不知其二。你不見當初這地面上就了無積雪嗎？挖到八尺的地下果然地冒熱氣。說不定再下去便是硫磺溫泉。你想，在這冬天不積冰雪的熱地裏，屍身能不迅速腐爛化骨嗎？」

「呵呵呵呵！」烏魯木齊與宋吉祿同聲大笑，又同聲稱讚道：「紀學士的確聰明蓋世，祝你賜環回朝後步步高升……」

轉年已是辛卯，二月迎來春陽。紀曉嵐整裝東歸，心想：天意不爽，我活該遠戍四年，今年正是第四個年頭了。

記起當年諸葛門生拆字所說：遠戍萬里，四年為期。戊子離京西進，辛卯東歸還朝……誠然半點不假。數不清多少人前來為紀曉嵐送行。本地的宋吉祿和烏魯木齊自不待說。還有顧家歡、夏雨花夫婦。

紀曉嵐說：「家歡、雨花！你們與其說是來對我道謝，倒不如說是給了我一個向你們道謝的機會。我來烏魯木齊三年，多少事情是承蒙了你們的關照。就是我這次得以賜環回朝，主要還依賴了那次平息昌吉的蒙族叛亂。溫福將軍呈報說我有功，其實我心裏明白，這功勞主要應歸功於家歡！」

顧家歡說：「紀大人，樹從根腳起，若沒有當年你在福建放我們夫婦來新疆，我們不會有如今這樣和美的日子。所以我們特地來感謝你。同時送你光榮返朝，祝紀大人從此一發直上！」

這裏談笑甚歡，忽報昌吉厄魯特蒙族頭人巴爾思與瑪喇勒夫婦駕到。這一對情深意篤的蒙族貴人，一生與紀曉嵐頗有緣分。紀曉嵐簡直欣喜若狂了。他情不自禁地說：「難得尊貴的頭人夫婦專程前來送行，我除了深深的感謝之外，還要說天命難違，邪不壓正，願你我之間永遠共勉。」

巴爾思說：「紀大人，我們夫婦今天來給大人送行的目的，除了再次感謝大人為平息我族叛亂所立功勳之外，還為了來送一件禮物給大人。望大人笑納。」

巴爾思說完，向妻子瑪喇勒一招手。

瑪喇勒迅速從馬上取下一個紅綢包裹的木箱。

巴爾思一步跨上前去，倆夫婦共同捧著，遞到紀曉嵐面前。

紀曉嵐一看送禮的形式十分特別：倆夫妻共捧高舉。這禮物莫非與男女之事有關嗎？於是別有意趣地問：

「請問頭人夫婦，我能有幸知道這是何種禮物嗎？」

巴爾思說：「請紀大人遵守我們家族傳統的規矩，不僅現在不要打開木箱，就是一路上也不要窺看。等紀大人還京之時，與你的夫人沐浴更衣，共同開箱驗看。箱內有詳細的說明，告訴你們這件東西的使用方法。在我們家族裏，這只有新疆高原的特產才能製成的東西形同傳家寶物。望紀大人遵照我們規矩珍惜之！」

紀曉嵐誠摯地說：「承蒙巴爾思頭人如此厚愛，紀某當然謹記在懷，絕不造次。」

說完低頭一看，包裹木箱的紅綢之上，繡著一對展翅凌空的鷹……這對鷹一稍大一稍小，分明是一雌一雄……啊！雄鷹俯瞰的大地上，是一朵碩大的雪蓮。這其中的涵義，眞是既高深莫測，又讓人回味無窮。

貶戍新疆四個年頭即將成爲過去，情深義重卻是無限綿長。

肆拾捌　迷路脱險賴鬼神

因雪化泥濘，紀曉嵐隨一百多人曉宿夜行，不料脱離了大馬隊誤入山中。他和小妾吉小蘭敬神敬鬼，十多天後始走出迷途。

時值二月，雪化泥濘。紀曉嵐本可以待天氣更好些再走，倘若再遲一個月，那便日麗風和，路也乾爽了。但是時跨三年，實足才二年零四個多月，紀曉嵐在新疆已覺得時間太難熬了。新疆已有了那麼多的好朋友，身邊也有了貼心的愛妾吉小蘭，但畢竟還是戍臣身分，比起在朝的四品大員，比起在京的成群妻妾，這新疆的日子實在太過寒酸。他無數次地給妻子、給兄弟、給友人寫信，讚頌烏魯木齊土沃泉甘，花木繁盛，都不過只是官面文章，寬心慰友，騙自己更騙別人，聊以自律的客套而已。究其內心，他早已巴不得棄之而去，永遠離開這僻地蠻荒。

更何況有一支上百人的同行隊伍，因各種緣故結伴進關。紀曉嵐當然不會放棄這麼一個絕好的機會。他和吉小蘭一起，帶著黑狗四兒，啓程東進。

一百多人的馬隊，氣勢不凡，無所畏懼，只是路上太泥濘了，連馬足都裹泥難行。

大家一合計，想了個好辦法，日宿夜行，夜寒路凍，泥濘變成乾爽，倒也省卻了許多麻煩。

紀曉嵐本來瞌睡便不很多，如今已經四十七歲，更過了貪睡的年齡。加上白天睡覺更不習慣，他眼下又已沒有了精神負擔，於是便抽空記錄整理來疆所寫詩作。偶爾有所感觸，繼續撰寫詩篇。展開文房四寶，那硯台令自己觸景生情。此硯爲京城帶來之物，往返一、二萬里，迥非尋常，於是興致大發，寫成詩行：

枯硯無嫌似鐵頑，相隨曾去玉門關。

龍遊萬里交遊少，只爾多情共往還。

紀曉嵐先把二年多來在烏魯木齊所寫各種記事七絕抄了下來，比如「山圍芳草翠煙平，迢遞新城接舊城」、「半城高阜半城路，城內清泉盡向西」等等，抄在前面。於是便似乎定下了「七絕」的格式，底下再寫時也便照此爲之。抒情敘事，一事一景，即可成詩，四句一首。簡潔明快。

割盡黃雲五月初，喧闐滿市擁紫車。

誰知十斛新收麥，才換青蚨兩貫餘。

注曰：天下糧價之賤，無逾烏魯木齊者。每車載市斛二石，每石抵京斛二石五斗，價止一金，而一金又止折制線七百文，故載麥盈車，不能得錢三貫，其昌吉等處，市斛一石，僅索銀七錢，尚往往不售。蓋人稀地廣，極易謀生，不缺食也。

兩年多來，多少異域情趣，紛紛撲面入懷。紀曉嵐每有停歇，便作詩不輟，似乎永遠也寫不完。他憶起一句古話「苦難出詩人」。這話眞是對極了。自己這二年歷盡顚簸、冷寂、落寞、愧疚之苦，卻是磨礪了人生，增長了見識，豐富了見聞。眼前這般行旅勞累之餘，還是如此地詩如泉湧……

由於白天寫詩，休息不好，晚上難免坐在馬鞍上打瞌睡。紀曉嵐覺得這樣倒挺好，這麼多馬匹走夜路，不可能走得很快。馬步平穩異常，據鞍而睡似乎倒成了一種享受。

「的噠，的噠，的噠……」馬蹄踏在凍硬的地上，發出均均勻勻的響聲。

「呼嚕嚕——呼嚕嚕……」紀曉嵐在馬鞍上睡得好香甜。

「汪汪汪，汪汪汪……」黑狗四兒突然叫了起來。

也在馬鞍上打盹的吉小蘭驚醒急叫：「紀郎！紀郎！紀郎……」

紀曉嵐正做著一個好夢，迷迷糊糊答應著：「什麼事？小蘭，打你的小迷盹吧！」說著仍不願睜眼。

吉小蘭慌急叫起來：「紀郎！我們走錯道啦！前前後後再沒一個人！」

紀曉嵐嚇得睜大了雙眼，只覺四處一片大霧濛濛。他趕忙摸出眼鏡戴上，可不，前後左右再無別人。

紀曉嵐這下慌急了，連忙跳下馬來，爬在地上一看。路上蹄印明顯，但已不是官路。看來是迷霧之中，馬兒誤跟了野馬進山的腳印，走到亂山之中來了。

吉小蘭嚶嚶哭起來了：「唔唔，紀郎，這可怎麼辦？怎麼辦？唔唔唔。」

紀曉嵐這時倒有了主張：「小蘭！你下來，事已至此，哭也無用。我們只有改變行路方法，夜宿曉行，再辨道路。今晚已不能瞎走，我們就在這裏過夜……」一邊四處找尋，不遠處找到一個山洞，連忙招呼：「小蘭快來，不用管馬，我們且在這洞裏等到天亮。」

吉小蘭迅速到了山洞裏，兩人相偎相依，瞪眼看著不遠處的三匹馬，兩匹是坐騎，一匹馱著使用物件。

紀曉嵐再看不清霧裏的東西，吉小蘭卻看清了只有三匹馬，驚問：「怎麼只有三匹馬？不是還有一匹馱食物的馬嗎？」

紀曉嵐長嘆一聲說：「唉！小蘭，只怕是天要亡我，還要搭上你受累。那一匹馱食物的馬跟著大馬隊走了。是我連累了你啊，小蘭！」

吉小蘭說：「紀郎，我不悔。只要跟你在一起，我死也心甘情願！」

紀曉嵐說：「小蘭，有你這句話，我心裏踏實多了。」

吉小蘭朝洞外一看，那隻黑狗四兒，走在馬匹四周，似在巡邏守哨，忙說：「紀郎！四兒眞是一條義犬，這時候他正瞪眼豎耳在巡邏，以防發生什麼不測。」

紀曉嵐說：「小蘭，事已至此，我不妨都對你直說，這四兒來歷頗非尋常。我貶戍西行之前夜，夢見一個叫做宋遇的惡家奴變做小黑犬四兒來告訴我：要跟隨主子西行，以贖以前罪孽。我醒來猛然憶起，那個惡家奴宋遇不是早幾個月死了嗎？心想夢中之事，不過無稽之談。誰知第二天出行之前，有個朋友就送了這條黑狗給我。當時小狗才幾個月，眞的起了個名字叫做四兒。我也沒在意，只見它一個勁的搖尾乞憐。便帶它上路了。

「在路上一想，可不，那個惡奴宋遇死去之時，正是這小黑狗出世之日。未必因爲前世坑害了我家，宋遇墮入狗的惡業，眞以今生來贖前世之罪嗎？」

「於是我也待它很好。它隨我西來二、三年，如今又返東而去。它確實爲保護我盡力盡心。你說怪是不怪？」

吉小蘭說：「不怪，不怪。紀郎，你心正不存邪惡，我也不是惡人家女子。我倆人應該還有救星出現。」

紀曉嵐說：「但願如此，但願如此！」反正閒來無事，他又隨口吟詩：《贈黑犬四兒》——

空山日日忍飢行，冰雪崎嶇百廿程。
我已無官何所戀，可憐汝亦太癡生。

吉小蘭說說：「四兒已通靈性，我看它癡生必有原因。說不定這正好預示著我倆人不會死。那才眞正叫做死裏逃生！紀郎你看你看，天已亮了！」

紀曉嵐說：「你別動！讓我去探探路途！」

吉小蘭說：「你的眼睛還不如我，我和你一起去！」

於是二人出來搜索。光線還暗，不辨東西。但霧已退去，看得遠些了。

兩人分頭尋找。

突然吉小蘭驚叫：「啊——死屍！」

紀曉嵐忙跑了過來，朝石崖下一看，果然有一具伏屍。

到了臨死求生的關頭，人已無任何害怕的感覺，紀曉嵐說：「看來這是一個流人。逃竄而迷路仆地凍死。我下去看看，看有沒有一些什麼吃的！」

說罷跳下崖去，一看他大大的背囊中，竟全是青稞餅子，還有一些烤熟的獸肉。紀曉嵐忙喊：「小蘭，這眞是我們的救命菩薩，他帶的東西夠我們儉儉省省吃十天。」於是取了背囊上來，和吉小蘭分吃了一些餅子。當然沒忘記也餵了黑狗四兒。

馬不怕，行遠路馬料都是自己馱，每個馬身上都馱著許多馬料：苞穀和青稞。

饑餓的問題解決了，紀曉嵐拉著吉小蘭對崖下死屍磕頭祝禱說：「我倆已入絕境，幸有君賜我食糧充饑，請接受我夫婦兩人一拜。今我二人掩埋君之骨殖，祈君顯靈，導我倆走出絕境！拜謝於斯！」

拜完之後，紀曉嵐和吉小蘭一起動手，將死屍抬了上來，又一直抬到那個山洞裏去。然後四處找尋石頭，壘在洞口，終於壘實，等於已將屍體掩埋。

紀曉嵐又和吉小蘭跪在洞外祈禱說：「我今信馬由韁，拜請君引我出去！」二人三拜九叩首，於是又騎馬前行。

黑狗四兒彷彿得到誰的指引，一路小跑著穿山越嶺。有時還撇開大路走小徑，紀曉嵐也不去管它。心裏說：「命運已交神作主，何必杞人自憂天！」

從此以餅餌充饑，曉行夜宿。一路沒有遇到什麼麻煩。

十餘日後，終得出山之路，看見了來尋的人馬，一問，已是哈密境內。此去烏魯木齊，已經二千餘里。哈密守備徐君，曾在烏魯木齊戲言在哈密迎候。沒成想果然應驗了。正是他派人入山搜尋。

大馬隊早二天已到哈密，早已發現失了紀曉嵐，此時向徐守備報告。徐守備把他們罵一個狗血淋頭，最後說：「無論如何你們要等，我派人進山搜尋，非尋到紀大人不可！等他來了你們一路再往東進！」

此時得報尋到紀曉嵐，徐守備率主要官員和一百多東歸馬隊，夾道歡迎。

徐守備說：「紀大人，我堅信你是文曲星下凡，絕丟不了！」

紀曉嵐說：「絕處逢生，我不知該感謝的是神是鬼？……」便將十餘天的經歷略述一番。

徐守備說：「紀大人聰明人也說蠢話，神鬼豈非一家，都是抑惡揚善。大人掩埋路骨，祈拜亡魂，當是善心一片，鬼神不護你，再護誰來？但願人人以此爲鑒，爲惡務去，爲善務行！」

西域之果，葡萄莫盛於吐魯蕃，瓜莫盛於哈密。

紀曉嵐熟悉京城之瓜果。京師葡萄最貴綠色，最多稍帶微黃。其實綠葡萄乃在微熟，味不甚甘。漸熟微黃，尚可多收幾日；再熟則紅，收時更爛；更熟則紫，其實甘甜十分，可只能馬上剝吃，否則一、二日即全爛了。這是紀曉嵐長住京師積累的經驗。

京師之瓜，凡充貢品者，全都出在哈密。饋贈之瓜，皆是哈密金塔寺附近所產。然而運至京師的貢品贈品，亦多只能熟至六分。途中封閉包裹，瓜氣自相蒸鬱，至京可熟至八分。如以八、九分熟瓜起運，則路途蒸鬱全爛了……

眼前到了哈密瓜的產地，徐守備又留下紀曉嵐休息幾天，並且邀了昔日之哈密國王蘇來滿前來陪伴說話。紀曉嵐把在京師聽到的上述瓜果知識說了一番。而後說：「眼下不是吃瓜果的季節，不過是過過嘴癮而已。我在哈密國王面前談論這些，不過班門弄斧罷了，還望國王不吝賜教。」

蘇來滿說：「紀學士果是學富五車，所言半點不假。」

紀曉嵐說：「然則我想請教哈密國王，京師園戶，若以哈密瓜子種植者，一年形味並存，二年味道已改，略似粗形；三年則味形俱變，是何道理呢？」

蘇來滿說：「哈密土暖泉甘而無雨，故瓜果濃厚。種於內地，當然會有變異發生。然亦與養瓜子不得法有關……如以今年瓜子下種，即種在哈密本地也不行，味必不美，是因得氣太薄也。」

「瓜子留種愈久愈佳，其法是以灰培瓜子，貯於不濕不燥之空倉，三、五年後再用，愈久愈好。」

紀曉嵐說：「你王府當然可以培種多年，老百姓如何等得？」

蘇來滿說：「紀大人問到重點了，正因為老百姓等不得培種，所以他們頂多種出饋贈之瓜。而金塔寺附近所種，乃我王府灰培多年的好種，所以才能種出貢瓜。這個道理其實簡單得很。」

紀曉嵐說：「然而國王灰培瓜種之法，必有節度，再兼有宜忌若干，更不會少了細作之方法，國王能否讓下官見識一二呢？」

徐守備大笑說：「哈哈！紀大人怎麼忘記了一點：國中最重『祖傳』，西域豈能例外？別說你遠在京師，就是末將駐守哈密，也是『好瓜儘管吃，種法不得傳』。紀大人還是做你的學問寫你的詩文去吧，哈哈哈哈！」

紀曉嵐說：「理當如此，理當如此！」

於是又在哈密住休期間續寫了不少詩篇。

終於要再啓程東歸了，紀曉嵐將這些詩彙整起來，總計一百六十首，寫一個總題目：《烏魯木齊雜詩》，隨後寫了一篇小敘，記述詩作之來由。

走走停停，再不急著趕路，紀曉嵐從哈密出發走了三個多月，到六月才抵達京都。

雖然離別京都還不到三年，紀曉嵐眞眞有隔世之感。夢魂牽繞的京城啊！我終於又一次回到了你的懷抱！這不是在夢中，而是的的確確的事實，經受了邊地荒凄的落寞，戰勝了迷路山中的死神，我紀曉嵐到底回來了。

情不自禁，跨下馬來，彷彿怕這幸運又會飛跑，紀曉嵐要腳踏實地走進城門！

喲！城門口有誰揚著手迎出來。紀曉嵐的眼力不好看不真切，他飛快掏出眼鏡來，還未來得及戴上，來人已高聲叫了起來：「曉嵐！歡迎你得幸返朝！」

紀曉嵐一聽，這不是同年進士錢大昕的聲音嗎？戴上眼睛一看，果然是他，便叫著他的字說：「曉徵！迎至城門，禮節太重，愚兄愧不敢當！」

接著是紀家護院僕人羅小忠等一群人跪地歡迎老爺。紀曉嵐與他們一一打過招呼，便來和錢大昕說話。

錢大昕說：「曉嵐見外了！當年我倆同登金榜，後又奉詔同修《熱河志》，如今同年好友又都不在京裏，我再不出城來接，怎對得起十七年間的友情？」

紀曉嵐說：「可不，你一說還眞有這個理，轉瞬之間，你我同年進士及第已經十七年了。」

按照朝制，貶戍賜環的臣子還京後先要回朝報到，然後才能回家。

紀曉嵐與錢大昕兩位摯友相跟著，先到了錢大昕現在任職的館閣，這裏也是紀曉嵐離京前上班的地方。

紀曉嵐說：「聖駕在京嗎？我當力爭儘早奏表見駕。」

錢大昕說：「不必如此著急，到這裏就算你報到了。皇上去了避暑山莊，新疆土爾扈特再一次全數歸順，聖上到那裏舉行慶典去了。」

紀曉嵐於是緩了下來，取出《烏魯木齊雜詩》請錢大昕過目。

錢大昕很快就讀完了，喜不自勝說：「曉嵐忠心不二，歌讚盛世休明，皇上肯定歡喜以極。你的奏本盡可簡略些，有這些雜詩進呈御覽，比什麼都強了……」隨即給雜詩作跋。

兩個摯友談興正濃，忽然紀府護院羅小忠前來打千報告：「奴才拜見老爺！府內夫人、奶奶及奴才、婢女等聞訊老爺平安歸來，都在虎坊橋屋內焦急等盼。並有郭奶奶早已病篤，去信烏魯木齊報知老爺，未知老爺得信沒有。郭奶奶最擔心見不到老爺最後一面，每日以人參湯調養。今聞知老爺回朝而未歸府，而只見一位西域來的吉奶奶到了家，郭奶奶急得暈了過去，請老爺作速返家。還望老爺寬恕奴才多嘴……」

郭奶奶就是愛妾郭彩符，紀曉嵐自認是自己第一個雲雨知己文鸞再世，一聽早已坐不住了，拔腿就往外走，邊走邊對錢大昕說：「曉徵，你我有的是見面說話的機會，我與彩符怕是只有見此一面的機會了。」

話還沒有說完，人已出門上了馬，飛身朝虎坊橋老家跑去……

肆拾玖　受命編纂四庫全書

乾隆下旨編纂《四庫全書》，乃是紀曉嵐巧妙地一步步引導皇帝作出的決定。

紀曉嵐還在烏魯木齊時，便已收到家中來信，說郭彩符已經病危。當時紀曉嵐還沒有得到還朝的聖命，不知何時能夠回京。他萬般無奈，便邀宋吉祿一起到關帝面前求籤問卦，問自己此生還能不能見到郭彩符？得一卦籤說：

喜鵲據前報好音，知君千里有歸心。
繡緯重結鴛鴦帶，葉落霜雕寒色侵。

宋吉祿說：「這是好簽，很明顯你們能見面。」

紀曉嵐說：「見是能見，只怕後運不佳。第三句『重結鴛鴦帶』，只怕我和彩符要等來世姻緣。第四句『葉落霜雕』，分明是她在見我之後會死。」

……想著這些西域往事，紀曉嵐打著馬兒快跑，不久便到了虎坊橋的家。

在大門的西側，夫人馬鈴鈴領著一群小妾，包括皇皇、恩恩、浩浩、黃東籬在內，呀，還有才從西域歸來的吉小蘭，列成一隊，都在歡迎夫君的歸來，除吉小蘭外，一個個全都淚流滿面，泣不成聲。

紀曉嵐幾步跨上前去，不聽話的眼淚嘩嘩地往下流。

馬夫人領著侍妾們斂衽萬福。說話的卻只有馬氏一個人，她嗚嗚哇哇說話不成句：「官，官人，曉，曉嵐，嗚嗚，時間三年不到，可我們都像，都保，都像等了萬載千年，哇哇哇哇！」

紀曉嵐上前一把抱住了她，也是泣不成聲說：「多謝夫人，夫人，夫人你完成了爲夫臨走時的囑託，給我保住了一個完整的妻妾班子。……大家都不要哭了，各回房裏休息，我等一會一個個去看望你們……小蘭他才進府。夫人你給她安排兩間房子吧！」

馬夫人說：「小蘭妹子在烏魯木齊，慰藉了夫君兩年的寂寞，爲妻不會慢待她。小蘭！你住西廂房中間那兩間吧。曉嵐你快去看看彩符，兩年多來她沒有做過一天好人，人都病得不成樣子了。」

紀曉嵐快步往郭彩符的房子奔去，進門便已驚呆了：郭彩符把被褥毯子鋪在地上，她自己在上面撲地跪著，也不知跪了有多長時間。只見眼前的被褥，已經被淚水流濕了一大灘。整個的人物，瘦了兩圈都不止，簡直已經只剩了皮包骨頭。

紀曉嵐上前抱起她來：「彩符，彩符！你怎麼如此折磨自己？你這樣叫我怎樣忍心？」

郭彩符就勢把身子爬在紀曉嵐懷裏說：「老爺，老爺！是妾身對不起你，是妾身害了你，哇哇，不是我養一個女兒嫁到盧見曾家裏去，老爺你，你你，你怎麼會犯『漏言獲遣』的大罪呢？是我害老爺受了這兩年多的苦，哇哇哇哇……」

紀曉嵐心裏一個冷顫：難怪彩符她病成這個樣子，原來她心裏有自認爲罪魁禍首的「病根」，難怪她這二年多來幾乎天天在病……多麼知心貼肉的愛妾啊！紀曉嵐緊緊地抱著她，也流著淚說：「彩符別傻了，這是天意，怎麼能怪你呢？難怪夫人說你兩年多裏沒做一天好人！」

郭彩符說：「紀郎，紀郎：不是硬撐著等你回來見上一見，妾身早就歸天？，哇哇哇哇！」

紀曉嵐說：「彩符別再哭了，來來，我抱你到床上去。我回來了就好，就好。我要請好郎中把你治好來。」說完就已把郭彩符抱到床上，看她的體重，只怕是已經只有五六十斤。隨即又叫使喚丫環把地上的被褥清理出去了。

郭彩符睡到床上以後心滿意足地說：「紀郎，你如今回來了我會好，好，好到再不要任何人來掛心。」

紀曉嵐一聽話裏有話，郭彩符這不明明是在說自己會很快死去嗎？紀曉嵐覺得不能接受這個事實，這因爲他覺得郭彩符身上積聚著兩個女人對自己的那份深情。……紀曉嵐想找一個好郎中給郭彩符再治治，讓她再享受一點人世親情。一下便想到了臨離烏魯木齊時昌吉頭人巴爾思與瑪喇勒夫婦專程送來的禮品，當時她便猜到那是與男恩女愛有關聯的某種高貴而有特效的藥材……

紀曉嵐想起巴爾思的交代，一路上沒打開那個紅綢包裹的木箱。現在回到家裏來了他有條件打開這個箱子。紀曉嵐把巴爾思與瑪喇勒交代的事情向馬夫人一說，兩夫婦沐浴更衣，焚香秉燭，共同打開箱子一看：

救魂丹

文字解說十分明白：這是由西域高原特產天山雪蓮、冬蟲夏草、藏紅花等十分名貴的藥材配伍而成，已經研成粉末，又做成了小胡椒一般的小丸，用一個密封的小陶罐裝著……有病治病，無病健身，補精益氣，臨終吊魂……嚴格規定了服用分量：每次最多三丸，那怕是病到垂危狀態，也能把一口氣吊轉再活半天……末尾有一行小字：男女各服一丸，可達到男歡女愛的極致！千萬不可多服，否則生命危險。

紀曉嵐徹底明白了，原來這才是眞正意義上的「救魂舟」：既是補充精血的良藥，又是榨取身體內部精、氣、神的索命丸。極少量即可吊住垂危的魂魄，一過量便成了「殺死魂魄」的索命丹……

紀曉嵐一看郭彩符眞的不行了，給她灌了三顆小小的「救魂丹」。果然出現奇跡，郭彩符竟眞的平靜了下來，沒再惡化。連服三天，竟然大有起色。

不用說，紀曉嵐也得益於這種神秘的小藥丸，儘量滿足了眾多妻妾對男人的需要。

眞是不可想像，這救魂丹還使郭彩符一度康復如初，紀曉嵐與她並享受了一段溫存和情愛……

畢竟已是明日黃花，郭彩符不久便急轉直下，再什麼靈丹也救不起魂來，郭彩符撒手西去。

紀曉嵐清點翻曬郭彩符的衣箱物篋，禁不住眼淚婆娑，深情地賦詩說：

百折湘裙搖畫欄，臨風還憶步珊珊。
明知神讖曾先定，終惜「芙蓉不耐寒」。

紀曉嵐把在烏魯木齊關帝廟中所求神簽的意境，當做是「神讖」在先，眼下只能是表示認定天命，虔誠服從。

眞是不可思議，郭彩符死後那天，紀曉嵐竟然在夢中又見到了文鸞，聲音像貌，一如從前，其實從雲雨初度以來，已經過去三十餘年了。紀曉嵐茫然問道：「文鸞，你又投胎再世？彩符服侍了我二十多年，未必我們之間的緣分還沒因彩符過世而消盡？」

文鸞嫣然一笑，醉倒紀曉嵐七魄三魂。然而文鸞又飄然而去，一句話也沒留下來。

紀曉嵐其時似睡似醒，刻骨銘心，馬上起來寫詩一首：

題海棠

憔悴幽花劇可憐，斜陽院落晚秋天。
詞人老大風情減，依稀往事愧心間。

乾隆去承德避暑山莊，一是眞正避暑，二是舉行新疆土爾扈特再次全部歸順的慶典，一時不得回來，紀曉嵐也就一時沒有詔命職務，仍然是個閒人。

作爲被赦之罪人初返京都，紀曉嵐只覺得門庭冷落，世態炎涼，寂寞淒苦。

忽然羅小忠稟報：「七十二歲老人聶際茂公駕到！聶公專從家鄉來看望老爺！」

聶際茂，字松岩，山東長山縣人。僅僅是一個諸生百姓，卻是書法、篆刻皆精。十六年前，紀曉嵐的進士朋友宋弼曾把聶際茂招到京師聚會，紀曉嵐在宋弼家裏見過他，直讚賞他爲人誠摯，學問高深。但此後十六年來並未再見面，如今他以七十二歲之高齡，不遠千里從家鄉趕來看望，這份情誼眞是太深厚了。

紀曉嵐聞報迎出門來，拱手致禮說：「松岩公松年鶴壽，如此看重我一個罪廢之人，不遠千里前來看望晚輩，眞是我三生有幸，使我受寵若驚！」

聶際茂鬚髮飄白，自是上輩之人，他說：「曉嵐雖暫遇挫折，眼下也尚未復官，但這只是短期小事。有所謂人無起跌，不成君子。曉嵐他日之前途，必是無可限量！然我之所來，並未考慮到這些，不過一爲舊情也。」

紀曉嵐心裏有話，沒有直通通說出來。這心裏話就是，他覺得老百姓看重情義，遠遠勝過官場。如今官場上因我尚未復職而人情冷落，獨有老百姓不管這些，他們交朋接友，從不考慮官家的愛惡而趨炎附勢，只以情義判定是非，眞是難能可貴。他繞著彎子說：「松岩公不嫌我門可羅雀，我眞該有所報答才好。但不知松岩公是否有何要求？」

聶際茂說：「眞正讓曉嵐猜著了。老朽七十有二，去日無多。一生淡泊，惟愛玩石。勒之成癖，遂有印譜。今天老朽此行，探望老友之外，只想得以題簽，則我此行不虛也。」

聶際茂拿出厚厚一冊篆刻之印譜，紀曉嵐一看好不喜歡。其選料造形之古樸，其用刀之利索明快，其字體的篆、草、隸、行，其風格的奇異變幻，都堪歸於一流。看來聶際茂將畢生精力盡行灌注了。

讀完印譜，紀曉嵐欣然賦詩，多加讚頌。

聶際茂收下題詩之後說：「曉嵐如此推崇老朽，老朽今天卻還有一個不祥的消息告知，此乃我不遠千里成行的另一個目的。老朽希望你不氣不惱才好往外說。」

紀曉嵐很警覺：「松岩公：莫非有犬子汝佶的信息麼？我歸來聽說他又離家出走，音訊全無，是頗氣惱。但不管松岩公所說何事，晚輩將平靜待之。」

聶際茂說：「如此我就斗膽直說了。到底曉嵐聰明，我今要說的正是令郎汝佶之事。他好像自你從軍西域不到一年，便又到了山東泰安縣，追隨你的門生、太安縣令朱子穎，繼續走他搜怪索奇的道路，說是誓死要撰寫出（聊齋第二）云云，唉！如今只怕已走火入魔了。」

紀曉嵐說：「哦，對，松岩公老家長山，屬於濟南府。朱子穎所在之泰安，亦屬濟南府，難怪你熟知其詳。希望你如實說說。」

聶際茂說：「其實不用多說，令郎汝佶他以舉人身分，本可入仕為官。誰知迷上了妖魔鬼怪，或者說他被妖魔鬼怪所迷。反正如今已病人膏盲，恐難救治了。」

紀曉嵐說：「未必朱子穎也和他一樣著了魔，連勸他回家或是送他回家都不知道了嗎？虧他還是自稱出自我的門下！。」

聶際茂說：「曉嵐你別責怪朱縣令，他曾多次勸令郎回來，並有好幾次打算派人護送他上路。可是令郎他執意不肯，說什麼不能光宗耀祖，寧願客死他鄉。唉，外人再勸也無益處。今天我特地來告訴曉嵐一聲，你既已從西域回返，以你父親之尊，派人去或可把他叫回來吧？也免得外邊人留下什麼閒言。」

紀曉嵐說：「多謝松岩公，我一定照辦……」

這裏兩個老友談得正熱鬧，忽有羅小忠通報劉墉來了。

劉墉，字石庵，是大學士劉統勛的兒子，也是紀曉嵐的密友。劉墉書法出類拔萃，紀曉嵐老家崔爾莊學館「瑞杏軒」換牌，曾擬請他題字，不意他老是在外地為官。

紀曉嵐一聽他來就迎出去說：「石庵兄，你剛回京吧？怎麼你不怕我罪逆之家污了你的清白？」

劉墉說：「曉嵐。你別一竹竿打死滿天的麻雀。你自己也該自我反省一番，你只怪人家不到你家裏來，不想想你又是不是到了應該去的人家？別的不說，就說我家吧，家嚴曾是你的座師，但他嚴懲於你，硬是把你送到西域受苦受罪兩年多。於是你對他恨之入骨，回到京城也不去看看他！是不是這樣？」

紀曉嵐說：「不是不是！我心想罪廢之人，還是不去走動的好，以免使尊師面上無光。那還不惹得他老人家生氣了？」

劉墉說：「正是這句話，家嚴還眞生你的氣了。他本想送一個硯臺，總盼著你到我家裏去，可是總不見你的人影，未必要他老人家親自給你送來？」

紀曉嵐說：「學生明天就去，明天就去。」

劉墉說：「晚了，過後賣乖，我爹不稀罕。今天我剛好也回京城，他這不是要我送來了嗎？哈哈哈哈！」劉墉取出一個硯臺遞上說：「家師此是舊硯，不管你喜歡不喜歡，你總得寫幾句什麼讓我帶回去覆命吧！」

紀曉嵐說：「尊師如此割愛以贈，學生受寵若驚，自當題銘作謝。」隨即揮筆題詩：

題謝劉公舊硯

紀昀

硯材何用米顚評，片石流傳授受明。
此是乾隆辛卯歲，醉翁親付老門生。

從此以後，紀曉嵐心胸開朗許多，雖然乾隆尚未回朝賜以官職，紀曉嵐已不是閒居了。他把曾經多次閱讀評論過的《蘇東坡詩評本》取出來，再一次慢慢細讀，偶有所感，便在字裏行間作出注批。批讀完之後作跋以備忘。

紀曉嵐苦讀精研前人之文化遺產，可說到了無以復加的認眞地步。從其評論《蘇東坡詩評本》隨意翻閱幾處便見一斑，一切都說明即使是才華高絕，仍然在繼承前人遺產方面付出巨大的艱辛。

這樣艱辛的努力，自然會有驕人的結果。

是年十月，乾隆從承德避暑山莊舉辦完慶祝新疆土爾扈特再次全部歸順的大典回來，全體朝廷官員都奉詔到密雲縣接駕，紀曉嵐有幸隨往，除了呈奏《烏魯木齊雜詩》一百六十首以外，並完成長詩一首，七言九十八句呈奏乾隆，當然極盡歌功頌德之能事。

乾隆看罷，龍心大悅，頒旨嘉獎紀曉嵐的詩篇，同時覆授他翰林院編修一職。

紀曉嵐更是欣喜若狂，立刻以自己的玉井硯為題，寫詩以表心跡：

萬裏從軍鬢欲斑；歸來重復上蓬山。

自憐詩思如枯井，猶自崎嶇一硯間。

重返官場，紀曉嵐家門前又熱鬧非凡。

紀曉嵐對自己的長處非常瞭解，那便是高超的學術文才，而自己入學數十年尤其是入仕十多年來更在這方面廣有積累。爲得要立業建功，必須創造這個方面的機遇。

紀曉嵐向有整理鉤稽古書的經驗。在這方面他並有相當執著的考據癖，於是決定先從這個方面人手。

在宋朝司馬光撰寫《資治通鑑》之前，在漢代司馬遷撰寫《史記》之後，唐朝著名詩人學者劉知幾曾著《史通》，凡二十卷，分內外兩篇，內篇論史家體例；外篇論史籍得失及其源流，評議極爲嚴謹，在史學界流傳極廣，影響彌深。

紀曉嵐對本書頗有研究，覺得它偏駁之詞太多，繁簡大爲失當，於是大膽向它開刀，將《史通》大肆削繁就簡，去掉蕪雜枝梢，並加一篇序言，抄爲一帙，以在乾隆面前試試效果如何，寫了一篇《史通削繁序》以總攬全書。

紀曉嵐此舉有試探性質，不敢明明白白以奏本形式呈送乾隆。但他要試探的正是乾隆的心意，看其是否對此眞正動心，當然必定要想方設法把自己的這部歷史學專著《史通削繁》送呈御覽。

轉眼又是正月新春，正月初二日是難得的好天氣，太陽堂堂正正露出臉來，雖然其時陽光渾無炙熱，甚至對於溶化雪被冰芽沒有多大效果，但畢竟在京都人的心裏帶來了一絲歡欣。積冬以來的冰凝雪積，終於已經到頭了。

紀曉嵐坐上馬車，來到了大學士劉統勛的府邸。劉統勛就是劉墉的父親，他與紀曉嵐的一生有著太多的瓜葛。他既是紀曉嵐當年順天鄉試的座師，又是後來送紀曉嵐戍邊西域的惡煞，概略地說，劉統勛是紀曉嵐的福星又是紀曉嵐的克星，紀曉嵐對劉統勛眞是又敬愛又害怕……

劉統勛今年七十三歲了，位居東閣大學士兼軍機大臣，權傾朝野。乾隆對這位當年敢於彈劾三朝宰相張廷玉的重臣，對於敢把自己的門生紀曉嵐送上戌臣位置的忠臣，有一份特殊的關愛，這便是不准他告老退休。劉統勛從七十歲起幾乎年年上表請退，乾隆就是不批准。

當然，乾隆也不是不照顧他的年老體弱，便叫他以原官在家靜養，非遇到至關重要的事件不必上朝。這樣其實反而更提高了劉統勛的身價。紀曉嵐正月初二前來拜年，當然這是最大的尊敬，自古傳承的拜年習俗，「初一崽，初二郎」「崽」是兒子，「郎」是女婿，紀曉嵐把自己擺在劉統勛子婿的地位也實在順理成章。

劉墉聞報「紀翰林駕到」，趕緊出門來歡迎。劉墉比紀昀大五歲，兩人是知無不言的朋友，當他們比肩進大門時，劉墉悄悄地說：「曉嵐，你這麼早就來了，我猜你就是對家嚴有所期求！」

紀曉嵐說：「石庵，你猜的不錯，眞是什麼都瞞不過你的眼睛。」隨即掏出《史通削繁》遞上去補充一句：「正要請你先看看，我送請令尊老師過目行不行？值不值？礙不礙老人健康？」

兩人於是先進了劉墉的書房。

劉墉看完其序言便盯住紀曉嵐說：「曉嵐你又玩花招了，你這明明是通過家嚴之手。轉而呈奏聖躬！想看看皇上對治文治學博古通今是不是有興趣。」

紀曉嵐並不驚訝：「石庵兄是我肚裏的蛔蟲，你看這事怎麼樣？」

劉墉說：「我看行。當今聖明天子，文治武功都追求第一，他會關心這件事情。賢弟就正好在這方面充分發揮自己的才幹。」

紀曉嵐說：「老師面前這一關走得通走不通？沒人比你更瞭解他老人家了。」

劉墉說：「別人我不敢說，你行。曉嵐，他曾對你有一份格外的關愛，他早幾年把你送到西域去充軍，不管怎麼說他心裏很不好受。如今為你創造一個建功立業的機遇，我看他會樂意為你做一架梯子……」

果然，紀曉嵐恭恭敬敬向劉統勛行了跪拜大禮，劉統勛忙對劉墉說：「石庵快扶曉嵐起來，人到禮到，拜年哪興這等大禮？落座看茶，我們說一會話，石庵你去廚下張羅一聲，曉嵐他是只吃肉不吃飯，哈哈！」

劉墉應聲下去了。

紀曉嵐知道劉統勛這是故意創造一個兩人私下交談的機會，便取出《史通削繁》呈上去說：「老師，學生撰編了一份文稿，本不該來打擾老師的清閒。你老人家沒心思看學生就帶回去了。」

劉統勛推開書稿說：「曉嵐何必繞彎子？你直說希望我怎麼辦呢？我的日子不多了，看能不能給你提供一個機會，你不是想為國朝立業建功麼？」

紀曉嵐說：「老師眞有一雙慧眼，學生也沒其他本事，只是對治文治史興趣濃些，我撰編這《史通削繁》的目的，是想進呈御覽，以表一片忠心！」說著把手裏的文稿輕輕揚動。

劉統勛一把抓過書稿說：「懂了。我立馬進宮恭請聖安，曉嵐你靜候聖躬口諭吧……」

未滿三天，就在正月初四日，乾隆便下聖諭：

> 今內府藏書，插架不為不富，然古今著作之手，無慮數千百家，或逸在名山，未登柱史，正宜及時採集，彙送京師，以彰千古同文之盛……

十分明顯，乾隆決心要做文治武功臻於大成的明君，對於搜集整理古籍表示了極大的興趣。紀曉嵐的第一招成功了。眞是喜不自勝，既已使皇上對搜羅整理古籍動了心思，下一步便是在具體門類方面尋求出路了。

紀曉嵐想到了《永樂大典》。因這書係鈔本傳世，未曾印刷，數量極少，更有錯訛，紀曉嵐便想從整理完善該書人手，再彙聚明朝永樂年以後的許多著述，那麼就是新的古籍大成。

朝廷翰林院有個敬一亭，收藏古今書籍，內中便有《永樂大典》。紀曉嵐十分嚴肅認眞，沐浴齋戒，然後到敬一亭找到了《永樂大典》，慨歎其埋在灰塵中已三百餘年矣。於是精心閱讀，數月之間，從不間斷，偶有餘暇，必去讀典……終於記誦大半。

這一天，同在翰林院任偏修的朱筠來了。朱筠字竹君，大興縣（今屬北京市）人。比紀曉嵐小五歲，卻是同年的進士學子。這天他找到紀曉嵐，遞給他一份奏表的稿本說：「曉嵐你幫忙看看，上奏行與不行。」

紀曉嵐一看，原是朱筠奏陳開館校書注解的奏本。

紀曉嵐看完後喜不自勝說：「竹君，你我所思所想，幾乎完全相同。只是我還在翻閱記誦《永樂大典》，以便提出校勘古籍的奏章，而你卻已先我一步，連奏章都擬好了。當然行，呈奏聖上肯定恩准。」

朱筠說：「可是，曉嵐，這事要是聖上恩准下來，我是爲你攬了一件大事。」

紀曉嵐驚問：「竹君此言從何說起？未必聖上會把你排除在校書館閣之外嗎？」

朱筠說：「我有自知之明，我身體太弱，其年不永，說不定只在一二年便撒手人寰。可這校編古籍，起碼要有十年之辛勞，那時我早走了。你卻不同，你雖比我還大五歲，身體卻是比我強得太多，或許這正是上天爲你這『蛇火猴精』建功立業賦與你的條件吧。你得天獨厚，我自歎弗如。」

紀曉嵐說：「竹君不必如此過份自悲。你把奏表呈上去，若得聖諭恩准，我們共同努力，定臻全功……」

經過軍機大臣議奏，朱筠的條陳迅速到了乾隆的御案前。

乾隆甚為高興，頒旨曰：

自昔圖書之富，于斯為盛，特詔詞臣，詳為勘校，厘其應刊應鈔應存者，係以提要，輯成書目，依經、史、子、集，部分類聚，命為《四庫全書》……

於是設立四庫全書館，選翰林院官專司纂輯。大學士劉統勛力薦紀曉嵐擔任總纂官，朱筠任纂修官。紀曉嵐的目的達到了。從此走上了如魚得水、如虎添翼的飛黃騰達的人生歷程。

伍拾　朋三友四盡編書

紀曉嵐的朋友二、三百人，全都被他羅致到了《四庫全書》纂修班裏。

按朝制規定，四庫全書館由滿洲人舒赫德擔任正總裁，但他已是一個年屆八十的武英殿大學士，充任總裁不過是一個榮譽頭銜，所以編撰四庫全書的主要責任全在紀曉嵐一個人肩上。

乾隆知道這一副擔子不輕，擢升紀曉嵐為翰林院侍讀，並把陸錫熊同時詔命為侍讀充任紀曉嵐的副手，職務為四庫全書副總纂官，同事們口頭習慣稱呼為「副憲」。

陸錫熊，字健男，號耳山，「耳山」之號比「健男」之字名氣更大。他是上海人，比紀曉嵐小十歲，且比紀曉嵐晚七年才登進士金榜。但他博閱強記，資稟絕人，又沒有遭受紀曉嵐貶戍新疆那樣的挫折，所以一直留在朝中編輯史書，如《通鑒輯覽》、《契丹國志》等。當時他的職務是內閣中書。

自紀曉嵐從新疆返朝之後，乾隆認為其聰明才智超過了陸耳山，所以詔命陸耳山當了紀曉嵐的副手。

對於這一點，陸耳山心裏頗為不服，認為自己才氣並不比紀曉嵐差，而自己又一直留朝任職，萬沒想到紀曉嵐作為一個罪人，從新疆剛剛返朝就爬到自己頭上去了。陸錫熊心裏打定主意總要當著眾人的面羞辱一下紀曉嵐。

陸耳山走馬上任副總纂官是中秋節後的八月十六，他早聽說紀曉嵐最善於快捷聯對，便想在這方面壓一壓他。

紀曉嵐出任總纂官之初，便運用自己的權力，把與自己志同道合的學子朋友都弄到了身邊，比如同年進士沈業富和陳楓崖，以及後來成為進士的沈初，還有僅中舉人的戴震等。

沈業富，早幾年出任長安州知府，為西去新疆途中的紀曉嵐暗請名妓，自然是紀曉嵐的知根知底的摯友。

陳楓崖，當年與紀曉嵐一同學習，當時共同學習的還有陸青來，紀曉嵐講了羞辱陸青來的「雞站籬巴」的故事……陳楓崖從中轉寰。

沈初，當時為紀曉嵐畫《幽篁獨坐圖》，後來當了惠安縣令，在紀曉嵐督學福建時，紀曉嵐與沈初共同將「情奸詐死」的夏雨花和顧家歡故意判處充軍西域……此次紀曉嵐在西域又多承顧家歡、夏雨花夫婦幫忙。

戴震，那個學術上的奇才科考場上的敗卒，在其潦倒京師時，被紀曉嵐禮聘擔任家庭教師達十載，後來終於還鄉中了舉人……他當然把紀曉嵐當做了知己。

現在紀曉嵐當了四庫全書總纂官，他要把這些人邀集到身邊來共事編纂，乾隆當然是悉數恩准，一道詔書把他們全召集了攏來。紀曉嵐二三名朋友，全被他羅致到了《四庫全書》纂修班子裏。

陸耳山當然知道紀曉嵐這些背景，所以覺得第一次來便要壓過紀曉嵐。

走進四庫全書纂館署，陸耳山便來了一個先發制人，老遠便喊：

「曉嵐！昨晚中秋好月亮，賞月中我突然得一句下聯，再找不出好的上句，今天倒要請教於你。我這下聯是……」

中秋八月中

紀曉嵐佯裝懵懂說：「哦？竟有這等巧事，我昨晚上賞月剛好找到了一句上聯……」

半夜二更半

陸耳山一聽對得天衣無縫，豈肯罷休，馬上又說：「剛才來時我路過藥店，看見門上貼有五個大字，曉嵐你看是不是一句好下聯……」

祖傳狗皮膏

紀曉嵐一聽，陸耳山在聯句中暗暗地將自己罵了，罵自己賣「狗皮膏藥」，於是爽口接話說：「耳山，這又巧了，我們家正有一個祖傳秘方，你看做不做得你那個上句……」

秘制烏頭藥

陸耳山一聽紀曉嵐又罵回來了，罵自己是「秘制烏頭藥」的裏手，這還了得？馬上又反擊過去。他說：「曉嵐，剛才我騎馬上任當你的副手，在路上馬口渴了，我讓馬在一個叫做四眼井的地方飲了水，你看這是不是一句上聯……」

適飲馬四眼井

紀曉嵐說：「耳山，你自己就對好下聯了嘛，還要我對什麼？」

陸耳山說：「我沒有對啊！」

紀曉嵐說：「你的馬？什麼口渴要飲水？」

陸耳山說：「當然是我把它騎累了。」

紀曉嵐說：「著哇！馬何以飲水……」

蓋馱人陸耳山

「哈哈哈哈！」紀曉嵐的知心朋友一齊大笑，隨即就你一言我一語說起風涼話來：「今天我可知道了成語『班門弄斧』的來歷……可不，人都說世間萬事萬物都可做假，唯有肚子裏的智慧才學是眞……」

紀曉嵐板起臉孔說：「你們都咋呼些什麼？不是莫逆之交的朋友，耳山會和我鬥嘴諧趣？我這就要以我與耳山兩人的名義向聖上呈遞謝恩摺子呢！」

這一份題名爲《與陸錫熊同被恩命升授翰林院侍讀呈請奏謝》的摺子很快寫好送呈乾隆。

紀曉嵐對乾隆感激涕零，溢於言表。陸耳山對紀曉嵐的曲己待人，十分感佩。

從此，這正副兩位總纂官互相配合，心有靈犀。兩人幾乎再沒有鬧過隔閡。

正當紀曉嵐編纂四庫全書順利進行時，突然傳來一位恩師的去世惡耗，他便是錢維城。

錢維城是紀曉嵐參加朝廷會試的同考官。後來紀曉嵐在翰林院因爲自傲自大而與許多同事不睦，多少次風波都由錢維城撫平。錢維城只比紀曉嵐大四歲，卻比紀曉嵐早九年成爲進士。

紀曉嵐自是把他尊崇爲尊師。錢維城死時才是五十二歲，朝中官吏大都十分婉惜，因爲他人緣極好，性格溫和，死在刑部侍郎的任上，大家對他的哀悼眞是出自內心。

紀曉嵐給他送的挽聯是：

大川不厭山溪小

末流且習微瀾興

這挽聯表達了紀曉嵐要在編纂四庫全書的過程中掀起波瀾，建功立業的志向。

三月初三日，紀曉嵐受到曹學閔的邀請，把同年進士及相關契友都請了來，到曹學閔的府丞書齋裏聚會，然後出右安門十里，到了草坪，共舉修禊之事。

曹學閔比紀曉嵐大五歲，但與紀曉嵐同一年才登金榜。他因長期科考不第而性格深沉，這使他在一群相契朋友之中像個大哥哥的樣子。當年同在翰林院，紀曉嵐與另一個同年進士江士波鬧得不可開交，其實只因一些雞毛蒜皮的事情引起。曹學閔拿出大哥哥的派頭，狠狠訓斥了紀曉嵐一頓，使紀曉嵐心悅誠服。其他的人對曹學閔更是敬佩有加。今天由他發起修禊，自是大受歡迎。

曹學閔此時官居宗人府丞，是朝廷內管理宗教事務的最高官吏，由他發起共舉修禊事很是順理成章。此次共邀學人四十個，包括四庫全書正副總纂紀曉嵐、陸耳山、纂修朱筠、戴震、陳楓崖、沈業富等等。到了草橋以後一清理人數，只到三十九，缺了劉墉。

紀曉嵐心直口快，敞著喉嚨對大家說：「石庵失信，大家記好，明天罰他做七天道場，以贖他今天不參加共舉修禊的過錯。」紀曉嵐似乎還沒有說完，只見一個人飛馬而至，原來正是劉墉家的傭人，他跨下馬來撲通跪下說：「我家太老爺剛才升天，我家老爺特派奴才來向各位大人報告：他不能來參加大人們的祭祀活動了。」

這人所說太老爺便是劉統勛，原來他以七十四歲高齡辭世了。他的孝子老爺劉墉自然不能再外出。這裏氣氛馬上低沉下來，不能說人人都得過劉統勛的恩德，但誰不知道大學士劉統勛功高？曹學閔又拿出大哥哥架勢教訓紀曉嵐說：「曉嵐，都怪你嘴毒，你說要石庵做七天道場補過，如今他老子一死，這道場還不要做七七四十九天！……」

乾隆給劉統勛封謚號曰：「文正。」

紀曉嵐給這位劉文正公恩師送的挽聯，又比送給錢維城的多一份深意：

岱色蒼茫眾山小

天容慘澹大星沉

編纂四庫全書的首要任務是廣搜書籍，紀曉嵐爲乾隆代擬了詔命全國各地踴躍獻書的諭旨，下發以後效果極佳，各地書籍源源不斷地往京城運送。

紀曉嵐本人當然不會放過這個向乾隆表示忠誠的良機，他向四庫館捐書一百零五種，是爲北方捐書之冠。乾隆對積極捐書者給予嘉獎，傳頒聖諭，著賞朝廷內府初印的《佩文韻府》以示獎勵。當然也獎勵了紀曉嵐。

紀曉嵐乘這皇恩寵幸，抓緊進行四庫全書一前一後的兩項準備工作，一「前」是指他呈請辦理日後印刷《四庫全書》的活字版，這當然是前期準備工作。

乾隆馬上恩准，頒下御旨：武英殿見辦《四庫全書》之活字版，著名爲「武英殿聚珍本」。

一「後」的工作是紀曉嵐呈請仿天一閣建設未來貯藏《四庫全書》的場所，這當然是後期的準備工作。

紀曉嵐這一前一後兩項準備工作的奏本，被乾隆看成是未雨綢繆，因而對紀曉嵐格外恩寵。聖旨詔命杭州織造官曹寅親自去繪製了「天一閣」的圖樣，以後所建收藏《四庫全書》的文淵閣、文源閣等，都照曹寅繪製的圖形建成。

這天書館裏同人們正在小憩，忽然走進兩個年輕人，紀曉嵐根本認不出是誰來了，就見二人朝自己跪下說：「學生梁斯明、梁斯儀特來拜見老師，老師一向可好！」

紀曉嵐立刻記起來了，這便是當年督學福建時錄取的兩個高才童生。

想不到十餘年不見，他們早從孩子長成了大人，紀曉嵐忙不迭地說：「請起請起，你們兄弟都長這麼高大了，怎麼有空跑到京城裏來玩？」

梁氏兄弟說：「老師怕是編書太忙忘記了，今年是廷試大比之年，我們是趕考來了。」

紀曉嵐連連拍打自己的腦袋說：「對對對，瞧我除了《四庫全書》，把什麼都忘記了。你們能來京會試，都是早已成了舉人，可喜可賀。二位令尊大人天池公可好？」

梁斯明說：「家嚴已近八十歲，身體甚佳，還時時念叨著老師你呢……」

功夫不負有心人，戴震此次終於得中進士。戴震好不得意，自己說：「朝聞道，夕死可也。」

科考完畢，梁氏兩兄弟哥哥梁斯明落榜，弟弟梁斯儀得中進士。這可是梁家十四代以來的第一位進士啊，紀曉嵐先在自己家裏爲兩兄弟開宴慶祝，當然戴震晚年得中進士也在被祝賀之列。《四庫全書》館裏數十名同事與屬下，也被紀曉嵐邀到家裏作陪。

梁斯儀中進士後被詔命爲翰林院庶吉士，落第的梁斯明將獨自回家。

席間紀曉嵐鼓勵落第的哥哥說：「斯明你年紀還不大，不必擔心，還有參加會試的機會。」

梁斯明說：「學生愧對老師，怕只有到此舉人爲止。但晚輩不能愧對先人，我將把後半生精力放在培養後人身上。」

紀曉嵐驚喜地問：「聽意思，斯明已得貴子？」

梁斯儀代爲回答說：「我哥生了個好胖小子，取名章矩，字閎中。幾乎一出世便與文房四寶有緣分，他拿墨錠當點心吃呢！」

紀曉嵐連連祝贊：「好好，此子必將成名于文，立業于文……」

莫非果然說話成讖嗎？戴震得中進士後不久便病了。氣短、咯血、身體不支。這大概是他長期壓抑自己的結果。以他絕高的才華，以他著書《考工記圖》等十多種的成就，一直沒能得中進士，他當然於心不甘。但這有什麼辦法？只好往心裏壓著，壓著，壓著自己對命運不公平的悲哀……如今一旦成了進士，壓抑自動取消，他的虛弱的體子便重病百出了。

然而戴震性格極其要強，硬是不放下手頭的工作，考證各種書籍，訂正其中的誤訛，孜孜不倦，毫不停息。

紀曉嵐既作爲他的上司，又作爲小他一歲的兄弟責怪他說：

「東原，論年齡你是兄長，論官階你是下屬，不管從哪個角度來看，我都不允許你再這樣拚命了。」

戴震說：「曉嵐你別攔我，我早知道自己不會永年，如今心願已償，你讓我完成『朝聞道夕死可矣』的心志吧……」

果然不久，正當編纂《四庫全書》順利進展之時，戴震辭世，其實他才是五十四歲的年華。

紀曉嵐對這位友人的辭世甚感悲哀，他在悼念這位亡友的詩中刻劃了戴震東原如癡如醉的學者風範：

披肝露膽兩無疑，
情話分明憶舊時。
官海浮沈頭欲白，
更無人似此公癡。

安埋了戴震不久，紀曉嵐突然看見了自己的同父異母兄長紀晴湖。

怎麼？又回到了自己的兒童時代。當時，大過自己十七八歲的哥哥從學校裏冒雨慢慢走回來，淋得一身透濕，卻是好像渾然不知。

才只幾歲的紀曉嵐也跑到雨裏，把哥哥拉進屋來，急急地問：「哥，你是怎麼啦？淋雨也不快跑？」

紀晴湖說：「弟，快莫講起，老師今天出一個對子我沒有對得上。」

紀曉嵐問：「哥，你老師出的上聯是什麼？」

紀晴湖不忙答話，朝雨裏一指，那裏有個葦子垛，怕雨淋，上面蓋了席子。紀晴湖說：「那就是老師出的上聯……」

葦子編席席蓋葦

紀曉嵐正在凝思，一眼瞧見一個農人，持鞭喝牛正在雨裏飛跑。紀曉嵐說：「哥，你看那裏，一副下聯現成得很……」

牛皮擰鞭鞭打牛

紀晴湖高興得一拍小弟的腦袋說：「小弟腦袋瓜好靈，我不愁對不上老師的對子了。我就去，我就去……」帶著這話聲，紀晴湖又一頭扎進雨裏，再也沒有回來。

紀曉嵐猛然醒轉，原來是南柯一夢。頓時心裏一閃：糟了，莫非哥他有事？他怎麼連連說著「我就去我就去」，一去再也沒也回來？

紀曉嵐在心裏說：可千萬別像戴震東原，他一語成讖，幾乎眞是「朝中進士夕就死矣」！哥他夢中告訴我「我就去我就去」，該不是眞的去了吧？

果然，家裏來人報訊，紀晴湖已於日前仙逝。紀曉嵐爲其寫了墓誌銘，抒發了自己的哀痛。

這一天書館休息，忽有曹學閔派人來請，紀曉嵐便到了曹家，曹學閔對紀曉嵐說：「聽說你對神奇鬼怪故事頗有興趣，你對扶乩仙筆是否也很喜歡？」

紀曉嵐說：「仙筆扶乩，關鍵是到底請到了仙筆沒有。如果是扶乩人自己信手所爲，便毫無意義了。」

曹學閔說：「那好，今天從正定縣來了一個扶乩人，他的乩仙不談休咎禍福，只是題詩作畫，曉嵐你信是不信呢？」

紀曉嵐說：「信不信得由事實說話，我要親自看看他扶乩作畫的過程。」

曹學閔說：「這是自然。」便對內室打個招呼，原來扶乩人也是四五十歲的樣子，先在裏邊藏著，一聽招呼便出來了。

扶乩人說：「在下草莽，家境艱難。今幸有仙筆相助，題詩作畫，每張一兩銀子。主家若嫌詩畫粗俗而不合意，分文不取。」

紀曉嵐心想：原來是個生意人。未必他眞能請動仙筆？只怕是僞詐而已。當下不好直說，只好聽之任之。紀曉嵐對任何生意人都寬容尊重。

只見扶乩人領著曹學閔朝祖宗香案行了三拜九叩首的大禮之後，聽曹學閔說要作畫而不是寫詩，扶乩人便自行布設乩台：事實上他什麼都帶來了：紙筆墨現，文房四寶，一樣不缺。隨即就在神龕前的大香案上，布設停當。就是在那香案之上設立一個手肘形的支架架著，架上有一個夾子，夾子便夾著筆，筆便能在紙上自由畫動扶乩人根本自己不動手，這僞詐可從何來？紀曉嵐自己反問自己，於是心裏的懷疑被解開。靜靜看著那仙筆到底如何作畫。

扶乩人又單獨敬神，念咒，突然間近似瘋狂地顫抖起來，眯起眼睛猶如夢境般地說：「我是筆仙，來到凡間。詩畫任便，何名何篇？片刻貢獻，不著虛言。」

曹學閔說：「作畫兩幅，一幅畫題：《醉鍾馗》，二幅畫題《山水》。」

扶乩人再不說話，眯眼抓住夾筆的支肘喃喃咕咕地念起咒語，半點聽不明白，一會，他推著那肘形支架動了起來，那架上夾著的筆便在紙上塗抹，勾圈，斜橫交錯，不肯稍停……該蘸墨時還能蘸墨，就是片刻也沒有睜眼。

約是半盞茶久的功夫，一幅畫作完。筆仙也停止了晃動。待得扶乩人把畫取了出來，果然是一幅《醉鍾馗》。隨又再墊上一張紙，依照剛才的法子，畫下了一幅《山水》。畫完再也不動。少時扶乩人便從瘋狂夢境中回過神來，將兩幅畫遞給曹學閔說：「曹大人請過目詳鑒。」

曹學閔不接畫，推給紀曉嵐說：「請紀翰林鑒賞，紀大人認可我便付銀。」

紀曉嵐其實早看見了，兩幅畫著筆不俗，描摹頗見功夫。心想若非親眼得見，簡直沒法相信。就算是扶乩人能閉著眼睛瞎作畫，能畫得如此生動傳神，也是有了仙意。他二話不說，取過那支乩仙用過的筆，分別在兩幅畫上題寫詩句。

醉鍾馗因為曹慕堂同年題

午日家家蒲酒香，

終南進士亦壺觴。

太平時節無妖癘，

任爾閒遊到醉鄉……

曹學閔自然給扶乩人付了銀。扶乩人歡天喜地走了。

紀曉嵐說：「幕堂，你職在宗丞，專管宗教祭祀，你能解釋這扶乩作畫的由來嗎？」

曹學閔說：「曉嵐，你不是對這些神奇鬼怪的事情最有研究嗎？我今天正是請你來談談你的高見。」

紀曉嵐說：「依我看來，天神鬼怪，直通人心，不可違忤，無法強求。」

或許命運作怪，朝中不日發生一件王珣遣兄王琦到朝中投遞乩仙字帖的奇案，恰恰就禍及紀曉嵐本人……

伍拾壹　乩仙留筆奸人害

紀曉嵐說：「忠君順命，人之大德存焉！」他正是不斷地對乾隆歌功頌德，才度過了奸人陷害他的厄運。

鹽山縣如今屬河北省，乾隆時屬天津府，隔紀曉嵐老家滄州獻縣很近。鹽山縣有個回民名叫王詢，他派遣他的哥哥王琦到京城去，向戶部侍郎金簡投遞一大摞子字貼，其中有三本詩文，語多狂悖謬誤，而且多處牽涉到紀曉嵐，使他嚇了一跳。

金簡是正黃旗滿州人，文字譯述的才能突出，向爲乾隆所器重。他不僅僅是戶部侍郎，而且被委以《四庫全書》副總裁一職，他與正總裁八十歲的老朽舒赫德僅僅掛個虛銜不同，乾隆還給了他以具體職責，就是當《四庫全書》編纂之後，對其中涉及遼、金、元三朝中的人名、地名。要由金簡又譯成三史國語即滿州語，刊於史料之前，以備滿人自行校閱。

這樣，金簡與《四庫全書》的關係便非同一般，突然冒出個牽涉到《四庫全書》總纂紀曉嵐的「字（詩）帖」案，這還得了？金簡與紀曉嵐既非仇人，也非朋友，但從「文人相輕」的觀點看來，金簡對紀曉嵐心存嫉妒，認爲他一個漢人文官不過是文才高一些，可是乾隆給了他太多的恩寵，金簡曾經想過，設若皇上讓自己這個副總裁兼任總纂官，未必《四庫全書》就編不成嗎？這樣一來，金簡內心深處！似乎總巴不得紀曉嵐出點什麼事；若能把他擠下《四庫全書》總纂官的重要位置，那便再好不過了。

如今有了這個機會，金簡豈會輕易放過紀曉嵐？他再一次把王珣派王琦送來的「詩帖」反覆斟酌，看看有哪幾個方面可以對紀曉嵐下手。

金簡反覆琢磨覺得，只有先把王珣、王琦等幾個有關人員都抓起來，在審問中去安插一些於紀曉嵐不利的證據，不說最後把紀曉嵐繩之以法，起碼可以把他從《四庫全書》總纂官的位置上拉下來……到時候自己再設法占上那個位置。

設想妥當，金簡把這個案子直接呈奏乾隆，特別強調這件事與紀昀有關係，要求先把王珣等幾個有關人員拘捕嚴審，同時讓紀昀「暫停視事」以待案情眞相大白的一天。

乾隆一看這案子並不重大，只是一牽涉到紀昀就太麻煩，他想深入探究一下此事與紀昀有多少牽扯，於是御筆一揮，批示金簡將王珣、王琦、張文禮、趙子建拘傳訊問，又附加一筆，傳訊物件還要加上鹽山知縣陳洪書。

金簡得此御批喜不自勝，認爲皇上既然要把鹽山知縣陳洪書傳來，自是認爲案情重大。於是決定將他們一個一個單獨關押，以便威逼利誘，使他們作出對紀昀不利的供詞。

戶部不是問案的刑部，戶部侍郎更不是辦案的大理寺丞，但金簡有了御批在手，便是掌握尙方寶劍，幾乎可以爲所欲爲了。

金簡把這五個人拘捕來京之後，好像有很強的責任心，親自一個個地私下訊問，而所問的問題只有他自己心裏明白，那目的便是給紀昀撒下一張兜捕的大網。

金簡的訊問有自己的次序安排。他首先將鹽山縣知縣陳洪書叫來訊問。

金簡先行來個下馬威，開口就問：「陳洪書，你知道你犯了什麼罪嗎？」

陳洪書說：「卑職不知。」

金簡吼起來：「正是這『不知』之罪！」

陳洪書說：「卑職不明白，請大人訓誨。」

金簡說：「既然如此，則本官所問之事，你必須從實講來，不能說不知道，更不能含含糊糊。」

陳洪書說：「是，卑職照所知從實講來。」

「陳洪書，你知不知道有一個獻縣？你們兩縣相隔多遠？」

「知道，獻縣屬河間府，卑職鹽山縣屬天津府，但同屬大順省之範圍。且河間府與天津府緊相連接，獻縣與鹽山縣相隔才幾十里路程，馬車半天就到。」

「陳洪書，你知不知道獻縣在本朝都出了哪些重要人物？」

「知道，獻縣有個崔莊，崔莊紀氏是全縣首戶，不僅富甲一方，而且從三代以前舒天申公以起，樂善好施，他老人家歷次災荒年間開倉賑濟，累計所活不止十萬黎民……」

「夠了，陳洪書，舒天申還在嗎？」

「不，早死了。」

「舒天申是何等高官大吏？」

「不，他是一個布衣黎民。」

「本官剛才是問獻縣的黎民了嗎？」

「哦，大人是問獻縣的大人物，有，也就出在崔莊紀府。舒天申公的孫子紀曉嵐大人，二十多年前進士及第，如今是翰林侍讀，《四庫全書》總纂官，他是獻縣的最大人物。」

「陳洪書，聽你對紀昀講話中就充滿激越，你是否與紀昀有很深的交往？」

「不不，卑職哪裏夠格與紀大人有很深的交往？卑職知道崔莊比獻縣縣城更近許多，曾多次想去拜望。前不久紀翰林同父異母之長兄紀晴湖過世了，我前去吊唁，正是想結交紀翰林，沒成想紀大人他根本沒有回去……」

「行了，陳洪書，你知道紀昀與你縣某一個罪犯有很深的交往嗎？」

「啊？不知不知！」

「正是這『不知』構成了你的大罪！記住，下次再問他紀家的事情，你可不能再這樣盡挑好的說！你下去吧！」

陳洪書拚命掙扎：「我不下去，我不下去，我就說，我就說，我還知道紀家的許多事情。」

金簡堅決地揮手：「不！不要你現在零零星星說，你下到牢裏把所知紀家惡跡一五一十全寫出來……」

第二個被審的不是主犯王珣，而是王珣的哥哥王琦，金簡在審人的次序上有自己的打算。

「王琦，你是哥哥王珣是弟弟，你都五十多歲了，你弟弟才四十多歲，天底下哪有年輕弟弟派年長哥哥送信的道理？那四本詩文帖爲什麼是你送到戶部來？」

「回大人的話：小民只是一個凡人，我弟弟他是聖人顏回轉世，顏回是孔聖先師的高徒聖賢。我草民應該爲聖賢做事，弟弟叫我送信我當然來了。」

「王琦，說你弟弟是聖賢轉世的是哪一個？」

「是乩仙，乩仙留有仙筆仙話。」

「那是哪一年所留？」

「是我弟弟剛才幾歲的時候，怕有四十年了吧，是我先父請人扶鑾所寫。」

「你父親所留的仙筆仙話，說了有誰和你弟弟同樣是聖賢轉世的嗎？」

「說了，就是獻縣崔莊的紀曉嵐，仙筆說他紀曉嵐是子貢轉世，子貢也是孔聖人的弟子高徒，又有口才又會做生意，家裏富足得很，他曾在春秋時代魯國和衛國都當過丞相……」

「夠了，王琦你讀了多少書？知道古代這麼多事？」

「不不，我哪裏讀多少書？都是乩仙說到了顏回子貢，我爹才向人打聽了告訴我們。」

「王琦，既然乩仙四十年前就說了你弟弟王珣與崔莊紀昀都是聖人轉世，爲什麼早不去巴結他們家？你們相隔很遠吧？」

「不，其實崔家莊是獻縣的南邊，我們家是鹽山縣最北邊，我兩家相隔才二三十里。早先沒去巴結他們紀家，是想著既然都是孔聖的賢徒轉世，要發達都會發達，犯得著誰巴結誰？直到最近，我家裏還不見發達的希望，紀大人卻當了翰林，我弟弟就想到派家人張文禮送乩仙筆墨去巴結拜望，沒想到紀大人半點不領情。」

「王琦，你們和紀家隔得如此之近，難道就沒聽到過紀昀早幾年被充軍西域的事情？」

「聽說了聽說了，我弟弟還說那才是天理活該！他紀昀當了進士，我弟弟還是個平民，同是聖人轉世，何以相差如此之多？一看紀昀犯了罪，又充了軍，我弟弟覺得這才扯平了。」

「王琦，紀昀被充軍那幾年，你們未必沒聽說過紀家說什麼反話？起碼總有許多牢騷不滿吧？」

「有有有！別的沒聽說，紀昀的長子紀汝佶就說了很多。紀汝佶本來是個舉人，皇上封他候選知縣，他嫌候選難等，乾脆回家賦閒，反正他家多的是田地銀兩，並不指望當知縣那幾個薪俸……後來他爹一犯罪充軍，他就到處說：『看吧，好心沒好報，我爹那麼忠於朝廷，還不是落一個被充軍的下場……』這一類話還有好多好多，我一時也想不及。」

「王琦！你回牢裏慢慢想想，你想起了一點一滴寫下來……寫不下來不要緊不要緊，本官派人幫你記，你講他記，記完你畫押就行……」

張文禮才是王珣家的一個家人，金簡也沒有忘記在他身上打主意。

「張文禮，本官問你的話你要如實地說來，否則小心你的皮肉！」

金簡訊問張文禮時已用了衙役刑夫，他們一個個粗身蠻相，虎視眈眈。

張文禮偷偷看他們一眼，嚇得渾身打顫，話都說不成句了：「大，大人，是是，小民，小民一五，一五一十說。」

「你受主人家之派，兩次送信去找紀昀，有不有這回事？」

「有有。」

「兩次都到的什麼地方？」

「都是到京城虎坊橋紀府。」

「都是紀昀親自會見了你是嗎？」

「不是不是，紀大人他……」

「什麼？張文禮，你剛說了要如實回答本官的問話，怎麼晃眼就要撒謊？」

「沒有撒謊。沒有撒謊……」

「住口！罪犯張文禮信口雌黃！明明有人看見你和紀昀見了面，怎麼不如實招來？來人，給我掌嘴。」

只等金簡話音一落，何止是掌嘴打耳光，四個兇神惡煞一擁而上，把張文禮當成了一個練習拳腳的沙袋子，你拱過來，我踢過去，直打得張文禮唉喲喧天，連喊：「有招，有招！」

於是，金簡作引誘提問，張文禮一一點頭，旁邊有錄案人員記錄在案，說是紀昀並非不相信乩仙，只是嫌棄王家門楣低下，認爲不夠格與自己這翰林大吏深交……至於「信帖」之中要挾君王、諷喻朝政、自吹自擂自已乃是聖人轉世等等內容，根本沒予理睬……這便是「有意無意問，辱慢君王朝政」……等等等等。

被打得鼻青臉腫，渾身酸麻，連眼睛都睜不開的張文禮，被大漢刑夫提著手按了一個指膜印，自然便是最好的畫押了……

王珣是本案的主犯，金簡卻對他「客氣」得多，問話的態度還有不少恭敬的味道。

「王珣，你家父親留下的乩仙神話，至少有一半是說對了吧？『子貢轉世』的紀昀不是做了翰林嗎？他才五十多歲，說不定眞有一天會和子貢那樣，當上一品重臣！可爲什麼乩仙說你的那一半不對了呢？你明白其中的道理嗎？」

「我當然明白。天意素講公平，我和紀大人都是聖人轉世，正好比兩人在一根擺平的竹竿上，他一頭，我一頭，中間支撐的就是天意。天意本要我兩個同時高升，那竹竿就還是一平到底……那曉得紀大人他家境好，讀書多，三下兩下竄了上去；我家裏初時不太窮，可比崔爾莊紀府就差遠了，我沒有跟著上去，使竹竿往我這邊打斜……紀翰林越升得高，我被他越踩得狠……這是紀大人他違反了天意，不是我王珣。」

「王珣，假如你說的這個道理很實在，你想怎樣才能再一次和紀昀保持竹竿平衡？紀昀充軍西域那幾年你是不是覺得兩人平衡了？」

「對對！大人料事如神，那幾年我是百姓，他是罪人，我還高過他呢！」

「哦，好！王珣會想事，原來你還有過這麼一段好時光。現在我問你，他紀昀如今是翰林侍讀《四庫全書》總纂官的大官，你是小百姓，你們兩人早就一個翹上天，一個摔下地，你想過要怎樣才能使你二人再保持平衡嗎？」

「想過，紀翰林不是瞧不起我嗎？不是不想和我交朋友嗎？我要告發他，我要把他拉下地，拉下來他不就和我一樣平了嗎？」

金簡喜出望外，卻是故意激他說：「你一個平頭百姓，怎麼告得發他一個大翰林？」

王珣說：「我有辦法，我可以寫一篇供單，把我和他都是『聖人轉世』的事情都呈報皇上，紀翰林正是自恃『身世高貴』才經常戲謔別人，我要皇上把他紀翰林和我老百姓同樣處罰。我知道他紀翰林最相信輪迴轉世的一套道理。」

金簡問：「你說他相信這一套有什麼根據呢？你要瞎說，皇上可不得相信。」

王珣說：「趙子建在他紀家教過書，是他對我說：紀家人從老祖宗紀天申起，沒一人不相信紀昀是蛇、猴、火精混合轉世……他們一家人都以此爲光榮，說蛇是聰明、猴是靈巧、火是光明。」

金簡喜形於色說：「好！王珣你要寫供單就把這些都寫上，半點都別拉下……」

等最後訊問趙子建，金簡當然首先從核實王珣的話問起：
「趙子建，你在紀家教過私學是嗎？」
「是。」
「你教過紀昀的書嗎？」
「沒有，我和他差不多年紀一樣大。我只教過他的子侄輩半年的書。」
「你在紀家教書的時候，聽說過紀昀是什麼什麼轉世的傳言嗎？」
「聽過，這不是傳言，是他紀家引爲自豪的資本，他紀家說紀昀是蛇、猴、火三精轉世，將來前途定是鵬程萬里。如今這不，他紀大人都當了翰林。」
金簡問：「別人傳傳講講都是枉然，你知道紀昀他自己對這種神奇鬼怪的事相信不相信？」
趙子建說：「不光相信，他還很喜歡。他時時刻刻注意記錄一些神妖鬼怪的故事，好像打主意寫一部類似于蒲松齡《聊齋志異》的《聊齋第二》，他不是喜歡得很會這樣幹？……」
這可是個不可想像的天賜良機，金簡實在是喜不自勝了。他逐一回顧著這五個人犯的訊問，鹽山知縣陳洪書寫出了紀家許多收買人心的「惡跡」……王琦供出了紀昀長子紀汝佶對皇上將其父充軍新疆的許多不滿……張文禮「供出」紀昀有意無意辱罵君王……王珣告發紀昀自恃「聖賢轉世戲謔他人」……趙子建更證明紀昀搜羅「神奇怪事」……這五個人的供詞湊在一起，不就是能把紀昀拉下馬來的繩索嗎？
金簡得意極了，將五個人的供詞集中起來。另加一個奏章向乾隆呈稟，金簡在奏章中斥責「紀昀與鬼妖精怪相攪，有辱朝廷重臣名聲，伏請聖皇明察……」

此時朝中盛傳一件大事：御史戈源奏請停給僧道度牒一折，已由乾隆降旨允行。戈源，字仙舟，比紀昀小十三歲，兩人是獻縣的小同鄉，曾經一起在文社裏爲科考研究制義作文，兩人並同時于乾隆十九年成爲進士，這鄉親加同年進士的情誼自然迥非尋常……戈源的官職全稱是監察御史，負責朝廷內外一切監察事宜，因此常到各地明察暗訪。此次他到全國各地巡察一遍，發現各地收錢賣度牒，使各寺觀僧道皆人滿爲患。度牒是僧道出家的文書證明，有了它便可在道觀裏享受香火敬獻，而香民幾乎包括所有官宦和富豪，他們納錢納糧納田地，各寺觀生活普遍富足而清閒。於是許多遊手好閒之輩，並非宗教的虔誠信徒，偏偏也假遁空門而行惡事，不惜花錢買官府度牒以求私慾得逞，以致眞假道佛混淆不清，全國約略統計僧道尼姑已達百萬之眾……戈源細察根由，力陳弊害，奏請朝廷從此停止售賣度牒，並清理僧道人員，今後的僧道度牒只爲虔誠出家之人散發，以保持佛道出家的清純……

乾隆照奏批准實行。朝野之間一時傳頌戈源御史做了一件大好事。

紀曉嵐久未見到戈源，他因編書繁忙也就較少注意朝政瑣事。但這件大事他還是進了耳朵，這天正在家裏休息，聽到這事便自言自語起來：「仙舟回朝也不來看我，未必他不想做我的兒女親家？」

誰知恰巧戈源來了，還在門外就接口說：「親家，小弟求之不得成全了這門兒女親事，我這不是負荊請罪來了嗎？哈哈哈哈！」

紀曉嵐小女早議定了許配給戈源的大兒子，只是兒女們還小尙未議婚。這鄉親、同年又加兒女親家關係，自更非同一般了。兩人久未見面，見面了自然是哈哈喧天。

熱鬧寒喧之後，煙在叭叭地抽，茶在慢慢地品。

戈源似乎不經意地問：「曉嵐，《四庫全書》編纂順利吧？」

紀曉嵐說：「托聖上洪福，編書順利得很。但是各省呈送書籍太多，大大超過原先的設想，突破了原先計劃今年編成第一份的規模。皇上對此甚爲寬解，說是收書多多益善，務求達至大全，不在乎時間早晚……大概還有二三年就可以完成了。」

戈源長歎一聲說：「唉！曉嵐，命不助你，倘是按原計劃今年編定，你可算成就了全始全終的大業。可如今，對你說來，只怕是要半途而廢，難竟全功了！」

紀曉嵐吃一驚，從口裏拔出赫赫嚇人的紀大鍋說：「仙舟此話怎講？」

戈源說：「有人看你占著《四庫全書》總纂官的位置不舒服，總在千方百計要把你拉下來，偏巧天意給了他一個好機會……」便將王珣詩文帖案的來龍去脈略講了一番。不用點明便已聽出金簡在其中做了一些手腳。

紀曉嵐氣得一時懵了，低頭喃喃地說：「果是天意乎？剛剛在慕堂宗丞府爲他兩幅從仙圖畫題了款，馬上就有一件『乩仙詩文案』纏上了我的身……」忽然想起自己給曹學閔題辭鍾馗圖的詩中說：「太平時節無妖病，任爾閒遊到醉鄉。」馬上向戈源講述了正定扶乩人在曹學閔家作畫的來龍去脈，以及自己的題畫之詩……然後自我譴責說：

「……是我褻瀆了神靈，說什麼『太平時節無妖病』，要打鬼的鍾馗『閒遊到醉鄉』，於是『妖病』就出來對我施加殺伐了。」

戈源說：「曉嵐說話小心，如果你的對手是個旗人滿族，你可千萬不能給他加上『妖癘』之惡名，畢竟親疏有別！何況這個詩文案的始作俑者是王珣，鍾馗斬妖之劍，只能向他們揮殺。我倒要問你，王珣派張文禮兩次到你家來送『仙筆』，你到底見沒有見過他？」

紀曉嵐說：「我哪裏見過，全是門人羅小忠傳話，誰知他傳話有不有偏差？」

戈源說：「沒見過也不敢兒戲，關鍵是不能惹惱了皇上發火，否則……」壓住了底下不說自明的話尾，戈源突然扭頭正對準紀曉嵐問：

「那個溫福你還記得嗎？」

紀曉嵐說：「那怎麼能不記得，我被貶戍邊到新疆時他是烏魯木齊總督將軍，正是他的恩惠才使我免受許多勞役之苦。後來他調去福建當總督，我還請他帶詩回贈閩中學子。溫福將軍對我可是個恩人。他早二年被詔命爲定邊將軍，去平定四川大小金川的叛亂，不是在木果木戰鬥中陣亡了嗎？皇上還恩賜他後人世襲伯爵。仙舟怎麼突然想起他來了？」

戈源說：「曉嵐小心，你都快變成書呆子了，你是只知其一，不知其二……」

金川有大小之分，全在四川的西北部。大金川源出松潘縣，至茂功縣會合小金川，小金川發源就在茂功縣西北部之夢筆山。大小金川匯合之後，江名改爲大渡河，所以大小金川實際上是大渡河的上游區段。大小金川地逾千里，人不滿三百戶，幾乎全是藏民，驃悍叛亂，爲平息叛亂前後用兵五年，死傷官軍無數，其中還有早二年死於木果木戰火中的定邊將軍溫福……

其後乾隆又任命阿桂去接任主帥，阿桂是阿克敦之子，阿克敦是紀昀參加順天鄉試的主考官座師，可惜在孝賢皇后不明不白死去之後，阿克敦也被賜死了……乾隆處死孝賢皇后是自己的蓄意安排，賜死阿克敦不過是打一個替死鬼，後來又給阿克敦追封謚號爲「文勤」……他兒子阿桂英勇善戰，曾爲伊犁將軍。當年盧見曾兩淮鹽引案爆發，紀昀因漏言獲罪被貶往烏魯木齊；而事先給紀昀報信的是軍機處走動郎中王昶，王昶雖是上海青浦人，卻與紀昀是同年出生又同年得中進士，他曾在盧見曾家教書，又是紀昀女兒嫁給盧見曾孫子的媒妁，他對紀昀泄漏機密乃是爲了朋友，結果王昶也被貶戍伊犁……偏巧那時伊犁將軍阿桂奉命總督雲南，王昶順理成章地被領到他的部隊到雲南去了。

幾年下來，阿桂征緬甸，戍滇邊，戰功卓著，王昶也一直隨著他，備受青睞……

正是這個出色的戰將阿桂，在溫福戰死之後接掌平定大小金川之官軍，兩年便將兩金川全境平息。俘獲了叛亂頭子索諾木帶同兄弟、妻子，還有大小頭人、喇嘛大小頭目等二千餘人。

正當慶功之際，阿桂在審訊俘虜中得知，早二年溫福之死並非光榮陣亡，而是叛匪故意造成的「假降眞叛」的結果。

阿桂如實奏報，乾隆好不懊惱……

正在這個時候，紀昀以《四庫全書》有要務請旨爲由，跪請見駕。

乾隆煩惱之中，更生怒氣，心裏說：好一個不怕死的紀昀，金簡已奏呈你私通陰陽鬼怪，藐慢君王，朕還以《四庫全書》任重道遠爲藉口，容你於茲，未曾發作，你倒在朕火頭上來澆油了……也好，朕正有話要問你呢！

於是高喊一聲：

「宣！」

紀曉嵐低頭撣袖，撲地奏曰：「臣紀昀有章奏以請聖裁！」

侍宦立刻將他的奏章接著轉呈上去。紀昀跪在地上大氣也不敢出。

乾隆穩坐龍椅，翻開奏章來看，竟有三份。

第一份恭呈御覽《四庫全書》藏書處文淵閣人員編制。

第二份：恭呈御覽《平定兩金川雅》。

第三份：恭呈御覽《平定兩金川頌》。

乾隆心裏一笑：呵！紀昀眞會討乖。瞬間熄下了大半怒火，他把第一份文淵閣編制奏章往旁邊；推，認眞閱讀《平定兩金川雅》：

皇上五載之中，扎縛蛟鱷，與平原大野，馳驅決勝者等，功亦古今所未有……

乾隆讀到這裏，早已心氣全消。紀曉嵐一「雅」一「頌」，洋洋千餘言，哪里還用得著全篇卒讀，乾隆只覺君臣之間心氣已然溝通。

抬頭一看，紀曉嵐還伏在地頭，乾隆說：「紀卿怎麼還跪在這裏？」

紀曉嵐說：「等聖諭。」

「起來，紀卿看到了朕之心底，朕五年平定兩金川，不惜已花七十餘萬帑金矣！」

「皇上，七十餘萬兩紋銀，成就千古以來之偉業，其值天地知心！」紀曉嵐這時才站起來了，但開初幾乎沒有站穩，晃一下才站定腳跟。

乾隆心裏一閃：「紀昀今天何以如此懼怕？哦，想起來了，他是已經探知了金簡參奏他的事端，那可是『辱慢君王』的大罪！」

想到了這一點，乾隆不再歡欣，而是直覺胸中沈重。正好，今天要當面問一個明明白白。

乾隆理清一下自己的思緒，開始問話了，不再客氣地稱呼「紀卿」，而是直呼其名說：「紀昀，你可認識一個叫王珣的鹽山百姓？」

「稟皇上，臣從來未見過這個人。」

「他派家人張文禮給你送過兩次仙筆，你可親自見過？」

「稟皇上，臣從未見過。兩次都是臣門人羅小忠傳話，臣反正一句話回他：不見不理，不收任何東西。」

乾隆稍放寬心，但仍然不輕易放過，又問：「你長子紀汝佶曾有犯上欺君言論，你的不教之過怎麼講？」

紀曉嵐說：「臣是有養子不教之過。犬子之狂悖語言，乃因臣犯罪遠戍而起。想彼時犬子鬼迷心竅，犯言悖語之餘，出走山東某地，據傳追隨撰寫筆記小說《聊齋志異》之山東臨淄蒲松齡之後塵，癡迷鬼怪而陷入魔窟，他已得到應有報應矣！」

「此話怎說？」

「犬子汝佶已一去無歸，死於搜羅鬼怪故事之異域。臣去西域之前見他一面，誰知竟成永別矣。犬子死時年僅三十三歲。」

乾隆不被察覺地微微點頭，心裏已無更多的掛慮。但他精明過人，仍然沒忘記問最後一個問題：「紀曉嵐，聽說你也搜羅神奇鬼怪的故事，莫非也想步你兒子的後塵嗎？」

紀曉嵐說：「臣不敢。臣以為天地之間，尋常與怪異並存於世，乃是常理。常言道：天下之大，無奇不有。

故臣以為，世事之分野不在於尋常與怪異之間，而在於善良與邪惡的爭鬥。據臣看來，抑惡揚善乃天理良心所在。故臣搜羅怪異並非為了消遣，更非為了把賞自玩，乃有意在某朝某日，記述公開，以行扶正抑邪之力。力雖微乎其微，然臣心志不改。稟皇上聖裁！」

「哈哈，好！」乾隆徹底去除了心中對紀昀的介蒂，暗想金簡為何如此下流，他參奏紀昀的文詞手法都太低下……眼下不及談他，乾隆轉而又問紀曉嵐：

「紀卿！你可知溫福之為人如何？」

紀曉嵐字斟句酌說：「稟皇上，溫福公捐軀木果木，聖上恩賜他後人世襲伯爵。臣只知這事，不知其他。」

乾隆說：「古人教言：知過必改，善莫大焉。朕對溫福之褒獎，原是基於誤訛。彼時眞相隱藏在叛匪內幕，朕亦無從辨識。今既事已明白，朕當曉諭糾正過錯，紀卿以為如何？」

紀曉嵐說：「古人所言不假：君子之過，有如日月之蝕焉。」

「好，紀卿，你看看這些奏章，替朕再擬一道諭旨……」

紀曉嵐當然很快就擬好了。這一切都賴戈源幫忙作籌謀。紀曉嵐所擬諭旨全都正合乾隆心意：

前歲初聞木果木軍營失事之信：朕以溫福倉卒遇變，臨陣捐軀，特加恩賞以世襲伯爵。嗣查明木果木之事，溫福即未能措置預防，及炮局被劫復將營門關閉，遂致民散兵潰，是溫福之乖方敗事，死由自取，豈可復膺五軍之封……

十分明顯，紀曉嵐因對乾隆極盡歌功頌德之能事而安然脫離了危險。

深知內情的戈源對他說：「曉嵐眞不愧是蛇、火、猴精混合轉世，好一個『忠君順帝，人之大德存焉！』使你安全度過了厄運！」

伍拾貳 皇尊國祚不妄言

爲得站穩自己的腳跟，紀曉嵐不得不清除對清皇朝的任何不滿言論。因而《四庫全書》扼殺了許多歷史文化典籍。

紀曉嵐事後不無害怕，此次驚心動魄的「詩文帖案」既有王珣魔火附身的報復起因，更有金簡妒賢嫉能的故意陷害，事情經戈源一告知，紀曉嵐當時就嚇破了膽……

如今乾隆終於明辨是非曲直，將案件的首犯王珣當即處斬，將其派到朝廷送信的哥哥王琦發配烏魯木齊作了流人，將張文禮、趙子建兩個無關緊要的從犯給以杖責一百打得皮開肉綻後釋放……尤其是將蓄意陷害紀曉嵐的侍郎金簡革去《四庫全書》副總裁一職，使紀曉嵐的總纂官更加名副其實，沒人掣肘了。

事情已成過去，害怕也不長久，紀曉嵐編書更爲兢兢業業，勤謹認眞。

《四庫全書》編纂進展加快，校閱訂正成了頭大的難題。乾隆對此書的編纂要求極其嚴格，幾乎到了吹毛求疵的地步。

比如，在編纂宋人李廌《詠鳳凰台》一詩中，有「漢徹方秦政」一句，乃是對漢武帝劉徹直呼其名。乾隆惱怒已極，頒下御旨說：

秦始皇焚書坑儒，其酷虐不可枚舉，秦後之人深惡痛絕，因而是斥其名，尚無不可……至漢武帝在漢室尚為振作有為之主，且興賢用能，獨特綱紀，雖黷武或溺神仙，乃其小疵，豈得直呼其名，與秦政曹丕論乎？……

十分明顯，到此時登位已四十二年的乾隆，其帝王之自尊已達極致，害怕後人也學宋臣李薦稱漢武帝為劉徹一般，也把他乾隆盛世之帝君直呼為愛新覺羅．弘曆，所以如此嚴厲地規定《四庫全書》的宗旨：將宋朝人李薦詩歌中直呼「劉徹」的字詞改為「漢武」帝。眞是「帝王自尊」畸型發展的頂峰。

正在此時又發生了一起離奇的「請立正宮」案件。係原都察院役滿吏員高平縣人嚴增，向身任《四庫全書》正總裁的大學士舒赫德投遞奏摺一件，請其轉呈皇上，奏摺略稱：

……皇后賢美節烈，多蒙寵愛，現皇上年過五旬，國事紛繁，若仍如前寵幸，恐非善養聖體，是以故加挺觸輕生……

這是說皇上要注重自己的年齡身體，應該從此少接近包括皇后在內的女色，以免短命輕生……這還了得？一個小小的吏員，如今役滿更成平民百姓，你敢干涉我聖皇的宮幃生活？簡直是「污蔑朕躬，狂誕不法！」乾隆暴跳如雷，立即將嚴增斬決。

除了帝王之尊不容違忤之外，乾隆還對《四庫全書》中若干字體的改變大動肝火，他對將「夷狄」二字改為「彝敵」二字也頒旨責罰，令其復原……

《四庫全書》原先詔命的總校官是朱珪，字石君，是朱筠的胞弟，朱筠便是上奏摺談論《永樂大典》校勘事項之編修，朱家兩兄弟都是紀曉嵐的知心好友。但朱珪年輕而體子弱，受命爲《四庫全書》總校閱官，卻一直未能健康上班，總是三天打魚兩天曬網，無法追究他的校閱責任……於是正總裁舒赫德要總纂官紀曉嵐另行提議保舉新的總校官。

事有偏巧，當時紀曉嵐正銜著紀大鍋在抽煙，而所抽煙絲幾乎都是陸費墀所送。陸費墀爲浙江桐鄉縣人，年紀比紀曉嵐小，成進士也在紀曉嵐之後的第十二年。他本人卻少年老成，十分穩重，惟對紀曉嵐的才學敬佩有加。他此時也在翰林院任編修一職，與紀曉嵐投契相交。

陸費墀所在的浙江桐鄉有曬煙爲著名特產，勁頭大，色澤黃，抽起來似有煙香四溢。陸費墀本人也是一條煙蟲，不過不是抽「紀大鍋」而是只抽小煙斗而已，他便總是在自己家鄉弄來一大堆一大堆的曬煙煙絲，少部分歸自己，一多半送給紀曉嵐去吞雲吐霧。這樣兩個人便超過了一般的交情，成爲了莫逆的煙友。

陸費墀因爲年齡較小學識才氣方面稍差，未能進入《四庫全書》編纂班子，紀曉嵐對此常感內疚，因爲誰都知道《四庫全書》將在歷史文化方面建立巨大的功勳，編纂人員將因此而在歷史上留下長遠的影響；這麼一件大事把自己一位莫逆之交撇在外邊，紀曉嵐心裏自然不好受。

現在機會來了，總校閱官的職位理應推薦給陸費墀，這事只要認眞負責，反正是原書稿校對改錯，無須多少才氣便行。紀曉嵐把舉薦奏章一上，乾隆立刻恩准，詔命陸費墀爲總校閱官。

陸費墀感激涕零，他對紀曉嵐說：「曉嵐此舉，將使小弟也忝列於《四庫全書》編校隊伍之中，小弟的名字得以與《四庫全書》共同存在，眞使小弟感到這是最大的自豪。我先謝了你了，謝你了。咳，咳咳！」說話太急，煙斗還在抽，陸費墀被煙嗆了兩口，連連咳嗽了好幾聲。

紀曉嵐預感不好，馬上抽出口中的「紀大鍋」，點破事實說：「費墀，莫先道謝，也許我這是爲你撈到了一件出力不討好的苦差。《四庫全書》盡羅天下書籍，總數將達近二十萬冊之多，遠不是一個『汗牛充棟』所能表述，校對起來，浩如煙海，皇上對此又要求極嚴，我只希望我的舉薦不給你帶來什麼麻煩才好。」

陸費墀說：「曉嵐，別說是小小麻煩，只要能爲《四庫全書》盡心盡力，哪怕就是要我去死，我也會毫不猶豫。咳咳，咳咳咳！」

「快別亂說，費墀！」紀曉嵐最信讖語效應，趕忙也陪著咳了幾聲：「咳咳咳咳！你看我兩條煙蟲搞得滿屋子雲霧繚繞。也好啊，也好啊，有這雲霧騰騰，連神靈都什麼也看不明白，也就避得開一語成讖了……」

自此以後，《四庫全書》進入一個成績斐然的時期。乾隆甚爲高興，給紀曉嵐晉升爲詹事，詹事並非實在的官職，只是翰林升遷的一個必經的階梯。因爲詹事已是從三品的虛職，所職掌的是皇帝的家事，有了這個頭銜便已成爲皇帝的近侍之臣，說明升遷到有實職實權的高位已爲期不遠了。

果然沒有多久，乾隆又晉升紀曉嵐爲內閣學士，這可是個有職有權的高官，負責傳達上呈下達的奏章及詔命。內閣學士已是從二品的大員，具有與禮部侍郎等同的銜級，只是還不是正式的侍郎而已。

不過這時紀曉嵐已超出翰林院的範圍，進入朝政決策層的內閣，這當然令他欣喜若狂。

自烏魯木齊的罪貶之犯人，到還朝重授翰林院編修，又由《四庫全書》總纂官而升遷內閣學士，幾年來眞如直上青雲，紀曉嵐當然明白自己得力於自己深厚的學識，傑出的文才，還有便是對皇朝的忠心耿耿。所謂「忠君順帝，人之大德存焉！」紀曉嵐當然知道怎樣進一步加快自己邀寵升遷的進程。

關鍵是要使乾隆認爲自己對皇朝忠心不二，銳眼金睛，能在自己編纂《四庫全書》的過程中不斷發現和剔除對國朝的不利言論。紀曉嵐在這方面可謂勉力有加。

在編纂《四庫全書》的過程中，乾隆曾不止一次詔命各省查訪購取各類書籍，同時規定對私匿圖書不報者給以懲處，但最主要的還是嚴令查繳禁書，並要求詞館所屬切實注意收編書籍中不得有違忤國朝的隻言片語……紀曉嵐身爲總纂官，深知自己肩頭責任重大，他的一雙眼睛也格外明澈，以他近視了的眼力，一字一句地盯著稍帶禁忌的言詞。至於整本的禁書那就更是不在話下了。

湖南安化縣有個八十歲的讀書人劉翔，他聽說編纂《四庫全書》收集各類書籍，便也將自己收集到的許多民間流傳故事整理成書，逐級向上呈繳。書名就叫《眾口鑠金》。書中有一個很重要的內容便是《陳鵬年的故事》。這個陳鵬年是清初康熙時代人，字北溟，號滄州，湖南湘潭人。湘潭與安化同是處在湖南東部地帶，兩地相隔不是太遠，而且劉翔的祖上與陳鵬年的祖上是一門近親。所以劉翔對陳鵬年的民間故事特別感興趣。

陳鵬年是清初著名的好官。他五歲能詩，九歲作數千字的《蜻蜓賦》，被譽爲神童，二十三歲中舉人，三十歲中進士，以後歷任知縣、知府、布政使等。

康熙四十三年，陳鵬年被任命爲江寧（南京）知府，到任之初他根本沒去知府衙門，而是住在海公祠內，每天微服私訪，調查瞭解民間的疾苦，以及官吏的好壞。

海公祠是南京老百姓爲紀念明代著名清官海瑞「海青天」設立的廟祠，每天香火鼎盛，百姓都盼望清正廉明的好官，陳鵬年正是要以海瑞爲榜樣。

有一次，陳鵬年微服私訪中拐了腳，不得不僱一頂轎子抬回家。坐在轎上，陳鵬年發現一個轎夫根本不會抬轎子，一顛一簸，總是合不上腳步，好容易到了海公祠，陳鵬年下轎後就問這個轎夫：

「你根本不會抬轎，怎麼會幹上這一行？」

轎夫一聽便淚流滿面，無限悲傷，抽抽答答地說：「小人，小人原本是一個農夫，佃，佃了碧雲寺的廟田耕種。碧雲寺的方丈圓通大法師是個淫魔，他見小人的妻子年輕貌美，便設法陷害我，說我欠了他的地租，將小人的妻子奪走了，廟田也不許我再種。小人只好來投靠表哥，兩人抬轎為生；我還沒學會抬轎。」

陳鵬年又問：「圓通這麼壞，你怎麼不去告他呢？」

轎夫說：「這個和尚與總督大人有交情，個個怕他像老虎，我怎麼能告得他下？」

陳鵬年說：「聽說來了一個新知府，你不妨去試試，興許他能為你作主呢。」

轎夫說：「就算這樣，我又哪裏有錢請人寫狀紙呢？」

陳鵬年說：「你仔細說，我替你寫，不要你一文錢！」

狀紙很快寫好，陳鵬年打發轎夫趕快去知府衙門投遞。

送走了轎夫，陳鵬年心裏很不平靜，他又馬上私下察訪，得知這個圓通和尚果然得到兩江總督阿山的寵信，於是倚仗權勢，擄掠姦淫，無惡不作，心想必須認眞對付才行。

陳鵬年要處理這件大案，便悄悄搬進了知府衙門。他暗暗揣想，如果正式發傳票去拘拿圓通，他一定向總督阿山求救，而總督是自己這江寧知府的頂頭上司，驚動他那就麻煩大了。

左右思慮權衡，陳鵬年心生一計，親筆寫了一封請帖，說自己母親死了，請圓通帶人來為母親做佛事。

接到請帖之後，圓通得意洋洋，當即率領一群人，帶著木魚和經書等等來到府衙。誰知進衙以後，卻見陳鵬年升起了公堂，傳來原告轎夫與圓通對質，責問他種種不法罪行。

圓通自恃有阿山總督作自己的後盾，驕橫跋扈地說：「陳大人如此誘騙老衲受審，可你既無物證，更無人證，單憑一個轎夫信口雌黃，看陳大人怎麼給我定罪？我明日倒要上告到兩江總督衙門，反告陳大人濫施刑事。只怕到時候陳大人反而吃罪不起！」

陳鵬年說：「圓通不得狡辯！有不有人證物證不要多久便見分曉！速去碧雲寺仔細搜查！」

圓通垂死掙扎：「我要馬上見到總督大人！」

陳鵬年說：「搜查之後且看總督大人見不見一個罪犯！」

巡捕帶人查抄了碧雲寺，從一個隱蔽極好的地下室裏查出了十多個女人，其中便有那個轎夫的妻子，其他也都是或搶或拐或買或誘姦而來。這些女子一排溜跪在大堂之下，血淚斑斑地控訴了淫魔圓通的罪行。

圓通見罪證如山，無可辯駁，於是閉口不言，妄圖頑抗。

陳鵬年玩了心機，對他說：「圓通，你可以永遠不開口認罪，不招供畫押，我也就永遠不往上面交，就這樣僵持下去，那你也就永遠見不到總督大人。而你如果想見總督大人，你就招供說句話畫個押，那時我不得不上報案件，你也就見到總督大人了。隨你的便吧。」

圓通哪知是計，連連說：「我認罪，我畫押，只求知府大人早點把案子往上交。」

誰知圓通認罪畫押之後，陳鵬年將他秘密處死，派人偽裝了他自縊的現場，隨即向兩江總督衙門報告：「圓通淫魔罪惡滔天，十多名被害婦女聯名告發。圓通自覺玷污了佛門清白，畏罪自殺身亡……」

總督阿山知道陳鵬年用計除掉了圓通，也是再沒有辦法追究，但心底裏暗暗記下了陳鵬年不顧總督情面的大仇。

江寧府有條著名的秦淮河，陳鵬年也不免常去遊玩。一次他坐遊船賞玩美景，累了便在一處大柳樹下停船休息，船頭閒坐，盡情欣賞兩岸風光，陳鵬年好不愜意。

突然，他看見水裏冒出一個大水泡，他以爲是水底有一條大魚。但是不久，水泡又冒出一個，隔一瞬間，又冒一個……幾乎同一地點，幾乎相同間隔，水底老是冒泡，這便很覺反常。陳鵬年突然想到，水底裏是不是有什麼腐爛了的東西呢？他叫侍從用竹竿掛著鐵鉤到水底下去探測，去鉤取。

約莫半盞茶久的功夫，一個沈甸甸的東西被鉤了上來，原是一具墜著石頭沈底的男人屍體。陳鵬年派侍從去叫來了本地地保及附近住戶，叫大家辨認死者的身分，大家一看便認出來了，死者名叫陳小林，是當地的一個駕船佬，漁民。

陳鵬年命令速傳陳小林的妻子方氏。方氏一來，看見用蘆葦掩蓋著的屍體，立刻撫屍大哭：「哇哇哇哇！你叫我好找啊，你怎麼就死在這裏？」

陳鵬年不動神色，叫人扶起她來，一看她容顏秀麗，臉上塗脂抹粉，看得出那胭脂水粉都是不久前才臨時抹掉，那根根底底還在淚水之中殘留；更有甚者，她髮髻上還插著一支紅色的簪子，心裏便有了幾分把握。

方氏被人從屍體上扶了起來，但她卻仍不住地朝陳鵬年磕頭，連連大喊：「我男人死得不明不白，求大人作主伸冤……」

陳鵬年輕聲慢語問：「你丈夫離家多久了？」

方氏抽抽泣泣地回答：「十，十，十一天了，哇哇！」

「幹什麼去了？」

「到河裏打魚去了。」

「平常他出去捕魚要多久才回來？」

「平常三四天，有時八九十來天。」

「這次去了這麼久，你心裏不急嗎？」

「小婦人日夜牽掛，連飯都吃不下呢，我還到處去找，就是找不到。萬沒想到他被人害死在這裏了，哇哇哇哇！」

陳鵬年本想直通通地當面揭破：你連蘆葦都沒揭，伏在屍身上就哭起來，你怎麼猜到了蘆葦底下蓋的就是你的男子？這不已經是不打自招嗎？

但是又一想，這樣還不行，她不會單獨作案，也不可能獨自將一個漁民丈夫輕易殺死，再弄到這裏來沈屍。一定要把另一個兇手姦夫抓出來……

於是陳鵬年再不多說別的話，便好言安慰了一番，叫方氏將丈夫陳小林屍體領回去安埋。另一方面，便叫兩個衙役喬裝百姓去調查方氏平日的爲人，同時交代她的左鄰右舍絕不要去她家串門閒耍，讓她以爲兇險已經過去……而衙役則應每晚上到方氏住房左右去埋伏偵察。

埋人後的第三天夜晚，衙役看見一個男人去敲方氏的門，被方氏迎進去了。衙役便翻圍牆進去聽牆跟。只聽方氏說：「我眞害怕極了。」

那男人說：「怕他個毬？人死無對證！」

二衙役破門而入，將這一對害死親夫的淫婦姦夫鎖到了公堂。

案件一問便明，一對兇手被判以死償命。

泰淮河畔有不少沙灘沙洲，大水一來全都淹沒，平常時候總是敞著，誰也沒有去注意它們。

陳鵬年一次坐轎出巡路過一片沙灘，遠遠望去沙灘上有一塊墨色。他甚感奇怪，便要轎夫抬著往那邊走，走近一看那黑色原來是聚集的一群蒼蠅。

陳鵬年想這沙子底下一定有什麼腥臭的物體。於是下轎命侍從們挖沙……挖到兩三尺深的地方，竟然是埋了兩個小孩的屍體，一男一女，男的十歲左右，女的八歲左右，女孩頸脖上有被勒的痕跡。

陳鵬年命人將小孩屍體秘密運回府衙，面對這一無主屍案冥思苦想破案的對策。

仔細一想，案子發生的地面是江寧縣的範圍，於是便派人把江寧知縣叫來，詢問他最近有人報案失了孩子沒有。

知縣說：「有。早幾天縣城內富紳方員外的僕人方三前來報案，說他一雙兒女被拐子拐走了，多方尋找沒有下落。」

陳鵬年便要知縣派人把方三找到知府衙門辨認屍體，方三一看便哭叫連天，這一對正是他的兒女。陳鵬年止住他的哭泣，叫他如實呈報案件的起因。

原來，方三與方員外是族內本家人，兩家也住得不是很遠。方員外說方三家太窮，有意照顧他一下，便把方三請到家裏當內僕，不讓他幹很勞累的活，處處很照顧方三，方三對方員外很感激。

那一天，方員外打發方三到外地去送一封信，兩天以後才回來。方三回來剛進家門就看見妻子呼天搶地，哀哭不止，抽抽噎噎地說兩個孩子一早出去玩耍，再也不見回來，肯定是被拐子拐走了。

方三於是一邊報案到了縣衙，一邊還到外邊去找……當然再也找人不見。

陳鵬年知道內中有鬼，便把方三妻子傳來問話，問她孩子走失的詳細情由。方三妻子一見兒女屍體已經支持不住，撲在屍體上一個勁嗚嗚咽咽：「哇哇，我該死！我不想活！……」

陳鵬年百般勸慰地說：「看你哭得眞正傷心，料你也不是殺害自己子女的眞正兇手。你不把眞實情況說出來，那不還是讓兇犯還逍遙法外？你怎麼對得起被害死的一對孩子？」

方三妻子於是吐出眞言。原來方員外請方三到他家來做工是假，他看中了方三妻子的姿色是眞。方員外憑藉自己有錢有勢，早已把方三妻子逼姦得手。但總說「蜻蜓點水」沒意思，總要通宵擁睡才過癮。

這一天方員外把方三騙到遠處去送信，當天晚上不回來，他便睡到方三的床上去了。晚上兩人交合也很放肆。

方三的十歲兒子半夜驚醒，他記起父親到遠地沒有回來，有人「騎」在媽媽身上定然是賊，便大喊起：「抓賊啊！抓賊啊！」

方員外正在興頭，惱羞成怒，便把十歲男孩活活掐死了。不料旁邊八歲女兒也驚醒過來，方員外爲了殺人滅口，便將女孩也給勒死了。

方三妻子當時就急得暈過去。方員外又將她弄醒，拿刀子逼著她不准說出眞相，只准對方三說孩子被拐走了。

方三妻子被逼無奈，每天以淚洗面，口裏假說是孩子被拐走了，實則心裏是哭孩子已被害死了……

方員外不能驚動別人去埋孩子，只有自己去動手。他本人四體不勤，哪有力氣挖硬土埋孩子，隨隨便便挖沙灘去埋。沙子好挖，可是沙子透氣，臭味引來了蒼蠅，蒼蠅被清官陳鵬年發現，順藤摸瓜，案子眞相大白。

方員外被判以死抵罪，方三老婆因被逼成姦，不予追究責任。

陳鵬年便是這樣一位精明、正直、廉潔、果斷的好官，受到了江寧老百姓的同聲讚揚。

但兩江總督阿山卻對陳鵬年恨得咬牙切齒，這一方面是因爲當初陳鵬年秘密處死了阿山的好友圓通，阿山覺得陳鵬年太不給自己面子；但另一方面更主要的，是陳鵬年廉潔奉公，一年到頭不給阿山送一分一毫的禮品，阿山覺得碰到了死對頭，便決心找機會要置陳鵬年於死地。

這機會很快來了。

康熙四十四年，也就是陳鵬年擔任江寧知府的第二年，康熙皇帝第四次南巡江浙，阿山要陳鵬年在江寧準備接駕大典。

陳鵬年對康熙左右的侍從既不送禮，更不行賄賂。阿山便暗派親信去找那些太監和侍從們，專說陳鵬年的壞話；還給這些太監侍從都送了厚禮，並暗示這些禮物都是總督大人的妥貼安排……

太監和侍從們心領神會，便向陳鵬年下毒手。他們在江寧府給康熙準備的行宮中，在桌椅被帳之間撒放一些蚯蚓蟲蟻等穢物，還故意讓康熙發現了……康熙大怒不止，太監們便趁機說陳鵬年故意欺君。

康熙一氣之下離了江寧府接駕行宮，住進了江寧織造府。康熙把阿山罵了一通，下旨將陳鵬年枷繫待罪。阿山暗自慶幸自己的陰謀詭計得逞了。

江寧織造專管南京一帶的絲織業，負責供應皇帝宮廷服飾和其他日用品，官職和知府一樣，都是正四品。四品在各地是大官，但在朝廷皇上看來實不起眼。

康熙爲什麼會把一個四品小官的衙署作爲自己的行宮呢？當時的江寧織造名叫曹寅，曹寅是康熙的奶兄弟，就是說曹寅的母親孫氏夫人曾經當過康熙的奶娘。同時康熙當太子時曹寅還當過侍讀。康熙念及已故孫氏夫人的哺乳之恩，所以給曹家許多特殊的恩寵。

康熙要給陳鵬年定罪，問阿山說該定什麼罪好。阿山說：「大不敬！」

「大不敬」是欺君大罪，按律當斬。康熙一時拿不定主意將這大罪定下來。

此事被曹寅得知。曹寅本身爲官尚屬正派，但是素來與陳鵬年不和，兩人有很深的成見。但這一次曹寅反而給陳鵬年求情。

曹寅斗著膽子跪著對康熙說：「臣啓陛下，陳鵬年不是卑瑣小人，他不會對聖上犯下『大不敬』的死罪。」

康熙吃一驚，問：「曹寅，你不是向來和陳鵬年不和睦嗎？今天何以反而爲他說情？」

曹寅說：「臣不敢以私害公，有損聖德，有負民心，於國祚不利……」於是將陳鵬年一些主要的勤政愛民的故事講了，說得有聲有色。

康熙已被感動，但還沒有最後下定赦免陳鵬年的決心。他把曹寅打發開去，想自己靜下來想一想。

這時曹寅那獨生兒子曹頫在庭前玩耍，曹頫此時才六歲，長得玉琢粉妝，甚是逗人喜愛。康熙出門散心，一見小曹頫便歡喜不盡，撫摩著他的頭頂問道：

「頫兒知道江寧一帶有不有好官？」

曹俯順口就說：「有！陳鵬年！」

康熙回頭對內侍說：「黃口小兒絕無欺假，他都說陳鵬年是好官，陳鵬年當赦免其罪……但是，朕還得考驗一下他的才智聰明，限他在一日一夜之內在江岸造一座平臺，以作朕檢閱長江水師之用！」

陳鵬年雖被放出來了，但這一日一夜造一座水上閱兵平臺絕非兒戲。他急忙調集所有河工奔赴江邊造臺。但是江上洶湧，怒濤十丈，巨石投下，嘩然被水沖走，基腳都下不成，平臺又立於何處？

正在陳鵬年一籌莫展之時，南京城內老百姓一傳十，十傳百，紛紛趕到了河邊，要爲清官陳鵬年排憂解難出主意。

果然是人衆威勢大，熱情高，上萬的市民促使陳鵬年想出了好主意。他請上萬人衆分頭去尋找巨石，抬到江邊。又叫船工們去開來上百條碩大的船隻。

巨石堆滿了巨船。

巨船用纜繩纜緊。

而後鑿船下沈，使其壘出了水面，築好了平臺。沒有萬衆黎民簡直不可能有如此奇蹟。

校閱台如期完工。康熙備加讚賞，又將陳鵬年官復原職，仍然是當江寧知府。

兩江總督阿山氣急敗壞，陰謀鬼計全都成了泡影。但他絕不甘心，又在其他方面對陳鵬年下毒手。

南京有一處地方叫做南市樓，向來是妓院林立的處所。陳鵬年爲了整肅社會風氣，嚴禁賣淫嫖娼，將南市樓妓女全部趕走，把妓院拆掉，改建成爲鄉約講堂，堂前高掛「天語丁寧」的四字匾額，堂中寫貼了聖諭十六條。

這本是一件天大的好事。

可是阿山偏要在雞蛋裏挑骨頭，他顛倒黑白，無事生非，造謠誣衊，陷害陳鵬年。說他在原先妓院林立的地方懸掛聖諭，褻瀆了皇帝的尊嚴，又是「大不敬」的罪過。

這次阿山做的更狠，他以總督名義革去陳鵬年的官職，並行拘捕，關押在岳神廟內；與此同時，上奏章彈劾陳鵬年之「大不敬」罪，請康熙處理。

阿山的倒行逆施在南京市內引起了軒然大波。南京秀才俞養直，在南京街上大聲疾呼，號召市民都來保護清廉太守，只有一個多時辰便聚集了數千人。

阿山派兵前來鎮壓，將群眾驅散，俞養直挺身受綁，面無懼色。

江蘇學政按臨句容，對八縣童生進行院試。八縣童生集體罷考，都說：「陳青天尚是如此下場，我們讀書做官還有什麼用？」

一般市民則仰天叫冤，紛紛燒點香燭紙錢到岳神廟前祭拜，祈求岳神救護清官陳鵬年。

南京有些駐防的八旗兵也湊錢買了酒食，送給陳鵬年食用，目的就是為了一見今日「包龍圖」陳青天。

一天晚上，江蘇按察使奉命提審陳鵬年，南京市民知道了，紛紛從家裏走出來，一人一支火把，從岳神廟到按察使署組成了一道長長的火牆，照著陳鵬年從岳神廟出去，又照著陳鵬年從按察使署回來……

康熙聞知所有這一切，慨歎說：「在中國數千年漫長歷史中，一個小小的地方官如此受到老百姓的熱烈愛戴，不說絕無僅有，也是鳳毛麟角了！」

於是降旨將陳鵬年特赦，並召他進京嘉獎，嘉獎的諭旨概括為四個字：

康熙查出是阿山對陳鵬年蓄意陷害，借一個由頭撤了阿山的總督職務。秀才俞養直自也無罪開釋了。

南京老百姓終於揚眉吐氣。

兩年後康熙又外放陳鵬年爲蘇州知府，而後又升任江蘇布政使，最後升到河道總督的高位，爲治理黃河水患竭力盡心十多年，最後死在任上……

紀曉嵐認眞審讀了湖南安化人劉翔呈獻的上述《眾口鑠金》一書，一下子心潮澎湃，而又忐忑不已。他知道這個民間故事所說的陳鵬年事跡實屬眞情，這樣的好官也值得進入《四庫全書》歌頌……但這中間民間傳說的味道太濃，似乎背離了「正史」的軌道。如果是前朝之事，那當然可以照編不誤。可這書是今人所寫，所寫又是本朝之事，那傳說中的人和事便不好處理，尤其涉及聖祖仁皇帝康熙許多諭旨言行，你作爲民間傳說怎麼編都可以，一進到《四庫全書》裏面便具有了「正史」的品格，那就非同小可了……何況書中所說之人多有出入，比如江南織造曹寅，如今還在任上，當今乾隆皇上便是派他去范懋柱家察看藏書樓天一閣，繪圖尺規，呈報朝廷，乾隆便頒旨按天一閣式樣建造了文淵閣等三處閣樓，以備貯藏《四庫全書》之用……曹寅如今才是六十多歲，他怎麼可能在康熙四十四年就當上了江南織造呢？更別說不可能是康熙的奶兄弟和伴讀生了。

當今乾隆皇帝的父親是雍正皇帝，雍正在位十三年；雍正的父親才是康熙，康熙在位六十年；如今已是乾隆四十三年……設若曹寅曾是康熙的小學伴讀生，他豈不已經一百二十多歲了？笑話！笑話！民間故事許多只是笑話而已。

爲了試探一下乾隆對這一類民間故事書籍是什麼態度，紀曉嵐將劉翔的《眾口鑠金》呈請乾隆聖裁。

果然乾隆一看就勃然大怒，立即頒旨說：

……湖南安化縣民所呈《眾口鑠金》一書，名爲爲聖祖仁皇帝歌功頌德，實爲褻瀆聖威皇帝，一介草民，豈能聆聽聖祖仁皇帝之諭旨慨歎，全係杜撰……曹寅乃朕今之臣，豈能在聖祖朝即爲江寧織造？一派無稽之談……一介小民，妄談國政，豈可開其先河？著湖南李湖審理此案，如查劉翔其家別無悖逆書籍，即將該犯發送烏魯木齊爲戍民以示懲儆。不得因其年已八旬，稍爲姑息……另諭庫館詞臣紀昀等，幾有涉及本朝皇政等項之書，一律不得匿藏，著即如《眾口鑠金》等同上奏……

紀曉嵐暗自慶幸自己有先見之明，否則若將《眾口鑠金》擅自編入，那麼自己也就完蛋了。

這之後紀曉嵐更不敢稍有懈怠，不僅本朝詩文書籍認眞篩選，就是前朝詩文，凡可能涉及到本朝朝政者，都格外剔出呈報。

於是，《四庫全書》編纂完全納入了乾隆的意圖，乾隆於是對紀曉嵐更加寵幸。《四庫全書》實際上扼殺了許多文化典籍。

伍拾參 十年辛苦盡徒勞

《四庫全書》修成，紀曉嵐等被罰沒薪俸家財，以作校勘該書錯訛之用。

經過三百多人近十年的齊心協力，總數達十六萬八千餘冊的《四庫全書》第一份即將全部謄清，藏入文華殿后的文淵閣，大家的歡欣心情自是溢於言表。

紀曉嵐嫌父親的著作不夠分量，他作爲總纂官親自撰寫了一份《四庫全書薈要》，僅僅將十多萬冊圖書中的主要篇章都讀一遍已屬不易，而紀曉嵐還要將其中的精華部分撮要記述，當是更加繁難。但紀曉嵐經過十年的但殫精竭慮，總算基本完成，光這《薈要》也達二百卷之多，其艱辛程度不言而喻。完成後自然有一份別人無法領悟的快慰。

於是許多相契的文友聚會慶祝，有與紀曉嵐既是同年出生又是同年成爲進士的王昶作詩以贊。

誰知喜事總連著愁事，接二連三傳來工噩耗。首先是山西按察使袁守城卒。袁守城是紀曉嵐的親家，紀曉嵐的次女就嫁給了袁守城的第四子袁煦。當時紀曉嵐方從烏魯木齊歸來，尚未徹底去掉「罪人」的身分。袁守城可不管這些，欣然請人來說合，迎娶紀曉嵐次女做兒媳。紀曉嵐對此深感親切，他給袁守城寫的《墓誌銘》中，對袁守城倍加讚賞。

不久，又傳來舒赫德的死訊。舒赫德官居極品，又是《四庫全書》正總裁，但他只是掛個虛銜，且與紀曉嵐交往不密，紀曉嵐便不湊熱鬧，並未給舒赫德送什麼輓聯輓詩。

突然又傳來朱筠的死訊。朱筠比紀曉嵐還小四歲，是大興（今屬北京市）人，還是同年的進士，朱筠與其弟朱珪都是紀曉嵐的摯友。尤其《四庫全書》館的設立，與朱筠呈奏有關校閱明代《永樂大典》的意見有關，而成立《四庫全書》館之後，朱筠才是個纂修官，紀曉嵐倒成了總纂官，朱筠反倒成了紀曉嵐的下屬……對於朱筠的死，紀曉嵐深感悲哀，所送輓聯寄託了深切的哀悼之意：

學術各門庭，與子平生無唱和；

交情同骨肉，俾余後死獨傷悲。

《四庫全書》大體編定，紀曉嵐有了一些閒暇時間，編撰了一些本想編人《四庫全書》的其他書籍，《明懿安皇后外傳》是最有特色的一篇。明代懿安皇后從她的出生到她的死去，都極有傳奇色彩，這就正對了紀曉嵐的寫作興趣，所以他不惜精力與時間，將前人二萬多字的《聖后堅貞記》削刪改寫爲五千餘字的《明懿安皇后外傳》。

明朝懿安皇后張氏，是熹宗朱由校的元配夫人。朱由校是明朝倒數第二個皇帝，那個倒數第一自縊於煤山的崇禎皇帝是他的五弟。

朱由校是個昏庸無所爲的帝王，但他的皇后張氏不僅有天姿國色，而且出身離奇。她其實不知父母親是誰，是養父張國紀於雪地中撿得的一個遺棄孤女。請看紀曉嵐在《明懿安皇后外傳》中所寫其傳奇出身：

……懿安皇后張氏，熹宗哲皇帝之配也……河南祥符人。父張國紀，明諸生也。家甚貧，晨起，爲人收租，見棄女子於道旁，臥霜雪中，不死，亦不啼，怪而視之。

適有僧過其側，語張國紀曰：「此女當大貴，並將光大你之門楣，可收養之。」

張國紀問僧：「此女可有來歷？」

僧曰：「此女在兜率天宮爲司花仙女，因塵心未淨，歷數百年一劫，謫墜人間。昔在西漢之初，曾降世爲宣平侯張敖之女，孝惠帝娶以爲后，稚年守寡，幽閉空宮，年四十一而死。」

「及南北朝時，又降爲北齊文宣李皇后，身遭冤辱，磨折尤多，年五十四而死。」

「南宋時，復降爲士人妻，年二十七，殉金人之難。」

「今又偶動塵心，必將飽經憂患，多受誹謗，他日讁期既滿，即歸眞耳。」

異僧語畢，行數步，忽不見。

張國紀乃拾雪地嬰女歸，育之於家。娶名爲寶珠，時萬曆三十五年十月初六日。

……寶珠年七歲，茹苦耐勞，凡閨閣內灑掃縫紉之事，一以身任之。然足跡未嘗窺庭户，無事則獨處一室，習女紅，觀書史。年十三四，窈窕端麗，絕世無雙……家人或過其房，忽見紅光滿室，驚昏仆地，如是者三。張國紀亦曾見之，乃憶異僧之言，意必大貴人……

接著所寫皇帝選取后、妃之經過。紀曉嵐巧筆生花，活靈活現，意趣無窮：

天啓元年，熹宗將舉行大婚禮，先期選天下淑女年十三至十六者……集者五千人，寶珠亦被選入都。天子分遣內監送女，每百人，以齒序立，內監循視之，曰某稍長，某稍短，某稍肥，某稍瘦，皆抶去之，凡遣歸者千人。

明日，諸女分立如前，內監諦視耳目口鼻髮膚腰領肩背，有一不合法者去之。又使自誦籍姓年歲，聽其聲之稍雄、稍劣、稍濁、稍吃者皆去之，去者復二千人。

明日，內監各執量器，量女子手足。量畢，復使周行數十步，以觀其風度。去其腕稍短、趾稍巨者，舉止稍輕躁者，去者復千。

其留者亦僅千人，皆召入官……分遣宮娥之老者，引至密室，探其乳，嗅其腑，捫其肌理，於是入選者僅三百人，皆得爲宮人之長矣。

在宮一月，熟察其性情言論，而彙評其人之剛柔愚智賢否，於是入選者僅五十人，皆得爲妃嬪矣。

是時司禮監秉筆劉克敬總理選婚事，每見寶珠，輒頷手稱歎，選冠其曹，引見神廟昭妃劉氏。昭妃方成爲太后，親召五十人，與之款語。試以書棋詩畫諸藝，得三人爲上選，寶珠張氏及王氏、段氏也……

是時，張氏年十五，厥體碩秀而豐整，面如觀音，色若朝霞映雪，又如芙蓉出水；鬢如春雲，眼如秋波，口若朱櫻，鼻或懸膽，皓齒細潔，上下三十有八，豐頤廣顙，倩輔宜人；頸白而長，肩圓而正，背厚而平；行步如青雲之出遠岫，吐音如流水之滴幽泉；不痔不瘍，無黑子創陷諸病。

大后以狀達於帝所，帝復引見三人，自諦選之……

於是進入宮廷爭鬥的核心部位，其來龍去脈既深且遠，在紀曉嵐筆下娓娓道來，其婉轉曲折足堪回味。

初，熹宗乳母客氏，年三十，以妖豔惑帝，封奉聖夫人。乃選婚，客氏從旁評點，見張氏寶珠大驚，嫉妒已極，於是頻頻批評說：「此女年十五而已若是，他日長成，必更肥碩，少風趣，安得爲正選？」指王氏曰：「此女甚婀娜。」

熹宗一見，早已屬意於張氏寶珠，乃復請光廟趙選侍決之。選侍曰：「三人皆姝豔絕倫，古之昭君、楊貴紀不能過。若論端正有福，貞潔不佻，則張氏女尤其上也。」於是熹宗乃定張氏寶珠爲皇后，而以王氏爲良妃，段氏爲純妃。

欽天監奏定二月二十八日尚冠，三月初三日納征，四月初八日安床，十五日皇后開面，二十七日授皇后冊室。帝、后同謁奉先殿，還宮合巹。飲畢，帝問后家事甚詳，后應對稱旨。

越數日，帝率皇后見於太廟。是時熹宗年十七，而軀幹短小如十三四，不若皇后之碩然長也。

帝封皇后之父張國紀爲太康伯，賞禮監秉筆劉克敬以下有差。

乳母客氏見帝寵眷中宮，頗不悦……常詰熹宗曰：「陛下取少艾而忘我乎？」

其時太監魏忠賢在尚膳房。漸跋扈，皇后每裁抑之，魏忠賢乃通報於客氏，引導皇帝嬉遊……

皇后立數月，言官交章請遣客氏出宮。

帝曰：「皇后年幼，初出閨閣，賴媼保護而教誨之。」

言官曰：「皇后年將及笄，不可謂幼，且賢明素著。母儀之尊，豈能有人偪逼！」

客氏乃於九月出宮。帝思念流涕，至整日不御食，遂宣客氏復入……

客氏狡悍橫肆，殘虐妃嬪，脅持皇后，與魏忠賢表裏爲奸。客氏生日，帝親往爲壽，酣飲三日……及十月初六日，皇后千秋節，則宮中闃寂，例有賞賜，一切停罷……客、魏玩帝於掌上，而皇后聰明過人，每以客、魏變亂舊章爲言。客、魏憚之，乃使坤寧宮內侍陳德潤伺候動靜，日于乾清宮離間之……

自此以後，魏忠賢越更權傾朝野。他假傳聖旨或更改聖旨，殺掉了忠臣楊漣、左光斗等。裕妃、慧妃、成妃等或被賜死，或被幽閉，朝中全成了清一色的黨羽，客、魏二人，狼狽爲奸，朝中無人敢於啓齒反抗。

獨有皇后張氏寶珠機警過人，不僅躲過了魏忠賢養女任氏容妃的離間，反而向熹宗朱由校揭發客氏與魏忠賢的惡毒，每每淚濕衣衫，兩眼紅腫。但朱由校昏庸，不予理睬。

張寶珠乃以皇后之尊，坐坤寧宮正殿，侍御者數十人，持配刀旁立，召來客氏，欲繩之以法。只聽皇后操著河南汴梁口音，歷數客氏罪惡，其聲清朗。

客氏害怕得汗流浹背。

但熹宗朱由校聞之，反傳旨赦免客氏。

張皇后歎惜之餘，只有誦經禮佛。她於每日午後，身披鶴氅大衣，冷臉肅容誦經不止。

朱由校問：「皇后這是何苦來？」

張寶珠答：「陛下有所不知，妾爲忠臣楊漣、左光斗等魂靈祈福耳！」

但朱由校並不因此醒悟。一天，他去後宮，聽見張寶珠讀書聲音達至戶外。

朱由校問：「皇后所讀何書？」

張寶珠答：「《趙高傳》也。」趙高便是導致秦朝滅亡的那個大奸臣。張寶珠希望以此激起朱由校清除魏忠賢。

但朱由校裝做不懂，默然以對。

魏忠賢得知，勃然大怒。第二日，他派甲兵數人埋伏於便殿，準備突然殺入後宮。剛巧皇帝要來便殿，派兵士事先搜查，將魏忠賢埋伏的甲士捕獲，一看全都懷揣利刃尖刀，交付魏忠賢去審問。

魏忠賢反藉機誣衊皇后父親張國紀謀立信王朱由檢，想據此以興大獄，除掉皇后一支。

時有魏忠賢的心腹獻言說：「皇帝凡事昏憒，獨於夫婦兄弟間不薄，信王朱由檢是皇帝嫡親五弟，倘使誣告張國紀謀立朱由檢，不但告不發，反而會使我們暴露原形。」

魏忠賢一聽有理，便止住了誣告。只將那些暗派埋伏的甲士殺了滅口。

天啓六年秋，魏忠賢唆使心腹狀告張國紀謀占宮婢韋氏，陰謀藉機動搖皇后張寶珠的地位。但皇帝朱由校與皇后張寶珠伉儷情深，不爲所動，只令張國紀自新而已。

天啓七年二月，魏忠賢又陰謀指使心腹彈劾張國紀，彈劾陰謀得逞。客氏與魏忠賢力勸熹宗朱由校廢了皇后。朱由校不得已，乃下旨削去張國紀之爵祿，放歸故里。皇后則免去鳳冠頭飾，不去皇后封號。

天啓七年五月初七日，熹宗朱由校病倒。這時張皇后與魏忠賢展開了忠奸善惡的激烈爭鬥。魏忠賢知道皇后在皇帝心中的位置不可動搖，便準備使出移花接木之計，表面上擁立「皇后垂簾聽政」，暗地裏立自己的傀儡魏良卿爲「攝皇帝」，而後將皇后剷除。

皇后張寶珠自知命運已操在魏忠賢之手，自己危險萬分。但她對魏忠賢義正詞嚴地說：「吾欲一死久矣。今從命固死，不從亦死。何爲不從而死呢。可以早見二祖列宗之靈矣！」

魏忠賢聽此鏗鏘言詞，只好另想辦法。

張皇后趁此機會，對尚有一絲氣息的皇帝朱由校說：「陛下欲保明朝社稷，非馬上召立信王不可！」

朱由校於是召信王朱由檢入宮受命。朱由檢欲辭。

皇后張寶珠淡妝靚服出於屏風之後，急速地對朱由檢說：「皇叔義不容讓，且事情急矣，慢恐有變，宜早謝恩。」

朱由檢這才拜命接受帝位，然後便想出去。張寶珠急忙攔阻說：「皇叔出去不得！外邊全是魏忠賢的鷹犬，須靜觀其變。」便將朱由檢匿藏別宮。

不多久，朱由校駕崩，時在天啓七年八月二十三日申時。

皇后張寶珠代傳遺詔，命英國公張維賢等迎立信王朱由檢。

魏忠賢欲趁亂謀殺朱由檢，苦於到處找不到人。

第二天，朱由校成殮，朱由檢即位立年號曰崇禎。

魏忠賢假稱擁戴，秘密地在朱由檢食品中下了毒。

朱由檢正欲食用，張寶珠驟出制止說：「陛下慢用，請試以鷹犬食之。」

朱由檢於是命將食品先給鸚鵡、獵犬等食用。獵犬鸚鵡頃刻被毒死。魏忠賢陰謀徹底破滅。

崇禎六年正月壬午，朱由檢尊先皇皇后張寶珠為懿安皇后，事以太后之禮，時懿太后二十一歲。

客氏與魏忠賢一起伏誅。黨羽爪牙無以倖免。

張寶珠父親張國紀被重召入朝，多加慰問。

……崇禎十七年三月十八日，李白成陷京師城外。

崇禎朱由檢進入南宮，想派宮人進去勸懿安皇后自縊，但因情況太緊，宮人未能派入。這樣，懿安皇后對外邊情況一無瞭解。

次日清晨，後宮亦看見城中火光四起，宮人傳說內城已陷，哭喪奔逃。懿安皇后索劍自刎，心慈下不了手，於是自縊，又被宮婢數人解開救活。

懿安皇后對宮婢說：「你們害我匪淺！」

宮人出走者眾多，有人說懿安皇后已自盡，有人又說未見其屍。

此時恰有宮嬪徒步走出，青紗蒙頭，有人誤指她為懿安皇后，說她走入了成國公朱純臣的宅第，種種傳言，莫衷一是。

懿安皇后為宮婢所阻，至己午之間，始脫身自縊於一間側室。但此時賊已入宮，斬斷繩索救下了她。

一賊見她如此豔麗，便欲上前摟而輕薄。

另一賊入止之說：「慢來！吾輩閱人多矣，未見有如此麗人。嘗聞此宮為天啓熹宗皇后居住，或許天啓皇后就是她了。須待闖王之命，妄動當必誅亡。」

先時那賊人說：「不是！天啓皇后年齒已近四十歲，哪能如此豔麗年輕？」

大家正議論紛紛。忽有闖王所攜秦中婦人進來了，是李自成派來專門看守宮人的年長婦女。先時宮人便對她說：「這正是天啓朝張皇后，後封懿安皇后也，不得妄動！」

秦婦人見懿安皇后如此明豔動人，且不顯年老，便派人守衛著她，並對她說：「你不用害怕，明日大王親臨閱選，你不會是第二人。」

正議論間，忽聞有人大呼：「張太后娘娘安在？」原是李自成的大將李岩進來了。

李岩原是明朝河南的舉人，降爲李自成大將後仍好稱仁義。所以一進宮便專尋河南老鄉懿安皇后張寶珠。現在終於見到了，便命人扶她坐在殿上，自具衣冠向懿安皇后九拜，自通姓名說：「闖王駕下末將李岩，參拜前朝懿安皇后！諸人不敢再造次！」

拜完，李岩將守衛兵員統統趕走。

這實際是給懿安皇后一個自己了結的機會。到得夜間，懿安皇后從容自縊而死。雖年已三十八歲，容貌卻像二十許人。

懿安皇后死時穿青色織金大袖衣，罩以黃縐繡飾，頭裹皂絹而綠裙黃褲。異香滿室，紅光燭天，咸見有仙輿冉冉上升，似有仙人唱引：「兜率天宮司花仙女九九歸眞……」

李岩乃具棺殯諸殿上，拜哭不止。

時李白成爲自縊的崇禎朱由檢及皇后發喪，但外人都不知懿安皇后的下落，便都妄加揣測。

適巧就有不要臉的任氏容妃，就是當年魏忠賢買了民女獻給朱由校的那個女人，時年三十五歲，盛妝迎接李自成的部將說：「我天啓皇后張氏也！」

眾人自是相信無疑，遂擁將西去。於是謠言四起，說：「什麼天啓皇后！什麼懿安皇后！認賦作夫之輩也！」

但是天眼高張，忽有人認出了冒充懿安皇后的任氏容紀，不屑地說：「嘻！原是任容妃假冒天啓懿安皇后！」

於是任容妃被賜死。誣衊懿安皇后的謠言始平。

大清順治朝給先明懿安皇后追封謚號曰：

「孝哀慈靖恭惠貞偕天協聖哲皇后！」

厥後京師有宮人居民間，藏得懿安皇后鳳鞋一隻，長僅二寸許。又有懿安皇后小像一幅，出賣於市，眞不啻地仙也。

紀曉嵐在《明懿安皇后外傳》的末尾大聲疾呼說：

嗚呼，安命也夫！皇后之大節昭然，終無可訾議。今其事已大白於天下，是后之靈可以不死矣。

十分明顯，這篇《明懿安皇后外傳》是一篇完完整整的傳記體筆記小說，在紀曉嵐的大量學術性著作中是唯一一篇小說作品。從中可以看出紀曉嵐追求傳奇色彩的文風，以及他崇尚人格完美的品德。

紀曉嵐將此《明懿安皇后外傳》交給自己的副手陸耳山參詳，陸耳山看後大笑說：

「哈哈！曉嵐欲作完人，特樹立前朝懿安皇后當完美之偶像。怎麼，你想把這篇大著收入《四庫全書》，才特意讓我這個『副憲』過過目？」

紀曉嵐心裏一驚：陸耳山好鬼！竟然看透了我埋藏好深的心思。這確實是紀曉嵐的膘朧打算，認爲這篇文章如能收入《四庫全書》，就能給當世後世樹立懿安皇后這樣一個完美無缺的仙女楷模，他於是委婉地說：

「耳山你看……」

這裏話未說完，忽有門人大聲報號：

「新任山西按察使呂大人偕新科進士李大人駕到——」

紀曉嵐並不格外驚奇，因爲原山西按察使袁守城既已亡故，自當有新的按察使去走馬填補，但是怎麼也想不起這位新按察使呂大人是誰？更猜不著他何以要攜新科進士前來拜訪，難道我與他們還有什麼瓜葛？

二人一進門，紀曉嵐一看馬上明白了，這個呂大人不就是二十年前自己充任山西鄉試主考的同考官呂令臨嗎？他當時是山西省的學政。可眼下隨他進來的「新科進士李大人」卻半點不認識，但他怎麼一點不年輕呢？看樣子怕有四十歲了……眼下來不及多想，紀曉嵐熱情上前迎接說：

「久違了，呂大人一向安好！山西鄉試一別，至今已二十年了吧？已你我二人長期各在東西，再沒見過面，想不到一見面呂大人已是山西的封疆大臣，可喜可賀！這位新科進士李大人恐怕是第一次見面吧？哈哈！」

誰知這新科進士反倒躬腰打千說：「學生李騰蛟拜見師長！你我師生二人曾在山西鄉試時失之交臂啊！」

紀曉嵐倒抽一口氣說：「哦？是你……」他清楚地記了起來了，當初他李騰蛟其實已經中舉，就是那個第五十三名。誰知自己和副主考呂令臨工作不夠鄭重，正在抄謄錄取名單時，恰好到這第五十三名便被陰風吹熄了蠟燭，於是他便對呂令臨說：「這第五十三名生員可能陰德不夠，故有天意滅燭。天意難違，我們另從備取的卷子中選一名補上吧！」紀曉嵐當時口頭上不信陰陽，實際上篤信到了這步田地。呂令臨當然也信善惡報應，立刻就說：「好！有違天意，只怕落在這第五十三名頭上的天譴就要落在我們頭上了。」……二十年過去，眼下紀曉嵐深感內疚：自己的一念之差，使當年的第五十三名遲了二十年才中進士，難怪眼前李騰蛟已達四十歲了。可他還向紀曉嵐執弟子之禮，這怎能不叫紀曉嵐無地自容？他期期艾艾說：

「騰，騰蛟啊，只怪我當年一念之差，把你踢出了功名之外，使你遲至今天才得以登科。你現在還是這樣恭敬，尊我爲師，這簡直使我汗顏無地。」

呂令臨也深情地說：「紀大人不必內疚，山西鄉試那一件事我也有一半的責任。我們都對不起騰蛟。他如今受命爲我山西太原縣知縣，我想以後可以在政務方面多多合作，互相支持了。」

李騰蛟說：「二位老師都不必自責。其實我鄉試那件事是有天意安排。當時五臺山圓覺大師事先就告訴我了：『縱有進士之才，此次難能中舉……』還告誡我不要忘記我與二位老師必有師生情誼的那一天。此次我能出任太原縣令，就是新任按察使呂大人舉薦的功勞。紀大人文名冠蓋朝野，只在某一天爲學生寫一篇文章，學生就叨光流傳千古了……」李騰蛟將當年圓覺大師的天命判斷講了一遍，還特意講到李騰會、范學精二人與佛有緣，功名無望，眞的削髮爲僧了。天命眞是難違。

這次不同尋常的師生見面，深深地撼動了紀曉嵐頗爲自負的心靈，他只覺胸中不自禁地湧出一句話說：「唉！二十多年前的李騰蛟事件，充分證明我紀曉嵐不是一個品格無瑕的完人！」

呂令臨與李騰蛟早已走了，紀曉嵐還沈浸在自責自怨的心緒之中，愣著眉頭悶悶不樂。

副總纂官陸耳山爽然一笑說：「嗨，曉嵐發什麼愣？你這篇《明懿安皇后外傳》究竟入不入《四庫全書》？」

紀曉嵐斬釘截鐵說：「不！我這文章應該留在自己家裏，永遠鞭策自己努力學做一個完人！」

為了更進一步討得乾隆的歡心，紀曉嵐上表奏請《四庫全書總目》內，于經、史、子、集各部冠以「聖義、聖謨」等六門，恭載列聖上欽定之諸書及御制御批各種。簡而言之，便是於《四庫全書》內盡收乾隆詩文。

乾隆御批予以駁正，不准將自己的詩文列入《四庫全書》。這就充分說明，乾隆畢竟不愧為一代英主，他自知他的御制詩文難與歷史上的文化典籍相提並論，批示從《四庫全書》中撤出，以免後人議論長短是非。

與此同時，乾隆對於兩件事情特別關注，一是關於編纂《歷代職官表》，他頒下諭旨說：「分門別類，纂成《歷代職官表》一書……候朕閱定。書成後，即以此旨冠於卷首，不必請序。列入《四庫全書》，刊行頒佈，以昭中外一統，古今美備之盛……」

此舉說明，乾隆是一個能正確對待歷史沿革的皇帝，當然他的目的也很明顯，那便是以他滿族人對漢族人處於少數派的地位，繼承多數派漢族歷代的傳統。以標榜其「眞命天子」的人文品格。

乾隆關心的第二件，是輯纂明代名臣奏疏。

此舉更說明乾隆算得大度明君。當然他之以史為鑒，目的乃在於他大清皇朝國祚綿長。這其實也是無可厚非之舉，誰個統治者不希望自己的統治能永遠延續下去呢？

紀曉嵐對此事更感欣慰。乾隆御旨中所提到的明末忠臣楊漣、左光斗，在紀曉嵐的《明懿安皇后外傳》中便有論述，這不更說明君臣一心嗎？紀曉嵐自然更加不遺餘力地完善《四庫全書》的編纂。

乾隆四十七年，紀昀虛歲五十九歲，多少人嘔心瀝血十年的《四庫全書》第一份完成，貯於文淵閣。紀昀上呈了《欽定四庫全書告成恭進表》。此進表縱橫捭闔，一氣呵成，非同凡響，雖然署的是紀昀與陸錫熊兩個人的名字進呈，但乾隆一看便知是紀昀的手筆，大加讚賞。

乾隆給紀曉嵐的賞賜，乃是一幅御書玉屏拓本。紀曉嵐能得皇上的御書，當然是喜之不勝，他贊之曰：「銀鈎鐵畫，細入毫芒。」

有一個硯臺，作爲編纂校勘《四庫全書》必不可少的工具，可謂十年不曾離身。紀曉嵐對它當然倍感親切，編完書後寫詩一首：

自題校勘四庫書硯

檢校牙籤十萬餘，
濡毫滴渴玉蟾蜍。
汗青頭白休相笑，
曾讀人間未見書。

華夏有史以來集大成者的一部《四庫全書》得以完成，乾隆當然高興已極，他認爲這是展示自己非凡文治的一大勳功，所以在文淵閣賜宴館閣詞臣，紀曉嵐的人望也被推到了極致的地步。乾隆詔命以《四庫全書》館名義對此作了概括性的綜述：

> 乾隆三十八年春，奉旨開四庫全書館，翰林院爲辦理處，武英殿爲繕寫處。命館臣分類纂出整書八十五種，散片二八四種……其四部條目，與前代稍異。經部十類，曰《易》，曰《書》，曰《詩》，曰《禮》，曰《春秋》，曰《樂》，曰《孝經》，曰《四書》，曰總經解，曰小學。史部十五類，曰正史，曰編年，曰詔令奏議，曰別史，曰雜史，曰傳記，曰史鈔，曰載記，曰故事，曰時令，曰地理，曰職官，曰政書，曰目錄，曰史評……子部十四類，曰儒家，曰兵家，曰法家，曰農家，曰醫家，曰天文兵法，曰術數，曰藝術，曰譜錄，曰雜家，曰類書，曰小説，曰釋家，曰道家。集部五類，曰楚辭，曰別集，曰總集，曰詩文評，曰詞曲。其編錄序次，遵奉諭旨，經首《易》，史首《史記》，子首《老子》，集以時代。而聖祖、世宗、皇上御制集，冠於本朝集首……

或許正是「樂極生悲」的天地準則使然，紀曉嵐、陸耳山、陸費墀這三個主要編、校官員又成了難兄難弟。

乾隆得閒便到文淵閣去抽調《四庫全書》來閱讀，發現其中還有許多錯訛，於是雷霆震怒，著罰正、副總纂官紀曉嵐與陸耳山停薪一年，繼續校勘《四庫全書》以求完善。

著罰總校官陸費墀銀一萬兩，並沒收其家業，以作挖、補、訂正《四庫全書》之費用。

紀曉嵐從成功的頂點一下子跌入了敗落的深淵，十年心血，毫無功勞，他特別覺得對陸費墀深感內疚……

伍拾肆　明捧暗諷鬥和珅

如用「竹苞」二字暗喻和珅家「個個草包」等等，紀曉嵐一直與和珅的奸詐作對。

乾隆對紀曉嵐眞是格外器重，一方面罵他罰他，一方面還褒獎他編纂《四庫全書》功不可沒。爲了慶賀《四庫全書》編成，乾隆認爲要再一次專程祭祀孔廟，當然是要去祈禱大成至聖先師孔子，保佑他乾隆盛世之文治武功勳業永續綿長。

這從他詔命紀曉嵐陪祭孔廟便看得明明白白，《四庫全書》乃紀曉嵐總纂完成，祭祀孔聖豈能沒有他陪侍？而且把紀曉嵐帶在身邊，他還能講故事解悶。

紀曉嵐也沒有辜負乾隆對他的恩寵有加，一路上陪伴乾隆盡說些趣聞趣事。

乾隆忽然想了起來，問道：「紀昀，都說你善對對聯，你且講兩個你的對聯故事給朕聽。」

紀曉嵐於是小心翼翼地往下講。

……紀家搬遷到獻縣景城以來已經十幾代了，以前從沒有出過著名文人，相反的祖上倒是有人做過糧食市場上的經紀，經紀就是撮合人家做生意，從中收取一點佣金的人。這種人被人看不起，諷刺他們是「數一數二不發財」，「數一數二」是數錢做生意的意思，但他們數來數去都是人家的錢，他們自己當然沒有發財的機會。

這一年紀昀考中了進士，崔爾莊紀府舉行慶賀大典。忽然有人送來了一副對聯表示祝賀：

頂天立地門户

數一數二人家

紀曉嵐一看，這哪裏是來慶賀，分明是來譏笑和嘲諷。於是心生一計，叫家人把這門聯貼在大門兩旁。人人大惑不解，紀曉嵐這不是自己揭自家祖上的醜嗎？於是圍著這門聯品評，搖頭頓足。哪曉得只不多久，紀曉嵐已寫好一副長聯，將別人送來的短聯蓋住了：

縣考難，府考難，院考更難，

幾多時得中進士；

鄉試易，會試易，殿試亦易，

一下子陪伴君王。

這一下便把眾人的議論全堵住了。那個送諷刺對聯來的人更加心跳臉紅。

……紀曉嵐奉敕命督學福建。福建有些秀才很瞧不起他，地處海邊的福建向來有一種偏見，認爲只有南方人聰明，而北方人總是愚鈍。有個福建秀才在紀曉嵐將去的督學署門口寫了一個上聯：

我南方，多山多水多才子

紀曉嵐一看，這是在考核和羞辱自己這個北方人，於是裝著看不懂上聯的意思說道：「我怎麼突然忘記孔夫聖人是哪裏的人了，哪位秀才記得？」馬上便有人嗤之以鼻說：「哼！不就是山東曲阜嘛，連這個也不曉得還來當什麼學政？」紀曉嵐又裝做若無其事的樣子說：「我記起來了，京師裏正住著皇帝皇皇後，我的下聯好像就出來了……」

俺北國，一天一地一聖人

眾秀才無不驚服，從此再也不敢瞧不起紀曉嵐。相反的，福建秀才們還借用紀曉嵐的才華去懲治貪官污吏。在紀曉嵐從福州前去汀州按試的途中，遇見一個縣令正在縣城之外修築一座神廟，神廟正值舉行竣工典禮，廟內的財神像和藥王像都已塑好，滿身塗金，十分氣派。

縣令本人正在準備為神廟題寫對聯，好半天無從下筆。剛好紀曉嵐一行人在門口經過。

紀曉嵐的侍從領著一群當地秀才來了，他們爭先恐後地訴說：這個縣令姓金，他刮地搜錢，十分殘酷，治下百姓，民不聊生，他蓋這個神祠廟不過是用來愚弄百姓，裝裝門面而已……一聽說是大才子紀學政來到廟前，福建秀才們便央求學政老爺為神廟題寫一副對聯，以揭破金縣令的假面具……並且有人飛快跑進廟去，對金縣令說：「金大人應該有福氣，本省學政紀大人正在門口經過，紀大人是翰林大才子，請他題一副神廟門聯不是正好嗎？」

金縣令正筆下無詞，趕忙親自出門迎接紀曉嵐進廟。兩人一陣客氣寒暄過後，紀曉嵐揮筆題了一副門聯：

有錢難買命

無藥可醫貧

「底下的故事不用微臣再講了吧，那個貪婪的金縣令不是被陛下頒旨處斬了嗎？正應了那一句『有錢難買命』的聯語。」紀曉嵐從從容容講完了自己的對聯故事。

乾隆一下會過意來，點頭說：「哦？原來那個姓金的罪行是你報告當地知府呈奏的？好，好！」走走停停，乾隆忽然補充說，「紀昀，你不要說那些以往的對聯故事了，朕指定眼前的事情，你即興作對聯試試……」抬眼一瞧，稍遠處正有一個戲班子在唱戲，乾隆順手一指說：「紀昀你看那個戲臺，幾個生旦淨末丑，演盡世事興衰，你且現作一副對聯評說評說，要長聯，起碼五十個字以上，短了朕可不依。」

紀曉嵐說：「臣領旨。」不多久便慢慢地唸了出來：

二帝生，三五淨，五伯七雄丑末耳。

漢祖唐宗也稱一時名角。其餘

拜將封侯，不過扛旗打傘路龍套；

四書白，六經引，諸子百家雜曲也。

李白杜甫能唱幾句亂彈。此外

咬文嚼字，總是沿街乞食耍猴兒。

「此聯通共七十六字，請陛下聖裁合轍否？」紀曉嵐又從從容容稟報了。

乾隆十分高興，但總想難倒一下紀曉嵐，便想自己親自出聯句，出些刁聯難聯巧妙聯，看紀曉嵐是否能夠馬上對得出。

走著走著，乾隆看見道旁是一個池塘，池塘中荷花含苞待放，恰像一個個握緊的紅拳，於是說：「紀昀你聽著，朕出個下聯，你對個上聯試試，你看那含苞待放的荷花，朕的下聯有了……」

池中蓮藕，出紅拳打誰？

紀曉嵐朝四處一看，池邊有茂密的蓖麻，伸著綠葉恰似手掌，於是說：「陛下，請看池邊的蓖麻，微臣上聯也就有了……」

岸上蓖麻，伸綠掌要甚？

不久走上一座小橋，小橋爲漢白玉整塊整塊所砌，呈八方形，顏色素雅，造型別致。乾隆說：「紀昀，朕今以此橋題一下聯，你且對對。你看這橋是呈八方形吧？朕的下聯有了……」

八方橋，橋八方，站在八方橋上
觀八方，八方八方八八方。

紀曉嵐說：「萬歲爺請站在橋上別動，請受微臣一拜……」果然拜了下去，口裏即唸出上聯：

萬歲爺，爺萬歲，跪在萬歲爺前
呼萬歲，萬歲萬歲萬萬歲！

乾隆被逗得哈笑喧天，連忙叫著：「紀卿快起，快起！」

紀曉嵐自然也站起來了。

乾隆意猶未盡，突然看見有蝴蝶在四處穿飛，於是繼續逗樂道：「紀昀，我們來個快口對聯怎麼樣？」

紀曉嵐說：「但憑聖上教誨。」

乾隆說：「朕在遊玩，眼前……」

兩蝶逗

紀曉嵐一指空中，「陛下請看……」

一鷗遊

乾隆指指蝴蝶在花中說：

花間兩蝶逗

紀曉嵐一指河上說：

水上一鷗遊

乾隆喜不自勝說：「紀卿如此才思敏捷，到曲阜你給孔廟題一副對聯，那可不能是兒戲筆墨。」

紀曉嵐說：「臣遵旨。」

到得曲阜孔廟，紀曉嵐果然題寫了一副氣貫長虹的門聯：

與國咸休，安富尊榮公府第；

同天並老，文章道德聖人家。

從曲阜祭孔回朝，乾隆似乎忘記了對紀曉嵐作過「停薪一年校勘四庫全書」的處罰，另外下了一道諭旨，擢升紀曉嵐爲兵部侍郎，同時仍兼文淵閣直閣事。這便是要他以兵部侍郎的職責爲主，兼顧《四庫全書》的校勘。

紀曉嵐喜出望外，馬上呈奏了一份謝恩的摺子。

突然獲此殊榮，紀曉嵐沒有忘記自己邀約來的難兄難弟。陸費墀由紀曉嵐邀約而爲《四庫全書》總校官，如今《四庫全書》出了校對上的紕漏，陸費墀被處罰最慘，罰銀一萬兩之外，還全數沒收他的家產，除供給食宿之外，其餘以備校勘挖補重鈔《四庫全書》殘缺部分之經費所需……而且沒有御旨明確仍保留陸費墀「總校官」的職位，此事令陸費墀最爲傷心。紀曉嵐對此豈能不管？他知道陸費墀看重的是《四庫全書》「總校官」的職位名分，而並不關心自己的財產金錢……

沒有聖旨，一切便無從談起。紀曉嵐知道事情的輕重緩急，於是給乾隆上了一份奏章。內容委婉有致，文詞翼翼小心，意思是說《四庫全書》係由陸費墀總校，出了錯訛他實難辭其咎；懇請聖上恩准他仍留文淵閣直閣事之職務，敦促他戴罪立功。

忐忐忑忑呈遞了這一份奏章，不料迅速得到了乾隆的恩准，紀曉嵐眞是說不出的歡欣，馬上拿了這個諭旨去會見陸費墀，希望與他分享快樂。

沒成想陸費墀已經病了好幾天了，說他在家裏休息。

紀曉嵐趕到陸家，卻見陸費墀拖著病體往外走，外邊正停著一輛馬車。看他樣子，黃皮刮瘦，血色全無，幾乎走路都走不穩了。

紀曉嵐大步竄了過去，挽住他說：「費墀！你這個樣子往哪裏去？」

陸費墀說：「到文淵閣校書！」

「甚麼？你都快走不成路了，還能校書去？」

「校不成也得去個人。我告病假昨天已滿，今天不去豈不是會被當作抗上誤工？何況我早幾天已經遞了奏章，誓死盡忠盡職，一定要把《四庫全書》校好，不讓皇上再有掛心。我今天不去豈不是自我掌嘴？」

紀曉嵐恍然大悟說：「哦？原來這樣，費墀這麼一種鞠躬盡瘁、死而後已的精神，已經得到皇上的首肯，皇上已正式詔命費墀你和我仍留在文淵閣！」說著便把乾隆的御旨送上去。

陸費墀接過一看，是乾隆對紀曉嵐奏章的御批，禁不住熱淚奔湧說：「曉嵐，原來是你為我爭得了這一份榮譽。我早說過，跟你一起辦《四庫全書》是命運對我的褒獎。有此『總校官』的榮銜，我眞是死而無憾了！」

紀曉嵐說：「瞧你又說傻話！說什麼死不死的，正經是要叫《四庫全書》盡善盡美，這樣我們才對得起後人……也不要分清是你還是我為你爭得了『總校官』的職位，反正我兩個息息相通，我們就聯名上一個謝表吧。」

陸費墀已經振奮起來，彷彿頃刻間去除了病魔，他興致勃勃地說：「你執筆吧，我簽名。」

紀昀於是揮筆疾書，立刻寫下了奏摺：

命與陸費墀仍留文淵閣直閣事

恭謝折子

竊臣等猥以庸才，恭逢昌運。幸登冊府，得執役於丹黃；疊荷綸青，遽邀榮於青紫……心存精白，無稍雜以二三；恩荷高深，冀仰酬於萬一……

寫完恭謝奏章，紀曉嵐又掏出大煙斗說：「費墀，你我以煙霧相交，日趨彌篤，今天也算苦中作樂，再抽一個雲天霧地吧！把你的桐鄉金絲煙拿出來。」

陸費墀說：「曉嵐，我正要跟你說這件事呢，這幾天我病得很重，郎中告訴我說正是我過量抽煙的結果。你當然知道，我等幾人因《四庫全書》訛誤太多而受罰，我心裏別提有多煩，沒停投歇地抽煙斗……郎中說，我的牙黑口臭頭發暈，全是煙毒所害。爲得表示對皇上的忠心不二，我已在我的奏摺上呈報自己的決心：戒除煙癮，恢復體力，至少再爲《四庫全書》校勘三五年，務求達到盡善盡美！我不能再犯戒抽煙！」回頭對家人說：「把我存下的十幾斤桐鄉煙絲全送到紀大人家裏去！」

紀曉嵐說：「費墀是個好漢，我比你還大好幾歲呢，明年就六十了。你都這樣注意身體，我就更加應該，你的煙絲不要送到我家裏去，我跟你學，也戒煙。」說著就把有名的「紀大鍋」煙斗扔掉了。

陸費墀說：「好哇，曉嵐，據郎中說，我要戒了煙，起碼可以再活三五年，夠校對完《四庫全書》了。你比我體子好，這下又戒了煙，保管你活過八十歲……」

清朝朝廷實施的是自隋朝設立，以後又逐步完善的六部制度，所謂六部是吏部、戶部、禮部、兵部、刑部、工部。全國的所有事務，都由這六個部分別掌管，而六部的主管是尙書，副主管是侍郎，總之尙書、侍郎都是朝廷掌握實權的人物。

此時的吏部尙書是劉墉，他就是劉統勛的兒子劉石庵，是紀曉嵐的摯友。偏巧此時工部尙書羅源漢年老退休，乾隆命劉墉以吏部尙書之職銜兼任工部尙書，管理國子監事務。劉墉一人身兼兩部尙書，除本人清正廉明，才華卓越之外，還有他父親劉統勛聲名的影響。劉統勛便是早年敢於彈劾三朝宰相張廷玉的那個人；劉統勛雖是紀曉嵐的鄉試座師，卻毫不猶豫地因紀曉嵐漏言洩密而將他放逐到烏魯木齊去；一當紀曉嵐戍邊三年又被賜回朝廷時，劉統勛又毫不猶豫地推薦紀曉嵐為《四庫全書》總纂官……總之劉統勛大公無私，一生剛正。他列在極品權臣大學士的職位之上，乾隆對他懷念有加，詔命他兒子劉墉兼任兩個部的尚書自有褒獎父子忠臣之意在內。

紀曉嵐十年以來潛心編纂《四庫全書》，疏懶了與朋友們的交往。劉墉當然也不怪他。如今編書已是功成名就，自己又已位列侍郎，紀曉嵐自然想到要與劉墉等摯友恢復來往。

這天是休息日，紀曉嵐到劉墉家裏去拜訪。兩人既是好朋友，又同時都是硯癡，紀曉嵐老遠就喊著劉墉的字說：

「石庵，你如今是兩部尚書，我送你這一方小小的瓦當石硯，怕是巴結不上吧？」

劉墉笑瞇瞇地迎上說：「曉嵐你開什麼玩笑？我就再當兩個尚書，怎比得你總纂《四庫全書》功垂千古？」

接過硯臺一看，硯上字跡分明：

漢併天下

「啊？曉嵐！你何來此種寶硯？眞是價可連城？」

紀曉嵐說：「德甫出任陝西按察使，承他寄贈……」

德甫是王昶的字，王昶雖是上海青浦人，卻與紀曉嵐有極深的交往，因二人既是出生的同年，又是乾隆十九年的進士同年，這雙同年的機緣十分稀少，所以紀曉嵐與王昶情同手足。

當時騷人墨客無不對秦漢瓦當有濃厚的興趣，有一篇當時最流行的文字就叫《秦漢瓦當》。所謂「秦漢瓦當」實際便是用秦漢古瓦磨製的硯臺，以有古字標名為「秦漢」年代的為最金貴。當時文人墨士無不以擁有一方「秦漢瓦當」為榮幸，王昶出任陝西按察使，那裏便是秦漢關中大地，正是遺存有秦漢瓦當的地方。王昶派人訪於咸寧、長安、淳化等地，得硯二三十種，寄幾種給紀曉嵐，紀曉嵐又挑了最寶貴的「漢併天下」瓦當硯送給劉墉，難怪劉墉都喜出望外了。

聽完紀昀介紹珍貴瓦當硯的來歷，劉墉問道：「曉嵐，如此貴重之禮物，王昶絕不會輕易郵寄，是不是他托誰從陝西捎來京城？待我想想看，哦，曹錫寶新從陝西道御史升任朝廷監察御史，是不是曹錫寶捎回來？」

紀曉嵐說：「不是曹劍亭還是誰，真是什麼事都瞞不住石庵你……」曹錫寶，字鴻鳴，號劍亭。他的號比字更有名，所以紀曉嵐稱呼他的號。曹錫寶是上海人，比紀曉嵐大五歲，比紀曉嵐和王昶早三年成為進士，三人是要好的朋友，所以曹錫寶從陝西調往京城時，王昶托曹錫寶捎來了「漢併天下」等名貴瓦當硯。

劉墉想了想又說：「曉嵐，我不認識曹錫寶，但聽說他當御史很是貼切，『御史』是『言官』，專門挑朝官說事，你該不是要告訴我曹錫寶的什麼事吧？」

紀曉嵐驚奇佩服地說：「石庵你真料事如神，難怪皇上要你兼管吏部和工部兩個部。我正是要對你說曹劍亭的事呢！」

劉墉說：「一人兼為兩部尚書不從我開始，和珅兼任戶部尚書和刑部尚書，你不是不知道，是不是想告訴我曹錫寶與和珅之間的什麼事啊？」

紀曉嵐說：「果然被石庵你猜著了。正是曹劍亭對我說，他還在陝西時就聽人議論和珅這樣，和珅那樣，總之是說和珅不是個地道人。這次他回朝一看，果然對和珅看刑卿足，覺得他太趾高氣揚，飛揚跋扈，而且性格貪婪。可又找不到和珅的具體事實進行彈劾。曹劍亭問我該如何是好，我今天便是來向石庵兄你請教：你說該怎麼對付和珅？」

劉墉說：「和珅與皇上似乎有一種說不清道不明的關係，皇上對和珅有著某種超乎尋常的包庇和縱容，致使和珅的貪婪攫取更爲肆無忌憚，我們似乎永遠無法弄明白其中的奧秘，於是對和珅只可躲而避之，畏而遠之，諷而刺之，等而待之，歷史老人終格作出令世人心裏釋然的解說……」

偏是無法躲避，是因和珅對於紀曉嵐的超絕才華，既嫉妒又愛慕，常常主動來找紀曉嵐。既然兩人已經同在六部六卿之列，這樣的機會自然很多，簡直無法躲避。

這一天紀曉嵐與和珅同去一中堂家裏赴壽宴，中堂乃是宰相之別稱，尙書與侍郎都是他的屬下，他的生日紀曉嵐與和珅不得不同去賀壽送禮。偏偏和珅主動與紀曉嵐打招呼說：

「紀大人既已位列六卿，你我本是同僚同屬，何以老是躲著我呢？」

紀曉嵐自是無法再躲開，馬上迎上前上去，裝做這才看見的樣子說：「哦，是和大人。哎呀，什麼躲不躲的，怪我從小生性懦弱，家又住農村崔莊，常常被惡狗追咬，所以見人見事不敢往前湊，老是往後躲……唉！偏是有時躲也躲不掉，還是被『狗』咬上了！」

和珅並非蠢人，一聽紀曉嵐話裏有話。分明是把自己比做了「狗」，每次躲自己都是躲「狗」，不想今次還是被「狗」咬上了……由於紀曉嵐這些話都是按在舌頭底下說的，並沒有公開罵自己是「狗」，也就不能發作。但心裏總挽著一個疙瘩，暗想總要報復一下紀曉嵐。

中堂家的牆壁上掛著一幅畫，畫上面有一條獵狗，獵狗上豎尾巴，一副發怒的樣子。和珅一看來了機會，馬上指著那狗對紀曉嵐：

「紀大人請看：『是狼』，這和大人官職『侍郎』不幸諧音了，可是有什麼辦法呢？嘻嘻嘻嘻！」和珅竊笑一大陣，自以為報復了紀曉嵐，把他「侍郎」罵為「是狼」了。

紀曉嵐不慌不忙說：「和大人看走眼了，這正是一條狗。」

和珅說：「明明『侍郎』『是狼』，怎麼會是狗？」

紀曉嵐說：「和大人有所不知，鄉下老百姓分辨『狼』『狗』有一個最簡單的辦法，那就是看其尾巴，下垂是狼，上豎是狗。你看畫上那尾巴不是『上豎』的嗎，正所謂『上豎是狗』，不巧與和大人官名『尚書』相諧，你聽『上豎是狗』與『尚書是狗』不是如出一轍嗎？正是這狗咬人不放啊！哈哈哈哈……」

於是兩人各罵對方一次，成了平手，彼此分開了。

和珅斂聚了無數的財富，他在京城之外建築了一座花園，廣植奇花異木，四時五彩繽紛。和珅心想，這個紀曉嵐是個怪才，我沒法和他鬥，乾脆籠絡籠絡他，把他籠絡在自己一條線上，就再不受他那種「尚書是狗」一類的奚落和謾罵了。

於是，園成之時，他派人送去手書一封，上寫：「《四庫全書》總纂官，功高德劭傳千古，萬望紀大人為本官新修之園林題名，速請來寒舍一敘一議……」

紀曉嵐一看這是請柬專函，沒有辦法辭謝。加上和珅是乾隆的寵幸之臣，實在得罪不起，於是便坐轎去了。

兩人不是摯友，寒暄話語不多。

文房四寶早已齊備，紀曉嵐揮筆就題寫了兩個大字：

竹苞

和珅又怕上當，忙說：「《竹苞》二字何所從來，是何用意，還望紀大人不吝賜教。」

紀曉嵐侃侃道來：「《詩經．小雅．斯幹》篇，是宣王築室落成時唱的讚歌，其中有兩句說：『如竹苞矣，如松茂矣。』所以後人常以『竹苞松茂』作為築室的祝頌之詞。苞和茂的涵義都是繁茂昌盛，是大吉大利的建築讚詞。」

和珅說：「既然如此，紀大人？何不將『竹苞松茂』四個字一起題出，何以單題『竹苞』二字呢？」

紀曉嵐說：「和大人請看，『竹苞』者，竹之茂也，竹生長何其迅速，自行拔節，指日參天；而『松茂』則大不同了，松雖蒼翠，然其生長遲緩，往往數十年才得成林，數百年方可參天。和大人聲譽隆盛，官運亨通，正所謂平步青雲，瞬息萬里，這豈是『松茂』所可等同？不如『竹苞』佳妙！」

和珅連連點頭：「哦哦，好好！」

於是不二天，紀曉嵐所書『竹苞』二字，製匾張掛在新建花園的前門。和珅深以為幸，常常對人誇耀說。「紀曉嵐才氣有什麼了不起，他不照樣為我題匾附庸……」

紀曉嵐風聞入耳，心裏暗暗發笑，只是不說出來：「竹苞」二字拆開，乃是「個個草包」之意。

轉眼和珅六十壽辰大慶。

乾隆沒有忘記這位臣子是前生屈死的父皇春妃轉世，和珅項下紅痣便是證明。乾隆曾許諾今生今世要善待報答，所以對和珅百般偏袒。到了和珅六十壽辰前夕，乾隆又給他升了官，升和珅為大學士，當然也就是宰相中堂。仍兼刑部尚書。

人人心裏明白，這是乾隆送給和珅的六十華誕的壽禮。這樣，自然人人來給和珅祝壽賀喜。

紀曉嵐自然也得來。他一進門就高喊：「和中堂家財何止萬貫，金銀財寶堆積如山，卑職也確實沒什麼禮物好送，只有送來了這首詩……」

眞人入世
老而升仙
烏紗蓋頂
龜鶴延年

和珅喜不自勝地收下了，他哪裏看得出來這是一首「藏頭詩」，四句詩的打頭四個字連起來是隱秘的諷罵：「眞、老、烏、龜」！

和珅正走紅運，最怕自己命短，總想能夠長壽。有人告訴他老百姓的長壽諺語說：「想要身體好，天天起得早。倚門空氣鮮，飽餐永不老。」

和珅認爲這可能很有道理，便經常早早起來，倩著大門站立，呼吸屋外的新鮮空氣。

紀曉嵐並不知道和珅有這個生活習慣，有一次卻偏偏碰上了。

這天早上紀曉嵐因故早上坐轎出了門，路過和珅大門時偶然看見和珅倚門而立。紀曉嵐想，如今人家已是宰相中堂，不下轎打個招呼不好。但心裏又實在不想去巴結這個心術不正的寵臣。

凝思少頃。紀曉嵐馬上想出了主意，他叫轎夫停下轎子，恭恭敬敬向和珅拱手致禮說：「和中堂早晨安好！」

和珅很驚詫地問：「紀大人今天怎麼也起這麼早哇？」

紀曉嵐站在門外說：「中堂大人別提啦，卑職爲給一個晚輩分家鬧得一宿沒闔眼。可是偏偏越忙越出事，臨到寫分鬮的時候，那個抓鬮的『鬮』字我怎麼也記不起來，只好支吾推脫，這不，我正乘轎準備去向劉石庵劉大人問這一個『鬮』字怎麼寫呢！現在半路碰巧遇見了和中堂，中堂大人只怕記得這個『鬮』字吧？」

和珅站在門框裏說：「紀大人乃眞是貴人多忘事，一個抓鬮的『鬮』字不就是『門』字裏邊一個烏龜的『龜』字嗎？」

紀曉嵐裝做恍然大悟的樣子說：「哦，哦，」又用手指著和珅。用手比劃著門框和人說：「對對對，門框裏一隻烏龜……謝謝，謝謝！」

紀曉嵐瞇瞇笑著走了。

和珅還在得意地自言自語：「哼哼，什麼紀才子，不是連一個抓鬮的『鬮』字都要問人嗎？」

冷不防奴才門人劉全竄上來下跪報告說：

「奴才斗膽稟報老爺，紀昀紀大人這是在罵中堂老爺你呀！」

和珅不解地問：「何以見得？劉全你起來說吧。」

劉全仍然跪著說：「奴才有罪，不敢起來，中堂老爺想想，老爺眼下正站在門框裏，這門框裏一個『龜』字不是罵老爺罵誰？」

和珅凝神一會意，恍然大悟，大發雷霆：「這個紀昀眞眞該死！」

劉全說：「不光是這件事，紀大人還有好多事都是在罵中堂老爺。我是偷偷從劉墉劉大人那裏聽來的，老爺不恕我無罪我不敢說。」

和珅說：「恕你無罪，劉全你仔細說吧！」

劉全說：「我偷偷從劉墉大人和紀昀大人的私下議論中聽到了，紀昀大人給老爺花園題字『竹苞』，那拆開就是四個字：『個個草包』。」

「那一首給中堂老爺慶賀六十大壽的詩是一首埋頭詩，起頭四個字連起來就是『眞、老、烏、龜』。再加上今天早上這件事……」

和珅逐一會過意來，咬牙切齒說：

「好你個狠毒的紀曉嵐，原來處處和我作對。文才不行看朝政，逮住一個口實，我不把你紀曉嵐整死，也要叫你脫一層皮。」

伍拾伍　千叟盛宴討君歡

紀曉嵐在出席乾隆舉辦的千叟盛宴上吟詩作對，盡顯才華。

紀曉嵐六十壽辰，他因《四庫全書》而名聲顯赫，朝臣都來祝賀。他的學生門人甚多，紛紛寫詩以作讚美。

正在壽慶進行之中，梁斯儀畢恭畢敬地對紀曉嵐說：「老師，比起你總纂《四庫全書》功垂千秋萬代，家父平頭布衣不值一提。然也趕巧，老師今年六十華誕，正是家父八十壽辰。老師曾許諾為家父八十歲寫一篇文字，一定是不會忘記的吧？」

哦，若是不經提起，紀曉嵐還眞的忘記了。梁斯儀與梁斯明是兩兄弟，是當年紀曉嵐督學福建時錄取的童生秀才，成績高等。兩兄弟不僅早已中了舉人，而且梁斯儀早幾年已成了進士。可梁氏兄弟始終把紀曉嵐當做了自己的老師。

梁家是一個頑強不息的家族，他們自遷徙到福建以來已經十四世，可從來沒有人中過舉。然而梁家人不沉淪，一代又一代的不斷努力，梁斯儀與梁斯明的父親梁天池便是個典型。當年紀曉嵐督學福建時，梁天池已經五十多歲，但仍與兒子們一起去考童生，其精神之堅毅，簡直令人欽敬不止。當時梁天池就信誓旦旦說：

「不等我八十歲，定有兒孫得中進士登科！」

紀曉嵐就說：「到那時我一定替天池封翁寫一篇序文。」

「封翁」是一個榮譽稱謂，就是兒孫們得中進士之後，皇上對其父輩加以晉封，俗稱「封翁」。

如今梁天池誓言已經兌現，他兒子梁斯儀早幾年便已得中進士了。

今梁天池八十壽辰，紀曉嵐理當寫文章祝賀了。

梁家十四世沒有功名而不悔，是爲安命之典型；三四百年子子孫孫不斷努力，如今終於得以進士登科，又是從「安命」以致「立命」的鐵證。紀曉嵐寫《梁天池封翁八十序》讚頌的就是這種堅持不懈的奮鬥精神。

紀曉嵐對科考的這種執著稱頌，很得乾隆的讚賞，因而又詔命他爲朝廷會試的副考官，緊接著又任命他爲武會試知貢舉，也就是擔任考試武舉的主考官。

紀曉嵐對於制科取士十分賣力，他寫詩剖露自己的忙碌和歡欣心情說：

旁人應笑耽花癖，
剛到含苞便有情。

紀曉嵐的確爲朝廷選錄了很多有用人才，乾隆甚爲高興。尤其是《四庫全書》的編成，可謂頌揚本朝「文治」功勳達於極致，乾隆十分清楚，此書之編成紀曉嵐有不可磨滅的功勞。不是他有如此廣博深厚的智慧才華，不是他積十餘年不懈的盡心竭力，換了任何一個其它的人來做總纂官，幾乎都不可能完成得如此盡善盡美……乾隆的這些想法又不能直接說出口來，因爲早二年剛完成《四庫全書》第一份時便頒旨罰過紀昀等自費校助挖補……但總應該對紀曉嵐再有所褒獎才好。

也許正是某種心血來潮，乾隆突然宣詔紀曉嵐見駕。

這使紀曉嵐猛吃一驚：是不是自己又觸犯了哪條王法？或是有什麼事惹皇帝生氣了？如若不然，又正好有什麼事情可以面呈聖上請予裁決？

紀曉嵐於是認眞回顧起來，早幾天的確碰到了一件令自己沮喪的大事。

在三月舉行的禮部會試中，紀曉嵐作爲副主考官總想儘量多選擢幾個有用之才。但他本人並不直接閱卷，必須由下屬的同考官閱卷初評後再推薦上來。

到了四月初四日，已是評定名次的最後時限了，有一個名叫祥慶的編修閱卷最遲，這時候才把試卷看完初錄舉薦。在祥慶推薦的考生中有一個洪亮吉，紀曉嵐十分讚賞，認爲其考卷詩文理應取爲第一名。

但是內侍監試豐潤堅持說：「不行，此卷上呈太遲，不無疑惑，怎麼錄爲第一呢？」

紀曉嵐說：「試卷上呈太遲乃是同考之延誤所致，怎麼反倒懷疑其考生來了。請豐大人不要本末倒置。」

豐潤傲氣沖天，脫口反問：「什麼？我本末倒置？紀大人要將一份最末上交的疑卷錄取爲第一名，才眞是豈有此理！」

於是二人爭吵得越更厲害，漸漸地互出罵言。紀曉嵐說：「去毬！洪亮吉非錄第一名不可！」

這「去毬」是罵太監的毒話，他們正是用爲沒有「毬」才得以當了太監，所以最忌諱別人罵這句「去毬。」

豐潤自然也不例外，他也回罵紀曉嵐說：

「瞎驢！洪亮吉要錄也要錄在第四十名之後！」

這「瞎驢」是罵近視眼的毒話，紀曉嵐是個高度近視眼，聽罵了這句話猶如火上澆油，於是更罵豐潤說：「沒種！洪亮吉非錄第一名不可！」

這「沒種」更傷了豐潤的心，他又回罵紀曉嵐說：「胖豬！洪亮吉頂多錄第四十一名！」

紀曉嵐中年時還高挑痩削，一進入老年慢慢成了胖子，被罵作「胖豬」自是更受不了。於是二人口舌攻擊，再無辦法調和。

同考官祥慶只好出來打圓場說：「二位大人別爭了，都怪卑職閱卷太遲，乾脆洪亮吉取消錄取吧。」

這才平息了這場風波。

紀曉嵐走出學圍，覺得太對不起洪亮吉，於是一路問著，到了洪亮吉的寓齋，向他說了未能錄取的來龍去脈，並將自己在未能錄取的洪亮吉的試卷尾部題寫的幾句《惜春詞》抄給洪亮吉：

萬紫千紅雖花海，
冠春畢竟讓槐黃。
流水落花春去後，
所幸未摘果留香……

激勵洪亮古留著未被摘取的花，最後結成芳香四溢的大果。

洪亮吉接詩一看，撲通跪向紀曉嵐拜謝說：「學生沒齒不忘尊師的大恩大德！」

……但是洪亮吉終於未能以進士登科，紀曉嵐覺得與自己的固執己見不無關係，倘若依了豐潤的意見錄做「第四十一名」倒好了。然而事已至此，今年已無法挽回，只有等三年後下一次大比的機會了；好在洪亮吉還算年輕。

忽然聽宣詔皇帝召見，紀曉嵐心想，設若皇上不是要責罰自己什麼事情，那就該趁這機會向皇上舉薦洪亮吉，看事情能否有所挽回。

紀曉嵐懷著忐忑不安的心情進宮見駕，不料乾隆開口便問：「紀愛卿今年多少歲了？」

「啓稟皇上，微臣已癡長六十一春。」紀曉嵐心裏踏實了，看出乾隆今天召自己進來似有聊天慰勉的意思，回答也十分歡快。

乾隆興奮地重複了一句：「哦，你六十一歲了？好！你夠資格了，朕決定舉行千叟宴，紀卿代朕錄下一個詔書……」

……著於乾隆□□年□月□□日舉行千叟宴盛典，用昭我國家景運昌期，重熙累洽，嘉與中外臣民耆老介祉延禧之至意，所有一切事宜，著各該衙門敬謹預備。

舉凡親王、郡王、大臣官員、蒙古貝勒、貝子、公、台吉、額附、回部、番部、朝鮮國使臣，暨士商兵民，年六十以上者皆入宴……

紀曉嵐將乾隆的口述筆錄下來，心中甚感欣慰。他記得很清楚。當自己還是孩提時代，父親紀容舒喜中萬壽恩科舉人，祖父紀天申因而有幸被邀請出席過康熙末年的一次千叟宴，祖父與父親多所誇耀。那時規定要在六十五歲以上的人方可參加……想不到一轉眼自己也到了參加千叟宴的年齡。再一想更明白，當今皇上有意褒獎自己，將千叟宴年齡由「六十五歲」降到「六十歲」以上。

看來皇上還是在嘉獎自己編纂《四庫全書》的功勞，只是不便直接說出來而已。

紀曉嵐抓住了這個良機，向乾隆提出洪亮吉錯過錄取的經過。言談中自己惋惜洪亮吉的文才沒有得到賞識。

乾隆說：「果有此事嗎？紀卿是說這個洪亮吉確有才學，只是因爲一個偶然的事情耽誤了？」

紀曉嵐說：「稟皇上，對洪亮吉的文才，微臣敢於擔保，不然微臣不敢貿然主張作第一名錄取，只可惜他沒有進身之機。」

乾隆說：「怎麼沒有？紀愛卿的舉薦就是洪亮吉的進身之機。他是哪裡人？」

「貴州省貴築府人。」

「那好，朕賜洪亮吉進士出身，詔命他爲貴州學官，讓他作提督學政的下屬，先去培育各州府的生員吧……」

此番千叟宴盛況空前，因爲與宴者年齡降到六十歲，參加人有三千多名，遠遠不止是「千叟歡宴」。

乾隆說：「今天與宴者多爲文人學士，誰人肚裏沒有許多疑難聯語？朕聞紀昀愛卿善於快捷屬對，各位不妨以疑難聯語試試他，看他屬對快才是眞是假。」

皇帝發了令，當然衆聲附和。

一個高個子起身說：「紀大人看我這大個子，比你大個還高出一頭，我的上聯是……」

足開五六尺；

紀曉嵐說：「別看大人你身高足長，提起筆來你的手和大家沒什麼兩樣，所以，我的下聯是……」

手寫十三行。

宴會上有個學《易經》的老先生說：「紀大人，《易經》爲群經之首，紀大人總纂的《四庫全書》亦以《易經》爲篇首。老朽且以《易經》中的基本理論出句……」

太極兩儀生四象；

紀曉嵐說：「接老先生之下文，群經之首的《易經》指引的是億萬斯民的休養生息，我便撿一句現成的百姓俗語對作下聯……」

春宵一刻値千金。

有個老學究說：「紀大人，老朽只會讀幾句詩云子日，特以孔聖人的言詞爲上聯……」

惟女子與小人爲難養也；

紀曉嵐說：「世俗社會中有許多平凡無奇的人事正好相對……」

有寡婦見鰥夫而欲嫁之。

一個老者說：「紀大人，鄙人生於江浙，曾聞有父子二人同於戊子年舉於鄉榜，我們浙江人講話『父』與『戊』同音，於是出一疊音上聯，至今無人對得，所以都說是絕聯，念出請紀大人一試。請記住第一第二要兩個字同音不同字……」

父戊子，子戊子，父子戊子；

紀曉嵐指著戶部尚書金壇的門人戶部侍郎金文簡說：「金壇金大人爲戶部尚書，他的高足金文簡金大人是戶部侍郎；尚書與侍郎均俗稱司徒大人，於是我的下聯也現成得很……」

師司徒，徒司徒，師徒司徒。

在座有一位中書大人說：「紀大人眞是才高八斗，敏捷如神。我也來湊個熱鬧。前一向水部不是失火了嗎？剛好是金尚書督修完好，請注意我的上聯裏包括『金木水土火』五行……」

水部火災，金司空大興土木；

紀曉嵐端詳著這位出聯的中書說：「聽說大人家鄉在江南水鄉對吧？」

中書說：「不錯，鄙人正是江浙人。」

紀曉嵐說：「可是大人長得十分魁偉，活脫脫一副北國人的樣子。」

中書說：「父母所生，天地所養，魁偉本當自豪。未必紀大人以爲不妥？」

紀曉嵐說：「並無有什麼不妥，只是鄙人下聯對大人有所不恭，還望見諒。請注意我的下聯裏有『東西南北中』五個方位……」

南人北相，中書君什麼東西？

衆人一齊大笑不止。

於是爭相出聯，紀曉嵐一一對之。從字少到字多，簡直分不清是誰出的上聯了；只是下聯都是紀曉嵐一人所對。眞正像當年諸葛亮舌戰群儒那般，只是變成「大對群聯」了。

「馬；」

「牛。」

「趕馬；」

「鞭牛。」

「老漢趕馬；」
「少君鞭牛。」
「請郎中老漢趕馬；」
「送員外少君鞭牛。」
「甚哉怪怪；」
「對此茫茫。」
「文章輝五色；」
「心跡喜雙清。」
「小窗日明我久坐；」
「大門聚喜與君言。」
「茂林修竹，崇山峻嶺；」
「赤塵大漠，天球河圖。」
「博古齋裝裱唐宋元明名人字畫；」
「同仁堂販賣雲貴川廣道地藥材。」
「屎克螂撞南牆，乒乓，撲拉，倒；」
「癡蛤埃跳東澗，咕咚，瓜噠，沉。」

乾隆大笑起來：「哈哈哈哈！眾多文士難不倒一個紀愛卿！怎麼出起土俗粗野的罵人對句來了？實在有失風雅。罷了罷了，朕今天也來湊個趣，出個上聯要紀愛卿也對對。朕今天邀請的客人中，最年長者已經一百四十一歲，出聯對句便都不許離開這個年齡。且聽好朕的上聯吧……」

花甲重逢，增加三七歲月；

紀曉嵐說：「微臣遵旨，恭對御制聯……」

古稀雙慶，更多一度春秋。

滿堂喝彩，祝賀聖上出聯超絕，紀曉嵐對句不凡。

乾隆於是命群臣耆宿各各即席賦詩。

紀曉嵐才思敏捷，出口成章，他講述祖父紀天申曾榮幸出席先皇千叟宴的盛況，而後呈上了自己的頌詩：

君醉臣酬九重會，

天恩國慶萬春延。

祖孫兩舉千叟宴，

史冊饒他莫比肩……

紀曉嵐的詩寫得情眞意切，篇幅最長，乾隆高興地宣佈，詔命紀曉嵐為左都御史，仍然兼顧《四庫全書》的校勘。

紀曉嵐領旨謝恩說，奏請《四庫全書》上仍署總校官陸費墀。乾隆照准。

紀曉嵐喜出望外，不料回家就得到消息，陸費墀病重垂危，想在死前再見紀曉嵐一面。

紀曉嵐風風火火趕到陸家，一看他家已是四壁凋零，空空如也。因為乾隆罰他總校官校勘挖補《四庫全書》，除指定罰銀一萬兩之外，還有一條沒收全部財產，以作校勘資費，全家只留得一些衣食用品。於是風風火火的一個三品大員之家，頃刻間煙消雲散。四五個侍妾無一人再守在陸費墀身旁。全部各自出走，外嫁了他人。元配夫人經不住這番淒風苦雨，早早病亡，留下陸費墀孤身一人，只有一個老家奴為伴，每天仍照顧陸費墀的的飲食起居。

陸費墀就在此淒涼的境界中校勘《四庫全書》的浩瀚文海。

眼下陸費墀只剩下一口氣，他頻頻挫挫地說：「曉，曉嵐……眞，眞的，眞的是你嗎？」

紀曉嵐說：「費墀！是我對不起你，當初不是我把你拉來充當《四庫全書》總校官，你怎麼會落到今天這個下場！唉！侍妾們也太可惡。花兒紅，眾人捧；花兒謝，眾人去。唉！天理不公，人心不古……」

陸費墀無力地搖搖頭說：「世，世事，說，說不得……我只問，只問一句話：聖上，聖上還承認我是總校官麼？」

紀曉嵐說：「承認，承認！今天我在三千人出席的千叟宴上喜得皇上恩寵，新任左都御史要職，還兼管《四庫全書》校勘。我當著三千人的面奏請皇上恩准你為總校官。皇上已經金口答應！」

「好，好好，有此一條，我，我我，我知足了……」陸費墀安詳地閉上了眼睛。

和珅今天特別沮喪，他位居一品，在千叟宴上卻沒有份量，人家吟詩作對，他沒有文才，爭不到寵幸。心中暗咒紀曉嵐：「讓你風光個夠吧，看我總有一天要收拾你！」

和珅氣量狹小，他對紀曉嵐用詩詞聯語羞辱他的事耿耿於懷，暗地裏咬牙切齒要尋機會報復。一聽乾隆詔命紀曉嵐為左都御史，和珅差點沒有氣炸肺來，這左都御史是朝廷最高的監察官員，對任何朝官均有監督、檢查、揭發、彈劾的職責……這可怎麼好？千萬不能有什麼把柄落在他紀曉嵐手裏去。

轉念一想，和珅反而高興起來，左都御史監察那麼多的朝廷命官，自然便是到處樹敵，難免被別人視為眼中釘，肉中刺……這不是反而有利於自己嗎？御史的監督檢察難免不出一點紕漏，一出紕漏便會得罪許多人，只要充分拉攏利用好這些人，不就可以離間大家與紀曉嵐的關係，甚至可能置紀曉嵐於死地嗎？

想到了這一層，和珅又高興起來了。他躲在暗處，緊盯著可能與紀曉嵐發生關係的任何人……

昔日那個伊犁將軍阿桂，因為定伊犁、討緬甸和平定四川省大小金川而步步高升，他甚得乾隆信任，目前已升任武英殿大學士兼軍機大臣，官居正一品，大學士實際便是宰相中堂。

他當然也出席了千叟宴的盛會，因為自己是個武將而不擅長文才，便於聯詩作對方面再三躲避，從不出頭，也很少與文人嬉哈湊趣。

阿桂的父親阿克敦是紀曉嵐當年參加鄉試的主考，是紀曉嵐名正言順的座師。由於阿克敦後來因乾隆除掉孝賢皇后的事情當了冤屈的陪死鬼，紀曉嵐便將對座師的感謝之情給了座師」的兒子阿桂。阿桂也尊敬紀曉嵐的傑出才華，所以二人關係很好。

阿桂以他剛正不阿的性格，向來與和珅不和，但他知道和珅的貪婪攫取得到了乾隆的近乎公開的庇護，也就覺得無計可施。

就在這次千叟宴上乾隆詔命紀曉嵐爲左都御史，官階由從二品升爲正二品，阿桂心裏十分高興。他當然不是高興紀曉嵐又升了一級官，在他正一品的宰相眼裏，從一品以下都是下屬。

阿桂高興的是紀曉嵐「左都御史」這個官銜，這是朝廷的最高監察官職，阿桂認爲憑著紀曉嵐的傑出聰明才智，一定可以想到辦法把和珅送上斷頭臺。

阿桂高興的是這一件事。但他想私下會晤一下紀曉嵐，探一探他對和珅是持什麼態度。

兩人雖是朋友，但官階畢竟有高下，阿桂是宰相正一品，紀曉嵐是正二品左都御史，阿桂覺得自己親自去拜訪紀曉嵐不行，那樣會引起旁人議論。

於是，阿桂打發人去請紀曉嵐來，說的理由很客氣：請紀曉嵐自己來任選一個古硯臺。紀曉嵐是盡入皆知的硯癡，阿桂家裏又有許許多多的古硯；阿桂說想送一個給紀曉嵐，以祝賀他總纂《四庫全書》成功，以及他榮升左都御史，就是不知道紀曉嵐喜歡哪一種硯臺，所以請他自己來挑選。

看，這個理由多麼冠冕堂皇，而且通情達理。阿桂親自向家人反覆交代，生怕他說不明白。

家人覆述了一遍，阿桂聽來已無差池，便叫家人快去。

誰知阿桂家人剛剛出門，紀曉嵐卻已不請自來了。

阿桂聞訊迎出門來，老遠就說：「曉嵐莫非有耳報神，知道我會派人去請，你倒自己先來了。請進請進。」

他是宰相，又比紀曉嵐大七歲，當以以大待小，稱呼紀昀的字而不客套稱大人。

紀曉嵐聽來好不親切，他歡快應對說：「卑職新得皇恩，忝居左都御史要職，實在覺得力所不逮，特來向相國大人請教。剛巧相國派人前去召喚，這不正說明相國與卑職心有靈犀嗎？呵呵呵！還請相國不吝賜教。」

阿桂說：「賜教不敢。我派人去請你，是想送你一個硯臺，我自己把不准，所以想你來自挑。你是不是先去挑挑硯臺再說？」

紀曉嵐說：「相國大人不必見外了，硯臺見賜，隨便哪一個都行。今既派人去召喚卑職來家總該還有些什麼話要私下談談吧？哈哈！」

阿桂說：「到底曉嵐聰明過人，什麼都瞞不過你。不過依我看來，你也是無事不登三寶殿，總是有點什麼事情要對老夫說吧？你先講。」

紀曉嵐說：「相國有令，卑職豈敢不遵。依我猜想，我們想的是同一件事、同一個人。」

阿桂隨隨和和地說：「哦，既然如此，那便心照不宣，彼此不要說破了吧，曉嵐以為如何？」

紀曉嵐說：「名字不說破爲好，事情卻不得不點明。此人職務官品與相國大人相等，而且皇恩對他寵愛有加，眞是很不好辦！可他如此貪婪，攫取國家大量金銀珠寶，實在是國之蠹蟲。卑職特來請教相國大人，對他有何良策？」

阿桂說：「我是武夫，粗懂謀略，三十六計中的『外圍包抄』，不知曉嵐以爲然否？」

紀曉嵐回味著說：「外圍包抄？」沉吟了好一會，腦子裏轉了幾圈，爽聲接上話又說：「相國大人的意思，是從這個人的身邊人物入手？」

阿桂說：「這個人有個家奴劉全，你看他還像不像一個奴才的樣子？聽說他住著高樓大廈，服飾器具十分豪華，他哪裏來這麼多銀子？」

紀曉嵐說：「相國大人說得有理，我們不妨暗暗加以訪查，弄清情況之後先把劉全推倒，再從他這裏去搜尋罪證，以便向劉全身後的那個人開刀……」

伍拾陸　包抄和珅竟失算

紀曉嵐想包抄進攻和珅，先從和珅家奴劉全入手。誰知和珅炮製一個「海升毆死其妻」案，差一點把紀曉嵐再次貶到新疆。

紀昀與阿桂兩人邊品茶邊談話，越談興致越濃，兩人對於先包抄和珅外圍家奴再摧垮和珅本人作了許多仔細的謀劃，只覺得怎也談不完。轉眼一個時辰過去了。

阿桂眞帶領紀曉嵐進了硯房，從他父親阿克敦身居相位以起，不斷收集和積存硯台，如今怕已有四、五十個了，全是高品位的貨色。

紀曉嵐很快就挑選了一方碩大的古硯，約有一尺見方，他說：「要寫大字，這一方硯最好，只不知道相國大人捨得割愛否？」

阿桂還不及答話，忽然外邊走進一個人說：「哪裡用得著表哥大人割愛？紀大人喜歡，在下明天就送一方去！」

紀曉嵐回頭一看，見是水部員外郎海升，驚詫地問：「哦？相國大人是海大人的表哥？」

阿桂說：「是啊，我們是娘舅姑表，在外戚裏算是至親。我這方大硯正是他所送。」

紀曉嵐說：「既然如此，那我們彼此都不生疏，我就不客氣了。相國大人這方大硯我不要，改天請海大人給一個吧。」

海升說：「紀大人感興趣，下官一定效勞。」

三個人又談了一會兒閒話，紀曉嵐起身要走。

海升急忙攔住說：「曉嵐這是怎麼了？都快吃飯了怎麼還要走呢？我表哥這裏也不是別處。」

紀曉嵐說：「怎麼就吃飯，起碼還有半個多時辰。」

海升說：「半個多時辰還不一轉眼就到。」一回頭又問阿桂：「表哥你說是不是？」

阿桂說：「海升說得對，到我家也不是別的地方，曉嵐你連一頓飯也不肯吃豈不是太見外了嗎？」

於是紀曉嵐又坐下來說：「那就叨擾了。」

三人又天南海北地閒聊起來。

酒菜上了桌，三人就要入席。

忽然海升的家人跑了來，上氣不接下氣地說：「老……老爺！不好，不好……夫人死了！」

海升平平靜靜地說：「夫人死了？死在什麼地方？她不是昨晚上不見了嗎？是不是回娘家了？」

家人說：「不是。剛才有人到後邊柴草房裏去拿柴草，發現夫人死在柴草屋裏邊，她的頸脖上還吊著一根繩子。」

海升似長呼了一口大氣說：「哦？那她是自縊死了？」

紀曉嵐在一旁頗爲奇怪：怎麼海升說自己夫人的死好像在說別人？難道夫人死了他一點都不著急？怎麼沒有

一聽說就往回走？……

就聽阿桂數落他說：「海升，你們只怕又吵嘴了吧？爲什麼一對夫妻總是那麼吵吵鬧鬧？人都說一夜夫妻百日恩，你們夫妻倆之間哪有那麼多的磕磕絆絆？」

紀曉嵐這才覺得稍有釋然：原來海升夫妻不和睦，難怪他聽說夫人死了一點兒都不悲傷。

海升反駁阿桂說：「表哥你哪裏還會不知道？她那個心眼比針眼還小，每天窮吃醋，盡和我兩個小妾糾纏不休。他自縊了只怕還利索多了呢？」一邊說著，一邊還是往桌子上去入席。

阿桂制止說：「不准你再吃！海升你也太不像話了，夫人縱使是自縊而死，你也總該回去照應照應，料理料理，怎麼還有閒心入席飲宴？還不快快回家！先要叫她娘家來人驗屍，證明白縊身亡才沒有你的責任，不然你還可能會有麻煩。」停停忽又問道：「戶部郎中吳貴寧好像是你夫人的親哥哥吧？」

海升說：「是。」

阿桂說：「那好，你不必再到吳雅氏她娘家去找別人，只找到吳貴寧驗屍畫供承認他妹妹自縊身亡就可以了。」

海升於是快快不樂地走了，走時還在嘟嘟囔囔說：「死得眞不是時候，害我酒飯全無了……」

這裏剩下阿桂與紀曉嵐兩人入席。

紀曉嵐還是老規矩，不喝酒，不吃飯，專撿大塊大塊的肉吃，豬肉、牛肉、羊肉……就著茶當酒，品著嚼著好不來神。

阿桂早知他這脾氣，也不干涉他，隨他怎麼吃肉；自己倒是自斟自飲慢慢悠悠地喝酒，斯斯文文地吃菜。

兩個人吃飯又不勸酒、扯酒、賽酒，一頓飯各自為政，不到半個時辰便已吃完。

紀曉嵐這回眞的要走了。

阿桂也不再挽留。

忽然海升家人又來了，跪倒在阿桂面前說：「啓稟相國大人，我家夫人的哥哥吳貴寧吳大人死活不肯畫供，他說夫人不是自縊是被害，正和我家老爺大吵大鬧不得開交。老爺要我來稟報相國大人為我家老爺作主！」

紀曉嵐心裏一個冷丁：「啊！竟有這樣的事？莫非其中有什麼隱情？」紀曉嵐當然也認識同朝為官的吳貴寧，覺得吳貴寧不是那種橫蠻不講理之輩……

就聽阿桂對海升家人說話了：「這事我不管，這事我不管。俗話說，清官難斷家務事！這事要找也找不著我武英殿大學士兼軍機大臣。有事他們找刑部去！」

海升家人只好起身走了。

紀曉嵐也急急回到了家中，他也是絲毫不想介人別人的家事……

不想介入偏要介入。

死者吳雅氏哥哥吳貴寧，說他妹妹並非自縊身亡，而是被人打死，所以怎麼也不肯畫供，因而死者無法入土安埋，裝棺停柩在海升家裏。

吳貴寧便以此作為「打死人命案」狀告到刑部，要求刑部追究水部員外郎海升致人於死命的罪責。

和珅兼任尚書，刑部得此案件喜不自勝，立刻將其上奏乾隆，略謂：此事關係重大，因為狀告之人水部員外郎海升，是武英殿大學士兼軍機大臣阿桂的舅表至親，刑部無法判案，奏請皇上特別派員複檢吳雅氏之屍身，複核組最好委派左都御史負責以示公允，看吳雅氏是否確屬自縊身亡。

乾隆一看確實事關重大，阿桂是乾隆的愛將，戰功累累，爲人無私，對他的表弟海升犯案之事千萬兒戲不得，於是傳下諭旨：

著派左都御史紀昀，會同刑部侍郎景祿，帶同御史崇泰及刑部熟諳司員慶興，前往海升家開棺驗屍……

這下子紀曉嵐怎麼能夠再迴避？他不但必須親去驗屍，還是這欽派驗屍小組的領導者。

紀曉嵐一下陷入深深的矛盾之中，此事牽涉到阿桂該怎麼處理？自己在阿桂家裏得知了阿桂與海升這一對舅表至親是那樣的親密無間，絕非一般的表親關係可比……而且海升家人來報他妻子吳雅氏自縊身死之時，海升確實就在阿桂家裏，前後達一、兩個時辰，他哪有機會下手打死自己的妻子……從事後阿桂的言談中，分明聽出海升夫妻本不和睦，而那不和睦的原因又是元配吳雅氏是個醋婦，專門離間海升與侍妾之間的親情；這事可是紀曉嵐的最大忌諱，他本人就是追求與年輕侍妾男歡女愛的典型……

所有這一切情由加在一起，自然使紀曉嵐爲難至極，即使他是何等的聰明，似乎再也想不出三全其美的主意；所謂「三全其美」，第一是保住阿桂的面子，第二是間接爲海升的罪責予以回護開脫，第三是自己這個驗屍領導者也不受牽連……

紀曉嵐像一頭被困在籠子裏的獅子，在自己家裏來回踱步，苦思良策而不得結果，心急如焚，越走越快，越快越走……撲面一聲，他碰在一張矮凳上絆倒了，不自禁地「唉喲唉喲」哼了起來。

一下子來了一大群女人，這個扶，那個抱，而且個個嘴裏不停地親昵叫喚、責怪、撫慰和提醒……
「唉呀老爺……紀郎……你什麼事急得這樣來回亂跑……怎麼忘了戴眼鏡……老爺眼睛是越來越短視了……下次千萬再不可這樣粗心……」
紀曉嵐眼裏一片昏花，看不清前來扶抱自己的是哪一個，只是從她們的叫喚和責怪聲中聽了出來，最尖聲驚駭的是從新疆帶回來的最小侍妾吉小蘭，稍爲粗喉而不失甜蜜的是福建小妾黃東籬，以及近乎老媽子聲腔的皇皇、恩恩、浩浩……總之小妾們全都來了，一下子便把紀曉嵐抬到了躺椅上。於是又是一陣七嘴八舌的言詞。
「老爺要不要緊？……是不是先喝點參湯？……還是先去請郎中來看看吧……」
紀曉嵐在平地裏摔一跤有什麼要緊，但他故意眯著眼睛不開聲，他腦子裏還沒想出如何在「海升毆人致死」案件中達到「三全其美」目的的好主意……樂得閉眼慢慢地想。
忽然，陸費墀臨終的孤淒情景來到眼前，陸費墀本是朝廷三品大吏，此官階比各州知府還高，其職權和聲譽更遠遠不是知府可以與之相比。作爲《四庫全書》的總校官，他必將同《四庫全書》一起永傳後世……偏偏因此而得罪了乾隆，乾隆責怪他總校的《四庫全書》裏錯漏滿目，罰他全家家產充公，以用作校勘挖補《四庫全書》的費用……」
於是元配夫人急得病死了，侍妾們一個、二個遠走高飛。果如老俗話裏所說：「夫妻本是同林鳥，大限來時各自飛。」
陸費墀死時已是孤淒一人，唉嘆著「世事說不得」，斷氣噍聲，對那些離走侍妾們帶去了諸多的怨氣……人間冷暖，世態炎涼，竟首先在那些侍妾的身上反映出來了，多麼無情絕義的女人，擁戴的原來只是金錢和權位…

紀曉嵐收回心思，一下子遷怒到身邊眾侍妾身上。莫看這些女人如此小心翼翼招呼自己，她們招呼的是朝中二品大臣，她們心中關愛的是紀家的那一份豪富……罷了，罷了，女人只該玩玩，只能睡睡，只能排解那一份男人的欲心……

此時此刻，侍妾們的身價地位，一下子便從頂峰降到了塵埃……這或許與紀曉嵐已是年過花甲的老人有關吧，不管自己如何仍是每晚少不得一、兩個女人，但那興味已和年輕時候大不一樣了，畢竟年歲不饒人。

紀曉嵐再也不認眞聽取身邊侍妾們都說些什麼親熱話了，所有的「親熱」不過是親熱權位和錢財……隨她們想怎麼說就怎麼說吧，紀曉嵐已經打定主意不予理睬；一門心思只想自己如何應付海升案件的檢驗屍身……

突然就聽小妾吉小蘭驚叫：「啊！老爺你的眼鏡在這裏，我幫你拿來……」

啊！眼鏡？自己沒戴眼鏡？……一個嶄新的設想陡然形成，紀曉嵐猛然站起，大眼一睜，邊走邊說：「你們咋呼些什麼？嘰嘰喳喳沒完沒了？我有許多公事要辦！」說話間已走近大門，對家人僕役總管羅小忠高喊：「小忠！備轎上朝！」侍妾們像是受了莫大的侮辱，突然哇地一聲哭叫起來。的確，她們可從來沒見丈夫發過這樣的脾氣，偏偏這脾氣就是撒向自己這些慣被寵愛的「侍妾卿卿」……

最小的侍妾吉小蘭沒有喊叫，但是眼裏早已雙淚直流。她瞇縫著淚眼盯著手裏的眼鏡喃喃自語：「老爺今天是怎麼了？上朝去不戴眼鏡……」

……

海升家的大廳裏，紀昀帶領的一大班朝官，正指揮下人們去撬吳雅氏的靈柩。

旁邊一張桌子，坐著兩個人鋪紙握筆，準備記錄開棺驗屍的詳細實情。

棺材很快打開了。吳雅氏躺在棺材中，一臉痛苦的神色。

早已有決定在先，也有先例可鑒，驗看屍身是否自縊身亡，只看屍身頸脖上的痕印即可斷定。

刑部侍郎景祿、御史崇泰、刑部司員慶興等都不近前。而是一起轉向紀昀說：「請紀大人先驗！」

紀昀在身上左摸右摸，一邊口裏喃喃念著：「眼鏡呢？我的眼鏡呢……」最後兩手一攤說：「哎呀！把眼鏡給掉了。各位大人都曉得，本官是個短視瞎子，丟了眼鏡什麼也看不清。麻煩各位大人驗看吧，這麼多大人驗看的結果本官還信不過嗎？」回頭對筆錄人囑咐一聲：「將本官掉了眼鏡之事記錄在案，說明本官委請諸位大人驗屍。」

景祿、崇泰、慶興等人不得已便一起上前，看著吳雅氏屍面上的痛苦表情全都愣了一下，但誰也沒有說出什麼話來。

下一步當是共同扒開屍身的頸脖察看，大家都看見吳雅氏頸上有一條並不明顯的印痕，各人心裏嘀咕著：「這麼淺的印痕是上吊致死的繩索印子嗎？」

海升雖是被告，但因沒有定性便不是犯人而是家人，他遠遠地站在旁邊觀看，臉上看不出任何或悲或喜的表情。

突然一個家人模樣的人從屋外走了進來，手裏捧著一個墨漆盒子；他走攏海升撲通跪下說：「海大人，奴才是相國桂大人家裏的下人，奉我家老爺之命，前來勸慰海大人節哀，同時送上一支上好的高麗人參給海大人補補身體。」

這人說完高高地舉起了黑漆木盒。

海升接過人參漆盒微帶笑意說：「起來吧，回去告訴相國老爺，就說表弟我心中無邪病，不怕鬼敲門，請他相國表哥放心好了。」

阿桂的家人起身出了門。

這裏驗屍的景祿、崇泰、慶興一干人等，眼中不約而同地浮起相國阿桂大人剛正不阿的影像，人們似乎無法相信他那樣的彪彪虎將會玩什麼花招，聯帶一想，他的表弟海升大人也絕不會是「打妻致死」的罪犯。於是幾乎是異口同聲地對筆錄人員說：「我等公共檢驗，傷痕實係縊死。」

海升臉上升起了一絲不易察覺的笑容。

紀曉嵐卻把微笑壓在了心底，他在暗暗竊笑：這「掉了眼鏡」的法子不正是「三全其美」的謀略嗎？……

偏是死主吳雅氏的哥哥吳貴寧不認帳，他又到步軍統領衙門去告狀，狀紙略云：打妻致死的罪犯海升是大學士阿桂的至親眷屬，紀昀與阿桂相交至深，大家都礙了阿桂的面子，故爾回護海升，驗屍根本不實。死者頸上雖有淺痕，但是係人死之後故意勒出的假象……請求再次另行派人驗屍。

步軍統領衙門豈敢怠慢，立馬將這案子奏呈乾隆。乾隆拿來和紀昀等人驗屍筆錄對比一看，立刻看出這中間確有蹊蹺。於是又傳一道諭旨，著另派侍郎曹文植、伊齡阿等前往複驗，務必認眞，違誤重責。

曹文植等人奉旨再次驗屍，於是證實屍身上頸痕是人死之後故意加勒所爲，並非自縊身亡的致命絞印。

這次和珅出面了，他出班奏曰：「啓奏聖上，此案非同等閒，原驗與複驗結果完全相反，臣以爲還有最後複檢之必要，且此次最後複檢必得更有威權，因而臣斗膽建議，由阿桂大人與微臣二人領頭最後複檢，將前次原檢與二次複檢之人員全部叫齊。如此檢驗下來才可能是最準確的結果。奏請皇上明察。」

乾隆高喊一聲：「照准。」

再次檢驗的結果，與曹文植與伊齡阿等人第二次複檢的結果相同：吳雅氏先被打死而後僞裝其自縊身亡。紀昀此次不敢再玩那「掉了眼鏡」的把戲，他戴上眼鏡看得很清楚，屍身頸上小痕遠不是自縊致死的繩印。阿桂也親自看了屍身，不得不同意「人先死後僞裝」的結論。

大家都畫供認可。

和珅仍不放鬆：他當著一干人面前質問阿桂說：「相國大人，此次怎麼不再派人送高麗參前來慰勉殺人罪犯海升？」

阿桂勃然大怒：「和大人你不要血口噴人，本官何曾派家人送高麗參來過？」

……於是眞相大白：那個「送高麗參」來的並非阿桂的家人，而是海升的心腹。海升不過是用這個法子來表明自己的身價地位而已。果然景祿等初驗人員一看阿桂對海升如此關愛有加，便違心地作出了「傷痕實係縊死」的錯誤結論。

進一步訊問的結果，海升供出了全部罪行：先晚上元配夫人吳雅氏醋勁大發，找著海升糾纏不休，並以「大婦主母」身分將海升兩個侍妾趕出門去……海升忍無可忍，一頓拳打腳踢，將吳雅氏毆踢致死，而後爲了躲避罪責，派心腹下人將吳雅氏屍身僞裝自縊的頸痕，再丟放到柴草屋裏……

第二天海升故意到阿桂家裏串門，剛巧碰上紀曉嵐也在那裏……正要飲宴之時，海升事先安排好的家人前來報告，說夫人吳雅氏在柴草房裏自縊身亡……

這就造成他與妻子之死毫無關係的假象，這假象把阿桂與紀昀都騙過了。

只是吳貴寧糾纏不休，一告再告，才使案情眞相大白。

殺人犯海升被判斬立決。幾個幫他僞裝設疑的心腹家人，也被一併處死。

乾隆對此案甚爲關心，龍顏大怒，發了一個長長的諭旨，申斥阿桂、紀曉嵐等一干重臣，將驗屍不實的慶興、景祿等人遠戍到新疆效力，並且只肯他們一路走去，不准騎馬。

紀曉嵐這一下嚇得非同小可，倘若不是自己想出了那個「掉了眼鏡」的「三全其美」的良策，自己此次不是又要被重新貶到新疆去了嗎？

紀曉嵐從乾隆的聖旨中聽出了餘音，皇帝罵自己一句「無用腐儒」，即將自己開脫了罪責；這不明顯是皇帝給自己以偏袒嗎？但是若沒有自己那個「掉了眼鏡」的預先「記錄」，皇帝他也就沒法給自己開釋了……說起來還是吉小蘭給自己送眼鏡之事所提醒。想到這一點，紀曉嵐又覺得吉小蘭還是有點與其他侍妾不同……哦，對，她是前侍妾桃豔的轉世投胎，而桃豔又是小姨妹春桃的再世，春桃與自己有情無緣，自絕於世，可她眞的二次再變女人，來與自己圓了情夢……紀曉嵐想到這一點似乎又稍得歡欣。

那邊對頭和珅可就咬牙切齒怨憤難平。

誰也沒有想到，整個海升「毆妻致死假報自縊」案，實際上全由和珅背後一手操縱而成。

那個死不畫供的吳貴寧其實正是和珅的親信心腹。和珅得知他的妹妹嫁給了海升，而海升又是阿桂的至親……於是和珅唆使吳貴寧慫恿其姐姐吳雅氏大發醋勁，鬧得海升家裏雞犬不寧……海升踢打吳雅氏致死，和珅又事先買通了海升的家人，讓他們爲海升出謀劃策，將吳雅氏僞裝爲自縊身亡……

而後便是吳貴寧死不畫供，將海升告到皇上那裏……果然紀曉嵐等上當，照顧阿桂的面子，驗屍假報自縊…

……吳貴寧自然仍不認帳，事情鬧到步軍統領衙門，最後和珅自請與阿桂共同主持驗屍複檢……一場又一場的好戲終於將海升處死，將初驗官慶興等人貶到伊犁服罪。

只可惜放走了紀曉嵐，虧他想出那個「掉了眼鏡」不去親檢的詭計，脫身事外了。

和珅對紀曉嵐能不恨得咬牙切齒嗎？他在心裏說：「好你個狡猾猴蛇火精紀曉嵐，你躲得過初一躲不過十五，本相不把你推倒下去誓不甘休……」

伍拾柒　和珅再次誣紀昀

曹錫寶參彈和珅。和珅誣爲紀曉嵐幕後指使。紀曉嵐巧妙周旋得以脫身。

紀曉嵐雖然不知道和珅是整個「海升殺妻案」總後台的具體細節，但聽到了關於和珅染指此一案件的許多傳聞。這傳聞最初由海升的幾個幫兇家奴傳出，那是他們被判死刑與他們的主子海升被斬決的前夕，終於談出了是吳貴寧事先買通他們，叫他們給主人海升出謀劃策並具體行動：把被踢打而死的吳雅氏僞裝成「自縊身亡」……而吳貴寧是和珅的親信人物便一下子成了公開的秘密……

於是紀曉嵐知道自己此次是敗在和珅的惡毒算計之中。他在心裏對自己說：「尚未出師先敗落，看來對付和珅『外圍包抄』的戰略要緩一步再施行，否則又要撞在皇上生氣的刀口上……」

紀曉嵐打定主意停歇一段政務上的爭鬥，決定暫時不打和珅的什麼主意，而繼續採用劉墉當初建議的對策：躲而避之，畏而遠之，諷而刺之，等而待之……

於是紀曉嵐一心一意埋頭校勘《四庫全書》的工作，閒暇寫一點文字以度時光。

忽然一件要案又使乾隆大爲震怒，乾隆又責怪紀昀，使紀昀惶恐不止。

事情起源於曹錫寶（劍亭），就是從陝西調到京城都察院任監察御史的那個人。他與紀曉嵐與王昶都是好朋友，曹錫寶從陝西升調京城時，時任陝西按察使的王昶還叫曹錫寶為紀曉嵐帶回來了「漢並天下」的珍貴瓦硯，紀曉嵐將此硯送給了劉墉。

曹錫寶向來一副赤膽忠心，對和珅的奸詐貪婪十分氣惱。大概也是「英雄所見略同」，曹錫寶也認識到乾隆偏袒和珅，不能正面對他進擊，於是也選擇了和珅的家奴劉全作靶子，就像當初阿桂與紀曉嵐商妥的那樣：「外圍包抄」！曹錫寶先上了一個奏章參劾和珅的家奴劉全，參責內容略謂：

和珅家奴劉全房屋寬敞，服用奢侈，器具完美，且有倚藉主勢，招搖撞騙之嫌……

這下子把乾隆氣得火冒三丈。他在心裏暗想：和珅是與朕有情的父皇春妃轉世，那項下紅痣鐵定不移；朕許諾過今世善待於他，金口玉言豈能言而無信？不行，不行！眼下已是乾隆五十多年，朕也轉眼就八十歲，按先祖聖皇康熙六十一年為極致的舊例，朕早已說過只在位六十年，而後即使不死也要禪讓帝位……不管怎麼說，我在位的年限之內不能容許任何人動和珅一根毫毛！

曹錫寶莫非是個傻子嗎？在過去不久的海升案件中，朕已有意露出偏袒和珅的意向，難道曹錫寶竟看不出來？不！這一定是紀昀在他身後唆使，紀昀因前年海升案件恨和珅，目前躲在背後不吱聲，卻唆使曹錫寶出來先彈劾和珅的家奴劉全，下一步肯定直接對準和珅討伐，這還得了？真那樣便無法收拾局面了！朕不能不當機立斷，痛下狠心，把這一打擊和珅的風潮壓下去……

乾隆想到了這深層的道理，立刻下了一道諭旨進行申斥：

曹錫寶如果見全兒倚藉主勢，有招搖撞騙情事，何妨指出實據，列款嚴參，乃徒托諸空言！或其意本欲參劾和珅而又不敢明言，故以家人爲由，隱約其詞，旁敲側擊，以爲將來波及地步乎？……

然則，或竟係紀昀因上年海升毆死伊妻吳雅氏一案，和珅前往驗出眞傷，紀昀乃心懷仇恨，唆令曹錫寶參奏，以爲報復之計乎？

紀曉嵐接讀此份諭旨，未聽完已經汗流浹背，渾身顫抖，只覺魂魄飄遊，渾出居所……眞是關門家裏坐，禍從天上來。

紀曉嵐似乎有一種「天意神譴」的懼怕感，曹錫寶是自己的摯友，他剛從陝西調到朝廷升任監察御史，便談出了對和珅的彈劾志向：當時曹錫寶向紀曉嵐請教辦法，紀曉嵐拿不定主意便去詢問劉墉；身兼工部、吏部兩部尚書的劉墉十分清醒，他看出了乾隆對和珅偏袒異常，便勸紀曉嵐對和珅「躲而避之，畏而遠之，諷而刺之，等而待之」……

後來紀曉嵐自己被升任爲「左都御史」，作爲監察「言官」，職位已遠在曹錫寶的監察御史之上。

紀曉嵐又動了彈劾和珅的念頭，自己沒有把握，便去請教武英殿大學士阿桂；阿桂深謀遠慮，建議先行「外圍包抄」，彈劾和珅的家奴劉全一試……

曹錫寶似乎看透了紀曉嵐與阿桂商談過的戰略根底，他竟在紀曉嵐毫無知情的情況下發動了向和珅家奴劉全的進攻……看來曹錫寶事先不與紀曉嵐通氣，是爲了避免把摯友牽連進來……可偏偏乾隆還是把事情責怪到了紀昀頭上。而且在聖旨上公開點名……紀昀覺得這只有「天意神譴」可以解釋，就是說「天神」要懲罰紀曉嵐，我就想躲也躲不掉。

這能不令紀曉嵐膽顫心驚、汗流浹背、渾身顫抖嗎？但是有什麼辦法，唯有等待厄運的降臨。

乾隆這一道聖旨好不嚴厲，其偏袒和珅的心跡一覽無遺。

留京王爺大臣豈能看不出乾隆的用意？乾隆表面上說對曹錫寶勿「使原告轉爲被告」，但又氣勢洶洶發問：「你曹錫寶身爲言官，必不至下交奴僕。劉全的車馬衣服，你尚可說是路途遇見。那麼，他的房屋寬敞，器具完美，你不親身看見又是怎麼知曉？」

王爺大臣便按照乾隆定下的這個基調，傳訊曹錫寶，實實在在地把原告當成了被告。

「曹錫寶，本王爺問你的話，你必須老老實實回答，否則你知道會是什麼嚴重後果。」

「王爺放心，卑職身爲言官，自當知道實話實說。」

「那你說，你身爲朝廷言官，堂堂四品，你會結交和珅家的奴才劉全？」

「不，王爺！我與劉全從不認識，更不與他交往。」

「那你怎麼知道他在崇文門代辦稅務有額外增加的外快？」

「不，王爺！我連劉全辦過崇文門稅務的事情都不知道，哪曉得他是不是增加了額外的外快呢？」

「那你怎麼說他倚仗和珅的權勢招搖撞騙？」

「我因爲聽說劉全住房服用甚是完美，於路過興化街時留心察看，見劉全的房屋甚是高大。我想他既是家奴，怎能有那麼多的錢財造此華屋，懷疑他有借主人名目招搖撞騙之嫌。因我是言官，知道了的事想到了的事都要具奏，望王爺鑒察，如實稟奏皇上。」

乾隆一看這個問答的奏章，召見訊問曹錫寶的王爺、大臣，一頓斥罵。

「你們都問出了一些什麼？既然曹錫寶說全兒辦稅舞弊情事從未聽人說過，又沒有親自到過他家，何以又稱『聞劉全住房服用甚是完美』？他究竟聞自何人？你們也不問一個著落？若非有人說過，曹錫寶怎麼會知道全兒住在興化街？既不知他住在興化街，又何爲留心察看？況京城內外，大街小巷，房屋甚多，曹錫寶身爲御史又無逐戶查問之理，若非固有成見，何以獨於全兒的住屋如此留意呢？瞧你們都問出了一些什麼事？你們說，你們說！」

王爺、大臣一個個面面相覷，只好低頭認罪說：「皇上聖明，微臣愚蠢，拜請皇上訓誨。」

乾隆說：「敕令你們務必向曹錫寶查問清楚，他說全兒滋事不法之事究竟聽何人說來，務必弄得清清楚楚，不得讓他再狡飾過去。」

沒想到曹錫寶死咬一句話：「聽誰說的已記不清。既然如此言論，覺得有損皇權威德，身爲言官，不得不有所複奏！」

……乾隆一聽這話又責罵王爺大臣：「眞是一群廢物！曹錫寶既如此口硬，甘願一個人承擔責任，你們就不會另想其他辦法？著派都察堂官若干，並由步軍統領衙門司官若干陪同，由曹錫寶帶領，先到劉全家察看住房，然後再到阿桂及其他正一品大員的管家屋裏察看，與劉全家住房作一比較。

「若是劉全住房超過別家，治他的越制之罪，若是其他管家超過劉全，則追問曹錫寶何以不一併參劾？……」

從此不難看出，乾隆庇護和珅眞是竭盡了心機。

乾隆這一招也眞厲害，光看住房這一條，和珅管家劉全住房的數目雖達數十間，而比阿桂等一品重臣管家住房數相比，差別不算很大……足見「天下烏鴉一般黑」這句話眞是不假。

乾隆從總體上看來還算大度明君，他的目的只是偏袒和珅，並非眞的要查曹錫寶及其幕後人的什麼罪過；他也並非不知道和珅作惡貪婪，罪大惡極，只是他覺得不能違背自己心靈上對父皇那個春妃的承諾而已……於是他知道適可而止，當參彈和珅之風被制止時，他只宣布曹錫寶「參奏不實，著予革職留用」，並未將曹錫寶參彈劉全一事更作張揚。

不過朝臣們心裏也明白透亮：和珅是皇上的一件特殊「寵物」，對他不能再動參彈之心。

經過這一次的風波，紀曉嵐從此再不敢對和珅心存彈劾之念了。

與此同時，他又要對乾隆來一番新的詩文歌頌，以重新招討皇上的歡欣。

這樣的機會自然並不難找，隔年江南大災，米價暴漲，斗米值一千三百文，民眾簡直維持不了生計。

紀曉嵐對此有切身體驗，他在《烏魯木齊雜詩》的附注中記載過：「天下糧價之賤，無逾烏魯木齊者……每車載市斛二石，每石抵京斛二石五斗，價止一金，而一金又止折制錢七百文……」如今一斗便值一千三百文，相當於當時烏魯木齊十大車大米的價格……推算起來，漲價在一百倍以上。民眾何以為生？

乾隆還算關心民間疾苦，僅此一次，他就派大學士阿桂前去賑濟，發放漕稅銀一百五十萬兩，救災民於水火之中。

其他類似事情還有好幾起。

紀曉嵐不遺餘力，接連上奏了許多「恭謝」奏章，如《恭謝發放漕稅銀一百五十萬兩解救萬民折子》、《恭謝恩恤直隸八十三州縣貧民分別賑借口糧折子》……等等，不一而足，似乎全國的每一州縣都只與他紀曉嵐直接相關，乾隆每賑濟一處，每恩恤一次，紀曉嵐便悉數呈奏恭謝一次。

有道是，禮多人不怪，紀曉嵐以無數的「恭謝」折子感化了乾隆，乾隆消除了心中對紀曉嵐的最後一絲不滿。詔命他爲禮部尚書，進入了公卿的正卿之列。

紀曉嵐自然又上了《恩擢禮部尚書恭謝折子》，感激涕零的言詞，忠心不二的心態，簡直是到了無以復加的地步。

直到此時，紀曉嵐才將一顆懸著的心徹底放下。他在校閱似乎永遠校閱不完的《四庫全書》和編排秘笈的同時，已經抽出閒暇撮記舊聞趣事，成《灤陽消夏錄》六卷。

轉眼乾隆八十大壽，京城舉行隆重慶典。乾隆下令務行節儉，實則奢靡至極。

當年有一個叫成種仁的朝鮮外交官，也在北京參加這一慶典，他寫的見聞實錄實在很有韻味：

> 皇帝雖令節省，而群下奉行，務極侈大，內外宮殿，大小儀物，無不新辦……營辦之資無慮數萬萬兩……

而在紀曉嵐的筆下又怎樣呢？他在記述乾隆八十慶壽的《祝厘茂典記》中極盡讚美之能事：

> 皇上許舉行慶典，從眾志也。然而沖懷謙挹，明訓諄詳。雖席豫而履半，恒戒奢而示儉……

紀曉嵐洋洋五千言的祝壽典禮記文，對乾隆歌功頌德已達登峰造極之地步。可其中的「戒奢從儉」，與朝鮮人成種仁所記之「耗銀億萬」，竟是何等的鮮明對照。

除此之外，紀曉嵐還爲乾隆八十大壽撰寫了一副對聯。這年是乾隆五十五年，做壽又在八月，他在對聯中全用上了：

八千爲春，八千爲秋，八風向化

八風和，慶聖壽八旬逢八月；

五數合天，五數合地，五世同堂

五福備，正昌期五十有五年。

乾隆一看，脫口就說：「好！紀愛卿文才優等，屬對頗佳。朕要出題命你再作一聯。」

「今年稍後的九九重陽節，朕要大宴群臣，以示共慶。地點將在承德避暑山莊北邊的萬松嶺，著紀愛卿今日當場預撰一聯。但不是讓你一個人自撰，上聯由朕指定他人作出，命你從速對出下聯。」

「朕今命陸錫熊出上聯，陸錫熊是你紀昀總纂《四庫全書》的副憲，他應該與你心有靈犀吧！陸愛卿聽清，上聯要把萬松嶺的『松』字鑲嵌進去。」

陸錫熊說：「臣遵旨。」稍停即吟出了上聯：

八十君王，處處十八公道旁介壽；

「啓奏萬歲，微臣將『松』字拆爲『十八公』嵌入上聯，請聖裁是否可以？」

乾隆說：「可以，還很巧妙。紀愛卿你從速對出下聯來。」

紀曉嵐說：「臣遵旨。」尋思片刻，馬上對出：

九重天子，年年重九節塞上稱觴。

「啓稟聖上：臣將『重九節』賜宴時間點了出來，未知能否與『十八公』對上？請予聖裁。」

乾隆高興地說：「對得好！上聯出聯自由得很，下聯對句困難得多。紀昀應予嘉獎。詔命，紀昀晉升官階爲從一品。」

紀曉嵐就這樣用自己的文才搭梯，一步步登上了朝廷一品的山峰。

從此紀曉嵐又恢復了以前恢諧逗趣的性格，他與乾隆的關係，也恢復到了以前那種親密與隨和。

紀曉嵐老年是個胖子，夏天十分怕熱。在他總纂《四庫全書》時，因爲自己是最高領導，他常常打起赤膊看書編稿，一邊還把扇子直搖。

或許是習慣成自然吧，這天他進詞館去校閱《四庫全書》，又照樣脫光膀子在認眞校閱。

久而覺得累了，他便摘下眼鏡放在桌上，招呼其他兩個校書的下屬一同休息閒聊。

忽然有個人俯在紀曉嵐耳邊說：「聖駕來矣。」

紀曉嵐當時坐在高桌上吹風，聞聲一跳而下，未及穿衣，赤膊面聖是爲「戲弄君子」，紀曉嵐一時無法，趕忙鑽進桌子底下躲著，用桌幃遮住了身體。

不料早被乾隆看見了，他暗暗傳旨其他人不得聲張，照常看書勘校。他自己便在紀曉嵐的座位上坐了下來，靜靜地閱讀著桌上的古籍。

許久許久，館裏再無聲息。

伏在桌下，遮著桌幃，紀曉嵐很受不了，赤膊也已汗流浹背。他悄悄地問了一聲：「老頭子去了沒有？」

眾人都不敢吱聲回話。

乾隆怒斥一聲：「紀昀！你何以如此無禮？出來回話。」紀曉嵐一聽，嚇得心都跳到了口裏。一想既已至此，已無他法，只好硬著頭皮應對：「稟皇上，微臣赤膊上身，不敢出來驚駕。」

乾隆說：「你快穿好衣服出來。」

紀曉嵐叫同事下屬將衣服遞給他，他穿好出來跪在地上說：「臣接駕來遲，然臣並無無禮之舉。」

乾隆怒道：「什麼？你罵朕爲『老頭子』，豈非『無禮之舉』嗎？」

紀曉嵐不慌不忙，從容答對說：「聖上容稟：『老頭子』並非貶詞而是尊稱，在民間十分普遍，那是對皇上的尊敬和愛戴。皇帝稱『萬歲』，誰能比『萬歲』還老？萬歲乃天下之大老，故以『老』相稱。」

「皇帝乃兆臣之首，首者『頭』也，故以『頭』相稱。

「皇帝即天子，比古聖賢師『孔子』、『老子』更值得驕傲，故以『子』稱。」

「故爾，『老頭子』乃是尊稱。臣在桌下偶然說出，偶然說出亦是尊敬皇上，當然並非『無禮之舉』了。乞皇上明察。」

乾隆說：「紀昀善於詭辯，但這詭辯尚爲通達。起來吧，恕你無罪。」

這一年獻縣又遇旱災。田產絕收一半以上，獻縣縣令親自找到京城，請紀曉嵐在皇上跟前請求減免糧稅救濟。

紀曉嵐說：「公開請求反而不好，我想個辦法吧，重陽節前皇上要去避暑山莊萬松嶺大宴群臣，我會想方設法請皇上繞彎巡視民情路過獻縣，到時你只要照我交代的辦法去做就是了……」

乾隆決定起駕北行，紀曉嵐出班奏道：「啓奏皇上，臣家鄉河間獻縣兆民，仰慕瞻仰天姿已久。臣懇請聖駕此次順道過獻縣，聖上係體察民情之聖君，定當恩准順道獻縣。」

乾隆說：「你左一個『順道』，右一個『順道』，朕今發駕河北承德萬松嶺，須出古北口北行，偏南之河間獻縣怎麼『順道』？」

紀曉嵐說：「有道是：普天之下，莫非王土。聖駕出行，到哪裏能不是『順道』呢，反正天下一大家，老祖宗正是聖上。」

乾隆脫口而出說：「好一個『天下一大家』！紀愛卿能言善辯，辯之成理。朕就起駕順道河間獻縣北行。」

紀曉嵐又請命充當御前起居注，以便隨時錄記聖皇恩德言行。乾隆照准。

浩浩蕩蕩的前呼後擁，前後逶迤十里的車馬隊伍慢慢前行，來到了河間獻縣地段。

忽有開道官員前來稟報：「啓奏聖上，今年獻縣久旱成災，前邊有數千民眾抬著關帝祈雨，擋住聖駕無法通行。」

乾隆隨口說：「驅散民眾讓道。」

伴駕隨行的紀曉嵐連忙勸阻說：「啓奏皇上，此舉似乎不妥。皇上嘗言乃蜀漢昭烈帝轉世，臣看也確實不假。皇上當今的恩德地域。早已超過昔日蜀漢昭烈帝許多。然關帝乃昭烈帝的結義兄弟，怎麼可以驅散擁戴關帝的民眾呢？理應下來參拜關帝才是。」

乾隆說：「有理。朕參拜關帝，曉諭百姓避開。」

於是乾隆下了玉輦，徐徐前行。來到關聖帝君的高大塑像之前，百姓早已散去，卻是無法近前參拜，因爲塑像前橫亙著一根一摟粗的黃色大梁。

開路侍宦說：「啓奏聖上：關帝像前有一根偌大的黃梁擋著，聖駕參拜，無法近前，乞聖上決斷。」

乾隆說：「撤去黃梁！」

紀曉嵐快口接住說：「乾隆五十五年九月初一日，聖駕經過河間獻縣，我主體察民情，親見赤地千里，降旨『撤去皇糧』，救饑民於水火。皇恩浩蕩，臣生敝邑，感恩尤深。御前起居注紀昀謹記，謝主隆恩！」

乾隆會過意來，紀昀故意把「撤去黃梁」改做「撤去皇糧」了。乾隆揣知從「繞道」獻縣改爲「順道」獻縣以起，直到今天關帝祈雨、黃梁擋道這一切，全是紀曉嵐的精心安排。

但君無戲言，不能改動，何況此地旱災無收確是事實，何妨做個順水人情，於是宣旨道：

「孟聖有言，民爲貴！獻縣乃至河間府今年免去皇糧，且全境開倉濟災，以救百姓于饑餓。欽此！」

紀曉嵐放大喉嚨，照旨宣讀一遍。

數千百姓匍匐低頭，山呼萬歲。

紀曉嵐說：「兆民山呼萬歲，理應錄記存查，此地宜改爲『山呼莊』以便確認地點。御前起居注臣紀昀奏請。」

乾隆說：「照准！」

世事總有波瀾。正當紀曉嵐想盡千方百計討得乾隆歡欣的時候，尹壯圖參奏和珅等奸黨案又發，又牽到紀曉嵐頭上來了。

尹壯圖，字起萬，雲南蒙自人，是紀曉嵐下一輩的人物，比紀曉嵐小十五歲。因尹壯圖的父親尹均與紀曉嵐是同年的進士，兩入相交甚爲契合。等到尹壯圖進士及第以後，他父親又叫他常以詩文求教於紀曉嵐，所以紀曉嵐與尹壯圖是上、下兩輩忘年交。

尹壯圖此時居官內閣學士，但他秉性剛直，心眼裏容不得腐敗骯髒。早三年他父親尹均過世，尹壯圖回雲南蒙自守父孝三年。此次回還朝廷，仍照例補回內閣學士的原官職。

尹壯圖回朝之時，正値乾隆在河北承德避暑山莊，朝中暫時停止上朝辦事。和珅趁此機會進一步搜括民財；而且同時挖空國庫。和珅與其心腹山東河南總督書麟、長麟等人先將國庫挖空，然後藉口塡補，層層剝削，最後都變爲加在民衆身上的負擔；而在此刮削民脂民膏彌補國庫虧空之時，和珅、書麟、長麟等人又貪婪攫取，以此更加加深了民衆的疾苦。

尹壯圖此時還是不到五十歲的人，在多爲年邁老衰的朝廷重臣中尹壯圖算是中年得力。他義憤塡膺，上奏彈劾，中心內容是指控貪官，卻又礙於和珅的權勢不敢公開點出，只能泛泛地奏稱：

近有督撫藉故庫銀虧損自請受罰等事，看似自律律人，實爲坑民肥己；因有了虧空庫銀而請自罰的名義，便可藉故向民衆攤派稅租，說是彌補國庫之虧額，實則督撫藉機自發橫財……

尹壯圖不敢點出和珅與書麟、長麟等人的名字。

乾隆卻已一眼看穿：這矛頭直指和珅的劣跡。乾隆於是震怒雷霞，他在心裏說，早幾年剛把不知死活參彈和珅的曹錫寶壓下去；怎麼又冒出一個不知死活的尹壯圖來？

在乾隆的眼裏，參彈和珅便是有意與我皇上作對；難道有誰還不知道我處處袒護和珅嗎？既然知道了爲什麼還要逆鱗犯諫？

乾隆批回尹壯圖的奏摺：「將其所指之督撫何人，逢迎上司者何人，藉端勒派致有虧空庫項者何人一一指定……」

尹壯圖覆奏說：「各督撫聲名狼藉，吏治廢弛。臣往返雲南經過各省地方，體察官吏賢否，商民皆蹙額興嘆，各省風氣大抵皆然。若問勒派奉迎之人，彼上司屬員收受時，外人豈能得見？徒以道路風聞，漫形牘奏，聖上則派人查實書麟、長麟治下庫存可也……」

這一下更觸痛了乾隆的逆鱗，他下一道洋洋灑灑的諭旨訓斥說：

朕五十五年之間，簡用督撫多矣……若有貪黷營私劣跡，一經發覺，無不加以重辟，從不稍存寬假……至若書麟、長麟等在督撫中尚能董率屬員，留心民事，是爲較好之督撫……莫若尹壯圖一人獨善其身乎？……

這道聖旨實際已定了尹壯圖「欺君罔上」的死罪。尹壯圖早巳抖顫禁聲，知道自己絕無赦免的希望，更無回天的可能，於是暗自垂淚：心中的苦處化作了不盡的淚水。

和珅一看時機已到，便假裝公正無私，出班奏曰：「啓奏聖上，尹壯圖僅僅一內閣學士，他何以有膽量一奏再奏罔上欺君！定是還有某某尙書作其後盾。

「聖上諭旨一再要臣子據實具奏，不得盡說風聞。故臣遵旨挑明事實，尹壯圖乃父尹均雖已逝世，然他與紀昀紀尙書乃乾隆十九年之進士同年；而尹壯圖入仕後每以詩文就教紀尙書師伯……今尹壯圖膽敢欺君，或有紀昀大人背後指使亦未可知。乞聖上明察。

「臣以爲別處可以不去查庫之虧空，惟書麟、長麟所在之山東、河南二省是非查不可；因這二人與臣來往多些，或許尹壯圖的本意乃是指控臣吧，或許這還眞是紀尙書的蓄意安排。故此，臣請聖上簡派滿族大臣前去山東、河南國庫查一個水落石出；也免得微臣落一個不明不白聲名。」

乾隆聽和珅如此說破，心中已經明白：和珅這實際是提醒書麟、長麟早作準備，塡補虧空。於是詔命侍郎慶成，帶同尹壯圖前往山東、河南盤查，以正視聽。

紀曉嵐心裏暗暗叫苦，上次是「人在家中坐，禍從天下來」；這次是「人在關外走，禍從家中來」……天吶！尹壯圖返朝上奏犯了案，自己當時還伴隨聖駕在河北承德呢！好惡毒的和珅，硬要把一個黑鍋扣在我的頭上……什麼法子也沒有，皇上明明站在和珅一邊，自己越申辯越不好，那就乾脆什麼也不說，聽憑皇上聖裁。也就還是聽天由命了……他揣知和珅會給書麟、長麟通風報信，尹壯圖已是死路一條！天可憐見……

果然和珅早已知會了書麟、長麟，想方設法將國庫虧空的銀兩臨時補上了。

乾隆下聖旨通諭中外：

尹壯圖「蹙額興嘆」之語，不但誣地方官以貪汚之罪，並將天下億兆民眾感戴眞誠全爲泯沒，尹壯圖非莠言亂政者何……

這還了得？無論前述「欺君罔上」，還是此諭「莠言亂政」，尹壯圖都是死路一條。

乾隆反而要軍機處、吏部、刑部等共議對尹壯圖的處置辦法。

這其實不用再說，大家都揣到了乾隆的心思：殺雞儆猴，皇上要拿尹壯圖開刀了。於是議奏都是三個字：

「斬立決！」

和珅喜不自勝，忙又出班奏曰：「啓奏聖上，光斬一個尹壯圖尚不公允，他身後之唆使大臣紀昀豈不同罪當誅？」

紀曉嵐聞言嚇得汗流浹背，渾身顫抖了，聽天由命，尖起耳朵聽乾隆下詔。

乾隆心知肚明：尹壯圖其實沒錯，只是他不該妄圖參彈和珅。對這樣的臣子怎麼能開殺戒？

乾隆高聲下旨說：「尹壯圖只是奏無實據，律不當斬。革職還鄉，終老天年吧！

「紀昀一直隨朕外行，與尹壯圖的奏章絕無瓜葛，何來罪孽當斬？毋須再議！退朝！」

紀曉嵐深深地呼了一口大氣，心裏說：「到底天理爲公！聖上有德……」

但他從此又沉靜下來，除了幾乎每天寫呈詩文歌頌皇恩盛德之外，便是寫他的《閱微草堂筆記》，在那些神仙鬼怪的故事中尋求樂趣和安寧……彙總乃有二十四卷，計爲：《灤陽消夏錄》六卷、《如是我聞》四卷、《槐西雜誌》四卷、《姑妄聽之》四卷、《灤陽續錄》六卷。請看他《姑妄聽之》的自序：

余性耽孤寂，而不能自閑……；三十以前，講考證文學……三十以後，以文章與天下相馳驟……今老矣，無復當年之意興，惟時招紙墨，追錄舊聞，姑以消遣歲月而已。故已成《灤陽消夏錄》等三書，復有此集……誠不敢妄擬前修，然大旨期不乖于風教……以多得諸傳聞也，遂采莊子之語名曰《姑妄聽之》。

乾隆癸丑年七月二十五日　觀奕道人自題

看，紀曉嵐自題「觀奕道人」，哪裏會是通常意義上的看棋觀局。他顫悚於朝廷紛爭，他膽怯於和珅在乾隆庇護下的飛揚跋扈……再無奈何，還是劉墉說得好：「躲而避之……等而待之」吧，且當一個朝政棋局之外的「觀奕道人」！

伍拾捌　一代文宗紀曉嵐

七、八十歲的紀曉嵐，當結髮妻子逝世之後，他還改動《蘭亭集序》來調侃：「與夫人之交往，俯仰一世……」

乾隆六十年。紀曉嵐已七十二歲。

京城盛傳皇上「乾隆」到此年終結，隨後即會禪讓于太子……紀曉嵐心裏一閃，似乎燃一起了一絲亮光：乾隆下位，和珅不保，劉石庵所談的「等而待之」的時刻到了嗎？紀曉嵐正想去與劉墉私下談談，忽然朝鮮即將離任的使節鄭尚愚來了，拱手對紀曉嵐致禮說：

「尙書紀大人，我奉我國丞相查良浩查大人之命前來辭行告別，代表查丞相告別紀尙書：有道是旁觀者清，我等外國人不直屬大清國管轄，故爾敢怒敢言。奉我國丞遠相之命請紀尙書看一件東西……」隨即將一封密札遞了過來。紀昀接過一看，是鄭尙愚回國述職的報告的一部份，即對大清中朝人物的若干品評：

中朝人物，則首相阿桂爲人梗直……久居相位，小事一任和珅，很明顯是阿桂討好乾隆，因乾隆對和珅多有袒庇……閣老和珅權勢隆盛，賄賂公行，宦官皆有定價可買《可捐》，諸皇子以爲和家之財貨若盡取，則天下一不足貴……

尚書紀昀，文蕊超倫，清白節儉，雖皇上寵愛不及和珅，而甚敬重之也。

和珅之身價將落，似乎離倒臺賜死之日已不遠矣，總在乾隆皇上禪位後之三五年……

紀曉嵐一看，心裏蹦跳不停。到底外國人與中國人不一樣，他們敢將皇帝的來來去去都自由自在地評論……

紀曉嵐倒是怕了，他把鄭尚愚的回國述職報告推過去說：「快別給我看這個東西……是呀，是呀，我根本就沒有看見貴使臣的什麼東西……」

鄭尚愚卻笑起來：「哈哈！紀尚書心裏如此害怕，內心裏怕正是盼和珅倒臺吧？我今奉我國查丞相之命向紀尚書表白：查丞相與紀尚書係同年所生之人，早年無有交往只憑傳聞轉述，查丞相即對紀尚書才華欽佩有加。故爾去年查丞相來中國敬覲，便與紀尚書誼結致深，並留詩相贈。今天本使還國，豈有加害紀尚書之理？今日呈你所見之書文，本使走後你當然：一無知曉本使不過是來向紀尚書透個『旁觀者清』的資訊：和珅日子不久矣，紀尚書已不必畏懼於他。」

帶著紀曉嵐題贈的許多詩詞，鄭尚愚走了，紀曉嵐心裏似乎留下了一線希望之光。他何嘗不盼著那個老與自己作對的奸佞和珅早點完蛋。

突然家裏傳來噩耗，元配夫人馬氏（鈴鈴）辭世。馬夫人比紀曉嵐只小一歲，也已是七十一歲的老人，早先他住在虎坊橋紀府閱微草堂的後面。前段起病，自知不保，非要回獻縣崔爾莊老家不可，她說我死要死在老家，埋要埋在祖墳墓地。紀曉嵐當然依了她。在紀曉嵐的眼睛裏，女人一過四十便沒有了女人的味道，他與元配夫人沒有夫妻生活已有二十多年。但馬夫人對此毫不介意，他自知已不能引起丈夫的慾心，非但不爭風吃醋，反而待丈夫的成群年輕侍妾如同小妹般相親……

紀曉嵐常說：「這就是元配夫人的淑德！」所以他與馬夫人一直相敬如賓。如今夫人逝去，紀曉嵐也很悲哀，作爲將近六十年的結髮妻子，紀曉嵐自然回老家爲她治喪，將她安葬在祖墳墓地。侍妾們當然全都回了家，一齊爲夫人大姐戴孝。

侍妾們全都哭哭啼啼，卻難免有些是出於應付。自從知道陸費墀被罰家財「挖補」《四庫全書》後侍妾們全都各自外嫁那件事以來，也許與自己年紀大了有關吧，紀曉嵐對身邊的侍妾也慢慢失去了激情。雖然不免幾乎夜夜仍要她們之中的一個陪宿，不過已是完全的男女交合而已，出自生理需求，談不上多少情感了……對於她們眼下哀哭的故作應付，紀曉嵐也便無所謂驚奇。

突然他發現最小的侍妾吉小蘭哭得傷心不已，口裏「大姐大姐」喊個不停，雙手甩起撲棺不已，這哪裏有半點裝假的味道？完全提出自內心的傷悲。聽她的哭訴眞如撕心裂魄：

「大姐！大姐！好我的大姐！哇哇哇！你怎麼撇下小妹就走了呢？哇哇哇哇！」

啊？大姐？小妹？紀曉嵐猛然驚醒：怪了，數十年間往事一起來在心頭。早年在岳父馬永圖家裏就讀，馬夫人回家裏生兒子，紀曉嵐年輕火盛耐不住寂寞，與小姨妹春桃苟合私情；不料岳父看出來認爲不妥，在去山東上任城武縣今後將春桃帶走另許他人，使紀曉嵐與姨妹春桃落一個「有戀無緣」的結局，春桃自行了結，臨死時說：「再變兩世女人也侍候姐夫紀郎！」

春桃死後的第十三年，紀曉嵐得娶十三歲的小妾桃豔，不正是覺得桃豔從聲音笑貌到形態特徵都與姨妹春桃幾乎完全相同嗎？於是紀曉嵐在心裏暗暗認定桃豔就是春桃再世……誰料想桃豔命薄，在紀曉嵐陪侍乾隆巡幸河北承德編修《熱河志》時，桃豔急病過世，紀曉嵐當時是何等傷心。

誰知一個月後在避暑山莊的那達慕大會上，新疆昌吉來的蒙古頭人兒子巴爾思的新娘子瑪喇勒說，她們那裏一個多月前有個女嬰降生，幾乎一落下地的哭聲裏就夾雜著叫喚：「紀，曉嵐，紀，曉嵐……」

當時紀曉嵐心裏就一閃：哎呀！這不分明是桃豔又轉世投胎的樣子嗎？她怎麼降生到新疆去？莫非我有預兆也要去新疆果然後來因盧見曾貪汙鹽引案件泄密獲罪，紀曉嵐被貶調到了新疆烏魯木齊——……再後來便發生了蒙族奸人叛亂事件，那個落地叫喚「紀曉嵐」的女孩剛好也是十三歲，眞名字原是：「吉小蘭」，吉小蘭全家大人被奸人所殺，只她一個人逃了出來，在達坂城插標售賣時巧被紀曉嵐救下娶爲小妾……莫非她眞是姨妹春桃三世投胎之身？瞧她哭叫馬夫人（鈴鈴）大姐是何等的情眞意切！

紀曉嵐把這個美好的意念藏在心間，他覺得沒有必要讓更多的世人瞭解自己的這個情愛秘密。

對於紀曉嵐這個愛臣，八十多歲的老皇帝乾隆甚爲關愛，曾派侍衛去到獻縣崔爾莊紀家，在一品夫人馬鈴鈴靈前致祭。

紀曉嵐安埋好妻子回返朝廷，自然向皇帝去拜謝這份恩德。

乾隆說道：「紀愛卿，你負海內文豪之隆譽，你夫妻始終伉儷情深。悼妻之文，可拿來一觀。」

紀曉嵐想了一想，說：「臣年老體衰，渾身疾病，文字也頹唐了，不足登大雅之堂。但是將近六十年的結髮夫妻，莊子鼓盆哭妻之痛在所難免。然只抄襲了一篇古人的陳言用來塞責罷了。」

乾隆問：「你抄的是哪一段古文？」

紀曉嵐說：「東晉書聖王羲之的《蘭亭集序》。」

乾隆略一沈思，記起這一篇歷史上著名的文章，乃是書聖王羲之爲《蘭亭集》寫的一篇「序」。其中第四段是本序的重點，起首一句是「夫人之相與……」第一個「夫」字是無單獨意義的發語詞，這是古代行文的通例，底下便是所引發的議論，大意是說：人們友好相處，俯仰之間就是一生，和朋友在室內晤談，傾吐自己的肺腑之言，或者把自己的興趣寄託在所愛好的事物上，或者擺脫一切束縛。人們的態度千差萬別，要求各異，性格也不相同。但是當他們獲得心裏喜歡的東西，感到愉快滿足的時候，卻不知道老死之期已近在眉睫，到人們對嚮往的目標感到厭倦的時候，心情也隨著變化，於是感慨也就隨之來了，人們從前的快樂，一下子就變成了陳跡，可還是不能不想念。壽命長短由造化決定，最後終歸于盡。古人說：「死和生都是大事情啊！」怎麼能夠不悲痛呢？

作爲一個頗有文化造詣的帝王，乾隆早將王羲之的《蘭亭集序》倒背如流，可他怎麼也想不出文中有哪一段言及了夫妻之情……於是說道：

「紀愛卿定有生花之術，將王羲之一篇記述文壇議論的聖潔文章，抄改成面目全非的夫妻恩愛的文字了吧？」

紀曉嵐說：「啓奏聖上，臣對古時書聖的文字豈敢擅改？全是原文照錄，一字不移，用作悼妻之文，或也差強人意。」

乾隆興趣大增，忙說：「如此甚好，卿且背來。」

紀曉嵐說：「臣遵旨。」於是清清喉嚨，亮開嗓子，一字一板念誦下去：

與夫人之交往，俯仰一世。或取諸懷抱，晤言一室之內，或因所寄託，放浪形骸之外。雖取舍萬殊，靜躁不同，當其欣於所遇，暫得於己，快然自足，曾不知老之將至。及其所之既倦，情隨事遷，感慨繫之矣。向之所欣，俯仰之間，已為陳跡，猶不能不以之興懷，況修短隨化，終期於盡。古人云：死生亦大矣！豈不痛哉？

「聖上明鑒，臣不是原文照抄王羲之，只在其文首前增加了一個『與』字麼？」

乾隆哈哈大笑起來：「好你個紀曉嵐，只加一個『與』字，使王羲之的慨歎『夫，人之交往』，一變而為『與夫人之交往』，於是『俯仰一世』，『取諸懷抱』，『晤言一室』，『欣於所遇』，『快然自足』，忽然夫人逝世，『俯仰之間，已為陳跡』，『豈不痛哉』輕輕巧巧將古人文字攫為己用，全在那起首一個『與』字啊。有道是，『畫龍點睛』；你倒是，『改文改首』。你真不愧為『抄文公』之祖考啊，哈哈哈哈！」

乾隆下位之前還給紀曉嵐以寵辛，詔命他為本年會試正主考官。

時有體仁閣大學士朱珪向紀曉嵐介紹自己的高足張騰蛟（字孟詞）。張孟詞是福建汀州人。紀曉嵐按試汀州時張孟詞剛剛出世。後來朱珪又踏著紀曉嵐的足跡去了汀州。在按試中看幕客將張孟詞的文章置於低等，朱珪大怒，將其擢拔為第一名。張孟詞不辱師命，跟隨其師進退，朱珪對他愛之如子。朱珪歷年任學政、布政使、按察使、巡撫、總督，張孟詞一直相隨，但一直是舉人身分。因為張孟詞為人與行文耿介，許多主考官均不喜歡。此次朱珪升任體仁閣大學士，帶了張孟詞入京，剛好朝廷會試，主考官又是紀曉嵐，朱珪自然把他向紀曉嵐作了推薦。

朱珪帶了張孟詞親自面見紀曉嵐。

張孟詞向紀曉嵐預致恩師謝禮。
朱珪說：「曉嵐，孟詞文才我不必多說，可知道我所上《十全頌》之奏疏？」
紀曉嵐說：「賢弟那篇《十全頌》甚得皇上嘉獎，滿朝文武誰人不知？」
朱珪說：「可你知不知道，那篇《十全頌》實際是孟詞所寫，不過只能用我的名義上奏而已！」
紀曉嵐說：「好！這還有什麼可說，孟詞有如此之文才，何愁不能進士及第？此次包在我身上了。」
不意張孟詞說：「二位恩師，我看不必了。此爲我命中注定，不可強求。」
紀曉嵐問此話從何說起？」
張孟詞說：「原先我也不知道，此次來京，有個瞎子主動找我，說是非給我算個八字不可。我報出生庚年月。他四柱一排就說：『先生恕我直言，你還是不考進士爲好！留此舉人身分吧！』我問他此是爲何，他說：『先生命當止舉，不宜有進，強行得進，難免休矣！』二位恩師，我看這位瞎子非同等閒，他的話不可不信。」
紀曉嵐說：「哦？孟詞有這個看法。你問過那瞎子叫什麼名字嗎？」
「問過，他叫諸葛門生。」
「啊？諸葛門生？」紀曉嵐猛然一怔，不自禁反問了一聲。這個諸葛門生不就是七十多年前爲自己算出生八字的諸葛先生的高徒嗎？當紀曉嵐犯案尚未決定充軍西域之時，諸葛先生已死，他的高足諸葛門生找上門來，要爲紀曉嵐拆字。紀曉嵐報了一個「董」字，諸葛門生便斷定必充軍萬里；紀曉嵐又報一個「名」字，諸葛門生便斷定四年之內可以重返朝廷。……
—後來樁樁件件全都兌現，這個諸葛門生可是本領非凡，既然他說張孟詞「命當止舉，不當有進」，只怕這次他參加會試又要出什麼麻煩。

但是紀曉嵐回頭又一想，此次自己以從一品尚書高官主考會試，還有誰能夠阻撓？只要張孟詞文章上不出紕漏，我讓他准當進士無疑。於是他說：

「孟詞放心，天命或也可有改動。此次你只要認眞考好，我保你當得進士！我想朝廷除了皇上誰也攔不住我一品尙書，而皇上更決不會阻礙我！」

會試下來，張孟詞果然詩文錦繡，字字珠璣，紀昀判他得中進士，當然眾考官一同認可。只等過幾天乾隆殿試走走過場，便可以正式高掛金榜：張孟詞進士及第，天下揚名。

誰知就在這等待殿試的二天裏，張孟詞突然得病，猝然身亡。

紀曉嵐眼淚雙流，後悔莫及，乃給張孟詞贈送一副挽聯：

和璧雖珍終在璞；
禹門已上未成龍。

朱珪更是痛哭流涕，幾欲不生。更加後悔是自己將他送上了黃泉路。在他心目中，這「猝死」乃是詣葛門生所說：「強行得進，難免休矣」的證明，果然天意不可逆忤！

紀曉嵐上門去拜慰朱珪說：「石君！天意如斯，急有何用。要怪還得怪我，不是我當了此次會試的主考，不是我勸他去參加會試，孟詞本不致走到『難免休矣』的天命關頭。好了好了，看看我請人給孟詞繪的一幅遺像吧，我還給遺像題了三首詩……」

秋風鬼唱莫淒涼，埋骨青山朽不妨。

一代文章韓吏部，哀詞原是吊歐陽……

轉年乾隆愛新覺羅．弘曆果然禪讓帝位，讓其十五子愛新覺羅．顒琰繼承大統，改元爲嘉慶元年。乾隆自己則被尊爲太上皇，退出朝政。

嘉慶對紀曉嵐仍十分讚賞，調他爲兵部尚書，仍重新兼任都察院左都御史一職。

家奴劉全膽顫心驚對和珅說：「這下可怎麼辦？老萬歲下位了，紀大人又當了左都御史，他不是中堂老爺你的死對頭嗎？」

和珅心裏也不無懼怕，但他中乾外強地說：「怕什麼？老萬歲爺如今是太上皇，新皇上才是他的兒子呢！只要老萬歲爺太上皇在，看誰敢動我和某一根毫毛？」

紀曉嵐久歷官場，已深諳官道。他也深爲自己身爲左都御史但不能除去奸佞和珅而悲哀。一下朝來，他便自己寫點詩以排解自己的胸中煩悶。

官居一品，何復他求？他的日子過得舒服極了。

紀曉嵐年紀畢竟老了，晚上又耽於侍妾的溫柔，難免不服用一點點補精益腎的秘藥。當然他服用劑量很少，服用頻率也不高。紀曉嵐偶然服用一點點，滿足了最小愛妾吉小蘭的交合需要之後，便再也睡不著了。老年人固有的「無瞌睡症」煩惱著他。

紀曉嵐家裏有從西洋進貢又由皇上賞賜的雙鬢對表，十二個時辰都會自鳴報時。他往往睡至子時末丑時初便再睡不著了，於是披衣起床。

隨即，愛妾小蘭也便起來攙扶，溫柔體貼備至。這使紀曉嵐悠然想起，多像是昔日夫人和她的小姨妹春桃一樣關愛體貼自己啊！他心裏暗暗說：「天理有知，知道一個女人不能陪我到老，讓一個女人三世轉胎來侍候……，圍爐烤火有侍妾給你整理貂褂，要得寫字有小小學童侍候筆墨，總之萬事行動有人幫忙……屋裏屋外車水馬龍，我主人猶如老虎，誰見誰怕，他僕人便像狐狸，會躲會藏……但我這如虎生威的主子，一進到軍機處或是丞相府，馬上變了奴才，只問丞相大人到了沒有……主子變奴才，原就是「官階」作怪……唉，目前這種情況，儘管對奸佞和珅恨之入骨，卻因他有很硬的靠山，不但動彈他不得，而且當面還得奉承他……

紀曉嵐反反覆覆胡思亂想，俏俏地寫了一首題爲《小軍機》的七律詩，巧妙吐露了自己的心聲卻又怕被人窺見，連忙把它收進了抽屜裏。

不意他剛把這篇詩稿鎖進抽屜，劉墉來了，老遠就舉著一方硯臺說：「曉嵐賢弟，送你一方宋代古硯，祝賀你五次進掌烏台。我記得你是第五次出任都察院左都御史了，你這份經歷，只怕是自古以來沒人趕得上了。我沒記錯吧？」

紀曉嵐說：「石庵兄怎麼會記錯呢？愚弟到這次爲止，出進烏台倒眞是第五次了。不過這也平常，怎麼好勞煩石庵兄你送如此珍貴的宋硯？」說著已將硯臺接了過來。硯外盛盒上有兩行劉墉寫的字，且已雕刻在木盒上了：

送上古硯一方。祝掌烏台五次。

曉嵐賢弟惠存

愚兄　劉墉石庵

紀曉嵐打開一看，硯臺左側有「龜山」二字，標注宋時古物，但其硯並不古樸，成色顯得很新，於是提醒說：「石庵兄，我疑此硯是爲僞托，不然成色何以如此新鮮？可別是尊兄只看題字落款就上當了吧？」

劉墉說：「曉嵐賢弟，何必如此認眞，街上今人托古之事難道少了？果要認眞，你又認眞得過來嗎？遠的不說，只說眼前，你五掌左都御史，名曰朝廷最高監察官，可以彈劾任何貪婪奸佞之官吏。可是儘管如此，你對某個人，不還是心有餘力而力不足嗎？呵呵呵呵？」

紀曉嵐聽出言外之意來了，知道劉墉送古硯是假，來商議對待和珅奸佞一事是眞。於是放下手中的硯臺說：「石庵兄原是另有弦外之音，可還是賢兄你當年告誡我要：躲而避之，畏而遠之，諷而刺之，等而待之』嗎？」

劉墉說：「此一時，彼一時也。如今不是某個人的靠山從前臺退於幕後去了嗎？」

紀曉嵐說：「有所謂『幕後指揮』一說，石庵兄不會不知道吧？某個人的某座靠山在幕後，不還是可能指揮得前臺的人滿處轉嗎？愚弟豈有撼動山嶽的能耐！跟你空嘴白話說不清，我請你看我剛寫好的一首詩吧，你或許會能明白。」

一邊說著，一邊又打開抽屜上的鎖，從屜裏抽出剛才放進去的七律《小軍機》

對表雙鬟報丑初，披衣懶起情人扶。

圍爐侍妾翻貂褂，啓匣嬌童理素珠。
流水是車龍是馬，主人如虎僕如狐。
昂然直入軍機處，低問中堂到也無。

一看此詩，劉墉立刻明白，原來紀曉嵐心裏也深深地埋著一份悲哀：誰都奈何不了皇上的庇護和偏袒。乾隆雖已退居幕後，但就是當今的嘉慶皇帝，又豈能動得了太上皇父親？紀曉嵐這鎖在抽屜裏的詩作說的是眞心話，與他平時公開的那些歌功頌德之恭和御制應景詩相比，不是判若兩人所寫麼？

這還有什麼話說，彼此心照不宣，只有等乾隆太上皇崩駕之後再說了。

和珅料定不差，只要乾隆在世，誰也奈何不了他。……

嘉慶四年正月初三日卯時，八十九歲的乾隆皇帝愛新覺羅．弘曆逝世。

紀曉嵐不辱左都御史之職責，首先參奏了和珅貪婪奸佞之罪狀。

就在第二天，正月初四日，嘉慶下達詔命，褫奪和珅一切官職，什麼軍機大臣，九門提督，保和殿大學士等等，一朝起來，化爲烏有。嘉慶並命福安康晝夜守值乾隆殯殿，禁止和珅出入。原來嘉慶那裏早已掌握了和珅犯罪的一切證據，劉墉也緊緊步其後塵遞了彈劾奏章。

正月初八日，嘉慶下詔和珅入獄。正月十一日，聖旨宣佈和珅犯有大罪，曉諭朝廷臣子和地方督撫共同議罪。

正月十五日，嘉慶根據紀曉嵐劉墉及各地參奏的本子，宣佈了和珅的重罪有二十條……

抄家的結果，總計和珅家產不下一億五千萬兩紋銀，是當時朝廷國庫收入兩年累計的總和。不是乾隆曲意包庇，一個蠹蟲豈能侵吞蠶食至此！

正月十八日，嘉慶下詔，賜和珅自盡。

和珅臨死作詩曰：

五十年來幻夢眞，今朝撒手謝紅塵。
他時水汎合龍日，認取香煙是後身。

從他詩中看出，他甚爲重視「前世後身」之說。十分明顯，和珅已從自己數十年與乾隆的不正常交往中，發現自己身世的某種奧秘，否則乾隆不會如此包庇自己。

爲了收買民心官心，嘉慶將曾因參奏和珅而被貶爲庶民的曹錫寶給以嘉獎。因曹錫寶已然逝世，追贈他爲副都御史銜，將此官銜贈給曹錫寶的兒子享用俸祿。

隨後，嘉慶又將因參奏和珅而被遣返還鄉的前內閣學士尹壯圖從雲南蒙自老家調回京城，以示平反褒獎。但尹壯圖卻總免不了有文人的迂直和固執，到京即奏請查處各省陋規。這下子刺痛了嘉慶的痛處，於是批諭說：

陋規一項，原不應公然以此名目達於朕前……皆係積習相沿，由來已久，只可將來次第整頓，不能概行革除……

尹壯圖搖頭仰天一歎：「天啊！何處容我，不如還鄉！」

於是上奏：家有老母，年逾八旬，願乞歸里，事奉老母度日……

嘉慶順水推舟，立即恩准，這一下子便徹底暴露了嘉慶昏庸無能的眞面目，儘管他處死了和珅大奸臣，卻不可能有更大的建樹。

這事使紀曉嵐甚爲傷心。尹壯圖的父親尹均與紀曉嵐是同年的進士，尹壯圖入仕後又以紀曉嵐學生自居，紀曉嵐多麼希望尹均早逝唯一留下的這個後人多多得到重任……然而乾隆、嘉慶父子兩代皇帝都不看重他，無非是尹壯圖針貶時弊不遺餘力而已。

尹壯圖臨回雲南前來向紀曉嵐辭行，講述了母親的故事後，向紀曉嵐求取一篇序文。他懇切地說：「紀宗伯，此次別後，再無見面之機，侄兒望紀宗伯不吝筆墨，爲老母八十作一序文，未知宗伯樂意否？」

紀曉嵐說：「樂意樂意，我還正有些話要說呢……」於是提筆一揮而就。

在紀曉嵐的所有文章中，絕大多數爲應景酬答之作，惟此篇獨有弦外之音，文外之味，在盛讚其母之德行的同時，對乾隆、嘉慶父子兩朝的聽不進逆耳忠言，作了莫大的諷刺。是啊，尹壯圖看見了太多的外吏偏於私心，如若不說，耿耿於懷；如若說了，便成腐儒的一孔之見，還是不再出仕爲好……此次尹壯圖來京又復返雲南家鄉，不正是爲這論說作的最好注腳麼？

從此以後，紀曉嵐雖在一品的高位，又幾次在兵部尙書與禮部尙書等職務之間調動，惟在都察院的左都御史一職，則一直維持了許多年。這大概便是他不逆龍鱗的直接後果吧。但他再也不稍存奮起之心，只還過渾渾噩噩應付差事不得罪皇帝而已。

紀曉嵐又當了兩次會試主考官，還錄取了福建梁斯明的兒子梁章矩爲進士，但除此之外，紀曉嵐再沒有多少心思建立什麼勳業。他一心只想著平平安安地度過餘生。

這一階段，許多好朋友相繼去世，內中包括劉墉石庵。紀曉嵐也只是應酬一下，送一副挽聯而已。老之已至，何復他求？平安終老而已。

都察院有一巨蟒，幾乎人人見過。

這一天紀曉嵐又去都察院辦事，看見了巨蟒出入庫房。這已是他在都察院中第二次看見這條巨蟒。看它腹跡挨地著塵之處，寬有二寸餘，計其身軀橫徑約爲五寸；長達一丈餘許。

紀曉嵐此次看見它時，它正在院中盤著，看見紀曉嵐進來，它一晃就不見了。

紀曉嵐緊趕幾步走到庫房門邊，左查右看，壁上無洞隙，門上無裂痕……一丈多長的巨蟒如何得以進去？眞是百思不得其解。紀曉嵐心裏說：大抵物久皆能化形，狐魅能由窗隙往來，其本身亦非窗隙所能容也……

又隔幾天，奉旨要修院署，沒人敢進那個庫房裏去，都怕遇著了那一條大蟒蛇……萬般無法，紀曉嵐說：

「我自已進去！」

於是開了庫房門鎖，進到裏間，卻並不見蟒蛇的影子。此時都察院的僚屬全部進到了庫房之中，到處去察看，卻哪裏還看見巨蟒的身影。

人們七嘴八舌驚怪起來：「這麼個龐然大物，怎麼說不見就不見了？以前人們不是常常看見它？？紀大人說這是怎麼一回事？」

紀曉嵐說：「這很簡單，巨蟒預知修署帝命將臨，百靈懾伏矣，早都逃之夭夭，大家盡可放心了。」但心裏突然一閃：這巨蟒難道是自己的化身？不是祖父都說自己是蛇精、猴精、火精混合轉世嗎？難道自己與這巨蟒頗有關係？於是漸漸生出一股酸楚：巨蟒失蹤，是否預示我這蛇精轉世的人日子不多了呢？

只兩天，天氣晴好，一個屬員興沖沖地對大家說：「你們知道我們庫房裏的巨蟒哪裡去了？我看見它在北山上，在兩棵大槐樹之間，相距有數丈遠。那蛇頭蛇尾各在一棵樹上，正在曝鱗，身上鱗片五顏六色，恰像一條天上的彩虹。突然它發現了我，騰地一下掉下地來。著地以後如風行走，這走邊縮小身軀，最後縮至一尺左右，不見了。」

眾人紛紛爭相評說：「難怪，神蛇自有神力……不然怎麼進得去我們庫房，庫房門上和旁邊可是沒有半點縫眼……哎，紀大人你說怪不？我們幾個人湊來湊去發現一個怪事，這巨蟒到咱都察院好像隨你而來……紀大人不是五次出進都察院麼嗎？正好是你來了它也來了，你走了它也走了……這次巨蟒來而忽去，是不是紀大人又要被皇上升遷？莫非紀大人與神蛇有些緣分？啊……」

說者無心，聽者有意，紀曉嵐只覺心裏一個猛閃：呃呀！不好！這一陣子我正有些身體不舒服呢，果然巨蟒便又走了……難道這神蛇正爲我這「蛇精」而來去嗎？它去了我會怎樣？

一想到這個可能的事實，紀曉嵐再也平靜不了。當然，已滿八十一歲，步入八十二歲年齡，對死早已無所畏懼……但有一件事懸在心間：他心裏始終記著祖父臨終前告訴自己的那一句話，就是說諸葛先生當年？自己批出生八字時斷言：「這孩子命當極品……」極品，那應該是正一品啊！可自己現在已經八十二歲，已經死到臨頭，偏偏這從一品當了十來年就再也上不去了，難道諸葛先生也會推斷失誤嗎？……一定要找到他的高足諸葛門生來算一算才好！

紀曉嵐想到這一點便坐立不安。他把早先的護院武師現在的管家羅小忠找來說：「小忠，你去跟我找找諸葛門生吧，我猜你一定能找到他……」

羅小忠嘆咻一笑說：「嗨！老爺，諸葛門生眞是神了，哪裏還要我去找他，他早三天就找到了我，說是不出七天，老爺你會想到要找他，他正好在一處地方等著你的叫喚。」

紀曉嵐迫不及待地說：「好好好，快快有請，快快有請！」

諸葛門生很快進了虎坊橋紀府大門。

紀曉嵐親自到大門口迎接。

兩個相跟著進了紀曉嵐閱微草堂的私人書室，紀曉嵐他正是在這裏最後完成了整部《閱微草堂筆記》小說二十四卷，世人譽爲第二《聊齋》。

沒有多少客套，紀曉嵐開口就說：「諸葛門生先生，本官一生與令師尊有緣，他老人家仙逝了又派了你來接替，以往你們師徒二位爲我算的事全都極準，可是你師尊當年曾斷言『這孩子命當極品……』可本官『從一品』並非極品啊，是不是請你再給算一算看看？」

「可以。」

「要我再報生辰八字？還是要報個字拆一拆呢？」

「都不必了，紀大人的四柱早在我的腦海之中。我只奉勸紀大人一句話：你『位當極品』的時間越晚越好！」

紀曉嵐大爲吃驚：「哦？越晚越好？這是什麼意思？」

諸葛門生說：「這是……這是告訴紀大人說，任你再急再催也沒有用啊！」

紀曉嵐似懂似懵地回味著，回味著：「位當極品越晚越好，再急再催也沒有用……越晚越好……急沒有用……這不是一句纏羅旋的話，說了等於沒有說嗎？啊？」

從朦朧中醒轉，紀曉嵐心想要再問一個實在。可是轉眼一看，諸葛門生早不知何時已經走了。

紀曉嵐奇怪：啊？這次他怎麼不跟我要錢，每回他來算一次命或是拆一個字，沒有幾兩幾十兩銀子打發他是不會走的啊！怎麼今天他竟不辭而別了？哦，對！一定是羅小忠代爲給了。

紀曉嵐於是大喊：「小忠！小忠！」

羅小忠一會就到：「老爺有什麼吩咐？」

「你是不是代我給了算命錢？」

「沒有啊！」

「那怎麼諸葛門生他走了？」

「怎麼？他走了？沒看見他摸著出去啊！」

紀曉嵐沉吟下來：「哦，他一個神人，瞎不瞎都一樣，需要的時候他會行走如飛。不要管他了，不要管他了。」

但口裏這樣說，紀曉嵐心裏卻更焦急起來：巨蟒遠遁而去，……神人算命不再要錢……「位當極品越晚越好？」……這一切不都是凶象之兆麼？……

紀曉嵐早在乾隆年代就已得了「紫禁城騎馬」的特殊賞賜，所謂「紫禁城騎馬」實際並非騎馬，這個皇恩賞賜的眞正意義是「可以坐轎上朝」！

紀曉嵐多少年來不使用這個特權，因爲他認爲一坐轎上朝不是擺官架子，便是身體已經不行，老朽而只能以人肩代步……他還不是極品，他不願顯出自己的老朽頹唐。

今天不同了，他是眞感到了需要坐轎，心內的焦急恐慌，使他失去了精神支柱，非得「紫禁城騎馬」不可了。

眞是天意，正是這一天嘉慶頒下諭旨，詔命紀昀以禮部尙書協辦大學士，加太子少保，管國子監事，晉升正一品！

「正一品」，眞正的極品，大學士，丞相之位，被人尊爲中堂。如願以償。

他記得十分準確，這一天是嘉慶十年正月二十六日。

無獨有偶，他的摯友朱珪，於二月四日坐轎上朝，也官晉正一品中堂之位。

二月初十日，紀曉嵐生病臥床。

二月十三日，朱珪前來探視病情。

次日，也就是二月十四日，紀曉嵐於酉時逝世，實歲八十一歲，虛歲八十二歲。

送終的除了一群侍妾，子子孫孫、兒媳孫媳等二三十人之外，還有一個畫家文盼華，就是紀曉嵐當年在福州救他出了「終身爲奴」的苦海，博聞大師說他與自己文緣很深的那一個人，如今他成了畫家，送終時給紀曉嵐畫了一幅眞正的遺像。

諸葛門生斷言有準，果然「位當極品越晚越好，」紀曉嵐在正一品中堂位置上只十八天使溘然而逝。

嘉慶不僅謚封紀昀爲「文達」。還破例爲紀曉嵐寫了御祭文：

紀昀本性淵通，立身醇謹……四庫大典編成，削稿溯昭陽之歲……佐天文之成化，千萬祀無此巨觀；頌聖主之德賢，一二臣有茲盛譽……

嘉慶在此說了眞話：紀曉嵐以他卓越的才華成就了《四庫全書》之偉業，以他不逆龍鱗亦即「忠君順帝」的明智，享受到了只有一二大臣享有的皇賜龍恩。

隨後，嘉慶又寫了《御賜碑文》：

「爾原任太子少保、協辦大學士、禮部尚書紀昀……美富羅四庫之儲，編摩出一人之手。紅梨照院，校服讎夜逮于丙丁；青摟濡毫，品第日呈其甲乙……別采精華，片言扼要。似此集成今古，備冊封之大文；皆其宣力始終，盡儒臣之能事……」

眞是天巧，八十多年前諸葛先生爲紀昀排的出生四柱，其所預測的主要事情，包括「天德貴人主一生吉利，富貴榮華」，包括「或可位當極品」，包括「妻妾不少，命促者多」……幾乎全都兌現了。莫非傳聞竟是事實，「猴精」賦予紀曉嵐以人性之本眞，「蛇精」賦予紀曉嵐以無比聰慧，「火精」使他借《四庫全書》而永垂千古。

二百多年來的歷史已經證明，以《四庫全書》爲標誌，紀昀曉嵐不愧爲鬼靈精怪的清朝第一大才子，不愧爲有清一代文宗！他的文化光輝，必將永照寰宇！他的七情六慾的人性本眞，必將感染後世的億萬男男女女！

（全書完）

風流才子紀曉嵐—四庫英華【下冊】
著者／易照峰
出版者／生智文化事業有限公司
發行人／林智堅
責任編輯／賴筱彌
登記證／局版北市業字第677號
地址／台北市文山區溪洲街67號地下樓
電話／886-2-23660309　886-2-23660313
傳真／886-2-23660310
印刷／鼎易印刷事業股份有限公司
法律顧問／北辰著作權事務所　蕭雄淋律師
初版一刷／2000年12月
ISBN／957-818-213-9
定價／新台幣 350元
北區總經銷／揚智文化事業股份有限公司
地址／台北市新生南路三段88號5樓之六
電話／886-2-23660309　886-2-23660313
傳真／886-2-23660310
郵政劃撥／14534976
帳户／揚智文化事業股份有限公司
E-mail／tn605547@ms6.tisnet.net.tw
網址／http://www.ycrc.com.tw
本書如有缺頁、破損、裝訂錯誤，請寄回更換

國家圖書館出版品預行編目資料

風流才子紀曉嵐 / 易照峰著. --初版.
--臺北市：生智，2000[民 89]
冊：公分.

ISBN 957-818-213-9(下冊：平裝).

857.7 89015061